# 镜 城

罗伟章 著

作家出版社

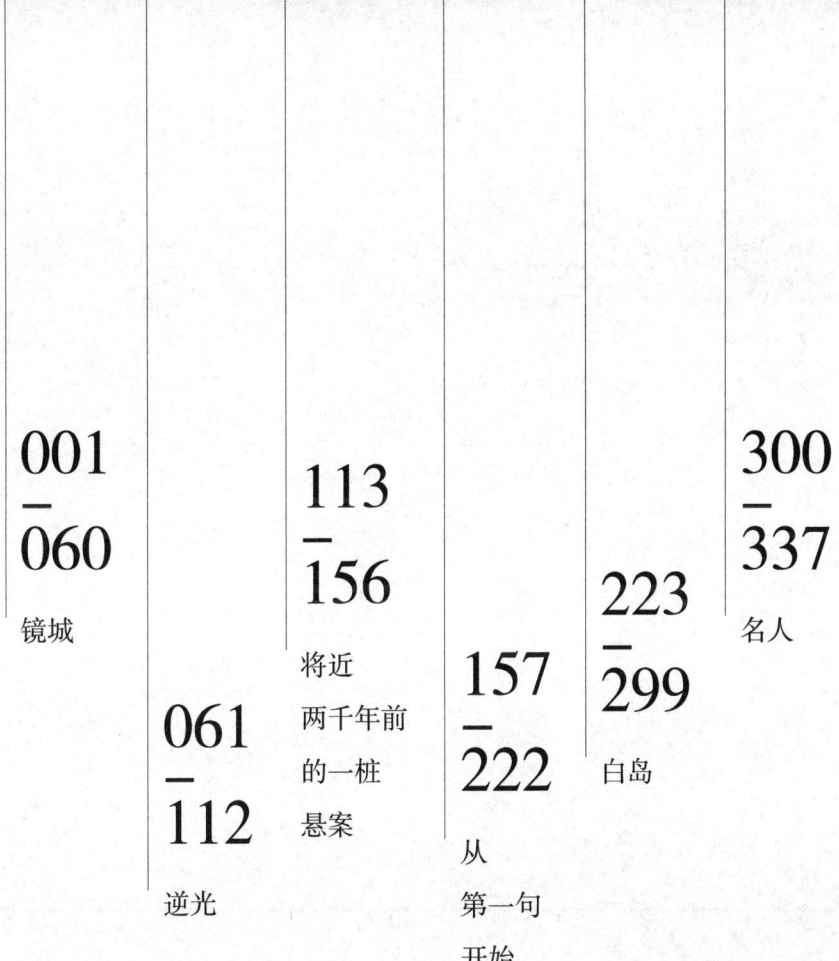

001—060 镜城

061—112 逆光

113—156 将近两千年前的一桩悬案

157—222 从第一句开始

223—299 白岛

300—337 名人

contents 镜城

# 镜　城

　　白杨树在车窗外或紧或慢地奔流，枝柯上挂着喜鹊窝。天空晦暗，并不见喜鹊，树上挂的，是它们留给自己的念想，哪怕此生此世再无归期。司机侧脸瞅我一眼，说："家和家园，都是一种病，你看那些喜鹊窝像不像肿瘤？"我心虚得不能答言。我觉得他是在说我，是在用一句阴阳怪气的聪明话嘲笑我。其实他提到的病与我无关，我就是一粒流沙，不让自己扎根，因此才离家远行。但就是心虚。没承想刚踏入镜城，那些在画家笔下"鹊登高枝"的吉祥物，就为我挖了个陷阱。

　　我不想表露，做出欣赏的样子，迎接扑面而来的钢铁丛林。

　　正看得眼花，头猝然向前一冲。

　　西南门到了，我该下车了。

　　尽管我并不能确定这是不是我的目的地。

　　街道像狂风里的眼，眯成一条缝——不是困倦，是在审视。这条从嘉靖年间熬过来的石板街，在镜城算不上老人，只能算个中年人，正进入更年期，情绪坏，明显不喜欢我这个生客。我慌忙钻进一条胡同。胡同倒是亲切而真实。胡同出去是条小街，因为瘦，显得长，中段左侧，立着一轮满月，那是把街道和居民区隔开来的门。我在门边站下来，将牛仔包从肩上移到手上，让自己显得恭敬些，再进到月亮里去。里边是长排板式楼房。沿逼仄的通道走过两个单元,或许是三个,感觉横着走没意思,便脚步一撤,上楼。楼道发出的响声,旧到时间的背面去,并用它的旧提醒我:即使回到前世,你也与这里无缘。这让我心里越发没底。东张西望地上到四楼,见402静静地洞开着,像一个人张了嘴要打喷嚏,却始终打不出来。这是我该来的地方吗?

喊一声:"喂!"

无人应。

我狐疑地抬了腿,迈过两寸高的门牙。

"来啦?"

随着这声更像喝问的招呼,从不同房间出来两个男人。一个四十多岁,一个二十五六岁。确认了我是谁(证明我没走错),四十多岁的男人便说,他是户主,但不是房东,这套三室一厅,是他从房东那里租过来,他再单间租出去,那个年轻人,包括我,都和他签合同。我的合同年轻人已代签,钱也由他付了。年轻人叫我陈哥,接着又改口叫永安哥,说永安哥,这是俊哥,俊哥来镜城十多年了,在一家公司做财务。那被称为俊哥的,伸出粗短的手指刮头皮;只有头皮,没有头发,一根也没有。

然后年轻人把我领进我的房间,说这房间靠东。东南西北我也分辨不清,我的世界是由前后左右构成的。而且是否靠东,也无关紧要。

但年轻人说,这房间比别的房间,至少早亮半分钟。

又是一句聪明话。

到镜城两个钟头,我就听到了两句聪明话。

房间小得很。不过无所谓,能搁下一张床、一张桌子,够了。我放包时,年轻人把门关上,细声说,俊哥名叫冉俊,是个从头到脚的失败者,平时少和他接触。出来混事,不成功的话不说,不成功的事不做,不成功的人不交往,这是原则,否则混不出个名堂的。说完让我休息,想洗澡就去洗个澡,二十分钟后,他再来叫我吃饭。

待他出去,我在床沿坐了,抠着脑门想:他是谁呢?为什么要替我付房租呢?

怎么也想不起来。

镜城我是来过的,但西南门是第一次来,这个社区,社区里的这个居民区,居民区里的这套房子,自然更加陌生。正因此,感觉镜城也是头回涉足,凉薄荒疏,与我川西普光市的家,雁阵声寒,关山隔绝。镜城也并非没有熟人,却大多联系不上,联系上了也路途遥远,无法相见,仿佛他们所在的镜城和我正待着的镜城,不是同一个镜城。事实上也是。再大的地界,能给人意义的,只是某条街道,某个门牌;甚至比这还要小,小到立锥之地,正如一粒种子,是在指头大的土块里发芽。

没有人能帮我。

我能依靠的,只有这个几平方米的房间,还有替我付房租的那个年轻人。

"依靠"这个词,让我的记忆复苏:是那年轻人叫我来写剧本的。

他叫谢延,我想起来了!

天光还在城市的那一边,谢延就来敲门。

听声音他很不满意,嫌我起来得晚了。

"我那里都亮了。"他说。

我这才知道,"至少早亮半分钟",并不是一句单纯的聪明话。我是他的雇工,他要我比别人早起。

门刚打开,谢延说:"今天就看你的了。"

原来是要去跟他们公司领导见面,导演也要来。

"这个剧,"他继续说,声音像捏着橡皮管浇花,"是国内少见的大制作,要投资两个亿。两个亿的人民币有多重?一张百元钞一点一五克,一万块就是一百一十五克,一亿是一千一百五十公斤,两亿呢?两千三百公斤,或者说二点三吨。从天上砸下一颗二点三吨重的陨石,能毁掉一座城。砸钱不是毁城,是要听响声,钱自己不会响,是人让钱响。我不知道你听明白没有?不是穿上长衫就能称秀才,会用电脑就能当编剧。我不全力举荐,挑剩了,也挑不到你头上,你说是不是?"

我房间没开灯,客厅也没开灯,但他的眼睛在黑暗里闪闪发光。

他显然是在等我的回答。

我只好说:"那是。"

感觉口气僵硬了些,又补充说:"谢谢小谢。"

他本是一只手把住门枋,现在两只手把住,相当于把我堵在里面,堵严实了,才说:"你平时这样称呼我无所谓,到了正式场合,就不能叫我小谢,也不能叫谢延,要叫谢经理。"

我连忙点头。这个比我小十来岁的人,原来是个经理。

"我也不会叫你陈哥或者永安哥,我就叫你陈永安。"

我说那当然,语气很是做小伏低了。

他沉默下来。沉默下来后就听见窗外的鸟叫,是一呼一应的叫法。

"演习一下吧。"他说。

我说好。

"陈永安。"

"谢经理。"

"陈永安!"

"谢经理!"

他把身体放松,用以上对下的口吻说:"我举荐了你,但能不能留用你,还要看你自己的本事。今天的见面非常重要。我让你看的资料、准备的方案,都做了?"

身上痒不可忍。昨天晚饭前,我是洗过澡的,在厕所里洗淋浴,那笼头像个马蜂窝,吐出肉乎乎的水的幼虫,使了劲搓,幼虫烂化,喷出白烟,把我淹在白烟里。好在白烟一散,浑身清爽。现在却这么痒。是又出汗了。

他什么时候叫过我看资料?又是哪方面的资料?

这时候冉俊起了床,一言不发的,去厕所洗漱。刷牙洗脸,都三下五除二,捣得牙齿和搪瓷缸子砰砰乱响,清理鼻孔时,满屋荡出回音。洗漱过后,才撒尿,后来知道这是他的养生法:把头尿憋住,嘴鼻弄干净了,呼吸几口新鲜空气再撒出来,能补肾。他撒尿也不关门,尿在马桶里发出弯曲和迟疑的声音。从厕所出来,他背着挎包,快步出门。挎包带子很长,啪啪地驱赶着他粗壮的腿弯。

"抓紧啊。"谢延说。

说着走到客厅中央。那里有张小圆桌,放着几人的漱口盅。厕所实在太窄,撒尿时要骑在马桶上,或者像女人那样坐在马桶上,否则没地方放屁股,洗澡也是把腿劈开,分立于马桶两侧。若在墙上钉两颗钉子,搁张木板,虽不挡事,也嫌分割了空间。

偌大的一个镜城,空间却成了人们最深的渴望。

早饭是出去吃。下楼来,踩在水泥地上,却像踩在云端里。那不是路,是路的影子。每踏一脚,都溅起深灰色的光斑。天在慢慢亮开,但依然不能叫白天。外面的小街倒是早就热闹起来了。热闹的是气息,不是声音。几乎听不到声音。昨天我来的时候,街上空落落的,现在有了十余家移动餐点,都是类似于乡间演出队的那种铁皮箱,遍身黑,黑得遗忘般遒劲。马路对面半尺高处,有片略微倾斜的台地,餐点就摆在台地上。谢延领着我,径直走到一个胸大腰圆的妇人面前。那妇人奇怪地叫他张老师,说张老师,坐。也不问他吃什么,看来他是常客,且万古不变地吃同一种食物,也吃同样的分量。

谢延坐了,说:"两碗啊。"

妇人应着,麻利地在铁皮箱里捅火。

炭火迸出即闪即逝的星子。

我跟谢延坐在同一根条凳上,他歪了歪屁股,凑近我耳边,说:"对外人,不能轻易透露身份。"我很懂事地点着头。他本来姓谢,却说姓张,正如多年前有一回,我跟一个朋友去夜总会,进了包间,他问我:"孙总,喝啥子酒?"

这么说来,不透露身份的意思,是随机改变身份。变,是最深的隐藏。

"人与人的根本区别,"谢延进一步说,"不是别的,是身份。你出去见人,不是人见人,是身份见身份。人是说不清的,身份却一目了然。因此人最重要的,是别在'人'字上纠结,苍天大步朝前走,你却在那里问我是谁、我从哪里来、我到哪里去,不是扯淡吗?是人又怎样的?卫懿公养鹤,给鹤穿锦衣绣服,并举行大典,为鹤封官晋爵,鹤每次出门,都有专车接送;晋灵公养狗,为狗建别墅,用礼器盛食请狗吃,谁不小心碰了他的狗,就砍断谁的脚;前不久有则新闻,路人赞美一条狗,说好漂亮的狗!结果挨了狗主人一顿暴打,原因是他的狗不叫狗,叫犬。过分吗?事情过分,道理不过分。孔夫子说,名不正则言不顺,言不顺则事不成,什么是名?名分嘛!把名分稍作转化,就成了身份。名分和身份,一个属政治结构,一个属社会结构,但本质上是一个东西。所以,"他脖子一扭,作了总结,"是不是人不重要,你从哪里来又到哪里去,也不重要,身份才重要。身份是大哥,别的都是马仔!"

地上更亮些了,天空却比开始还要暗淡。是暗在深处,就像我的心。我想着我为什么出来混。是想挣钱，想出名，说白了就是想捞个身份。然而那是多么遥远，远若星辰。在这个比我小十来岁的人面前，他也是大哥，我是马仔。年龄屁都不是，用年龄来塑造伦理，是农业社会的伦理，不说已经过时，也正在过时。

谢延见我半是忧戚半是心领神会的样子，鼓励而亲热地擂了我一拳，擂在肚子上。我的胃在我下楼时就已醒来，但肠子还在酣睡，是等着睡足了，好起来工作——却在睡梦中挨了一拳。肠子当即发出恼怒的吼声。它以为是在家里呢。我赶忙像忍大便那样，闭紧肛门，咬紧牙关，才把那吼声闷死在里面。

食物盛上来，黑白相间。这东西叫羹。用筷子一拨，见芡粉里裹着肥肠，肥肠上长着白色颗粒，那是捣碎的大蒜。吃下一勺，甜味儿、腥味儿、辣味儿，几味合盟，锻造出武器般的筋道，袭击我的舌尖、咽喉和整个腹腔。

只差一点，兄弟们哪，只差一点点，我就吐了。

我把嘴蒙住，看旁边的谢延，我的谢经理。他塌着腰，勾着脖子，嘴置于碗口，羹就从碗里直接撸进嘴里。这样子让我想起那个"哐"字。我老家吃东西不说吃，说哐，"哐了么？"彼此这样问候。把哐字分解，就是口至——口到了。口是食物的蝗虫，到来就意味着席卷。没想到镜城人也是这吃法。我并不知晓谢延是哪里人，但他和送我从机场过来的司机一样，满口镜城腔，还能说聪明话，我就断定他是镜城人了。镜城人都吃得那么奋勇，完全是斩草除根的架势，我怎么能吐呢？

我便暗暗对自己说，不是这东西不好吃，是刚才肚子上挨了一拳，它抗议，就拒绝接收。可你哪有资格抗议？你无非就是个马仔。谢经理讲得再明白不过了，马仔是名分，也是身份；我的理解是，比如贞节是名，为贞节付出的牺牲，就是分，那么我肚子上挨一拳，正是需要牺牲的部分。我就这样说服了自己。我的舌头、咽喉和腹腔,也都明白了这个道理,忍下委屈,听话地一段一段往里输送。

待吃下最后一勺,回味起来,才发现那东西不仅不难吃,还很香的。再吃一碗就好了。但谢延已在付钱。昨晚他就跟我谈好,在我有正式收入之前,他管我的吃住,有了正式收入,我俩五五分成。我很清楚,他不会无止境地等我的"正式收入",今天的见面会,将决定我的命运。这么一想,我哪有心思去管还瘪着的肚皮。

见面会在一家酒店举行。酒店名叫豪斯,三楼有个小会议室,不过和参会人员比,就不小。除谢延和我,另外只来了七个,再除掉两位记者,只剩五个:公司总裁王冰,导演徐光林和他胖得走路磨腿的老婆(听说是制片人)——这三人当然都十分重要,但还没重要到让我难受的地步;让我难受的,是两个小我几岁的家伙,一男一女,男的叫姜平辉,女的叫李秀秀,都是编剧,即是说,如果这部剧只要一个编剧,他们都是我的竞争对手,只要两个编剧,他们同样是我的竞争对手。

我跟每个人握手,并做自我介绍。我本来等着谢延介绍我,可进屋后,他比我还紧张,脸和脖子都像被抽打过。我似乎这才发现,他的脸很瘦,下巴很尖,而且总是把下巴朝前撅着。更大的发现在于,别人对我,比对谢延更热情。其实不是热情不热情的事,是根本就没人理他。不过这也讲得通,他是王总手下的经理,王总不在,他是大哥,王总在,他就是马仔,当然没必要当着大哥的面去理一个马仔。

"王总是罚我们站啊?"导演的老婆笑嘻嘻地说。她笑起来有两个酒窝,像是在很稠的粥里吹了两口,两口用的力道不同,因此两个酒窝有大有小:左边的大,右边的小。名字也是这样来的:她叫笑靥。我估计是艺名。

王总也笑:"坐还要人请?椅子是对屁股最真挚的邀请。"

然后双手往下压:"坐啊坐啊。"

于是都坐下,只王总一人站在前面。

落座后我才看见,正面墙上绷着一条细长的横幅:"四十集电视连续剧《惠明春秋》启动会"。

是说惠明皇帝的故事吧?

谢延告诉过我吗?

还是想不起来。

想不起来不能证明没告诉过,只能证明一半。幸亏我爱读杂书,知道惠明帝是谁。那个一千五百年前的北国君主,在三十三岁的短暂人生里,秣马厉兵,整顿吏治,扩充疆域,迁都镜城,成就了一番伟业。还有呢?还有我就不知道了。我就像去往藏区的观光客,见到色泽艳丽的布画,惊呼一声:"啊,唐卡!"是的,那是唐卡,但你叫我再多说几句,就说不出来了。我看着斜前方,那一男一女的两个编剧,姜平辉和李秀秀,并排而坐,正喜形于色地交谈着。看样子,他们早就是熟人,甚至是一个战壕里的人。如果这是一场三人之间的竞赛,两人联手,很容易就能把另一个挤掉。

把谁挤掉?

把陈永安挤掉。

把我挤掉。

这时候我有些怨谢延,他坐在最后面,与所有人都拉开了五排以上的距离。既然我们是同盟,你就应该跟我坐在一起,让姜、李二人知道,他们的对手并不孤单;非但不孤单,还有依靠。

我转过头,朝谢延笑。

他却像没看见我朝他笑。

只能靠我自己了。

这没什么。想我曾祖父当年,和人争夺一个女人——那是在川陕道上，一家客栈里，客栈偏荒，却是出入川境的要冲，每天人来人往，不是陕西人，就是四川人，因此门上挂着木刻镏金的对联："日过秦人无数，夜宿川客几多"。那天，曾祖父披着麂子皮，挟卷一身雪尘和暮色，进了店子，点名要朱小小。但朱小小正跟三个大汉同桌喝酒。曾祖父也坐过去，腚没沾凳，就将一把匕首插进了木桌。三个大汉大的，不只是肉，还有骨头，无须联手，只一人就把曾祖父摁倒在地，拳打脚踢。

一颗肉球在地板上蹦跶，蹦跶几下，那肉球说话了：我不是来打架的，我是来要朱小小的。三人说，朱小小被我们包了，我们听见老板娘告诉你了。肉球说，你们包的是她的身，包不了她的心，我是要她的心。三人大笑，说这杂种，放他起来，看他怎样要朱小小的心！曾祖父爬起来，斜胯站了，拍拍灰土，拔出匕首，看着对面的朱小小。朱小小双泪涟涟，大碗灌酒，酒液和着泪水，打湿了她的下颌和前襟。待她蹾下酒碗，曾祖父便够着上身，挑开她的衣衫，匕首朝胸窝里剜。鲜血和刀子是命定的盟友，刀子一去，鲜血就出来迎接，拖儿带女的，在双乳间欢快奔跑。

朱小小哼都没哼一声，只间或开合着帘子似的睫毛。

三个大汉虽有骨头，却无肝胆，见状一哄而散。曾祖父这才把半死的朱小小捞过来，用舌头为她止血，然后掏出身上的所有银圆，撂在桌上，将朱小小带走。

然而，朱小小并没成为我的曾祖母。

实在的，这让我遗憾。尽管我知道，她当真做了我曾祖父的老婆，也是别人的曾祖母，不是我的。但还是遗憾。一个妓女，一个美艳的妓女，一个被剜开胸膛也不哼一声的美艳的妓女，该是怎样富饶的生命，又会给她后人留下多少绚烂断肠的遐想。

可对朱小小而言，这些都只待来世。她跟着曾祖父，养好了伤，过了一段贫寒日子，就又回到了那家店子。据说回去之后，她的生意更好了，是因为以前她心思重，让一朵好花老也开不圆，现在没什么心思，不仅开着，还开得汪洋恣肆。她似乎顾忌不到恣肆的开放意味着凋零。或许是她太愚蠢，想不到这些；或许是她太聪明，早就想到了，因此要尽情享受开放的日子。可惜她开放的时间太短了，没过两年，便没人要她，被赶出店子，不久以后死在了野地。她走着她前辈的路，也实践着她前辈的人生：街死街埋，路死路埋，倒在阳沟里就是棺材。

这些话都是多余的，我真正要说的是，曾祖父曾经以那样的方式把一个女人带走过。

我的血脉里，并不只是怯弱。

王总宣布会议开始，并介绍参会人员。重点介绍的，自然是导演徐光林，说徐导是国内屈指可数的大导演，每个时期都有杰作。他把徐导的"时期"分成了三段，这证明王总不仅是个商人，还是个有文化的商人，一生二，二生三，三生万物。他以此表明徐导的厉害。徐导起身，前后拱手。这人看不出年龄，说五十岁可以，说六十岁也可以，披垂至肩的乱发，将一张脸切割得很嶙峋。他身材不高，肩膀瘦削，而坐在他身边的笑靥，却是从《诗经》跑出来的"硕女"，胖而长大，年龄也比他小了半数。

谢延又被漏掉了，王总没介绍他，就开始讲话。

都是些常规性的话，听起来没什么趣味。只有商人的趣味。这又证明他到底没有文化，有文化的人是不会随便分段的，更懂得一不仅可以生二，也可以灭二。他特别解释，为什么搞四十集？因为少于三十集就要赔本。自始至终，他都没说投资，可能是商业秘密。谢延提前为我支付了秘密。两亿，全是百元钞，也有二点三吨重，王总该有多少钱？

我一面听，一面暗暗算账。

不是算王总的，是算我的。我只拿走两亿的百分之五，就是一千万，按普光市的房价，我就能像晋灵公的那条狗，住进别墅里去，甚至能买两幢别墅。两幢不要买在同一个地方，要有段距离，这距离不以里程计，以心理计，是心理距离。我的打算是，一幢养家，一幢养个小情人。老婆和情人隔多远合适，因人而异。兄弟们，你们知道我这人道德感比较强，老婆和情人近了，我的血管会堵，如果一个在城东，一个在城南，差不多就能坦然行事了。好了，就这么定了。

可我能要到那么多吗？听说国内最牛的编剧，一集也没突破四十万，稍有名头的，也就十万左右。十万也不错啊，$40 \times 10 = 400$，有了四百万，照样能买两套房子。当然是房子，不是别墅。有房子就行啦，你老婆不是千金小姐，想找的情人也非仙姝名媛，有房子住就可以啦。但我算不算有名？我仔细想，想起在一张报纸上有我的名字，我写了封"读者来信"，表扬他们办得好，登在第二十四版。老天，这能拿出来说吗？别想十万了，五万吧。五万不行，一万也好，有了四十万，我就能让老婆住得宽舒些，不至于听人在隔壁做爱，就像在我们自己床上做爱。情人么，唉，算了，情人是人生的LV包，有了提一提，没有，牛仔包、帆布包、塑料口袋，不一样能装东西！

可我算掉了一件事呢，谢延是要跟我五五分成的，一万一集，我就只能得二十万。

我的右手掐了左手一把。

左手背冒出血影。

二十万，你也想得出来！你太小看自己了，你陈永安若是无名之辈，谢经理会找到你？总裁和导演会对你热情？谢经理所谓若不是他全力举荐，挑剩了也挑不到你头上的话，只是个计谋而已，目的是要跟你五五分成，这套把戏老农民都会耍，你就当真了？万不可过于低调。你就是太低调了，写了很多作品，都不公开发表，但你的思想已被盗用，有回在省报上看篇文章，那想法，那声口，和你的分毫不差，你半年前就写过了。你很可能是个隐士，名声早在江湖上流传。你现在不能做隐士，是怜惜老婆过得苦。做隐士的人，本就不该结婚，但你已经结了，老婆跟着你，南来北往，东游西荡，分明一个好好的肚子，却不敢往里面装孩子。

不能害口失羞，不能心慈手软，既然有两亿，拿不走千万，几百万我该不该要？别糊弄我不懂这行道上的规矩，这规矩就是：你要少了，他高兴，却又打心眼里瞧不起你。

于是我整顿精神，鼓着暗劲儿，准备谈合同时再把暗劲儿变成明劲儿。

这么迷迷糊糊的，听见掌声响起。我连忙用左手打着右手。

是王总讲完了。他下来拣了张椅子坐下，导演又站到前面去。

导演用了很长时间表达决心，之后话锋一转，说起怎样吃鹅肠。鹅肠谁没吃过？特别是我作为四川人，烫火锅的时候，基本上都要点这道菜。然而导演说的，不是端上桌的菜品，而是某些食客必须目睹厨师把鹅肠从鹅的肚子里取出来。他非常细致地描述了怎样在活鹅的屁股上旋个洞，其间鹅怎样叫，厨师怎样在鹅的叫声里，将鹅背一踩，热气直冒的肠子从那洞里涌出，然后把鹅丢开，鹅摇摇晃晃站起身，感觉自己肚里空了，便忙着去找吃的。这时候，鹅肠变成了命，那个找食物吃的鹅，变成了命的影子。

讲这些是什么意思呢？连笑靥也觉得莫名其妙。

"咋的啦？"笑靥吼着说，"又不是开吃货班。糟心！"

说着抹起了眼睛。

导演扫视着各位。

我看不见自己的表情，也看不见姜平辉和李秀秀的表情，但看得见李秀秀半低着头，双手合十。

导演依然扫视着，不说话。

我马上意识到，他是在等回应。我应该抓住机会表现一下。谢延说"今天就看你的"，看我的时候来了。我要发几句高论，不只让导演记住我，还要像钉子一样打进他心里。

可越这样想，我脑子里越是像启动一架破豆浆机，轰轰隆隆响，就是榨不出汁儿。

结果被姜平辉抢了先。

"人性里没有多少光辉……"他说，"以那种手段取鹅肠，表面说的是要货真、新鲜，最内在和最隐秘的需要，是满足残忍的欲望。残害鹅只是冰山一角。每过些年，人类就要大规模残害一次动物。残害动物的时期，都是人类兽性发作的时期。"

接着他又说："人类的兽性就像感冒，老发作不行，老不发作也有问题。"

这家伙是在贩卖聪明话。

王总介绍人的时候，我就知道他不是镜城人，在座的，全都不是镜城人，不是镜城人到镜城混事，也得学会说聪明话。

而这样的聪明话我一句也说不出来。

幸好导演没让我们都发言，他自己又讲开了，语调更加沉缓："看起来，大家都不喜欢沉重的话题。我也不喜欢。事实上没有人喜欢。沉重只属于启蒙时代，后来者坐享其成，爱的是轻软。惠明帝两岁做太子，五岁即帝位，易代之际，子贵母死，在当时已成惯例，因此惠明帝登基的同时，他母亲也得到一份礼物，是一匹悬梁自尽的白绫。他是个从小就没妈的人。刚满十岁，爹又死于祖母之手。到二十四岁，祖母去世，他独当一面，重整朝纲，清淤除溃，强国富民，迁都镜城，四度南征，并在征途中染病，不治身亡。这是一个沉重的人。我们去表现他，要是也搞得沉重，就会被观众抛弃。因此与其说表现，不如说塑造。我们要塑造一个惠明帝。别怕史学家挑毛病。史学家的历史是政治史和社会史，而历史的最高境界，是心灵史。"

王总带头鼓掌。

光阴在掌声中流逝了二十多秒，就到了正午十二点。导演下来，王总再次上台，简单总结了几句，就说："今天就到这里。吃饭了，人是铁，饭是钢，雷都不打吃饭人。"

两个记者提前走了。饭桌上也没有谢延。已见过了场面，也认识了人，这时候没有他，是我求之不得的，否则总有一个大哥在面前，不断提醒我马仔的身份。

去的是一家中餐馆，但没谱系，称"天下菜中餐馆"。

我听人说，能做"天下菜"的城市，包括镜城在内，全中国只有三个。凡发展出独立菜系的，都比较封闭，做"天下菜"，则代表如川归海的胸怀。当然能做"天下菜"，并不是说每个餐馆都是"天下菜"，像镜城，目前就只有八家。如此，今天选这里吃饭，就大有深意。想当年，惠明帝率百万臣民，从草原迁都于此，其意在"融"，要写他，先要有他的语境，所以特意到"天下菜"用餐。

我的想法是，吃饭过程中，我要就这个话题好好发挥一通。兄弟们哪，开会时被姜平辉占了先，姜平辉把我比下去了，这是明摆着的事实；甚至李秀秀也把我比下去了，她没说话，却以双手合十的姿势给出了自己的态度。我呢？我就像块石头！聚餐是我显本事的最后机会，再不抓住，我的镜城之行，恐怕就要打下课铃了。

然而，餐桌上的语境和我想象中的语境，完全不同。

"餐桌上谈工作，是无能的表现，这话是谁说的？"笑靥自问自答，"苏格拉底说的。"她四两拨千斤，用苏格拉底，轻轻松松把我们的惠明帝赶出了包间。

我拎着大包书，乘地铁回西南门。书是王总让工作人员带到餐厅去，分发给了三个编剧，每人二十六本，都是有关惠明帝的史料。尽管惠明帝雄心勃勃，也做出了与那个时代相匹配的业绩，但还称不上彪炳史册，这一方面与他过于短促的寿命有关，另一方面，或许是更重要的方面，他那业绩算不算业绩？公说算，婆说不算，纷争太大，反而都不好开口。因此有关惠明帝的史料并不多，这二十六本书都是抄来抄去。幸亏如此，不然怎么看得完。导演对我们说："回去看十天书，然后在老地方聚，谈各自的构思。"接着强调："书要看，认真看，看了要忘，认真忘。不看，弄来不像，不忘，弄来也不像。"我长出了一口气。我以为今天就会决定我的命运，看来还要等十天。

可那是不是缓期死刑？

当这念头冒出来，我觉得太不吉利，连忙想些别的。

却不能想，谢延贴在身边，不停地唠叨。他是什么时候出现的？从中餐馆出来，王总、徐导夫妇和我的两个竞争者，各自留下挥手的影像，就迅速隐没于人群，我独自朝地铁站走，那段路行人并不多，如果谢延在路上等我，很容易就能看见，但我没有看见。进地铁站也没看见。直到上了车，傍扶手站了，才见身边有张跟谢延长得一模一样的脸。我惊出一身冷汗。当那张脸朝我笑，我确认了那就是谢延本人的脸，更是毛骨悚然，仿佛我上错了车，而错的不是车次，是时空。

他却毫无错愕感，胸有成竹地撅着下巴，笑一下后，就开始唠叨。唠叨的内容，与今天的事毫不相干，全是他所谓的内幕。比如，徐导和笑餍不是正经夫妻，是野鸳鸯。在镜城，这类野鸳鸯少说有一万对，也就是两万人，相当于一个小镇的人口。想象一下吧，他对我说，陈永安你想象一下，整个镇子都是野鸳鸯，那该多么壮观，又多么荒诞和浪漫。荒诞是最高级的浪漫。要真有这样一个镇子，肯定会成为天下独绝的旅游胜地。人是被规训的，恰恰因为这样，一个"野"字，才总能唤起原始的激情；即使不敢亲身尝试，窥视别人的生活，尤其是那些不合常规的生活，都会在内心暗流汹涌。

发了几句抒情性的议论，我的谢经理接着说：镜城的野鸳鸯跟别处的不同，镜城的野鸳鸯梦想第一，住进一间屋子，睡到一张床上，只是暖一暖孤单，把孤单焐热，是为给梦想加温。如果身体舒服了，梦想却下坠了，这对野鸳鸯一定管不长久。徐导来镜城三十二年，老婆却一直待在老家，偶尔过来，最多住上一个月，他就让她回去了，嘴上的理由是她不服镜城的水土，来了就拉肚子，还犯鼻炎，心里的理由嘛……老婆嘛，太生活化了。过于生活化，只能养出小男人和小女人，与梦想无缘。三十二年当中，徐导换过十八个女人。

我很想问，姜平辉和李秀秀呢？他们也是吗？但没问出口。我怕谢延看出我的焦虑和畏葸。姜平辉说的那些聪明话，他是听见的。

他抿了抿嘴，又说，笑靥正是徐导的第十八个。徐导是个瘦子，可他找的女人都胖，让十八个站成一排，笑靥只能算偏胖。可见人都有补偿匮乏的渴望。

他只管滔滔不绝，我的手指勒得生痛，他也没说帮我拎一下。

当然，他是大哥，我是马仔。

而且也不需要他帮忙了，已经回到出租房了。

进屋他就停止了说话。

话一停，他的肩背立时有些虾，像遭遇了意外的打击。打击早就落在他身上了。王总没介绍他，还没请他吃饭。恐怕不止这些。他分明是总裁手下的经理，为什么要住到这地方来？未必他也不是镜城人？就算不是，既在总裁手下谋事，也不该住得这么简陋。他的房间我没去过，我房间的玻璃窗，是缺掉一块的，风从更北方吹来，浑身长满深秋的獠牙，尖厉地打着呼哨，蛮不讲理，一拥而入，到夜半，甚至想把我赶走。我不走，风就冷着脸，冷成一坨一坨的冰。我还是没走。冷我并不计较，简陋也不计较，关键在于，谢延交的房租，是帮我交的，不是帮你们风交的，我为什么要走？

虽不计较简陋，但我现在说的是过于简陋。除玻璃窗坏了，放在桌上的电脑，也不知来自哪朝哪代，仿佛电脑发明之前，它就在那里。这不是电脑，是时间。时间驱赶着时间。时间让时间衰老和腐烂。曾有人花一生心血，考察时间的体态，得出的结论是，时间如山溪水，站着流逝。这完全是胡扯。时间分明是躺着的，理由在于，你看不到它，它却带走了你的青春，这证明它在低处。把人消磨掉的，永远是人的低处。

那电脑我昨晚已试用过，打开时发出冰块开裂的声音，我听着难受，但原谅了它，以为它跟我一样，是被冻住了。可现在想来，不是冻的，是老的，鼠标根本划不动，用刀子把螺丝扭开，见里面绞缠着头发样的灰尘。

那是岁月的痕迹，也是冷落的痕迹。

总是离不开一个冷字。

孤单就是冷质的。

天啦，来镜城才多久，怎么就孤单成这样子？镜城的天幕底下，还有没有跟我一样的人？我是说，有没有跟我一样孤单的女人？

照谢延的说法，当然有。他没骗我。我就跟着那样的女人去了。她给我来电话，说陈永安，我住在榆树巷，离你不到二里地，你来嘛。我叫她来，她说我才不，你那里不是还有两个人吗？那两个人我看着特烦。这话让我听着受用，但同时也想，套房里三个男人，另两个都孤单着，你一个人有女人，这事太残忍，说不定还有风险。房间的门都是老木板，长着盐状白斑，拱肩缩背的，外面即使看不见，也听得见。

我问了她榆树巷的房号，就轻手轻脚出门。

冉俊的屋子黑着，证明他还没回——他无关紧要，我要提防的是谢延。谢延的屋里传出焦躁的口琴声。这太好了，我小心关门，就不会露馅。

兄弟们哪，镜城的夜色是多么美好，天空如青花瓷，禁不住想抱在怀里。二里地，是步行的黄金距离，因此用不着搭车。我边走，边想起一个朋友讲给我的事，那朋友的朋友，有回听女人召唤，去宾馆幽会，门虚掩着，他进去，听见卫生间水响，知道女人在洗澡。他点了根香烟，抽两口，掐了，把自己光光生生脱掉，仰在床上。女人裹着浴巾出来，瞅了他一眼，再次进了卫生间。他听见里面窸窸窣窣，然后安静了，女人却老不见过来。他起身去查看，没有女人。吓得忙打电话，才知女人走了。问为什么，说不为什么，就把电话挂了。这朋友走向床边，待了几分钟，掏出揣在裤兜里的三个避孕套，扔到地上，踩！踩得腿脚发麻，还踩！

我朋友说，这件事已过去十年，他那朋友也没想通。他没再跟那女人联系，女人当然也没联系他，按理，事情就算过去了，可既然没想通，怎么会过去呢？没想通就堵在那里，堵在那里就成为肿块，就要痛。他的后半生，都要腾出精力，去揉搓那个肿块。他付出的代价太大了。为一件没有发生的事付出代价。

许多事情，天底下的许多事情，真的发生后，即使有代价，迟早也能偿清，没发生，或者有发生的势，却终于没有发生，你往往要用一辈子去偿还。你别笑，这是生活的道。智者说，上士闻道，勤而行之，中士闻道，若存若亡，下士闻道，大笑之。因此你别蒙着嘴笑，要笑就大声笑出来，让我明白你是个等而下之的人。

我把那件事讲给另外的人听过，当时七八个人在场，听了都没笑，而是尽着各自的经验和想象，对女人的主动邀约和不辞而别，加以解释。各有各的解释。如果我是个写小说的,我就抛出那个故事,然后写出七八种解释,会不会成为一篇好小说?

我不好回答,因为我确实是个写小说的。

我写了十五年,却只发表了一封读者来信。

不说那些事了。

眼下,我正大步行进在约会的路上呢。

无论如何,我要吸取教训。今晚去榆树巷,进了她房间,如果她在洗澡,首先,我不能在她出来之前脱自己,我跟她是第一次,第一次是要被审视的,尽管我对自己的身体自信,但任何自信都经不起审视,审视的目的,就是打击自信。其次,我不能先躺到床上去,也别进去跟她同浴,因为是头回见面,那样做,很可能让她心生抗拒。我要站在卫生间门口,等着她出来,拥抱她,亲吻她。拥抱和亲吻,是打开女人的钥匙。当然也可能打不开,那是另外一说,我说的是打得开那种。一旦打开,女人的骨头也会变成肉。再次,就算我这天洗过十次澡,也必须再洗一次,性这东西,要不是因为爱,便干净为王;这干净二字,不仅包括干净本身,还包括让对方看见干净。

兄弟们,我就这样思如泉涌,奔走在镜城的夜色里。

前面就是榆树巷了。我现在变得比谢延还年轻了,心像拍打着的乒乓球。

哪想到榆树巷还有一道大铁门呢?

还差半步就进去了,可是,哐!

铁门关了,乒乓球挤破了。

门响的声音咋这么熟悉?

来的日子虽浅,毕竟也听它响过若干回,当然熟悉。是冉俊回来了。门响过后,便无声无息,我就猜是他。或许是谢延出去了也未可知。不管是谁,我的榆树巷之行,就这样被腰斩。真有那样一个女人就好了。兄弟们哪,女人是有的,只是不属于我,也没有谁给我打电话。我在想象中完成了那趟旅程。事实上,在想象中也没能完成。

我唯一要做的和能做的,就是躲在这个比别的房间早亮半分钟的斗室里,翻阅惠明帝的史料,并按导演的指示,记住它,又忘记它。

我把书从袋子里取出来,摞在靠墙的床上,随便摸过一本来看。是讲北国经济史的。北国的经济史也弥漫着草原的气息。写惠明帝,就该充满草原的气息和草原的语言。可他迁都镜城,并没打算让整个中国都变成白云朵朵的羊群,而是希望从游牧跨入农耕,草原的语言难道不正是他抛弃的语言?我该作何选择?如果说历史是当代与往昔的对话,因而所有历史都是当代史,那么是历史本身就蕴含着当代史,还是借助历史这枚蛋,去"塑造"一只当代史的鸡?导演说要鸡,于是我就看见了三只鸡:我的、姜平辉的、李秀秀的。然而导演说的是要鸡吗?如果我这样理解,相当于认门作墙。按导演的意思,说历史是什么无关紧要,说成是枚蛋同样没有问题,但这枚蛋孵出的,可以是鸡,也可以是鸭,还可以是恐龙、兔子、梅花鹿、松柏、香樟、灌木丛、大兴安岭、富士山、科罗拉多大峡谷……惠明帝和他的王朝,由此陷入虚无。

你们看,我像在思考了。

一介草民陈永安,像是在思考了。

草民思考,上帝想笑也笑不出来。我只听见他老人家说:对山而言,水是多么虚无;对水而言,山是多么虚无;对朝生暮死的蜉蝣而言,春夏秋冬是多么虚无;对茫茫万古的宇宙而言,人活着是多么虚无。所以虚无只是自我中心主义的代名词。

我被这样教训了一通。

我觉得教训得有理。

但另一句话就让我不服了："导演说塑造，就只能塑造！你没有思考的权利，你只需要服从。"可是我不服。"不服"是很坏的天性，我懂。根子还是在我曾祖父那里，他不该在那个大雪纷飞的夜晚，去强人手里抢夺一个女人。从情形判断，他上次去那家客栈，就跟朱小小两心相许，朱小小多半还向他承诺，说再不接客。可接不接客，不是她说了算，所谓名妓压鸨，是在大堂子，那种荒山野店，太小了，小到容不下第二条规矩，除非像我曾祖父那样，把刀子亮出来，让刀子成为规矩。如果曾祖父见对手强势，就输了那口志气，我骨血里也不会冒出那些杂质。

确实是杂质啊兄弟们，它让我深受其害。谢延说冉俊是个从头到脚的失败者，其实我才是。我曾祖父也是。他不服又怎样？最后还是败了，败得更透，更不堪。向强权低头并不可耻，因贫穷而被女人抛弃，同样不可耻，但贫穷本身是可耻的。或许是要写历史剧的缘故，我这脑子里，便接二连三跑出麻布青衣的古人来，这时候跑出来的是秦相李斯，李斯见到厕所里的老鼠，瘦骨伶仃，又脏又臭，后来见到粮仓里的老鼠，肥头大耳，溜光水滑，都是老鼠，差距咋就这么大呢！他由此悟出一门哲学，世称"老鼠哲学"，这门哲学的要义有两点：第一，人生取决于平台；第二，贫穷可耻。曾祖父当年的穷，可谓触目惊心，因这缘故，他胜利地抢到一个女人，却只是印证了自己不体面的失败。

失败也是可以遗传的，这一点许多人都不知道。

但是我知道。

我已经遗传了曾祖父失败的基因。

把书合上，沉浸其中。我是指沉浸在泄气当中。我这才发现，泄气是一种沮丧而又美妙的感觉。泄气意味着认输，认输意味着放下。

放下了,我就想家了。

"家和家园,都是一种病",我记起了这句聪明话,但还是禁不住要想。

对我而言,家的全部含义就是妻子。

我想妻子了。

天啦,幸亏没去榆树巷,不然怎么对得起妻子。

我妻子名叫蔡文湘,别以为有个湘字,就断定她是湖南人,她和我一样,出生于川东北傍水而居的回龙镇。我跟她结婚有多少年?前世就结了,谁知多少年。那年初夏,枇杷刚上市,我就领着她,从镇外的V形水湾出发,朝着太阳初升的方向走。太阳初升的方向是东方,这个我知道。我还知道东为万春。我对她说,猿直立行走过后,照样只会摘野果、饮鲜血、打瞌睡、捉虱子,一句话,直立行走的猿,还是猿。可其中有个家伙,不断鼓动同伴,说:"我们现在已经很好啦,但是肯定还有比这更好的活法,肯定有,我们为什么不出去找找看?"同伴将信将疑,却还是跟着他,离开祖居之地,踏上了征程。他们走着走着,就走成了人。

蔡文湘听了,笑。

那时候她是多么年轻呵,笑起来叮叮当当的,人面照着河面,波光粼粼的。我也年轻。我们先去浙江,再去福建,再去上海,再去广东,第五站是重庆,重庆离家近,这给我们回到家乡的感觉。

你听出来了,我们还没走成人,就回到家乡了。

好在重庆究竟不是家乡,我们至少还在寻找的路上,或者说,还在成人的路上。在沙坪坝区,两人住下来,那是嘉陵江边一个破败的大杂院,破败到像是被时代随手丢弃的垃圾。这正好。这里房租便宜,且彼此为邻,白天黑夜,都是暖烘烘的高言低语。和去其他任何地方一样,先是两人都做工,做到两天敢吃上一顿青椒肉丝或香卤肥肠，就由她独挣衣食，我则坐在家里写小说，写到五天也吃不上一顿肉，我又出去做工。做了工回来，两人吵架，把那方地界吵冷，就离开。

重庆才刚刚来呢，且饮食合脾胃，菜价也不贵，因此我只做了一个月工，我妻子蔡文湘就说："你自己写你的，我能行。"说"能行"两个字时，她的眼神像母亲一样。我的意思是，像母亲望子成龙一样。我怎么能辜负她呢？便听她的。

我在家写。

她出去干。

她干了三份活，回家来，又忙着做饭，拖地，洗衣。

这样过了四年。

四年，算一算，将近一千五百天哪。我写了不少作品——如果没有发表、没有一个读者也能叫作品的话。我一直是手写，到重庆第二年，才买了电脑。买电脑这笔钱，来得意外。某天大清早，蔡文湘扫街的时候，救了个出来晨练却突发疾病的老人，说救也说不上，是见那老人倒地，口吐白沫，她一阵妈天妈地乱嚷，把附近居民吵醒了；她嚷着跑到老人身边，脱下自己的棉衣，盖住老人的胸口，怕白沫堵了老人的嘴鼻，她用袖口不停地为他揩。不一会儿奔出个中年男人，管地上的老人叫爸爸，并将爸爸送进了医院。救治及时，没出大事。那中年男人找到蔡文湘，非给她两千块钱不可。她觉得不该收，但拿到这笔钱，手只管抖，眼眶湿润。她想哭。她就用这笔钱，为我买了台二手电脑（比谢延提供给我的这台好得多，早知道我该带来）。她想的是，我的作品没人要，多半是现在的编辑不读手写稿，一旦鸟枪换炮，我很快就能发达。

她想的没错。

我终于发表了一篇，就是那封读者来信。

那天也是奇怪，上午九点半过，我老是听到门外有人叫我：

"陈永安!"数次把门打开,都不见半个人影。这钟点,上班的和上学的,都走了,大妈们不是跳广场舞去了,就是进了菜市场,大杂院安静得很,叫我的声音清晰明亮,听得真切。可开好几趟门,门外都是空的,我就来了气,索性把门敞着。叫声反而消停下来。我像胜利者那样冷笑一声,又专心投入写作。没写几句,那声音却又跑到窗口:"陈永安!"窗外是斜坡,斜到站不住一个人,差不多可叫陡坡,坡下是荒滩,嘉陵江漫过来一段河汊,养育着芦苇和水草。我去窗口张望,望见一只白头翁在追一只蜻蜓,蜻蜓没入深密的芦苇,白头翁便傻在那里,悬空拍打翅膀,发出逆流而上的船桨的声音。

然而,当我在书桌前坐下,窗口又是一声:"陈永安!"

简直没法做事了!我干脆锁了门,出去走走。

刚上马路,就见一个卖报的老人,而且我又听到叫我的声音,叫得欢快热烈,如久别重逢。我马上就有预感了,只怨我的感觉太迟钝了。我把报纸买下一份,哗啦啦翻,翻了第二十四版,就看到了陈永安的读者来信!

我将那报纸一直放在手边,妻子下班回来,我就把陈永安三个字指给她看。

她从背后抱住我,脸在我脖子上滚来滚去。

没滚两下,满脖子都是润滑剂。

这回她真的哭了。

我的妻子蔡文湘,真的哭了。她带着泪花子,做了饭吃,又匆匆忙忙出门,两个钟头后回来,说她去了三公里外的鞍子寺,为我卜了一卦,得四句偈语:"众恶自消灭,福气自然升,如人行暗夜,今已得天明。"

可又是两年多过去,我再没发表过一个字。

而年轻的蔡文湘变得不再年轻。到夜半时分,她常在睡梦里呻吟。是腰痛的缘故。或许还有别的痛。她醒着时,痛把呻吟声从喉咙驱赶到嘴里,她就一口咬碎,再吞回去,不让它出来。睡着了她就管不住了。她呻吟的时候,我还没睡,然而我的勤奋,包括电脑里越来越多的作品,反成了我的负疚,我的罪孽。

有天终于把我击垮了。那是个星期天,蔡文湘扫了街回来,在院坝里被人拦住了摆龙门阵,有人问:"你屋里的咋老不出门?"蔡文湘说:"我老公是个作家,全国出名的,他现在手头没书,等有了书,我叫他送你们。"说罢很轻松地笑。听的人哦哦几声,说:"难怪!难怪!"然后蔡文湘进屋来,一言不发,汗水巴拉地系了围裙,下厨房做饭。我看着她的背影。那背都快驼下去了。她把我击垮了。

不是快驼下去的背,是她那几句话把我击垮了。

第二天,我就找工作去了。

然后我们吵架,把那地界吵冷,就又离开。

冉俊又是很晚才回。他总是这样早出晚归。若只在公司做财务,咋忙成这样?那是个什么天王老子的公司?难道可以不遵守我中华人民共和国八小时工作制的法律?

我怀疑他跟蔡文湘一样,不止做了一份工。

我放下书,去上厕所。其实我不想上厕所,是对冉俊好奇。谢延越叫别跟他接触,我越对他好奇。好奇这个词不确切,说成某种亲缘更合适。他来镜城十多年了,就说来镜城才从娘胎里出生,十多年过去,也该开花结果,可对他,却只是一堆腐烂的时间。物以类聚,人以群分,我逃不出这个低俗的真理。

他已把厕所占了,在洗脸,跟往天一样,像那脸上带着响器。不洗脸时他像猫,悄无声息,洗起脸来就呜噜地叫。洗了脸又撒尿,依然不关门,松弛的屁股朝向门口,裤腿太长,堆积在脚后跟。我心想，这家伙，若某天时来运转，成了暴发户，住进了豪宅，进厕所撒尿恐怕照样不关门吧？这样想有意思吗？没有意思。一点意思也没有吗？好像又有一点，只是说不出来，说出来多半也是丧气话，干脆不说。只见灯泡悬在他的头顶，那头顶如一面淡红色的湖。我原以为，他头上根毛不存，错了！灯光尽职尽责地薅出了几根细毛，又细又软，贴皮垂挂。接着，他近乎剧烈地抖动起来，是在打尿噤。我也跟着抖，体味打尿噤时的快感。然后他冲了马桶，手也不洗，就转身出来。

看见我，他歉疚地笑了一下。

我从厕所出来时，他已开了电视。这套房，最像样的大概就是客厅，有餐桌，有椅子，有冰箱，有沙发，有电视，尽管一切都是旧的。电视明显是上世纪的遗物，屏幕如布满白内障的牛眼，通上电，白内障徐徐揭开，变得明亮起来，只是小，播放《开天辟地》，也给人儿童剧的感觉。声音低到近乎没有，也不知冉俊怎么听得清。或许他也没想听清，只希望多几个人影，闹热些。平时，谢延和我都只从客厅路过，基本不停留，唯冉俊在那里活动，若回来得早些，他会自己做饭，做了在客厅里吃，当然通常是带回大饼，中规中矩地坐到餐桌前，把大饼咽下去。

这明显是个渴望家庭的男人。可他的家远在有着十万大山的南国。他也没跟谁结成野鸳鸯。他是独来独往的。

现在他又在吃大饼。他买回的熟食，总是大饼，用油浸浸的牛皮纸裹着，把纸剥开，再卷几下，卷得很厚，吃得很香，大嘴下去，就缺掉一块。面前放着个铝盆，是他前几天烧的鱼汤，冻在冰箱里的。他并不去灶上加热，咬一口大饼，又用筷子去盆里剜，剜一团送进嘴里，和着大饼嚼。鱼肉早吃光了，只剩了汤，而汤凝成了固体，他就把这固体当成了鱼肉。我的牙齿咯咯打战，胃也跟着结成了冰。可他在流汗呢。满头大汗。椅背上搭着块帕子，他吃几口，就扯过帕子在头上转着圈儿抹。

这么站在一旁观察他，是很无礼的事情。甚至是冒犯。说成是犯罪也不为过，因为你是用目光和意志把人囚禁起来。生活中，人们感觉被囚禁，并非身边围着铜墙铁壁，而是无处不在的窥探，也包括大明其白的审视。尤其是进食、排泄、做爱和睡觉，是所有生物最脆弱的时候，成为捕猎者的口中食，往往也是在这样的时候。唯有一种办法，能化脆为坚，变弱为强，那就是表演：表演进食，表演排泄，表演做爱和睡觉。表演者最强大的地方，是能将观察者变成傻子。

那么我这样盯住人家，就可能成为二者之一：罪犯或傻子。

这两种人我都不想做。

于是我坐到沙发上去，眼睛朝着电视机。

冉俊似乎这才觉察到我的存在，把遥控板递给我。我摆摆手，表明我并不想看电视，只是出来放风。他却把声音开大了。这让我心生感动。他开始调那么低声，很可能是怕影响我。他已知道我是来加入一个剧组的，正参与编剧的激烈竞争。

电视里正播放一台相亲节目，冉俊刚把声音调大，正低头把筷子伸进铝盆，一个自炫到流鼻血的女子，就斜脸翘嘴，脆声脆气地说："我最恶心年纪轻轻就秃顶的男人。"

冉俊把头一扬，朝着电视笑："嘿，嘿嘿。"

他笑起来有一种悲哀的气息。

要说，四十多岁，也不算老，他的头就秃成那样，很可能三十多岁甚至二十多岁就那样了，也就是说，很年轻的时候就那样了。他因此被女人嫌弃，嫌弃到"恶心"。

我装出不经意的样子，起身拿过遥控板，换了台。

谁知他说："就看那个，好看！"

这哥们儿有自虐倾向。

自甘卑微的人，大多有自虐倾向，你相信我这话好了。自虐者就像大白天去电影院，须依赖人造的黑暗，我不小心掀开了窗帘，让你看见了光，那好，现在我把窗帘合上，把黑暗还给你。我很冒火地这样想着，摁着遥控板，要给他换回去。当然表面上做出很抱歉的样子。我希望那个女子还在。我开始有点讨厌她，现在觉得她蛮可爱的，她穿的暗格森女裙，斜脸翘嘴说话的姿势，还有簇在鼻尖上细如发丝的肉纹，都很可爱。

但气人的是，换台时很轻松，要换回去，圆溜溜的键却像九十岁的奶头，稀软，怎么摁都没反应。我便递给他。他是摸熟的，一摁就顺了。

那女子果然还在，却是在受嘉宾的批评。

嘉宾也是个女子，只是年纪稍长，也就三十来岁吧，是个电影明星，爱笑，也爱哭，笑和哭都美得慌，我是说，比不笑不哭的时候美多了，她自己也知道，因此老是笑，老是哭。但这时候没笑也没哭，她板着脸，说，男人的头发如女人的容颜，浓淡美丑，都是老天的恩典，却也是与生俱来的恐惧。

这本身就是一句聪明话，接着她说了句更聪明的话："一切恩典都是恐惧。"

下面又是批评："我们任何人，都没有资格去拿别人的恐惧恶心。"

那女子听着，气焰沉于谷底，羞惭到自我厌恶的地步。我敢肯定，她并没打算在这个相亲节目上找个对象，平时为人，也远不是嘴头子上那般刻薄。她就是想出出风头而已。想出风头的人，是因为活着，却不存在，她想让自己存在。同时我也肯定，那女明星是把道德的面具打包成高贵的礼品，分发到千家万户。她也需要存在。她没有想到（或许想到了也无所谓），自己在以正大光明的方式，把另一个人推向深渊。

冉俊听了嘉宾说，该高兴不是么？但真看不出来，他咬着大饼，戳着固体鱼汤，转着圈儿抹头上的汗。每抹一次，头就亮一层。他那汗水不是汗水，是鱼子似的油脂。精神越萎顿，油脂越泛滥。哈，我好像也说了一句聪明话。

正这么暗自得意，大门响了。

我的谢经理回来了。

他是什么时候出去的，又为什么出去，我都不知道。

当然我也不应该知道。

我的腰不自觉地挺了一下，像是要起身迎接他。最终没起身，是觉得，总裁和导演都对我热情，对你冷淡，甚至不请你吃饭……我在努力与我马仔的身份做斗争。只是斗争得相对克制，毕竟，我还没挣到钱，要下次跟导演见面过后，才能决定是否录用我，是否签合同，合同一签，就能拿到百分之二十的酬金啦。但现在还没有，现在我还靠谢延养着。

冉俊像是感觉到了我们关系的变化，盯住谢延看，然后又盯住我看。

谢延没理他，只扫了我一眼，脸黑下去，直杠杠进了房间，把门关得地动山摇。

那张黑脸和那声门响，我都懂了。

我不该跟一个失败者搭伙看电视，也不该丢下惠明帝，从早亮半分钟的房间里出来。古人云，乘人之车者，载人之患，衣人之衣者，怀人之忧，食人之食者，死人之事。古人把靠人养活看得最重，重到要为人家的事去拼命的地步。我一天三顿吃着谢延的，早晨吃羹，中午吃面条，晚上跟冉俊一样，吃大饼。如此这般，我怎么好意思还去跟自己马仔的身份做斗争？须知，即使斗争得很克制，也是一种背叛。

啊，我呼唤你——一千五百年前的惠明帝，你身上究竟有着怎样的秘密？你贵为皇帝，万人之上，人上之人，你就是神吗？就是所有臣民的大哥吗？可你父母、子女和皇后，不是被谋杀，就是被赐死。赐死的命令，有别人下的，也有你自己下的。"骨肉相残，是我们的命运。"做了皇帝的人爱这样说。英雄崇拜论者因此得出结论：英雄是以承受痛苦来成就历史。殊不知，痛苦是必然的，历史却是必然与偶然的合体，而必然是菜，偶然是盐，你以为菜比盐重要，那就错了，没有盐的菜，是动物吃的，不是人吃的；至于说痛苦必然，是因为欲望必然，许多时候，痛苦只是欲望的美称。

"胡说！"

一个沙哑的嗓音，裹挟着时间的烟尘，破空而来。

将烟尘剥去，就能嗅到辽阔的草原气息。

那是惠明帝。他活过来了。一个人不管死去多少年，只要有人念着，就会活过来，待活人将他忘记，他又死了。因此有的人一直活着，有的人活一次、死一次，有的人死去活来若干回。此刻，只见活过来的惠明帝，身披锐甲，挥马扬鞭，领百万之众，浩浩荡荡从长城的那一边出发，越过关隘，在连日大雨里朝镜城行进。他们已走了个多月，镜城近在眼前。风雨和马蹄声中，惠明帝向天自语："前无古人，后无来者！"

这是指他正成就着的伟业。久居苦寒之地，妇女无胭脂，子孙缺衣食，他深感要种子不死，根脉不绝，须去降雨线南侧，而南侧是汉人的农耕世界，他必须让自己，也让他的所有臣民，入乡随俗。首先，他的称谓就要改，以前称单于，今后改称帝。他已经想好了，迁都镜城这年，定为惠明元年，他便是惠明帝。正如谢延所说，名分是身份的变种，改变身份是脱胎换骨。敢于脱胎换骨的人，是世间英杰，有理由自豪。

可我听说，老年人才能看见未来，而惠明帝那时候不满三十，怎么知道后无来者？再往前看，他祖先是黄帝家族的一支，早年从中原迁至嫩江流域；在他年幼时，祖母孙太后哺育他，并替他执掌朝纲，用汉臣，袭汉制，且致力于为他传授儒家经典，因此移风易俗，孙太后早就在做了，他无非是走在祖母开辟出来的道路上，算不上前无古人。

我们都生活在历史的结局当中。

惠明帝也不例外。

只是他把这些都忘了。

忘记意味着背叛。

惠明帝跟我一样，是个背叛者。

不同之处在于，我意识到了自己的背叛，并尽可能压服，惠明帝却是坚定的背叛者。背叛的结果，是在他死后三十余年，他的国家就灭亡了。

他既是一个背叛者，也是一个失败者。

"惠明帝怎么可能是失败者？他点燃自己的心，照亮了两个民族！"

是谁在说话？

这话让跟我慢慢亲近起来的惠明帝，又退到了时间的深处。失败者只和失败者亲近。唯有把惠明帝，也把世间所有人，都定义为失败者，我才能找到感觉。

别以为我是心胸狭隘，更别以为我是在诅咒谁。

兄弟们哪，我谁也不诅咒，我这是慈悲。


这又要说到我的曾祖父了。

我曾祖父不只会抢女人，他的刚毅执着，后来都挥洒到了战场上，战场上注定的和侥幸的胜利，扇动起他的功名心。功名心这个词,常常被当成一个坏词,因为评判它的,多数都是凡夫俗子。没有功名心,世间就没有英雄。"世间不需要英雄,"我听见有人大声抗辩,"需要英雄的时代,都是很坏的时代。"好了,你知道这个就行了,这证明不是不需要英雄,而是你在火炉边闲得蛋疼,就认为英雄是多余的,不仅多余,还映照得你的生命暗淡无光,因而是讨厌的;要是你处在我曾祖父的时代,日本人闯进你的家乡,烧杀奸淫,无恶不作,无孽不造,你最深的渴望,恐怕就是遍地英雄。

不过说到我曾祖父本人,情况又有些特殊。他当年撤离前线,进驻重庆,便立即想着再去南京。他的功名心比较复杂。好在死亡将其简单化了。抗战还没结束,他也没能离开重庆,就死了。

曾祖父的遗体运回了老家,这是我曾祖母的主张。

曾祖母和曾祖父世代邻居,但非青梅竹马,他们的父辈为两尺地基,彼此为仇。曾祖父刚满十五岁,爹妈短时间内相继病故,家事败落,更被邻居欺辱,他便离家出走,跟着一帮背伕,风霜刀剑,寒来暑往,活动在米仓山道,朝陕西背盐,养就了一身力气和野气,他就凭这两样东西,去收割他的爱情。朱小小给他上了一课。黑熊、野牛、山猪,都比他更有资格谈论力和野,但它们是熊、牛、猪。

在那个冬天即将过去,春天即将来临的夜晚,曾祖父和朱小小,躺在川陕道上一间茅屋里,以通夜做爱的方式,祭奠彼此不合时宜的单纯。人世间常有一种误解,以为单纯的就是善的,也是好的,其实未必,有时候,单纯无非是因为愚蠢,而许许多多的愚蠢不是智力问题,是道德问题。曾祖父和朱小小的单纯应如何定性,我是没资格多嘴的。我只说事实。那事实就是:他们把做爱做成了做爱的敌人。情欲,只是缩短了破灭的里程,天一亮,朱小小就走了,曾祖父站在门口,望着她踏过满地妖娆的蛇泡果,上到大路,消失在青冈林的那一边。

这时候，曾祖父一无所想，脸上是特写的痛苦。其实说不上痛苦。他回味着昨夜的事，空的。仿佛一夜的忙碌和满足，不是他，是别人，他把身体和心，都借给了别人。

他没回头，划燃一根洋火，朝身后一抛。

身后吱的一声，像茅屋被洋火掐了一把。

然后，周围的风景变幻着颜色，也变幻着温度。

他依然没回头，踏着朱小小的脚印，上了大路。

他们在大路上分道扬镳。

朱小小朝下，他朝上。

上上下下，千峰万岭，他回到了阔别的家乡。

后面的故事不堪说。他霸占了已做人妻的邻家女，并在众目睽睽之下，将她塞入麻袋，像扛货物那样，扛出了那条河。他的野气在朱小小面前不值一提，但到了轻风吹拂的回龙镇，再凶恶的狗都不敢朝他叫。

他的爱情在朱小小身上就用尽了，可朱小小让他变成土，曾祖母把他变成树，他深知其中的区别，因此尽管不爱妻子，却珍惜她。战火纷飞中，曾祖母跟随曾祖父，漂泊辗转，从不抱怨，也不显山露水，直待曾祖父死了，才见出她的远见卓识。重庆有的是地方埋下一个死人，但曾祖母觉得，唯有家乡镇子背后椅子般的山体，才会宽厚而持久地收留像曾祖父那样一个死人。果然也是。曾祖父的坟茔至今还在，我和蔡文湘离开家乡的前一天，还专门去祭扫过的。或许是想到此一别非比寻常，我带去了弯刀和锄头，清理荒芜的坟地。除去深密的杂草和碗口粗的藤蔓，见石砌的墓墙上刻着一副对联：

"百年事业三更梦，万里山河一局棋。"

横批："不朽宫"。

当时没觉得怎样，而今想来，真是悲伤。

"不朽宫"和"三更梦",弄得我很悲伤。

这是失败者活鲜鲜的写照。

现在,我又为惠明帝悲伤了。

导演那天特别指出,我们不能搞得太沉重,要以今人之眼去注解历史,从而呈现今人的心灵史。于是我想,今人关心些啥呢?哇,多得数不过来!一个女人在火车上吃臭豆腐;一个男人在地铁上摸女人的屁股;一个老人在公交车上跟生了病的年轻人抢座位;一个穿金戴银的妇人乞求大师发功,让她儿媳怀个男胎;一个副科级女干部直接升为正处;一个大学校长念了五个错别字;一个男明星下了飞机;一个女明星请人代孕;一个男明星和一个女明星戴着墨镜和口罩进了酒店;一个万人迷出柜;一只狗会骑滑板车;一只鸭子跟主人在街上散步;一款保健品上了热搜;一个歌唱演员减肥成功;一个时装模特整容失败;成都太古里成了网红打卡地头名;白宫里的要员吃饼干卡了喉咙;非洲草原上有群狮子在晒太阳……如果一直这么数下去,等我数完,《惠明春秋》早就上映了吧?姜平辉和李秀秀早就拿到编剧费并上台领奖了吧?

我才没那么傻,我数到五十,就不再数。

我把这五十项像开药方那样开出来,先合并同类项,再为它们画正字,相当于选举投票。投出的结果,男女关系胜出。这让我多少有些失望。现在的小年轻,不是连恋爱也懒得谈吗?不是说全世界青壮年的年平均性交次数都在断崖式萎缩吗?怎么还是男女关系胜出?但这是投票投出来的,我只能尊重。然后我把男女关系分解,再行投票。投出的结果,通奸胜出。可见并不是对男女关系不感兴趣,只是对符合规范的男女关系不感兴趣,正如谢延对"野"字的阐释。而所谓年平均性交次数,都是规范之内的统计数字,不足为凭。千百年来,从人本身而言,汤换了若干回,药其实还是那味药。

惠明帝当然不会跟人通奸,他是皇帝,他睡女人,叫"幸"。不管女人想不想跟皇帝睡,只要皇帝睡了,都叫幸。很多女人当然还是想的。为被"幸",饿成细腰,以至于饿死;在门前放上青枝,撒上盐巴,让坐羊车路过的天子停下来;甚至编造谎言,说自己是神女,"妾,巫山之女也……闻君游高唐,愿荐枕席。"诸般手段,哪样没使过。

惠明帝跟人睡不算通奸,他女人孙妙月跟人睡呢?

那是要算的!

好了,有了!

想当年,惠明帝从镜城出发,率部南征,太尉为皇帝着想,奏请以宫人相从,遭到严厉斥责:"临戎不谈内事!"那太尉想拍马屁,可惜他太不懂自己的上司,被斥责是活该。惠明帝是个职业政治家,也是个职业军人,深知男人在什么情况下可能被瓦解。

他走了,留下皇后孙妙月。

这孙妙月,风采照人,却又肉身沉重,禁不住更漏寂寂,就跟扮成宦官的僧人高廉清搞上了。按现在的说法,搞得很嗨,以致众人皆知。被告发后,惠明帝将牵线人杀了,将高廉清和皇后幽禁,死前却留下遗诏,将皇后赐死。孙妙月不想死,狂声呼号,说我的人儿哪,他绝不会这样待我的,是你们这帮狗东西想我死,就不怕天打雷劈,矫造遗诏!言毕被"狗东西"们灌下毒药,以三十岁芳华谢世。

我们不是表现,是塑造,导演是这样说的。如前所述,我曾经很疑虑,现在想来,导演是对的。这是超市和连锁店的时代,让旗舰店去思考,连锁店只照章办事,这办法不是没有道理的。比如对孙妙月,只是表现,当然也有足够的吸引力,皇帝的老婆偷人,会让想偷人的凡夫之妻,找到理由,让老婆偷人的庸常男子,找到安慰，让仇富怨贵的卑屑之辈，找到快感，总之方方面面都照顾到了。

可那毕竟还停留在情绪化的层面。

天底下所有的平庸，都是情绪化的产物。

哪里没有事实，哪里就由感情支配。

哪里没有思考，情绪便如蔓草荒烟。

唉，我总是这般矛盾重重……

窗外又起风了。

风里夹带着琴声和鼓声。

这是老天对我的恩赐。

我从矛盾的水草里挣脱出来，又清晰地看见了一千五百年前的镜城。

镜城的中心，立着一个孙妙月。

说孙妙月风采照人，不光因为她长得好，还因为她是音乐家，是个"功夫皇后"。有依据吗？没有，我在塑造呢。我这时候想到的，是杨玉环和霓裳羽衣舞，还有戚夫人和她的《春歌》。孙妙月虽以卑劣手段构陷妹妹，将妹妹从皇后宝座拉下马，自己成了皇后（史实），但她对权力并无多少欲望，她钟情的是音乐，爱恋的是乐师，她就想嫁个乐师（塑造）。当时的整个北国，有两大乐师，鼓为乐之王，因此也可说是两大鼓手，这两大鼓手双星闪耀，他们是：惠明帝和高廉清（塑造）。高廉清既是宦官，又是僧人（史实），怎么能嫁？于是孙妙月嫁给了惠明帝。

后面的都是塑造，我也懒得一一说明。

惠明帝南征去了，孙妙月就天天招来高廉清，让他击鼓。高廉清击鼓，习惯蹲着马步，事实上那时候他已变成了马，长虹耀日，鬃髯披拂，嘚嘚马蹄，敲醒天地。孙妙月化进去了，皮肤一点点变得清妍，开出花朵。旁边站着的执事，把皇后的一举一动看在眼里,也深知人的灵魂正是藏在皮肤里,过后便悄悄对皇后说:"高廉清那宦官是假的。"

孙妙月顺手就是一耳光:"真的假的,与我何干?"

可就在那第二天,她和高廉清上了床。

事情败露后,惠明帝回宫,百官齐聚殿下,两旁武士林立,戈戟生寒,鸦雀无声。然后听见脚步响,是高廉清和孙妙月被带了上来。他们现在是活人,很快就会变成死人了。每个人都要死,秦始皇耗巨资求不死仙丹,结果还是死了,因此死没什么,可怕的是知道死期。死期是一个人最大的秘密,掌握在神的手中,人们向往从神的手中抢夺权力,可真抢过来,又得不到什么,只得到虚无和恐惧。

然而,宦官端出了一把椅子,放在了孙妙月的屁股底下。

这是让她坐。

不敢坐,不想坐,都得坐。

接着,宦官抬出两面大鼓,置于殿外。

惠明帝徐徐下阶,走到一面鼓前,敲!

敲的是正风化俗之鼓。

十余通后,调子一转,百官起疑:这是斗鼓。

举国之内,除了高廉清,谁还能和皇上斗鼓?

高廉清自然也心知肚明。只见他战战兢兢,走到另一面鼓前,照惯常那样,蹲着马步。但他并没有变成马,面前的大鼓声消韵歇。惠明帝微闭双目,双手起落如飞,疾风扑面。高廉清慢慢拈起鼓槌,鼓声响起,但不是敲,更不是斗,而是哀鸣,是告饶。惠明帝咚咚咚。高廉清咚、咚、咚。惠明帝咚咚咚咚咚。高廉清咚、咚、咚咚。惠明帝咚咚咚、咚咚咚、咚咚咚咚咚咚。高廉清咚咚、咚咚、咚咚咚。但究竟起来了,激活了,恐惧退场,艺术重生。鼓声如两条大江,迎面奔涌,拼力相撞,雷吼之声,摇动山川。抬头望,水头已腾入云空,须眉偾张,交缠撕咬。文武百官凝神屏气,坐着的孙妙月站了起来。可怎么回事?彩霞飘飘,祥云朵朵,要斗个你死我活的两条鼓龙,却在彼此抚慰,惺惺相惜。所有人都感动了,孙妙月以袖拭泪。

但就在此时,天昏地暗,飞沙走石。接着鼓声止息,鲜红的液体从九天垂落,殿里殿外腥气弥漫。

惠明帝将鼓槌一扔。

谁都以为奸夫淫妇的死期到了。

可惠明帝说:"我输了。"

他既没杀孙妙月,也没杀高廉清。

他把他们幽禁在相邻的两个院落里(说成囚室也行)。高廉清的院落放着一面鼓,每到暮日黄昏,惠明帝就去他院外,搭张凳子坐了,令他敲鼓。惠明帝闭目倾听,听到星光满天,才起身离去。后来,高廉清无须命令,时辰一到,鼓声即起,比麻草开花和雄鸡报晓,都要准时。

当时,宫里宫外就有了流言,说惠明帝爱上了高廉清。

这完全是一派胡言。因为,惠明帝听鼓的时候,努力控制着面部的抽搐。

那是痛苦和对痛苦的克制与沉迷。

兄弟们哪,我这是塑造了一个怎样的人物?这不是一个自虐狂吗?我开始说冉俊有自虐倾向,难道惠明帝连冉俊也不如吗?我还说过自甘卑微者才自虐,惠明帝作为一代英主,生于帝王家,且还是无知小儿就承继大统,怎么可能自甘卑微?

我听见了你们的讥笑声。

但别急,请允许我辩解。

二十六本史书,我已浏览大半,这大半都有一段相同的记载

（它们本身就是抄来抄去的）：惠明帝听了两拨人告状，回宫审讯高廉清，严刑拷打之下，高廉清只得如实供述了他怎样跟皇后乱搞。然后惠明帝把孙妙月请进来，让孙妙月当着众人，包括当着高廉清，重述她怎样跟高廉清乱搞。

听明白没有？惠明帝在以这样的方式自虐。

当然你可以说，超越自身现实的历史评说从来就不存在，卑微者才会把那理解为卑微，自虐者才会把那理解为自虐，比如你陈永安，朱小小没成为你的曾祖母，你感到遗憾，就是一个自虐者的遗憾，你遗憾的是没有一个做了妓女的长辈给你带来伤害。

你因此继续说：人家惠明帝，是在用一种特殊手段锤炼自己，进而战胜自己，以此证明他内心的强大。

这样翻案，好得很！我也厌烦了卑微者的勾当，他们最喜欢干的事情，是去崇高和深刻。这和均贫富是同样的心理。

然而令人惋惜的是，史书上说，当时生着病的惠明帝，听了高廉清的供述，又听了孙妙月的供述，病情加重，不久就死了。

孙妙月的供述不可考，因为她不愿当着众人讲述自己的奸情。她的廉耻并没突破底线。单凭这一点，我几乎准备尊敬她了。

惠明帝依了她，屏退左右。如此照顾她的情绪，是惠明帝铭记着祖母的恩情。孙妙月是祖母孙太后的侄女。"打狗看主人"，"不看僧面看佛面"，此等谚语，在帝王家同样适用。此外还有更深层的原因，在于：孙妙月秽乱宫闱，正是遗传了姑母的基因。孙太后还是嫩女少妇，就守了寡，她懒得守，遍索健男，陪她过夜。惠明帝的父亲摩揭单于，见不来太后的做派，常生异言，且将太后男宠纷纷行贬，甚至打入死牢。孙太后是何等样人，"多智，猜忍，杀戮赏罚，决之俄顷"，摩揭不满十九岁，她就逼他传位给太子，太子继位，成了雁喁单于，后来又成了惠明帝。退下去的年轻太上皇，仍不安分，纠结朋党，私养死士，孙太后倒不怕这些，但看着心烦,就干脆把他杀了。

我想诸位都听清了,惠明帝对后宫淫乱,感情复杂。

太后不淫乱,他就不可能那么早继位,这个草原之国的政治核心,就不会顺理成章地由太后过渡给他,他也就不能无所牵绊地实现自己的抱负。

惠明帝的恩与伤,都缘于后宫不洁。

总之,惠明帝答应了孙妙月的请求。当大家都出去了,孙妙月才开始说。尽管说的什么湮没无闻,大体上却是可以猜想的。后来,惠明帝下诏赐死孙妙月,又让以皇后之礼葬之,目的是"永掩孙门之过"。这"孙门",不仅指孙妙月,还指孙太后,由此从侧面证明,孙妙月跟高廉清,做着孙太后跟男宠们曾经做过的事。

对老婆的奸情,惠明帝听一遍不够,还要听二遍。

不只听事实,还要听细节。

细节才能把事实变成真实。

他是皇帝,最难掌握的是真实,最渴望的也是真实。

千真万确的,惠明帝是在折磨自己。

兄弟们哪,我们都是可怜人。


别说"我们"了,就说我自己好了,说我陈永安好了。

如前所述,我和妻子蔡文湘到了重庆,我在重庆发表了一篇读者来信。那封信成了我刚探出去就折断的触须,然后我又出去做工,再后跟妻子吵架,把那地界吵冷,就又离开。

这次到的,是普光市。

普光市有数百万人口,不算小,但你肯定没听说过,是因为它就在我们省城的眼皮底下,省城的光芒把它照瞎了。虽回到了省内,但我们依然不是回家,依然在寻找和成人的路上。要论距离,重庆离我老家,比普光更近。当然这是空间距离,我没说心理距离。心理上，普光就近多啦。普光是"我们的"，重庆是"别人的"。

人是被界线锁住的生物。

人在界线面前俯首称臣。

不过像我这样的梦想者除外。

在普光，我和妻子度过了一段幸福时光。我们租了个房子，房子前面有条河，河上有座桥，两岸开着芙蓉花，差不多就是小桥流水啦。顺河而下，吃顿早饭的工夫，就离了普光，进入省城，又是吃顿早饭的工夫，就到了省城的杜甫草堂，杜甫笔下的锦江，就是这河的名字了。与河十字交叉的，是条饮食街，蔡文湘进了其中一家餐馆做工。三十出头的女人，年华正好，可她身上已留下苦力的影子。人喜欢看各种各样的影子，花影、月影、夕阳的倒影、火光跳动的魅影，都爱看，但没有谁想看苦力的影子。蔡文湘被安排在后台，做些杂活。这无所谓的，她又没奢望像法国影星苏菲那样，因在客人面前穿梭来往地跑堂，跑得浑身是戏，终被星探发现。

但蔡文湘并未在餐馆干多长时间，原因是她男人该吃饭时，她却在照顾别人吃饭。于是跳槽，当起了快递员。这真是从糠箩筐跳进了米箩筐，收入比在餐馆高得多。只是照样不能为我做一日三餐，至少中午那顿，她是管不了我的。

好在我当班时，吃的是免费午餐。我就在我们租住的小区当保安。前几年有个小品，一个小伙子当上保安后，见人就说"我骄傲"。有些观众看了，嗤之以鼻，无非就是个守门的，有啥好骄傲的？骂编剧和导演胡枝扯叶。兄弟们，我要郑重地告诉你，这小品确实有生活来源。比如我做了保安，就骄傲过一阵子。你们知道为什么吗？

保安要发制服！

啥叫制服？

制服就是某个团体的统一服装。

有个哲学家曾说，法衣创造了僧侣，制服创造了士兵。那哲学家不是镜城人，连中国人也不是，可他也在说聪明话。如果他说成制服创造了保安就好了。遗憾的是，他所处的时代，还没有保安。当然从某种角度讲，保安也是士兵的一种，说制服创造了士兵，相当于说制服创造了保安。

你听听，我为什么不该骄傲呢？

在我们家族，上溯十代八代的我不知晓，最近几代，曾祖父是座山峰。他将曾祖母扛出那条河，就投奔家乡人范绍增去了。范绍增你知道么？其祖辈父辈，均为川东北巨富，1916年，川东北组兵讨袁，范进入行伍，开驻夔州，从此离开家乡，在军阀杨森和刘湘之间辗转。抗战爆发，范请缨杀敌，奔赴上海，上海沦陷后，他从江西转战浙西，又从浙西转战太湖……1949年反蒋起义，成了共和国的功臣。曾祖父去投奔他时，他是国民党某集团军第八十八军军长。范将军顾念乡情，把我曾祖父收入帐下，很是关照，加上曾祖父自己争气，数十仗打下来，便成长为师长。自此，凡遇大仗，曾祖父更是亲临一线，率部在宜昌地界，与日军展开激烈拉锯战，并在随后的战斗中，击毙日军第十五师团长酒井中将，令日朝野震动，因为在日陆军史上，在职师团长阵亡，酒井"是第一个"。紧接着，曾祖父又率部击伤日军第四十师团少将旅团长河野。这是真正的捷报频传。

可正在此时，他上司范将军却被调任，做了集团军副总司令。

看上去升了，其实是个虚职，是明升暗降。范乃袍哥出身，受不得闲气，一怒之下，回重庆"耍"去了，把我曾祖父也带在了身边。

我曾祖父这时候，却多了个心眼，当时太平洋战争已打响，他睁半只眼就看出了日本的败象，知道陪都政府终将还都南京，便渐渐脱离范集团，向中心靠拢。蒋介石很欣赏他，命他负责重庆隧道工程。当年的重庆隧道，可不是现在的火车隧道，那既是保命的防空洞，也是兵工厂的隐秘基地。

曾祖父在这把交椅上没坐满八个月，就死了。

踩翻窨井盖死的。

一个在战场上挥洒自如的俊杰，竟死得这样寒碜。

他死后，范将军特意送了副挽联："大山大水，重情重义。"

这副挽联当时就被揣度，结论是：陈大金（我曾祖父的名字）是被做掉的。

被谁做掉？一说是范，二说是蒋。如果是范，他送的挽联就是讽刺；如果是蒋，证明曾祖父向中心靠拢是假，他一直是范的人，去"总坛"是去做范的卧底。

对此我不想多说什么。都过去了。曾祖父当年，住在上清寺，我和蔡文湘离开重庆之前，我独自去上清寺查访。大浪淘沙，旧迹全无。早就过去了。在人类漫长的岁月里，不知死了多少条命，各有各的死法，有哭死的，有笑死的，有尿憋死的，有饭撑死的，有老鹰丢下乌龟击中头部死的，有被自己胡子绊倒摔断颈椎死的……我曾祖父的死，只是万千死法中的一种。

我要说的是，曾祖父在我们家族史上攀到了峰顶，却是一座孤峰。当时穿着开裆裤的祖父，像孤峰上的一块泥，雨打风吹，那块泥落于谷底，曾祖母领着他，把死者送回家乡，母子俩就再没离开过。然后是父亲，然后是我。我们都是在谷底生长的。

孤独地生长。

我从来就没有过什么团体。

现在有了。我从身上的制服辨识我自己，也辨识我的社群和我的祖国。我几乎忘记了写作，也忘记了之所以写，是丈量峰顶和谷底的落差。上班前半个钟头，我就把制服穿上，到门卫室，便拿着个遥控器，摁一下，躺着的横杆直起来，让车出入；再摁一下，直的又变成横的，车想进来不行，想出去也不行。兄弟们哪，我不仅有了制服，还有了权力！上午十点前后，下午三四点钟，门口清闲，领导和同事都不在的话，我就将那遥控器摁一下，又摁一下，让那根血红色的杆子直了又横，横了又直，把玩我手中的权力。

如果那杆子是相府的大门呢？是发射导弹的阀门呢？

我就是掌握生杀予夺大权的宰相或将军啦！

"瓜娃子！"

是谁在骂？

骂的是谁？

——车主在骂。

——骂的是我。

一方面是心猿意马，另一方面我想试试这权力灵不灵，有辆蓝色君越开到门口，我无意或故意把遥控器摁迟缓了些，车主便摇下玻璃窗，脸红脖子粗地厉声怒骂。把车开进来，又停下来骂。"瓜娃子"是我们省城和省城周边诸如普光市的"市"骂，相当于京骂"傻逼"，镜（城）骂"梭叶子"。

我是不会还嘴的，还嘴我就拿不到工钱。更重要的是，那车主我知道，住在七栋，杀过人，没杀死，被判十五年，减刑到十二年，他坐了十二年牢，两个月前才从牢里出来。我选择在他身上试刀，就是看这把刀利不利。

结果不仅挨了骂，还不敢还嘴。

我的骄傲感和幸福感，就这样坍塌了。

如果这也能叫幸福，我的故乡回龙镇，就该是天堂了吧？

我和蔡文湘在镇上有家小卖部，太阳出来，把门打开，市声消歇，把门关上，一天就过去了。不必这样辛苦，也不缺吃少穿，更不会被谁骂。

那么，我为什么出来？

这疑问又一次自天而降。

陈永安，你就招了吧。

你出来，是为了逃离。曾祖母的前夫那家人，曾祖母带着丈夫的遗体从重庆回来时，他们来送了花圈，曾祖母死，他们又送了花圈，到我祖父死、父亲死，无一例外地，他们都送了花圈。听明白没有？那家人一直在为我们家送终。他们正等着为我送终呢。

我提前逃了，死也要死在外乡，不让他们得逞。

这样说，似乎有些小肚鸡肠，人家很可能是真心实意的。

那不是我逃离的真正理由。

开始就说过，我是一粒流沙，不让自己扎根，因为扎根意味着竞争，而那种竞争让我厌恶。举个例子，为我们家几代送终的那家人，有一个酒厂、两家超市，而我和蔡文湘的小卖部，只能放下一个香烟柜和一个卖雪糕的冰柜。我并不觉得丢脸。劳动只有超越劳动，才会产生价值。习惯性的生活，包括习惯性的挣钱，谈不上超越。做上三天叫花子，就再也舍不得不做叫花子。那是内部的腐蚀。

绕来绕去，也没说到点子上。

那我就简单一些：我在故乡过得舒坦，却是个舒坦的失败者。熟人们都知道我想成为什么，却始终没能成为什么。所以我要去到陌生地方，从零开始。

可惜的是，我不知道从零开始这说法，根本就是个错误。零是界碑，从界碑出发，你能保证一定就能走到正数？

但世间之所以有错误，就是用来责怪人的。陈永安能责怪的，就是妻子蔡文湘。当我不能安安静静坐在书桌前，就觉得是她的过错。这是我们吵架的根由。但我不会那么直白，我都是等蔡文湘把花生米炒煳了，洗好的衣服没及时晾出去，拖地时在屋中间留下了水渍，等等，才揪住不放。

说到这里，兄弟们，兄弟姐妹们，我要凭良心再啰嗦几句：如果你只想过平凡的生活，就千万别去找个有梦想的丈夫或老婆。梦想者的眼里是天空和大地，唯独看不到让自己发芽的那块土，因此既折腾，又狂妄，还自私。折腾和狂妄不去说了，我要轻声地再次向你强调：有梦想的人都很自私。他要身边最亲近的人，都为他的梦想埋单。亲近不一定指感情，能随便发火的人，就是亲近的人，能对一个人发火，就让那一个人埋单，能对十个人发火，就让那十个人埋单，以此类推。

我和蔡文湘吵，起初她不怎么还嘴，后来我骂一句，她还一句，好像她担心自己不还嘴，就是对我的轻蔑。尽管每次吵架都以她的哭泣告终，但我并非胜利者。

因为我感到无限的空虚。

说成孤单好不好？

是的，是孤单。

难怪刚到镜城，我就感到了孤单。

是因为我一直孤单。

所谓孤单，是追求梦想而一直得不到满足的饥渴。当我被那车主骂了，幻觉消失，已沉睡的梦想，在我跌落现实的刹那醒来，顿时饥渴逼身。

恶性循环又开始了。

但蔡文湘这次没跟我吵，她把并没炒煳、只是稍微有点儿"过"味儿的花生，倒进了马桶。哗！花生米朝下水道奔去，像下水道是它们的乐园。这举动对蔡文湘来说，相当于别人扔掉金条。她过来把空碗朝桌上一蹾，说："陈永安，你本来早就该功成名就，都是我耽误了你，我对不起你。"

言毕，朝我深深地鞠了一躬。

这顿饭自然没吃。

两人都没吃。

到半夜我就饿了。那时我还没睡，写着一篇关于肚脐眼认字的小说。这是我电脑里的一百零八部小说。我在创造一部水浒，待这部小说完成，三十六天罡七十二地煞，就凑全啦，只差洪太尉来揭开盖子啦；到那时，我的一百单八将，就会化成黑烟，横行大野，呼啸九州。可"那时"还没来，这时我就饿了。饿，真是个好东西，它让我挣脱眼前的苦恼，回归本源，也就是摘野果饮鲜血的时代——还不能算人的时代。当饥饿来袭，算不算人毫不要紧。

我想去厨房里找些吃的，并利用这种方式，跟妻子和解；我知道，只要我做出饿的表示，她就会着慌，即使在睡梦中，也会惊醒。于是我就去了。

高压锅放在灶下，是当时为了冷却，放那里就没动；炒花生米之前炒好的茄子、烧好的菜汤，放在案台上。我把灯打开时，见几个黑影慌忙逃窜。是蟑螂。何必要逃呢？我啥时候杀灭过你们呢？每晚睡觉前，我都把菜头子从垃圾袋拣出来，放在你们能方便下口的地方，生怕你们饿着。今天我没来得及做这事，你们就吃起人菜来了。你们也欺负我还没有变成人。即便如此，我也没准备怪你们，可你们的逃跑把我惹火了。啪！啪啪啪！一掌一只，棕色的甲壳底下冒出白浆子。剩了几只小的，明显才出生不久，我没有拍，让它们自谋生路。然后我把小蟑螂的爷爷奶奶爸爸妈妈收拾干净，拎起高压锅，舀出一碗饭，倒进铁锅，加些汤，加些菜，汇在一起热。

夜深人静时分，汤里油星子的炸响像放鞭炮。

蔡文湘却毫无动静。

敲门声把我吓了一跳。

我以为是谢延，结果是冉俊。

他把那个黑皮包抱在怀里，明显是想进来的样子。

能让他进吗？要是被谢延发现……尽管我知道谢延刚出去，五分钟前，我从厕所出来，谢延也从他屋子里出来，我跟谢延打招呼，冉俊坐在客厅吃大饼，又像那天一样，在我和谢延之间，盯来盯去。谢延进了趟厕所，然后就出门下楼了。可万一他很快又回来了呢？这是其一；其二，我越来越不喜欢冉俊这个人。

四天前的晚上，我听见客厅里说话，以为是冉俊跟谢延说话，就想凑热闹，出去搭几句腔，结果是冉俊在打电话。

电视柜上，放着部座机，不知是房东还是冉俊，把长途锁了，只能打市内。冉俊手里拿着份报纸，报纸上密密麻麻登着征婚广告（这或许是整个中国最后一份纸质征婚广告了），他就打过去撩拨，既撩女的，也撩男的，他装出来的女声真像，是那种穿着吊带睡裙且随时准备把睡裙抹掉的声音。对方如果是女性，又是镜城人，要找的对象不仅要有镜城户口，还要是老镜城，即至少祖宗三代都生活在镜城，这样才能根深叶茂，同时也满足一种外人无法体会的内在自豪。冉俊说，我们家是新来的，只比康熙爷早十几年。康熙即位前，到镜城住过一阵子，镜城为此建了博物馆，把康熙当年吃喝拉撒的用具，包括他读的书、写的字，跟亲王、贝勒和王公大臣的书信往来，还有镜城艺术家以这段历史为素材创作的八十六部演义、一百二十四幅绘画、一百零九件书法，在馆内展出，成为一个旅游景点。这事镜城人自然清楚，因此对方说，大哥你真幽默。可又怀疑他口音不像，老镜城说话，腮帮里像含着颗杏仁，那不是随便含的，是几代人喝着镜城的水，呼吸着镜城的空气，才能熬炼出来的，冉俊再能装，也没那颗杏仁，但他说，我常在国外跑，舌头老串台，稍不小心还会串到敌台去。对方释然了，问他单位，问他收入，问他房子，他说，这就不好意思了，我只有五十个亿，买不起房子,晚上跟野狗睡。

对方这才明白被耍了,把电话挂了。

多半是在骂声中挂的,冉俊却欢喜得头皮紫胀,"嘿,嘿嘿",他这样笑着,因激动而变得红如醉虾的手指,又去戳下一个号码。

二十岁的男人靠观念发情,四十岁的男人靠皮肤发情,这像是某本书上的话,从冉俊的情况看,这是一句很靠谱的聪明话。

我又在观察他了。

感觉到自己这样既无礼又无聊,我就回了房间。

他却乐此不疲,直到后半夜,才听见他从电话机旁起身。

起身的时候,依然"嘿,嘿嘿"地笑着。

我闻到了那股悲哀的气息。

越来越不喜欢这个人,这是实话,他的自虐,他的笑,他洗脸漱口时弄出的响动,他撒尿不关门,以及尿液在马桶里发出的弯曲和迟疑的声音,我都不喜欢。

谢延说得没错,跟这样的人要少接触。

可他却想进我的屋子。

我不愿他进来,堵在门口,问他啥事。

他把皮包拉开,摸出一沓打印稿。

"这是我写的一部小说,"他说,"我想请你帮我看看。"

就这一句,便点到了我的穴位。

原来,他不只是个出纳或者会计,他还跟我一样,是个梦想者。他的梦想也是写小说,便是我的同道,我的战友。他分明至今也没成功,就不仅是战友,还是难友。难友比战友更亲。常人以为共赴生死就是友谊的最高境界了,殊不知同病相怜才入心入骨。

于是我让他进来。

他把门关了,把稿子递给我。

沉甸甸的,翻到最后,竟有五百页。

"写好有几年了,一直搁着,"他说,"你帮我看看行不行?"

言毕眼巴巴地望着我,打电话时的烂劲儿,荡然无存。

我没即刻回话,是对他有了嫉妒。这么长的小说,我还没有尝试过。但那句"行不行",还有那眼神,又让我化嫉妒为力量。我曾听一位大作家在电视上说,写作者不需要别人鉴定,行与不行,你自己是知道的,就像端着一碗饭,吃不吃得下,你自己清楚,"只有傻子才不清楚",那大作家说。冉俊这时候,也真是个傻子的样子。

我便模仿着那位大作家的口气,说:"等几天吧,这两天没空。"

"你是后天跟导演见面?"他问我。

我点点头,心想我并没告诉过他,他是怎么知道的?不过这并不重要,知道了也很正常,有可能我和谢延说话,他在一旁听见了。我把散放在床头和桌上的书指给他看。他也点点头,表明懂我的意思。但他说:"我是想你今明两天帮我看看。"

这让我生气,"确实不行。"我生硬地说,并再次将两堆书划拉了一下。

"那些书么,"他说,"你看不看无所谓的。"

我以为他在奉承我,表明我不看书也能行,谁知他说:"后天一过,你就要回去了。"

就像闪电在天空熄灭之后,才传来那声霹雳。

"你当真不知道谢延是谁?"晕晕乎乎中,我听见他说,"谢延是个隐身人,凡成功者都看不见他,只有失败者才能看见他。他就像一面镜子,任何人往他面前一站,都会照出两个字:成功,或失败。每次你们在一起,我都发现……谢延的实际年龄,根本不是你看到的样子。他至少有五十岁了。他是蒙了一张年轻的脸皮。二十岁那年,他就独自从边地来镜城闯荡,干过很多职业,但他的梦想是演戏,到三十五岁,终于在一部剧里攀了个角色,是个蒙面人,共五个镜头,总计时长不超过三十秒。这是他演艺生涯的开始,也是结束。从此他把自己化为蒙面人,更进一步,成了隐身人……"

冉俊是被我推出去的。

我把那部该死的小说稿朝他怀里一擂,就用力把他朝门外推。

他出门和我关门,是在同一时间完成的。

这个行为猥琐的人,好像什么都知道。

我以为自己在观察别人,其实,我早就被别人的目光囚禁。

当我颓然地坐在床上,浮现在眼前的,是一个星期前去豪斯酒店的情景。

我枝枝叶叶地回忆:

那天,我和谢延从地铁6号线转到5号线,再从5号线转到3号线,出地铁后,我想抽支烟,我身上带着香烟,平时不怎么抽,但这天特别想。只是没有打火机,头天上飞机,打火机被收掉了,现在想买一个,又见不到店子,便问我的谢经理哪里有小卖部。

我继续回忆:

听了我的话,谢延脸一沉,说:"镜城没有小卖部。镜城的小卖部就像农民眼里的杂草,见一个拔一个,买根针也只能去大商场。以前在小卖部买个水龙头,十块钱,现在去大商场,三十块算是便宜的!"说这话时,谢延满含悲苦,明显有切肤之痛。

他确实不像王总手下的经理。

兄弟们哪,接下来我该仔细回忆了:

我和谢延到了豪斯酒店,前面说过,王总既没介绍他,也没请他吃饭,照冉俊说来,王总是根本就看不见他。当然看不见,王总不仅是这个时代的成功者,还是弄潮儿。事实上,王总和徐导,包括制片人笑餍,看没看见都无所谓,他们的成功人生,无须用一个谢延去验证。我要特别回忆的是,姜平辉和李秀秀看见没有?他们肯定没跟谢延打招呼。谢延见了各位，一直默默无言的，即是说，他也没主动跟谁打招呼。

我无法判断姜平辉他们看见没有。

这就存在两种可能：看见了，或者没看见。

只有我没有可能性。

我是注定的失败者。

又一次失败。

难怪初到镜城那天，看见的都是空喜鹊窝。

喜鹊和冉俊，提前告诉了我的又一次失败，我恨他们。但活到现在这岁数，我知道恨是不起任何作用的，我只是觉得冤枉。惠明帝，孙妙月，高廉清，我把他们的故事塑造得多么具有视觉效果，又多么符合当下观众的口味！比较起来，姜平辉那天说什么人类的兽性就像感冒之类，简直不值一提。那只是个结论而已。人类的平庸有许多标志，动不动就下结论，是标志之一。我甚至数次想象，当我把惠明帝和高廉清斗鼓的故事讲出来，姜平辉和李秀秀该是怎样地自惭形秽，导演又该是怎样地欣喜若狂，导演从此再不看他俩一眼，只让我说出更多细节。

我便说了：某一天，惠明帝在落日黄昏时分前去听鼓，鼓声却再没响起。

高廉清死了。

死于黄昏之前。

死于寂寞。

惠明帝该怎么做呢？

他去打开孙妙月的囚室，对她说："你去看看他吧。"

"她怎么说？她去不去？"导演这样问我。

却又不像导演的声音，而是另一个男人的声音。这另一个男人是"他"。虽猜出是他,我却不认识。既不认识,也不知道名字。但我知道有这么个人。按哲学家的话语方式,是我妻子蔡文湘创造了那个人。我自己起来热饭吃那天夜里,蔡文湘没动静,我当时想,我饿了,她肯定也饿了,我不如端着这碗饭,拿两双筷子,去床上跟她同吃。这样也算是讨好她。我还从没讨好过她呢。然而,她不在床上,也不在家里任何一个角落。

她如孙妙月之于惠明帝,给我留下了巨大的空。

次日接近中午她才回来。其间她没来过电话,只发来一条短信:"我不会死的,我只想一个人待些时候。"说得多好,"一个人"!我没回她。直到她进屋,我才问她上哪里去了,她不说。我问她跟谁在一起,她也不说。我说你不说我也知道。她还是不说。她不如孙妙月坦诚,惠明帝屏退左右,孙妙月就说了,而蔡文湘却死咬牙帮。

沉默是黑洞,能吸进一个宇宙。

从那以后,我就再没睡过一个安稳觉了,而且也不怎么写作了。以前,我白天补觉,夜里睡得很晚,现在她上床,我也上床,我采用各种方法逼问她,并充分发挥自己善于想象的特长——这真是我的特长吗?——给她描述那个人的身高、长相、职业、性格、对她说话的口气,还有他们做爱时的表情、声音和姿势。她听了,终于开口了,"陈永安,"她说,"人家两口子是过日子,你跟我不是在过日子,是在写小说。"

她是在挖苦我,是说我既不会生活,也不会写作。

这是照着我的痛处戳。

我不该为去榆树巷愧疚。

我只可惜没有真去。

但我是个有自尊心的人哪,兄弟们,当着她的面,我表现得很大度。

我说:"你要是不想跟我过,可以去找他,我不拦你。"

"她怎么说?她去不去?"又是导演在问我了。

"去!哪怕去了跟他一起死!"

多么高尚。如此高尚的爱情,惠明帝不配拥有。我也不配。惠明帝和我一样,把爱情意义化了。爱情本没有那么多意义,爱情就是单纯的欲望而已。越单纯,越像爱情。

从这个层面讲,朱小小比我曾祖父更懂得爱情,因此我曾祖父也不配。

不配,同样是我祖传的基因。

书还没看完,但我不想看了。

我躺到床上睡去了。

刚闭上眼睛,一个声音对我说:你咋那么轻易就相信了冉俊的话?既然冉俊也是个失败者,有没有可能是想抢你的机会,他正暗中向剧组靠拢?这是完全可能的。这种事历朝历代都有人干,你曾祖父也干过,只不过他死成了一个谜,让他的生也变得多解。或者,冉俊是不是跟谢延有了什么勾结?比如,他向谢延承诺,若把机会给他,事成之后四六分成,他得四,谢延得六,于是就"塑造"了这样一个故事,让你不战而败,主动退出。这也是可能的。你根本不必理他。如果谢延参与其中,也不必理谢延。你已见过了总裁和导演,后天去豪斯酒店,别叫谢延,你自己去就是。他跟你只是口头协议,又没签合同,你怕什么?你现在甩掉他,事成之后,再把这些天的食宿费还给他就是了。食宿费再贵,也贵不过一半的编剧费,何况他请你吃的是羹,是大饼。

说得对呀兄弟们!

明天过了就是后天,因此后天很快就来了。

凌晨四点过,我就出发了。小区外那些卖羹的,只在天亮前才敢出动,天一亮,他们就如老鼠见了猫。天光是他们的猫。在这世间,生活着一群害怕天光的人。现在没有天光,但毕竟黑暗还太深,羹老板们一个都不见。

怎么回事?我好像很想他们似的,我迷恋起那种怪味儿来了。那是低端的气息,失败的气息,该戒掉才好!我的脚步声在空荡荡的小街上抽着鞭子。到了大马路,就有出租车。这时候地铁未开,只能坐出租。只是太贵了。在地面修路,却这么贵,在地下修路,竟便宜许多,可见不是难易和成本的问题,而是空间的问题。

与时间相比,空间最吃亏的地方就是有形,有形真不是好事。

人的全部苦恼,也在于有形。

身份有形吗?

它介于有形和无形之间,所以才成为大哥。

坐上出租我就睡着了。

先是装睡,因为我不想听司机瞎侃,镜城的司机都特别能侃,而十天前那位司机说的那句聪明话,至今让我耿耿于怀。装睡不到几分钟,就真的睡过去了,并开始做梦。梦是对现实的虚构,而虚构的现实却与现实本身沆瀣一气。

我听见吵架的声音。是我在跟蔡文湘吵。当蔡文湘挖苦了我,我让她走,她果然就收拾行李了。不过是把我的和她的一起收拾,说她租了个大房子,从今天起,我们就去住大房子。那房子依然在锦江边,只是离市区更远。大倒是真的,有一百二十平方米!自从我们离开故乡,租的房子从没超过三十五平方米。我认定蔡文湘是找了个富翁。三十多岁的女人,哪一种富翁会看得上呢?我问那富翁有七十岁还是八十岁,她不答言,只打电话吆喝进四五个年轻人,那些人扛着发出浓烈气味的层板,进屋就伶脚俐手地忙乎。仿佛眨眼的工夫,三室一厅的房子,变成了七室无厅。随后,又有两个人进来,扛着几架折叠床,放进了刚刚制造出来的空房间。

原来她是要当包租婆。

我曾在冉俊身上嗅到了某种亲缘,不仅因为冉俊和我一样,是个失败者,也不仅因为他很可能和蔡文湘一样,同时打了几份工,还因为他们都做了包租户。

包租婆蔡文湘对我说:"这下好了,我们再不会缺吃少穿了,你尽管写你的!"

说完朝我笑。笑得很仓促,像那笑是有定量的,不能随便支取。

难道昨天夜里和今天上午,她就联系这些事情去了?

上午讲得通,夜里却讲不通。她是在利用一件事来遮蔽另一件事。但我暂时原谅了她,因为她说的实在没错。她手写了百来张牛皮癣,送快递途中,感觉合适的地方就贴一张。尽管地方偏僻了些,却招来密集的电话,不到一个星期,六间屋就全部租出去了。最低五百一间,稍好的六百五,最高七百,按平均六百算,兄弟们哪,一年下来,就有四万多,比我当保安的收入,高了近倍。

但蔡文湘不满足,有天晚上,她说:"要是我们变成虫子就好了,随便哪个旮旯就能安身,我们住的这间也可以租出去。"

说完她长声叹息,遗憾自己不是虫子。

这回她错了。

她不知道我们已经变成了虫子。

我俩住了最差的一间,全用层板围住,四面都是邻居,屋里放张床,再加个书桌,就没地方站人。我们的那些租客,往往是一人租,几人睡,夜里八九点钟,蹭床的就来了,男男女女,笑语欢声,不到子夜就不消停。若是周末,还会通宵达旦地闹腾。

我早就习惯了白天睡觉,夜里写作,现在白天倒是可以继续睡,夜里却荒芜了,因此许多时候,我不得不自暴自弃,干脆也躺上床得啦。

然而,躺在床上并不等于睡在床上,别人的喧闹和我内心的喧闹,两面夹击,把我挤压得嘎嘣作响。我看见自己的肺扁了,心脏扁了,乌紫乌紫的,浸出黑血,然后是骨头断裂的声音。有时候,喧闹止息,却又听见隔壁做爱,清晰得连射精的声音也丝丝入耳。那何止像在我们床上做爱,简直就像在我们的身体里。但我和蔡文湘都不敢吭声,他们是客户,是为我们送钱来的上帝。

这是不是虫子?

你说这是不是虫子?

我们以猿的模样离开家乡,本来想走成人,结果走成了虫子。

是谢延挽救了我。

我深深地记得,那天晚上十点多钟,我的手机响了。我不想接的。自从跟蔡文湘到了靠近省城的普光市,我老家那些熟人,到省城就跟我联系,我从没通报过自己的行踪,他们是怎么知道的?可见人没有秘密。不管你是谁,都活在天罗地网里。我不想见他们。见熟人,特别是见故乡的熟人,是成功者的专利。因为不想见,通常也不接他们的电话。这至少还有另一种解释,比如说那人发达了,住到省城旁边去了,眼睛就只朝天上看了。让他们去说吧。

这天夜里,手机响起来时,我倒没上床,我伏在桌上,写着那个关于肚脐眼认字的小说,蔡文湘侧卧在旁边的床头,大气也不敢出,是怕打搅我。她也没想到手机会响。往天这时候,我俩都关机了;她比我关得更早,自从我心里添了那个七十岁或者八十岁的富翁,她进屋就关机。这时候她以为是自己的手机响,顿时吓得脸青面黑,她是觉得,即便不是富翁打来的,也干扰了我的思路。结果是我的手机。怎么忘记关了呢?咋这么倒霉呢!我愤怒地将那玩意儿朝床上一扔,意思是让她立即帮我关掉。

可是她惊叫起来:"是镜城的呢!"

我电脑里成形的一百零七部小说,至少有五十部投放到了镜城。

果然是镜城来的！电话那头的人说他叫谢延。谢延说的事，虽不是我那些走出家门就杳无音信的小说，却是请我去写电视剧。写电视剧比写小说更能出名哪！我老家的那些人，从不看小说，只看电视剧。

我立即关了电脑，鞋都没脱，纵身跃到床上，和蔡文湘乐成一团，乐得涕泪纵横。然后做爱。我们已经七个月没做爱了，把零头算上，有二百二十七天。蔡文湘一改她在床上的僵尸脾气，也像隔壁，哼哼哈哈地叫。

我有过短暂失忆的时候，以至于到了镜城，竟记不起是叫我来干啥的，又是谁叫我来的。我得承认，这是因为心里没谱。我对这件事很怀疑。谢延没说他从哪里知道了我的号码，想必只有从出版社，可他本人并没在出版社工作，自然不可能读过我的稿子，他是怎么把我看上的？……一个失败惯了的人，免不了怀疑这个世界，这一点你要理解。

但事实证明，一切都是事实。

虽然，投资高达两亿的电视剧，那天的启动仪式确实过于简陋了些，分明来了两个记者，过后也没见到什么消息，但不是给我们发书了吗？不是让我们今天去谈各自的构思吗？如果像冉俊说的那样，谁能看见谢延，谁就是个失败者，谢延难道不可以第一时间考验我吗？只要我能看见他，就不会被导演相中，就不会有"正式收入"，他还养着我干什么？

诸多迹象表明，冉俊是在欺骗我、打击我，目的是为自己谋划。这人太坏了，我真想咬他一口。

正这么想，嘴里便塞得满满当当。含住的是一颗人头。但又不像冉俊的头，头骨很细，长着三角脸，脖颈也很细，细而长。我咬住那整颗头，却又能看见他脸上的表情：痛苦的、马上就要断气的表情。但一直不断气,他挣扎着,双眼一开一合。我的牙齿却软了,软得像是肉做的。你再辛苦一下吧陈永安,你再努把力,他那眼睛就会永远闭上。

于是我吭哧吭哧地,下着狠劲儿。

"太阳升起老高了,不赶快起床,还好意思被梦魇住?"

是谁在摇晃我,并大声朝我喊话?

我睁开眼睛,看见我脸的上面,是蔡文湘的脸。

外面闹哄哄的。今天是回龙镇赶集的日子。

——兄弟们哪,我这一生,很少离开过故乡,但这种漫游的长梦,却做了不下三十个。从二十岁开始,平均每年做一个。我总是做着黯淡的梦,可我在现实生活中过得很幸福。像今天,我还没起床,我的妻子蔡文湘,就卖出了四个雪糕和十二包香烟。

# 逆 光

住进这套房子的时候,我二十五岁。对我而言,说出这个意义重大。满二十岁时,我看着那些上了二十五岁的人,心想,那么老了,没做出一件遮脸的事,居然也在吃,也在穿,还在那里笑。你笑啥呀,你去哭吧!太阳升起,街灯亮起,春去了,秋来了,我也二十五了。我的二十五岁跟他们没有任何区别。要说有,只因父亲做着一门好生意,能轻轻松松给我一套房子。这套房在摸底河边,四站路可到杜甫草堂。父亲说:"那是给你的婚房,以后就不会管你了。"听口气,他多半跟我一样,二十岁时,鄙夷过二十五岁的家伙。

现在轮到他鄙夷自己的儿子了。

他有这资格。二十四岁半,父亲即入车行,后专卖轮胎,一路发达。但在我身上,他看不到任何希望。我不跟他混,也不跟别人混,成天猫在家里。父亲当着他岳母的面,对我爆粗口,说早晓得,我就撒在十姑娘身上了。他到底是山野出身,又要显示文雅和新潮,就把手说成十姑娘。他岳母以为十姑娘是另一个女人,瞪了他一眼,又不敢大明其白地瞪,只把眼皮下沉,眼珠上翻。这与其说是恨,不如说是悲戚。我母亲是全职太太,全职太太本来也是一种工作,但通常认为是被男人养活的,我外婆也跟着觉得自己是被女婿养活。

父亲是说到做到的人，我刚过了二十五岁生日，就把我赶出了他的家。

"你去那里找个女人吧，去那里生儿育女吧！"他说。

这意思你听明白了，我从"这里"被赶到"那里"时，还没有女朋友，可他偏要说那是我的婚房。单凭这一点，我有些瞧不起父亲。你并没有什么了不起。你从来就不知道还有另一种生活。我后脚还没出门，父亲就把我挤开，先出去了。他很忙。他的忙也让我瞧不起。只要你有心，在车水马龙的大街上，一眼就能认出哪些人属于明天，哪些人沉迷过去，哪些人深陷此刻不能自拔。我父亲属于后者。他对酒精过敏，因而从不喝酒，但他找到了另一种酒，这种酒就叫忙。他成天醉醺醺的，以忙为醉。而他自己认为是被需要。

我父亲五十三岁了。

我是说，把我赶出家门的时候，他是年过半百的人了。

如果你熟悉成都，就知道摸底河和杜甫草堂，都在城西。成都人说，南富，北怪，东穷，西贵。任何概括都是武断的，却也不能说毫无道理，比如我们家就在南边，从我出生时就在南边，中途换过两套房子，但始终在南边。现在我要住到西边去了。父亲这样安排，把我弄糊涂了，难道在他心目中，我非但不是那样糟，还比他高级？通常而论，贵里不仅暗含了富，还明示了地位和身份。然而，当我拎着包裹搬进新居，就不那样想了。在父亲眼里，富就是贵，无富而言贵，只能突显破败，让人不齿。这整个小区，都是经济适用房。城市扩张，河流整治，那些本来有家现在无家可归的人，就安置过来。我们家虽称不上大富，却也算是有产者，且与搬迁无关，怎么弄到了名额？这不是我要考虑的，考虑这些事，我无能为力。事实证明，我的邻居也与搬迁无关，却和我住了门对门。

虽如此,还是给了我沉重的打击。

我觉得,父亲既把我赶出了他的家门,也赶出了他的血统:他没把我当成他的儿子。他儿子不是政府划定的搬迁户,也不必推着餐车,在车上挂着"阳光快餐"的招牌(省工会颁发,享有市容治理豁免权),蹲在街口,为过路人卖烧烤度日,但他觉得我只配那样活命。周围的小区,上七层都有电梯,我住的小区全是七层,却没有,而父亲偏偏给我买在了顶楼。这分明是故意的,好让我知道向上爬的艰辛。他以他那个年龄的腰腿来揣度我的了。他的所有经验都来自当下,也只能来自当下。为此我几乎要怜悯他。

新家有三室一厅两卫,无论如何,这都是个家的样子。我是说,是个三口之家甚至四口之家的样子。但我还没找到女人呢。在中国所有省会城市里,唯成都的女性多于男性,成都的女性比男性多了整整五万,可说这些有意思吗?即使混在女儿国,该找不到女人还是找不到。女人是河流,浪打浪地向前奔涌,你弯腰掬起一捧,缘浅的能嗅到水味儿,缘深的能喝进嘴里,没有缘,就从指缝间漏掉了;用桶去装也一样,不该你的,路上摔一跤,覆水难收不说,还搭上磕破膝盖,啃一嘴泥。所以在这方面我想得通。

我想不通的,是父亲为什么那样刻薄。对我,对母亲,对在我们家住了十年的外婆,他都很刻薄。"你爸吃了很多苦。"母亲这样为他开脱。这时候往往是她被丈夫刻薄得苦含着眼泪,丈夫刚刚出门过后。我见不来母亲那样子。她原是幼儿教师,跟父亲结婚后,才做了全职太太,几年下来,就觉得自己除了干这差使,别的啥也不会了。自我省事过后,母亲在我眼里,就长着白色眼圈、棕色肚腹,成天蹦上蹦下。那是笼子里的鸟。这样说还高看了她。主人会对鸟儿打几个哈哈,吹几声口哨,母亲得不到这样的待遇。在父亲面前,母亲是个没有声音的人。在我面前,母亲只有关于父亲的声音。

而她为父亲开脱的话,根本站不住脚。没有任何一部法典规定,因为吃过很多苦,就可以随便对人发火。"你啥时候见他对外人发火?"母亲问我。这倒是真的。父亲只对亲人发火。母亲因此得出结论,说你爸在外面过得不容易,得时时赔小心,处处递笑脸,要不然能从伙计做到老板?就算是朵花,也不能十二个时辰把笑脸给你,他在外面硬撑着,回家来还不让他甩脸子?母亲又说:"啥叫家?家就是让自己丑得舒服的地方。人在发火的时候都不好看,可只要你爸舒服,又有啥关系?他那么忙,那么累,是为了哪个?"

说最后一句时,母亲朝我扔了个眼神。那眼神是一方土,土里长起来一棵树。土是沃土,树却低矮干瘦。土代表这个家,确切地说是父亲,树是我。

母亲错了。我没出去挣钱,这是事实,但我并没吃白食,每到节日,我都给外婆和父母买礼物,还给住在老家的爷爷奶奶买礼物。他们收下我的礼,并不高兴,是觉得我把羊毛还给了羊。把羊毛还给羊,羊用不着高兴。可真实情况是,自我二十二岁大学毕业,父母就没再给过我钱。我的钱是自己挣的。我没出去挣,在家里挣。但父母包括外婆觉得,不是拼出来的钱,都不正当,也不长久。他们把一生想得很长,长到海枯石烂,外婆已老得嚼不动芹菜,还是那样想。而他们所谓的拼,一定要去外面流汗水、赔小心。像我父亲,尽管走路吃饭都生怕错过了什么,尽管从网络上学会了把手说成十姑娘,可在他看来,世界只有空间,时间只是空间身上的寄生虫,因此你得走出家门,拳打脚踢,并占据一方地界;占据了这里,这里就跟你亲,那里不是自己的,就心里眼里隔膜,甚至含着敌意。

现在我也是父亲的"那里"了。

小区名叫河风苑。我住在六幢三单元，门牌号14。当我安顿下来，才发现房子装修过：是看见对门清扫装修留下的垃圾，才注意到自己的房子。对门是对老夫妻，说老，也不很老，七十多岁。七十多岁还不算很老吗？这要看怎么比。我比的，是三十岁的人，过了那年纪，在我眼里都是老人了。当你老到六七十，年龄便已失效，也不以年龄论你。再说他俩确实精干，大包小袋的垃圾拎下楼，都是自己动手。男的姓陈，我叫他陈叔，女的姓姜，我叫她姜姨。按理该叫爷爷奶奶才对，但我怕那样叫，别人不喜欢。

陈叔和姜姨对我十分亲热，像住了八辈子邻居。姜姨说："小杨你倒好，一脚跨进屋，打火就能煮，伸腿就能睡，我们！"说着剜了陈叔几眼。陈叔没看她，但明显感觉身上被剜了，很痛的样子。可见眼睛剜人，不伤皮肉，直刺肺腑。陈叔红着脸，却笑眯眯地对我说："你爸那人能干！"像跟我爸是多年的朋友。后来我知道，父亲是河风苑最先下手装修房子的人，往这边跑了无数趟，与陈叔和姜姨时常碰面。父亲给他们讲过什么没有？我知道，父亲爱财，却不露富，他出生的地方，以前是个土匪窝子，露富相当于自寻死路，土匪抢了你的金银财宝，还把你押到后山老林，一索子系了颈项，吊到古松上去，秃鹫来啄了双眼，再把一张脸啄得稀烂，日晒雨淋，蛆虫横生，身子朽了，颈子断了，只剩了一颗乱发蓬松的头，臭烘烘地挂在那里，像个成了精的松果。不露富的基因埋在我父亲的身体里，他绝不会轻易对人说自己是个小有名气的轮胎王。——可是他说过我没有？

当然说过，否则陈叔他们就不会知道我是他儿子。

还说过别的没有？比如我那个儿子很不争气，大学读韩语专业，成绩倒没说的，保送他读研，他拒绝了，回到家，从早到晚缩在房间里，既不出去挣钱，也不谈女朋友，给他介绍十个八个，都是跟人家喝杯茶就没了下文。诸如此类的话，说过没有？

我感觉是说过的。

陈叔说"你爸那人能干"的时候,仿佛带着劝诫的意味。

最好别管这些事。

第一夜,我睡得很好,证明我确实没管。

说睡得好,不是指睡的时间长。我睡得很少,子夜上床,凌晨两点就醒了。醒来后,我轻手轻脚地开灯,轻手轻脚地起床,轻手轻脚地去上了厕所,烧了开水,泡了咖啡。正是泡咖啡的时候,我才惊觉,这不是在家里,是在我的家里。我把家和我的家,作了区分。家里的一应所需,是母亲置办的,我要喝咖啡,母亲就随时备着。倒不会给我现煮,是买桶装的雀巢。我收拾行李时,母亲将剩的大半桶塞进我的牛仔包,但我取出来了。那不是我的。大半桶咖啡足够提醒我:那不是我的。我的举动让母亲伤心透了。父亲用刻薄让母亲伤心,我用绝情让母亲伤心。尽管我也知道,这种绝情无非是要脾气,但从今往后,我没有机会再向母亲要脾气了,那就让她好好地伤心一回吧。

没带走家里的咖啡,但我离不了那东西,就在出门吃晚饭时,去红旗超市买了。幸亏如此,不然用什么来对付这个凌晨。

袅袅热烟,随电脑显示屏的亮起变得虚化。电脑放在卧室。卧室的阳台上,横着一张书桌。父亲竟然给我买了书桌!在"家里",我用的书桌是自己买的,父亲见了还很愤怒,因为他觉得,书桌是我的"瘟床",我趴在上面,从二十二岁趴到二十五岁,那是自暴自弃,是对时间和生命犯罪,归根结底,是对钱犯罪。可他居然要给"我的家"备书桌,还不止一张。他把三个房间,两间布置成卧室,一间空着,除主卧的阳台上有书桌,空着的那间也有。看来,他是任由我把那间空房布置成书房了。父亲是认可了我的生活方式?甚至也认可了我也有自己的价值?

谁知道呢,说不定他想的是:让他就那样以烂为烂吧。

没去书房工作,是在"家里"养成的习惯,因为"家里"没有书房。轻手轻脚也是习惯。我总是睡得很晚,怕吵醒了外婆和父母。吵醒外婆和母亲无非耽误她们睡觉,要是吵醒父亲,就是罪过了。父亲是家里的顶梁柱,顶梁柱是要受到保护的,在父亲出生的乡下,顶梁柱周围不堆柴草,不拴牛羊,狗在上面蹭两下,也要挨打。泡好咖啡,我才发现不必有这些顾虑。这不是在家里,是在我的家里。啪一声,是我丢笔的声响。我爱在电脑旁放个笔记本,并至少准备三支笔,一支红笔、一支蓝笔、一支铅笔,我会把在书上读到的好句子、脑子里蹦出的好想法,还有解不开的疑惑,都记下来。句子用蓝笔,想法用红笔,疑惑用铅笔,从不会乱。这时候,我把每种颜色的笔都抛一次,让它们落在桌上,是为了听夜晚的声音。

夜晚的声音是笔掉落的声音。

也是自由的声音。

然后我窜遍各个房间,包括厕所和厨房,把灯全部打开。

灯光让我的家提前醒来,迎接新的一天。我烧开水时到过厨房,但没留意,现在才仔细察看灶台和地板。干干净净。父亲赶我过来之前,明显请人打扫过了。

但我要说的不是这个。我家里的旮旮旯旯,既不见蟑螂,也不见蚂蚁。而在"家里",总少不了这些。那是个森林小区,绿树成荫,丝缠藤萝,虫子很多。外婆信佛,见了,就肿着嘴交代:"还不快走,等月玲看见,你们就体面了!"月玲是我母亲。我母亲隔几天就拿杀虫气雾剂,往灶台底下喷。如果听见外婆招呼虫子离开,她会迅即冲进厨房,那时候,虫子听了外婆的话,都急急忙忙朝灶台底下躲,这正好,母亲能将它们一网打尽。母亲在父亲面前,有眼泪也含着,可对那些虫子就不一样了。有次我看见,气雾剂把一只蟑螂冲得肚皮朝天,一堆细腿儿朝天乱蹬,母亲却咬牙紧摁阀门。外婆见母亲那般杀伐,悲哀地苦着脸,一声儿不敢言语。如果她说:"丢了的菜帮子叫它们吃了,也折不了财。"母亲就会朝更深处喷射,本来只想滋滋滋,这时候偏要滋滋滋滋滋滋滋滋滋。久而久之,无论什么事,外婆都不敢顶撞母亲半句。甚至也不敢恨一眼。对女婿,她还敢沉下眼皮恨一眼,对女儿却不敢。

"家里"有虫子,"我家里"既无虫子,也没有人。

这就是我的自由。

我必须规划自己的生活了。

世界是用来联想的,针是戳,刀是割,斧子是砍。尽管这种联想常常是一种误解,可也让世界成为整体。孤立比误解更可怕,因此我必须让自己的世界是可以联想的世界。

傍晚时分,我也像那些有家有室的人,出门散步。

小区南门外,是条大街,街上主要卖吃的,称为饮食一条街。在成都,这样的街道数不胜数,也就说不上特别。稍有不同的是,街口摆着推车——是从河风苑出来的。车上挂着"阳光快餐"的牌子,我就知道是河风苑出来的。它们给我怪异的感觉,像我身上的某个器官,也和它们站在一起。我有种被分割的疼痛。街风吹拂,疼痛在我脏腑里勒出风的形状。好在这样的疼痛很快消失了:是那些人从街上消失了。就在我们入住不久,河风苑以西四百米外修房子,竟挖出成堆的象牙、大段的乌木,还有无以计数的陶器、礼器、面具和骸骨。房子是不能修了,考古专家前来,发掘整理,并迅速在原址建起博物馆。这是三星堆遗址的延续,发掘之初就惊世骇俗,中外游客甚多,周围街道得像个样子。不能摆摊设点,搬迁户没法生活,便在政府的默许下,将房子卖掉,自行退到了城市的远处。

除了南门,还有个东门。

东门对着马路，马路那边有超市、美容店、按摩店、茶坊，当然更多的是小区。出门向右，是个地下停车场，上面种了花草，成为一个公园。有公园就有人，也有狗，狗们追逐打闹，人们说闲天、下象棋、跳广场舞。公园南边，横着一座小桥，桥下便是摸底河。叫这名字，不是因为它浅，而是因为清亮，能摸透它的不是手，是眼睛。但那是以前，是成都被称为"沃野千里"的时代，现在确实浅了，偶尔过路的小鱼，也藏不住身子：水面蒲草密布，绿茵茵地随水漂流，鱼在草底透不过气，挣扎到水上面来，却再难入水，在蒲草上蹦跶，蹦跶几下，就被白鹭啄进嘴里。白鹭把嘴张一下，又张一下，鱼左右忽闪，越钻越深，进了喉咙，就看不见了。这条河上有两只白鹭，多数时候独自活动，只在清晨和黄昏，才并排飞行，若飞在黄昏里，就比黄昏的颜色更深，成为黑鹭。它们飞行时双腿平伸，头尽力向前，安静得不惊动一丝空气，要不抬头望，就不知道它们路过。

它们要飞向哪里？

陈叔在朝楼顶运土。楼顶是隔热层，本不许动，后来听说日本人、新加坡人，都在楼顶种花植树，让城市成为鳞次栉比的空中绿岛，便跟着学。但物管也没忘记履行告知义务："为了你的安全，请勿上楼顶平台。"也不知是上平台会踩塌房子，还是楼顶离天近，要被晒死，或遭雷击。陈叔的土从远处拉来。多远？远到城市之外。即使走那么远，也找不到好土，黄亮亮的缠裹着铁丝草。卡车拉到东门，再请民工背上楼。为多少钱一背篼，陈叔跟人争执了不下两个钟头。姜姨候在上面，见土来了，就指挥民工倒进早几天砌好的花台。花台像个"Π"形水槽，骑在他们楼顶。有天我上去吹凉风，陈叔正在植树，三棵五棵，都是石榴。我没见过那东西，问了，才知道是石榴。陈叔回我话的时候，神色有些尴尬，开始没明白原因,后来才知道,他的有一面花台,占据了我的空间。尽管那不是我的空间,是六幢三单元所有人的空间,但在陈叔眼里,他楼上是他的,我楼上是我的。他把我的占了足有两米宽。如果他说明,我会让他全部占了。我才不会也弄个花台,买土来填。如果那样,我也成个老年人了。至少成了闲人。而我不是闲人,更不是老人。

我才二十五岁。

我已经二十五岁。

我现在比的,是三十岁的人。我从比二十五岁,变成比三十岁,到某一天,会比三十五岁、四十岁……人生就是这样不断妥协的。

能妥协是不是一种好呢?

谁能告诉我呢?

夜深人静时分,我想着这事。

突发的吵架声打断了我的思绪。是对门在吵。我的主卧和对门的只隔一堵墙,两扇窗子,相距咫尺。自从我住进来,陈叔和姜姨也住进来,每到子夜,就听见他们吵。真是奇怪的时间点,仿佛对昼夜交替特别敏感。姜姨骂得更多,声音也更大,陈叔过一阵还一句,而还这一句像钉子,钉到了姜姨最痛的部位,接着便是密集的、倾泼似的骂声。

姜姨让我想起母亲。如果母亲也这样,她还会不会朝濒临死亡的蟑螂拼命喷毒药?

总有一方占强。

不是男方就是女方。

不是人就是物。

世间没有平衡。

世间不平衡就是平衡。

吵架通常要持续两个钟头。这也成了我联想的一部分。很模糊的部分。争吵的内容也模糊。虽隔这么近，却一句也听不清，像有很多声音在撞击，彼此破碎。听得清的，反而是远处。比如二单元底楼有个大肚子男人，晚饭后就吹萨克斯，萨克斯是铜做的，却是忧伤的铜，那曲调在黄桷树根系的更低处，在白鹭飞翔的更高处，缓缓流淌。再比如大雨过后，小区的夜里就能听见蛙鸣，青蛙不可能从河里上来，爬过险象环生的马路来到河风苑，也不可能一直躲在干旱的草坪上，却突然生出那么多。胎生卵生湿生化生，它们是怎样生？我大二那年，去川西高原，见有个男人剖开一条鱼，挖出半捧金黄色的鱼子，叫过小儿子，让儿子把鱼子带到很高的山上埋了。他说，那是种子，千年不死，万年不烂，一旦山上有了海子，那些种子就会活过来，变成鱼。我不知道这是不是真的。如果是，楼下的青蛙，也是千万年前埋下的种子？是谁埋下的？是青蛙还是人？是男人还是女人，是大人还是孩子？

　　对这个世界，有万万千千的解释，可我总对那些不能解释的部分着迷。

　　哪怕不能解释我父亲为什么那样刻薄。

　　也不能解释我邻居为什么天天吵架。

　　他们从不在白天吵，更不在人前吵。见了我，都笑呵呵的。只是，本来在同一场景，为同一件事情笑，却各笑各的。陈叔爱谈我父亲。自我入住新居，父亲再没来过，但给我的感觉，像陈叔昨天才见到他。他谈父亲也谈不出别的，只说："你爸那人能干！"估计是父亲装修房子时给他留下的印象。姜姨爱问我家属："你家属呢？"老派人习惯把妻子叫家属，但姜姨自己，并不承认她是陈叔的家属。陈叔是傍着她的。有回陈叔正睡午觉，姜姨在楼顶碰见我，就是这样对我说的。

她说，上数四代，她都住在琴台路——就是卓文君和司马相如的琴台，两人从邛崃私奔到成都，就住在那里，文君卖酒，相如弹琴。姜姨在那里住到十六岁，就上山下乡去了。她去的地方位于川滇边境，盛产石榴。她落脚的生产队，有个赤脚医生，她握锄把的手打起血泡，赤脚医生为她擦碘酒；挑粪桶的肩肿成馒头，赤脚医生为她冷敷；她想吃肉，赤脚医生杀掉自家的撵山狗。然后她嫁给了他。当她生下一儿一女，上面说可以回城了。男知青在乡下找了女人，回城时可以把女人丢下，甚至也可以把儿女丢下；女知青找了男人，就丢不下了。男人是女人身体里的一截肠子。男人和女人从来就没公平过。

从那天中午以后，姜姨见我一次就说一次陈叔。话都差不多，无非是嫌陈叔低贱。一个农民，一个赤脚医生。这是陈叔的出身，改不了的。而她嫁给了他，同样改不了。别说没离婚，就是离了，也曾经嫁过。这让姜姨痛苦。她说着说着就痛苦起来，言语也变得激烈。她忘记了打出血泡的手，忘记了红肿的肩膀，还有吃过的狗肉。正如我父亲，忘记了我母亲年轻时的美丽，忘记了在他迷茫和苦恼的时候，母亲怎样用动听的歌声为他提神。

其实，姜姨生下儿子不久，陈叔就进了乡卫生院，成了有编制的医生，再后来随姜姨到成都，被安排在某中医院。姜姨则进了毛纺厂，而那家厂子很快就倒闭了，尽管现在领着钱，实在少得很。陈叔当时的工资和现在的退休金，都比姜姨高很多。这么说来，姜姨追求的不是富，是贵。她跟我爸有区别。通常以为，人是没有什么追求什么，错了，人是有什么追求什么。姜姨和我爸的另一区别，我爸深陷此刻，而姜姨是沉迷于往昔的人。

不过，她说得再起兴，只要听到脚步响，会立即打住。未必她怕陈叔？他们在夜里吵架，会时不时发出嗡嗡声，我原以为是姜姨的骂声连成片，就像在坛子里嗡嗡成一片，现在明白，那是姜姨在哭。占强的一方怎么会哭？陈叔不可能动手打她，也没听到打的声音，她却哭了。是见到陈叔就为那段岁月感到恐惧吗？是她嫁给陈叔的决定，不是由她做的，而是由她的恐惧做的吗？我理解不了，也不打算理解。说去理解别人，其实是一种高傲。

我也懒得回答姜姨的问题。就是关于我家属的问题。如果我说，我没有家属，也没有女朋友，而且不打算找女朋友，她多半会像我外婆和父母，还有远在大巴山乡下的爷爷奶奶，把我当成不生秧的谷种。要是外公活着，同样会这样想。说不定他死了还这样想。

外公是在我十二岁那年死的。那天他跟外婆吃着饭，无任何征兆，便朝桌下一溜。外婆是个旧军官的女儿，见过各色人等，却从没见过像外公那样软的人——是指外公溜下桌子的时候。那不是一个人，甚至也不是一滴水。说不出像什么，就是软。外婆去搂他，搂住的也是一个软。这个软成了软的人，并没落气，还说了句话才落气："我舍不得我孙子。"他说的孙子就是我。我还有个小姨，去英国留学，顺便嫁了个英国人，生了两个洋娃娃，小姨带着丈夫和洋娃娃回来过几次，外公外婆跟他们都不亲，连带着跟小女儿也疏远了。

外公的死，给了外婆非同寻常的伤害，不是死亡本身，是死亡之前的软。她愿意住到我们家来，受母亲的气，也是想换个环境，忘记那种软。自我大学毕业，趴在"瘟床"上不动，外婆就时常对我说："你外公最舍不下你。"她是想表明外公对我的爱，并用这爱来激励我，让我走出家门。在外婆心里，倒不是要我出门打拼，而是家门外才有女人。

姜姨除问我家属，还问我母亲。她知道问我家属我不会答，接着就问我母亲，问的时候眼神朝内勾。我知道，这是在探听母亲的出身。姜姨这辈人，是不是最后一代讲究出身的？即使现在是，将来也难说。如果时间是弯曲的，也是可以逆转的，走向未来，可能也是走向从前。我正译的一部韩国影片，就表达了类似主题。我终于说出我的职业了。我在网上译电影对白，做成字幕。我的收入来自影迷打赏。不赏怎么办？不赏算了。我也不全靠它。我还写文章，探讨韩国和伊朗电影的崛起之路。文章不愁销，国内外都有刊物发表，进账虽不多，但很稳定。也就是说，我不至于饿死。母亲怕我饿死，打电话问，还要亲自送钱来。我拒绝了。母亲怎能送钱来呢？微信转账也不行，别说亲自送来。父亲那句"以后就不会管你了"，不是随便说的，对母亲而言，父亲的话是圣旨，她怎能抗旨不遵。

　　内心里，我是不想让母亲受苦，进而不想让外婆受苦，再进一步，不想让外婆心疼的虫子受苦。同时，说不出缘由，我也不想母亲跟姜姨他们认识。


　　楼顶上郁郁葱葱的了。

　　陈叔真是一把好手。他去十公里外的土桥镇，买了锄头、铁锹和营养土，把石榴间的空地，敲打得细如盐粒，营养土一掺和，土就变了颜色，是那种能生果木、长庄稼的土，是看上去能吃的土。姜姨实在不必费心劳神地宣扬陈叔的出身。人的出身是刻在手上的，你看他做手上的活，不是做，是那活跟他的手长在一起，便知道，这就是他的出身了。土拌好，撒菜籽。菜籽悄无声息地冒芽，星星点点，是绿的小森林，小得与土齐高。但很快蹿起来。土的伟大，就在于它让自己养育的万物，只要愿意，都可以比自己高。

　　陈叔去浇水。他买了根几丈长的水管，将龙头安到楼顶拐角的墙上，水管套进去，想浇哪里就浇哪里。他还去摸底河边挖来半瓶蚯蚓，养在土里，说蚯蚓能松土，让土呼吸。土也要呼吸，不然就死了。不能呼吸的土，比不能呼吸的人死得慢，但终归是要死的。

锄头翻土跟蚯蚓翻不一样，蚯蚓和土是同一种性质，由它翻，如天降雨水，用锄头翻就像浇自来水，不一样的。菜棵长高了，显出各自的模样来了，茄子、辣椒、胡豆、芹菜，还有黄瓜和金瓜。瓜要牵藤，陈叔又到城市之外，弄回大捆斑竹条。那天我刚好在上面，他汗水巴拉的，对我说："还是做棵瓜秧好，斑竹条一插，就是家。"

接着换一种方式重复："它们的家只需要一根斑竹条。"

牵藤的瓜须，开始蜷曲着，听见陈叔的话，斑竹条还没插下去，就活跃起来，像要奶吃的孩子，找寻着母亲的乳头。母亲的乳头就是家。黄瓜能住得踏实，金瓜却不行。藤蔓长到半尺，陈叔才认出这是成都本地产的大金瓜，斑竹条承受不住。他想了想，不知去哪里弄来几十根锈铁管，搭成两米多高的架子，横竖交织，把天空割成一块一块的。

时序交替，茄子花开了，胡豆花开了，石榴花开了，黄瓜和金瓜花开了，随风而至的栌兰、薄荷、旱金莲、蒲公英、牵牛花开了，蜜蜂和蝴蝶就来了，柳莺、白头翁和戴胜鸟也来了。当金瓜小太阳一样垂挂下来，那两只早晚飞翔的白鹭，会时不时在这里歇脚。

然后来了斑鸠。

斑鸠是山野间的鸟，居然也来了。我开始以为是鸽子，但叫声让我知道是斑鸠。我去看爷爷奶奶时，常听见它们叫。那是一种遥远的声音，即使就在头顶，听上去也遥远到虚空里。它们是时间里的生物，来到世间的使命，是引领人回忆。爷爷奶奶就常常被带入回忆。斑鸠叫一声，爷爷就说出一个人的名字，奶奶便给我解释，说那人住在村东，或村南村北村西，现在死了，或领着一家子住到镇上，甚至走向远方，不再回来了。爷爷一口气要数出三百多个名字。数完，他总是这样对我说："我不想动窝，你奶奶也不想。一天也不想。都走了，斑鸠叫他们，就没人听了，也没人记住他们的祖坟、房子和庄稼地了。"

陈叔弄来的铁管，还剩了几根，他问我，可不可以竖在我的楼顶，拉上绳子晾衣物。

当然可以。这还用问。

他便又去弄来水泥，做成几个沉实的基座，中间留了圆孔，铁管插进去，再灌水泥，二者就合为一体。绳子也是他找来的，是废旧的电线。布置停当，楼顶就更加热闹起来。成都的天是盖住的，难见太阳，因此才"蜀犬吠日"，只要太阳出来，整个单元的人，哪怕住在底楼，也抱了被子、枕头、棉絮上来。见了我们两家，不好意思地说声谢谢，接着就夸陈叔的菜圃和果树。若姜姨在场，她不应声，只把嘴一扁，像很看不起陈叔的劳动。

清早，姜姨上楼摘菜时，神情安详、美满；菜是好菜，既不乱施肥，更不打农药，而且也不为买小菜跑路和花钱。但这并不能缝合暗角里的伤口。

光阴荏苒，你恨的人可能还在继续恨，而爱你的人或许早就不爱了——那个大肚子男人吹奏的萨克斯曲，向我诉说着这样的故事。这样的故事让我惆怅。我只惆怅，不恨。我谁也不恨。有时候我听人说，我恨四川人，我恨河南人，或者我恨中国人，我恨美国人，诸如此类，我就知道他在吹牛。他根本没能力恨那么多人。我在讨论朴赞郁导演的"复仇三部曲"时，悉心测度过恨的性质，发现那东西和铅类似，不溶于水，沸点将近两千，颜色和在树上挂了大半天的猪大肠差不多。我无法想象把这样一截肠子，埋在我身体里的任何部位。

可是父亲还以为我恨他呢。

这是从我外婆和母亲那里知道的。端午节那天，我回家去。我又给他们买了礼品，本打算通过快递寄去，但实在的，我想家了。到了节日，我才知道自己有多想家。我被想念屈服了。母亲也摸到了我的脾气，竟没打个电话来。外婆也没有。父亲更没有。如果他们打电话，我不会回去的，可是没有电话，我的眼就瞎了，心就空了。

下午四点钟，我进了家门。进屋后见母亲和外婆眼含泪花。我不承认心里的暖，只觉得后悔，觉得不该回来。我不回来，能让她们痛苦。我跟母亲一样心狠。母亲杀那只蟑螂时，我看出了她的心狠。心狠的人往往孤独。或因心狠而孤独，或因孤独而心狠。不想这些了。最好不想。除了后悔，更恼火的是这个时间太尴尬。要不要留下来吃晚饭呢？外婆和母亲就怕我不留下，因为父亲要吃晚饭时才回。

她们要我见一见父亲。她们说父亲说我恨他。

才五点半，父亲就进屋了，比他通常回家的时间早了个多钟头。我猜是母亲给他透过信儿。不过，如果他不愿回来，透信儿也不起作用。他提前回了，证明他想见我。即使不知道我在，也有血缘的手抓挠他。我们之间的全部别扭，都是血缘的别扭：父与子的别扭。他是父亲，是一棵树，他要我成为那棵树的影子，而我想成为另一棵树。他见到我的第一眼，就是一棵树见到另一棵树的样子，陌生，提防，好奇，欢喜，不知所措。

他在我对面坐下来，还没开言，母亲就讨好地拿出我为他买的礼物。一只玉石烟嘴。母亲这样做，其实是破坏了气氛。父亲把烟嘴接过去，嘲讽地笑了一下，问多少钱。我知道，哪怕说一万块，他也不当回事。数字的精确，在人心里完全失效。穷人手里的一百块，超过富人手里的一万块。我说，网上买的，便宜。实际不便宜。他含进嘴里，空空地吸。空气被烟嘴的气眼抽成丝，他哑巴着，像吃着空气的粉条。

正是他的这个动作，让我感觉到，我和父亲之间的隔膜，已越来越深，尽管我想见他，他可能也想见我。我和他到底不同于松果和松树，也不同于鱼子和鱼。它们不存在伤害，而我伤害了父亲。曾经，父亲以自己养活了我们，拥有了随便发火的权利，现在他依然保有那份权利，对我却不行了。

　　为了给亲人一个好印象——不落魄的印象，我穿了件体面的衬衣，皮鞋也擦得锃亮，父亲打量我两眼，咽着唾沫，问："过得好？"我说好。"你瘦了。"我说最近忙，熬了些夜。熬夜对我是平常事，父亲不以为奇，但他看出我不仅熬了夜晚，还熬了白天。是有家出版社要出我一部电影评论集，我想把几年来写成的零散文字都过一遍。我在那些文字里嗅出了昔日的气味：大学生宿舍的气味，图书馆的气味，家的气味。我试图改动一些用得不够好的词句，奇怪的是，手指在键盘上一敲，气味就散了。于是不改，让那些气味弥漫我，穿透我，还像一盏灯那样照亮我。我的骨头也变得亮晶晶的了。

　　我对我自己说："杨浩，你把自己变成一盏灯了。"

　　可此刻在父亲面前，那种感觉荡然无存。

　　我无非是灯芯，灯油却是可以联想的世界给予的。是父亲赐给了我联想的种子。但他并没意识到。他只觉得，我越来越成了个独立的人，不再靠他养活。如果有人提醒他：你儿子住的房子还是你买的呢！他也得不到丝毫安慰。因为他很清楚，我可以不要他的房子。我暂时没钱买一套房子，去租就是了。

　　父亲并不是以养活我们的方式来获取随便发火的权利，而是证明自己的存在。

　　他像男人一样活着，也有男人一样的悲怆。

　　吃晚饭时，他给我夹了箸菜。这让我很难为情。本来就不知道怎样交流，因为这箸菜，更把我堵住了。我希望他们问一问我的邻居,要是问起,我就说陈叔怎样砌菜圃,怎样撒种子,种子怎样发芽,怎样开花;就说蜜蜂、蝴蝶、鸟鸣和上楼晾衣被的人们,还有姜姨怎样神态安详地上楼摘菜。我不会说他们吵架的事。

结果是啥也没说,因为他们一句也没问。

咀嚼声在耳朵里轰轰作响,有种飞机起降时的感觉。响到耳根隐隐作痛,外婆说话了。"浩儿,"她说,"你外公到死都对你不放心,我也活不了万万年,你要是万万年单着身子……"没说完,就哽住。哽过了又说:"你爸妈生你晚,但像你恁大,早就结了婚,要不是你妈那几年鼻炎重,老吃药,不敢怀,你早就生下来了。"

外婆也不想想,早生下来的那个人,还是我吗?

父亲大概也想到了这层意思,嘴角牵动了一下。不是我,他多半就可以找到影子,就不必这么焦心。他把一块牛肉送进嘴里,丢下筷子,摸出手机。只要摸出手机,就证明他有事情忙了。没事也要找事。我第一次体会到,父亲是用他的忙,来获取麻木不仁的安全感。他深陷此刻,是因为不知道未来。他的儿子也不能为他提供未来。我第一次感到内疚。

楼道上闹糟糟的,从猫眼里看,见来了好几个人。有个身材高大的人还牵着一条身材高大的狗。我见过他,是陈叔的儿子。但没见过他的狗。一条萨摩耶。它在猫眼里比本来的体形更壮硕,浑身银白,吐出红艳艳的舌头,颈子车来车去,一副讨好卖乖又顾盼自雄的样子。另外几人,想必是陈叔的儿媳和女儿女婿。来这么齐,又不是周末,大概是谁的生日。

我对别人家的热闹,竟这样在意起来。

夜里十点过,才听见一群人告别,我也才在手机上点外卖。通常我都是点外卖,晚饭一般晚不过八点,今天这么忍饿,是怕开门时让对门看见我。我不想热闹的人看见我的形单影只。从送餐员手里接过食物,我还觉出楼道上浮动的人影和狗的那一身银白。但没有了,热闹去了。傍外墙的地板,残留着粉刷时留下的灰浆,像被寂寞烫出的伤口。

回家。回家吧。宽阔的大道旁,野花盛开。平静的洋面上,信风吹拂。就从这样的陆路或水路,回家去吧。你漂泊得太久了,故乡和亲人,盼你盼得太辛苦了,你早该回去了。现在也不晚,现在正是时候。只要在回家的路上,永远都正是时候……大肚子男人吹奏的萨克斯曲,就这样从风窗爬进来,朝我歌唱。我把门闭了。门一闭,就算回家了。我第一回坐在客厅的餐桌上吃饭,像个真正有家的样子。一盒鸡丁炒饭,我分成两份,并拿来两双筷子。

然而,正是多出来的这双筷子坏了事。

它老让我感觉那里坐了个人。事实上又没有人。摸一摸,确实没人。我的手撸动着空气。空气在我的手上变成风。如果那里有人,也是风变成的人。

如果是人变成了风呢?

我爷爷把村子的东西南北数尽,却见不到一个真人,只在他掉了牙的嘴里,不断响起咝咝咝的声音。那是风的声音。康熙年间即聚族而居的古老村落,只剩下风的声音了。我外公变成了"软",那些人变成了风。我不该在餐桌上请进一个"风"来坐着。

第二天一早,我去楼顶透气,见姜姨已坐在上面。陈叔在花架底上,安放了张花岗石圆桌,用个废油桶做了底座,旁边环着三张凳子。姜姨说:"小杨,坐。"我不想坐。姜姨便也站起来,走到我身边。那样子,分明又要问我家属,问我母亲。果然。问了,知道我不会答,就嗫嗫嚅嚅的,说起自己的儿子。他儿子四十多岁,结婚十多年,但还没有小孩。不是不能生,是不要。两口子宁愿养狗,也不要小孩。他们把狗当成小孩。儿媳怀过两次,都去做了,现在想生也难了,就更把狗当成了孩子。那狗人高马大,却叫点点。"点点，过来给妈妈踩背。"儿媳说。"点点，你把爸爸的手机藏哪里了？"儿子说。

姜姨嘲弄而寂寥地朝我一笑："还不如像你呢，不结婚，免得大人念想。"

我并没向他们说过我不结婚，想必父亲也不会说。她靠的是嗅觉。

可她又说："你还年轻。"

意思是我这年纪，找女朋友、结婚、生孩子，都是揣在兜里的事，伸手一摸就摸出来了，不会像她儿子，让父母绝望。生孩子仿佛与自己无关，只与父母和岳父母有关。上辈人始终需要一个影子。儿子不愿做影子，就让孙子去做。

陈叔也上来了，边上楼边穿上衣。他人瘦，皮肤像熏过，不知是本来就那样，还是老成了那样。往常，姜姨见到他，会把脸一沉，像陈叔是一只手，每天的工作，就是拉下她脸上的帘子。要是见他不穿好衣服就出门，不仅沉脸，还很鄙夷，说农民就是农民，进了皇宫还是农民。今天却没有，她温和地望着他，仿佛很欣赏那身黑皮。

这让我惊讶。同时我想起来，昨天夜里，他们没有吵架！我是十二点半睡的，根本没听到吵架，也没有闷在坛子里的嗡嗡声。他们的婚姻像个帮会，确切地说是两个帮会，也是有规矩的，昨天是谁的生日，双方就协议休战。何况儿女都回来过了。父母老了，轮胎生了锈，向前滑行时，难免不咯吱咯吱响，儿女是润滑剂，回来抹一抹，又不响了。

我的父母呢？他们本来就不响。要响也是独轮车的响。我这个当后人的，无力让那个独轮车不响。不幸的是，父母只有我这个后人。他们在可以制造后人的年纪，母亲的肚子里挂上了一根银色绞索，将企图成人的种子，一律绞死。父亲会不会因此记恨母亲？那根绞索虽不是母亲自己挂上的，按照父亲的逻辑，多半还是要把账算到她身上去。他会觉得，如果那些种子生根发芽，都比现在的这个儿子争气。

是不是这样，我也说不准。

但姜姨他们的事我是想错了。

先是姜姨，后是陈叔，然后又是姜姨，抢来抢去给我说昨天的事。

昨天不是谁的生日，是遇到一点麻烦，儿女过来商量。

一个月前，姜姨的弟弟死了。她弟弟名叫姜维，跟诸葛亮的关门弟子一个名字。确实也聪明，当年的技校生，硬是考到研究生，做了大学教师。可聪明也被聪明误，成了书呆子，先后结过三个女人，都没过上两年，就离了，且都是女人要离，也不说为啥，反正不跟他过。三个女人离开时瘪成相片的肚皮，倒像无声地宣布了理由。他上班那阵还好，退了休，就完全变了个人。学校分给他的房子，他不跟任何人通气，就低价卖掉，搬回父母家住。关键是那笔房钱又不知去向。都猜是给了那三个女人。那三个女人早就是别人的女人，跟别人一起生儿育女，也跟别人一起变老。父亲早已过世，母亲独自住在琴台路的老房子里，四十多平方米，只有一间卧室，他让母亲睡卧室，他在客厅打地铺。母亲不忍，也把他拉到床上去，他就抱住母亲哭，哭得鼻涕眼泪的。母亲历来心疼儿子。她有四个子女，儿子就这一个。心疼是张膏药，偶尔贴一贴，是治病的，一直贴着，没病也贴出病来。自从回到母亲身边，他就像当真回到了儿时，水是妈烧的好喝，饭是妈做的好吃。母亲是多大年纪的人了！可她乐意为他跑前跑后，还后悔他上班那阵没去照顾他（其实是怕自己去了，耽误了儿子找女人）。

再乐意，老了，总有死的一天。

母亲服侍他两年半,死了。

死之前,她把三个女儿叫拢,郑重交代:谁照顾弟弟,谁将来就继承这套房子。可要继承房子,得等姜维死了才行。四姊弟,他最小,三个姐姐熬得住他?母亲心疼儿子,又没什么宝可押,就押那套房子,等于是开了张空头支票。

姜姨说,她姐姐妹妹都是人精,知道那是空头支票,对弟弟不闻不问。他简直过成了叫花子。一个有工资有房子的叫花子。不扫地,不洗衣,不洗澡,头发不理,胡子不刮,饭呢,是饿得没法才吃一顿。后来他又收留了只流浪狗,不知是肚子里长了寄生虫,还是长了皮癣,那狗一处有毛,一处没毛,没毛的地方乌揪揪的。他不跟人说话,只跟狗说,夜里睡觉,让狗也睡床上,天气一冷,还把狗请进被窝。

姜姨实在看不下去,就去照管他。

"他不缺手跛脚,"姜姨说,"又比我年轻,我凭啥子管他?可不管行么?他是弟弟,一个娘胎里爬出来的亲弟弟——我的心没恁狠!"

人真是很奇怪的,许多时候,被管的人离得了管的人,管的人却离不了被管的人了。人就这样被自己的善心绑架了。姜姨时常过去,为他洗衣拆被,打扫房间,每去一次,都上菜市场,把冰箱为他塞满。陈叔也经常去,为他换灯泡,修水管,通下水道。

如果他一直活着,活到三个姐姐都死了还活着,就不会有啥事了,有了事她们也闭了眼睛,装着不知道。可他提前死了。上个月二号死的,没见什么病,前两天,姜姨还去为他洗了床单,晒了枕头,再去,人就硬在了床上。狗却不知去向。它知道主人死了——心里不知道,鼻子也知道,死有死的气味,活有活的气味,它闻出了死的气味,明白在这房子里存不住身,就从窗口爬出去,又走上了流浪的路。

既然是他们在照顾姜维，照顾了八年零七十二天，那套房子理所应当就该归他们。这是母亲的遗言。母亲的遗言可不敢违背。他们把房子卖了。刚卖，姐姐妹妹就找来了，说她们也有份。因为这件麻烦事，儿女们昨天才齐崭崭过来的。

从这以后，陈叔和姜姨的门外，就没断过人。都是老年人。我说"门外"，是因为他们没能进门：敲，手指敲断也不开；踢，脚趾踢断也不开。然后打电话，电话打烂也不接。上了岁数的人，电话既开得大声，又爱用免提，八丈远也哇啦哇啦的。招数使尽都不管用，就骂。骂着骂着，敲我的门来了。我尖着耳朵听，确实是敲我的门。我卧室的卫生间正对楼道，两家门会传来不同的声音，对门是噗噗噗，我的是砰砰砰。这时候是砰砰砰。

我起身去开，刚推开半尺，门缝里便塞进一张脸来。圆圆的，跟姜姨的脸是同一张稿子。但分不清是她姐姐还是妹妹。她姐姐或者妹妹说："小伙子，你住在这里？"像我是钻进14号的小偷。接着又问："你晓得13号哪儿去了？"我说不晓得。那张脸陡然一变："13号一家子都是骗子！"她抠住门板，拉得更开些，这样我看见了廊道上另几张脸，都被怒火烧得颧骨红，眼睛红。她把身后的众人扫视一眼，再回过头，对我这个陌生人说：陈大明和姜琼丽是两个骗子，两个强盗，借照顾弟弟的名，骗走了弟弟的房钱（是指姜维卖学校那套房子的钱），还骗走了妈的房子，妈先写了个遗嘱，说把房子给弟弟，姜琼丽又让弟弟写了个遗嘱，说把房子给她，这是一步一步来的，是陈大明和姜琼丽设计好的，糊弄两个瓜娃子。妈是老成了瓜娃子，弟弟是读书读成了瓜娃子。要是他们真照顾了，我们也没话说，照顾个屁呀？屎尿都在床上呢！烂出尸水才被邻居发现呢！

这跟姜姨和陈叔告诉我的，有很大出入。

可是我知道什么呢？

我再一次说："我不晓得他们去哪里了。"

说着就把门关了。

就在当天夜里，陈叔又敲开了我的门。

他拎着一个大白网兜，把那网兜朝我手里递，说："小杨你尝尝，这是我老家的石榴。"皮球似的，我以为是金瓜呢。陈叔种在楼上的石榴，小如鸡蛋，还不能吃：每剖开一个，里面都是一包虫。虫子是怎么进去的？又是怎样呼吸的？看来，囚禁并不单纯是个坏词，囚禁也是生活的一种。种出那样的石榴，陈叔没少受姜姨的气。但现在不会了，他们好多天没吵架了。再说真想吃石榴，陈叔老家有的是，季节一到，他侄儿侄女都大箱小箱地寄来，皮色是那种旗袍红，让人想起歌台舞榭。我不好收他的。我连老家也没有，更没有老家的特产可以回报。如果把爷爷奶奶住的地方当成老家，那里只产土豆、小麦和稻谷。

陈叔却非给我不可。

原来是要感谢我。我对那些人说不知道13号的去向，他就为这个感谢我。那些人敲门踢门时，他跟姜姨把手机设成静音，站在门背后，随时预备着门被破开后该如何应对，也生怕我说他们就在屋里——如果那样，门外的人就不会离开，他们就要困死在里面。

其实我是真不知道他们在家没有。

我能听到他们的全部声音，就是吵架和哭泣，不哭不吵，就没有声音。

陈叔见我不收，就来掰我的手，将网兜勾在我的拇指上。我左手的食指和中指，噌地向下一沉。陈叔像完成一宗大事，这才压低声音，说他姨姐姨妹是如何地不要脸，如何地无理取闹。"闹了大半个月了，差不多了，该熄火了！"他说。

可事情不是他想的那样简单。

那些人照样天天来，敲不开门，就去找物管。

物管的头儿是个三十七八岁的女人，每周都来河风苑，来了，就坐在东门的收发室，或独自办公，或把业委会叫拢，问些情况。姜姨的姐妹找去时，她正在那里处理一起纠纷。

有只独眼流浪猫，本是在几个小区窜的，吹萨克斯的大肚子男人经常喂，它就赖着不走了，睡也睡在六幢二单元底楼的墙角。偏偏这单元里有个姓孙的女人，特别厌恶野猫野狗，见了，能踢一脚就踢一脚。那只猫是很能忍的，她踢它把脚踢出胼子，它也忍了。可这天不能忍。它傍墙睡着，那女人骑单车过来，故意从它尾巴上轧过。男人的头，女人的腰，猫狗的尾，这是忌的，不能随便碰，她碰不说，还轧！那猫飞纵而起，在女人腿上撩一爪，就跑得无影无踪。女人掀起裙子，没见血，但过了片刻，血影就照透皮肤。她哼一声，转身就去敲门。

她知道平时是谁在喂。

人不在。她便跑到医院，打了狂犬疫苗。想到这笔钱反正有人出，就用了进口货，花了将近两千。河风苑人都知道，大肚子男人和他女人，特别温文尔雅，男人吹萨克斯的时候，女人偶尔还伴歌，唱的是美声。姓孙的女人心想，找这样的人索赔，狠劲儿一拿，就乖乖的了。谁知错判了形势。大肚子男人听了，说："人不惹猫，猫不会咬人。"平时那猫的惨叫声，他是听见的，之所以没把它收进屋，是他女人对猫狗严重过敏。姓孙的女人怒火万丈，说这是人的小区，不是猫狗的小区，更不是野猫野狗的小区，我交了物管费，它们交没交？你养，你就该帮它们交，帮它们赔！说着拿出发票。

她压根没想到男人会骂她，说她恶心，叫她滚！

那声口，那气势，完全不是萨克斯的调子。

没吓住人,反被人吓住,姓孙的女人又是怒火万丈地去找物管。

姜姨的姐妹等把那起纠纷处理结束,才有机会挨上去,把对我说的那套,又说给物管听。物管说,这是你们的私事,你们自己解决不了,就去找法院,我们是没权力管的。几人便又赖死赖活,要物管给陈叔和姜姨打电话,说我们跑无数趟,都敲不开门,打电话也不接,去他们儿女家,也不见影子,那当儿子的,起初还讲些道理,过几天就变了,把脸变成屁股了,跟他爹妈和妹妹一样,只给我们亮一扇门板。"见不见我们无所谓,你陈大明跟姜琼丽总得有个下落。好歹也是亲戚,我们不能打甩手。未必死在家里了?"

话说到这份上,物管不打个电话似乎也说不过去,就打了。

照样没接。

他们也不想想,陈叔家的卧室就在东门这方,其间只隔一绺儿绿化带。声音是朝上跑的,下面闹得呜喧喧的,七楼上早听得耳满心满。

联系不上,几个老人又喘吁吁地上楼来,在楼道上骂的话,越来越难听。"报应"两个字是说得最频繁的。我开始以为是诅咒,是将来时态,后来才听明白,是说陈叔和姜姨已经遭了报应。他们的儿子不生孩子,老两口就无后,女儿生了孩子,但女儿的孩子是别人家的后人,跟他陈大明和姜琼丽一根毛的关系也没有,可见老天爷是长着眼睛的!

这样又闹了半个多月,才不再来了。


可陈叔和姜姨却忙碌起来。

有天我见陈叔穿得规规矩矩,白衬衣扣到了领口,站在门外等姜姨。原来是要上法院去。他们被姊妹告了。也不知是早有告的心思,还是受了河风苑物管的提醒。

那段时间,两人早出晚归,却不仅没半点儿疲态,还走一路说一路。是交头接耳的那种说法。夜里更没吵架。这对无日不吵的夫妻,变成了一对幸福的夫妻。几十年来,他们没在一条道上走过,现在要争一套房子,要去应付官司,终于前所未有地心心相印了。

我的父母也会有这样一天吗?

如果有,会是出于何种缘由?

争遗产是不可能的。外公外婆并没存下钱,他们的房子也早处理了。外婆在我们家住了不到两年,那套房子就卖了。照外婆的意思,她的退休金足够花,大女婿还不让她出生活费,拿着钱非但没用,还是个负担,就让母亲和小姨把那笔钱分了;鉴于小姨去英国留学开销巨大,平时又没尽孝,便决定只给小姨两成,给母亲八成。父亲听了,头不停地朝后仰,边仰边"喊喊喊"。是表明他看不起那笔钱,也有显摆的意思。他不在外人面前显摆,但在家人面前,尤其是在小姨和她的英国老公面前,是要显的。他反过来,让母亲要两成。母亲把这意思告诉小姨,小姨又告诉她老公,回过来的话却是他们不要,一分也不要,并对姐姐姐夫照顾父母千恩万谢。父亲听了,不明所以地笑了笑,挥挥手,叫母亲打一半过去。母亲照办了,小姨又来电话数落,但钱究竟是收下了。这事也就了了。至于爷爷奶奶那里,田地也好,房子也好,送人还怕把人得罪了呢。

没遗产可争,还有什么事情能让我的父母同心协力呢?父亲的公司么?对母亲而言,父亲的公司就像别人的公司,风晨雨夕,她都无法感知。父亲从不对她瞒钱,她能从进账的多少,知道公司的盈亏,但那只是知,不是感。

想来想去,要父母也像陈叔和姜姨,只有一个可能:我找个女人,生个孩子。

可我不想找女人。

我从没谈过恋爱,因而不要以为我不找女人是受过女人的伤害。我只是没有兴趣。我承认,因为我的文章,还因为——或者说更因为——我义务所做的工作,也就是翻译韩语片,不少人在我豆瓣上留言,表达感谢和倾慕,也有不少女子留私信,并附上玉照。私信的言辞,溢出了倾慕的杯口。对溢出杯口的牛奶,要不想浪费,通常是猛喝一口,但我没有,我就让它们在杯壁和桌面上干枯。如果说我没有过挣扎,那是抬高自己了,然而我的挣扎是在很晚的时候,具体说来,是听到姜姨的姐妹骂那声"报应"过后。我总觉得,他们骂的是我父母。

我的父母究竟哪里得罪了他们,要被他们这样骂?

听他们骂的那天夜里,我辗转反侧。

可最终,我是走进卫生间,找自带的"十姑娘",就像我平时做的那样。

陈叔家安静了些日子,又热闹起来。我出门时,见他们家大门敞开,陈叔正将齐顶高的整面层板,横在客厅中央,立住了,几推几摇,就固定下来。这又才看见,层板中间是开着一道门的。与此同时,凌乱的脚步声从楼下响上来,两人抬了床,一人背了沙发,径直走向那道新开的门里。沙发是旧的,简直可以说是破的,仿佛是从哪里捡来的。我去摸底河边散步回来,陈叔和姜姨在打扫卫生。姜姨见了我,停下手说:"小杨,以后怕是要麻烦你呢。"陈叔走出门,警惕地朝楼下望了一眼(自从闹那套房子,这个动作就成了他的习惯动作),低声说:"我们不住这里了,这房子用来出租。"可究竟要怎样麻烦我,并没说。

是傍晚才说的。他们住得远,若有租客看房,要我帮忙开门。他们家的整套钥匙,包括新辟那个房间的钥匙,都给了我,哪个房间租出去了,我就把那房间的钥匙交给房客,但大门的钥匙我一直有。我很想问问他们的官司怎样了。当然没问。但陈叔和姜姨一脸喜色，多半是打赢了。他们的新住处，在三环路外，很可能是用琴台路那套房子的钱，去三环路外重新购置了一套，琴台路的四十多平方米，足可以换三环路外的八十平方米。

不仅要我帮忙开门，还要我帮忙浇花。

我自己不做花台，是担心没满三十岁，就成了个老人和闲人，现在好像逼着自己成那样的人了。我不答应当然是可以的，但又觉得不近情理。平时，我也会去楼顶，在清晨和黄昏里目送那两只白鹭；即使啥事不干，也可能坐在通风口的石台上，吹风，看云，望月亮，一坐就是半个时辰甚至更久，在他们看来，那样闲坐的工夫，顺便浇个花，也不值啥的。他们不知道，在我心目中，闲坐的不是闲人，浇花反而成闲人了。

我怎么也没想到，我是那样喜欢浇花。

这年，成都的整个夏天没怎么热，许多时候，白天也要穿外套，据官方测定，这是1923年以来最"冷"的夏天。成都人以为热天就这样过去了，欢欣鼓舞的同时，免不了又有些怅然。热天不热，终究有些像男人变成了小鲜肉。谁知欣喜和怅然都成了矫情。立秋过后，也就是陈叔和姜姨刚搬走，太阳想起自己还有作业没完成，睁开惺忪的睡眼，从早到晚地突击。蜀犬也不吠日了，天天都是太阳。尽管父亲在我的每个房间都装了空调，但我不喜欢用，窝在空调房里，总感觉有人捏住我的鼻子，这证明我多多少少遗传了母亲早年的鼻炎。汗水一流一个晚上，早上起来，内裤是湿的，枕头也是湿的。白天呢，说火红大太阳不确切，因为太阳是白的。天底下所有的事物，当走到极致，是不是都会成为白色？

在这样的季候里，楼上的花每天得浇两次。清早，当窗口画出一方淡青色，我立即起床，上楼，扑进晨光里。地上亮着，天上还很黑。这不是因为城市灯光的缘故，在乡间也一样。天地之间，先亮地，再亮天。白鹭还没飞过来，花草还睡着，但我听到了急促的喘息声。那是干渴的声音。凑近了看,叶片虽不卷,花朵也不蔫,但即使在睡梦中,也缠绕着对未来的焦虑。我不能免除父亲的焦虑,对花草也不能吗?

情不自禁地,我面朝南方。城市像一滴巨大的墨水,城市里的人,在黑暗中显得那样亲密无间,休戚相关。我说不清父母和外婆在哪一片区域,但我知道他们在,这就够了。晨风轻起,从我裸露的手臂上滑过,晨风里有城市的气息,也有我自己的气息。

我兴兴头头地开始工作。工作这个词是很冷的,但在我这里不是。我之所以不跟父亲混,拒绝进他的公司,也拒绝进他朋友的公司,还拒绝了许许多多,就是希望工作是暖的、热的,某些时候,还是烫的。我要它至少和我的体温一致,跟我一同呼吸,一同度过二十岁、三十岁、四十岁……读书是工作,看片子是工作,写文章是工作,浇花同样是工作。

我拎着一个鲜红色的塑料桶。不用水管,改用桶接,是叫花草听到水响,提前高兴一下;同时,也是用水响唤它们醒来,再干再渴,也没人愿意在睡着时被兜头一淋。水浇下去,我仔细聆听,想听到根系喝水的动静。但植物的优雅,就是让你听不到这样的动静。

想到它们要抵抗一天的太阳,我歇息片刻,再浇一遍。傍晚时分只浇一遍,清早浇两遍。有时还把土松一松再浇下去。陈叔把锄头和铁锹,都放在隔热层底下。连最角落里的小花也不遗漏,全都浇过两遍了,我又回屋,取来两口大碗,盛满清水,放在楼顶遮阴蔽阳的地方,鸟渴了、虫子渴了,或者窜上楼来的野猫野狗渴了,能够饮用。

正是浇水的时候,我看见了陈叔挂在楼顶墙外的横幅。
横幅足有两丈长,写着"房屋出租",留了电话号码。

我听他说过，他不会找中介，也不打广告。他认为中介公司是不劳而获的公司，花钱打广告更无聊，报纸和电视本就是用来公布消息的，我给个消息让你公布，不收你钱就罢了，凭啥还找我收钱？原来他是用土办法。可这有用吗？谁会走在七层楼下的马路上，朝高处张望？事实证明，七十多岁的陈叔，比二十多岁的我更懂得社会，他抵制现代传媒和经营方式，但他知道这是一个在路上的社会，走在路上的人，除了看地，还要望天，望天不是欣赏云彩和星辰，是看刮不刮风、下不下雨，看天光还能为自己提供多少走路的时间。这一望，就望见了他挂的横幅。路上的人累了，需要或长或短地停下来，找个地方歇息。

陈叔的电话响个不停。我知道这个，是因为我的电话响个不停：看房的打给陈叔，陈叔又打给我。从早到晚，我不停地起身，不停地去开门。看不上，直接走了，看上了，陈叔就过来，签合同，收房租。在租房时限上，陈叔显示了他的与时俱进，以前的房东，租期最短半年，再短也不能短过一个季度，但陈叔不，他明白速度是当今社会的主题，路上的人稍作歇息，又会接着上路，因此只要租上一个月就成。很快，他的四个房间就填满了。

房子租完，陈叔还是经常过来，看房客是否爱惜他的房子，并作安全提示。他去打印店输出好几张A4纸，分别写着"随手关火""随手关水""随手关门"，贴在客厅、厨房、厕所和大门背后。再忙，他也要去楼上看看。我觉得我已够经心了，但他每次上去，都要再浇水，并拔掉野草野花，他觉得，野草野花既无用，还耗地力。不种蔬菜，又不让长野草，地就闲出来，他将闲着的空地深深翻过，将拔下的植物和从石榴树上剪下的枝丫，盖在上面。成都人不种石榴，是因为太潮，结不出好果子，但陈叔一直种着，石榴种在那里，就把故乡种在了那里。那些剪下的枝丫，他剔得很规矩，盖在土上，就像给婴儿盖被子，边边角角都掖紧扎。他说，这是养土的。树叶和花草藤蔓烂掉后，能让土肥沃。又说，有植物就有虫子，虫子能帮助植物腐烂，并把腐烂的变成肥料。

他跟我说话，又爱挂上那句："你爸那人能干！"

我觉得，其中除了有劝诫我的意思，还有对能干人的依附。许多时候，赞美并非真心，只是言语行贿，行贿的动机是依附，尽管根本就依附不上。在我的记忆中，他们在为那套房子奋斗的时候，陈叔没对我说过"你爸那人能干"，现在又开始说了。

是姜姨又和他吵架了吗？

是他们又像以前，不能有一个完整的夜晚吗？

不完整的还有河风苑。

大肚子男人一家搬走了。

他给流浪猫投食，流浪猫抓了姓孙的女人，姓孙的女人告给物管，物管的头儿把他叫去，一口一个王老师，说王老师，我们都晓得你特别讲道理，你养的猫抓了人，就该付医药费，道理上是不是这样说的？大肚子男人把钱付了。他本来就不是心疼钱，因此不觉得那笔钱是"道理"让他付的，也不觉得是物管让他付的——他是为"伤心"付的。在他看来，对弱者，每个人都有搀扶的义务，一只独眼流浪猫，瞎了的那只眼睛，还老流黄水，怎么清洗，怎么敷药，都不管用，照顾这样一只可怜物，难道不是理所当然的吗？我照顾了它，我却错了。这个错让他伤心。不是为自己，是为人。他为人伤心。那些天，他吹奏的曲子，尽是《秋叶》《当时光流逝》《午夜的萨克斯》一类，都与时间有关。他觉得，时间给了人生命，也给了人死亡，但人心里最幽暗的角落，从来就没被时间照亮过。幸亏那只猫依然来，尽管不再睡在墙角，但要来吃他给的饮食。墙角放着两只碗，一只装粮，一只装水。

然而有天傍晚，他女人跑回来说：别喂了，快些把它赶走！

是小区贴出了告示，两条：一、任何人不得向流浪猫狗投食，否则一旦伤人，投食者负全责；二、小区将不定期捕杀和毒杀流浪猫狗。

河风苑正中，是个车棚，车棚旁边，立着块五米见方的玻璃橱窗，停水停电停气等各类通知，都往那橱窗里贴。大肚子男人的女人看到告示，转身就往家跑。那里离家很近，她却跑得气喘吁吁，到单元门口，见猫正在舔水，她仿佛看见水碗里已放了毒鼠强——猫是鼠的天敌，但要把猫毒死，最好的药物就是老鼠药；接着她像看见猫在嗥叫、吐血、抽搐。她想去抱它，抱进家里保护起来，可她沾不得，否则周身起疙瘩，呼吸急促，引发哮喘；即使像这样把猫养在屋外，她的皮肤和喉咙，也常常感觉到异物的侵袭。

女人进屋的时候，大肚子男人正吹奏《布列瑟侬》。

以往吹这首曲子，女人有时会伴唱："我站在布列瑟侬的天空下，而星星，也在天的另一边……我将星辰抛在身后，让它们点亮你的天空。"

然而今天，女人的话让星辰陨落。

男人去找物管。物管的头儿，也就是那个三十七八岁的女人，平时见谁都笑，处理问题的时候就不笑了，但依然是轻言细语的，说王老师，你也要站在我的角度想一想，出个事，你有责任，我也有责任。现在的人，都只把自己看得比天大，老师不敢教育学生，甚至不敢上体育课，怕学生受伤，惹麻烦；所谓受伤，磕青了额头，擦破了手指，都算。坐车坐过了站，就抓扯司机，强令停车。本来不是自己的座位，非要一根钉赖在那里。我看过几篇文章，那些文章说，这虽是坏事，但表明了中国人自我意识的觉醒，因此也是好事。坏事咋又成了好事，我脑筋笨，转不过来，更不敢去碰那样的好事。

说到这里停下来，像在沉思。

沉思片刻又说:"王老师,你这人心软,我心里也敬服,但老天爷是设计好的,人吃羊,羊吃草,草吃土,土吃人,各归各命,猫狗也有猫狗的命,没人管得了别人的命,那是跟老天作对呢。真管,对别人有多大好处很难讲,跟自己过不去倒是货真价实的。俗话说,男人心软一肚子酒,女人心软一肚子娃。"

一席话,不仅没把男人说服,还让他越听越焦躁。

告示上第一条,他认。在河风苑,喂野猫野狗的不只他,但他说,只要发生野猫野狗伤人事件,找不到"凶手",都可算到他头上。他请求把第二条删去。

物管没答应。去缠多回,都没答应。人家说得很清楚了,责任那东西,不是想揽就能揽。此外,河风苑正打算创建文明小区,早先的那批安置户,都陆陆续续搬走了,河风苑的住户升了级,有条件创建文明小区了。

然而大肚子男人也搬走了。搬去了哪里不知道。那只独眼猫也不在了,据说是他带走了。走之前他留了句话:"一个不能让野猫野狗存活的小区,不配我住在这里。"

我再也听不到他吹奏的萨克斯曲了。

河风苑静止了。

静止得像是没有人。

其实,对门的租房里热闹得很。

而今城市的人口流动,不只是从城外流向城里,也不只是从此城流向彼城,更多的是在城市内部。以前的城市是一片湖,现在是一条河。越来越少的人愿在一棵树上吊死。职业只是饭碗,不是事业,饭碗是哪里好就去哪里端。当然能供人吊死的树也越来越少。租房都尽量选在离上班近的地方,一时这里,一时那里。

对门去一批,又来一批,我则不停地为新房客开门。

加新辟的那间,陈叔有四间房,四间房并不只住四个人,也不止住四家人,听陈叔说,主卧住了七个,其中有对五十多岁的老夫妻,有对二十多岁的小夫妻,有两个大学毕业不久的女子,还有个送快递的男子。一张大床分成了两半,中间用箱子隔开,箱子轮着放,阳台上铺着两套卧具。也不知他们是怎么睡的,估计是老夫妻和小夫妻睡床,阳台上睡两个女子和那个男子。这让陈叔非常不满。跟他签合同的是老夫妻,他怀疑他们把房子又租了几次,但老夫妻坚持说,那些人都是他们的家人,五个年轻人也这样异口同声,弄得陈叔没办法。他收的房租,主卧每月八百五,如果老夫妻又转租三次,每次收二百,一月就是六百,算起来,他们只花两百五,就住了那么大一间——陈叔就是这样看的。

这些人从事的职业不同,上下班的时间也不同,早上不到六点,就听见出门,门关得楼房震动,关门声还没响起,人就朝下飞奔;夜里十二点过,甚至到后半夜,有人才回来,还在底楼,就听见高跟鞋响,响得很疲惫。橐。橐。橐。一步一顿,像是奔赴某个阴谋,又像被阴谋所控制。

他们谁是谁,我从来没分清过,每见他们一次,都是重复见一次陌生人。

我反而对某个声音很熟悉,是个女子,每天晚上七点过,就听见她喊:"老公,老公。"喊数声没见开门,她就打电话。我手里有那大门的钥匙,但这把钥匙只能用于新房客看房,而且要陈叔先通知我开门我才能开,因此不能帮她。

有天黄昏,我上楼浇水,见一个女子站在花架底下,直觉告诉我,这就是天天喊老公开门的那位。我向她打招呼,她分明是看见我的,却像受到惊吓,慌忙回了声问候。听声音就知道,果然是她。那是蜜蜂被自己酿出的蜜粘住了翅膀的声音。对门那么多人,这是头回见有人到楼上来。房子只提供住处,与房子关联的一切，与他们并没有关系。我依然提着水桶。打开龙头，听着水响，我才想到，水电气费，不是陈叔给，而是房客给，我接水浇花，她会怎么想呢？她大概想不到这一层，我拎着水朝花台去时，她挪到一边，低头翻手机。这算不算和女人单独相处？对我而言，算。我有些不安，觉得应该找些话说，于是问她在哪里上班。她说在武侯祠。我说那太远了。她说不远，骑自行车一个钟头就到了。然后说："我老公在这边上班。"原来，在这边租房子，是为方便老公。她那头发湿漉漉的，不知是因为湿，还因为头发本来就少，隐隐地现出头皮。她脸上长了许多小痘痘，眼睛很清亮，清亮到无辜。

我禁不住又问："你为啥不自己配把钥匙？"

她说就是想去配呢，明天就去配一把。

然而，明天，后天，往后的若干天，都听见她下班回来喊"老公"。

我要出趟远门，去韩国参加一个会议。出发前，我在想要不要给陈叔说声。会期是五天，这个季节，饱饱地浇一次水，五天不至于让花草渴死，便决定不说。给父母我也没说。签证办好那天，我回了趟家，父亲出差去了，我没见到他，也因为他不在，母亲和外婆可以放肆地表达对我的感情。但并非所有热烈的感情都是烫的，有一种感情越热烈越冷。她们似乎跨过了我，只要我给她们个小东西。也就是说，我找个什么样的女人不重要，我要是雌雄同体，能自动弄出个小东西来也行。她们是柴，那小东西是火种，柴都渴望燃烧，尽管燃烧之后意味着灰烬，但如果不燃烧，柴的一生就要被质疑，就没有意义。她们曾经把我当成火种，我让她们燃烧过一次，现在是需要再次燃烧，直到把自己烧得不留一片叶子。

这件事让我朦朦胧胧地感觉到，我不找女朋友，不结婚，并不是对女人不感兴趣，而是因为恐惧。

我害怕重复的生活。我成天坐在电脑前,按父亲的说法,趴在"瘟床"上,但那不是重复。只要爱,就不重复,爱得越深,越不重复。可我能那样去爱一个女人吗?当女人一遍一遍呼喊老公的时候,我能给予足够的回应吗?当女人被自己酿出的蜜捆住了翅膀,我能说那蜜是你的,也是我的,我们在蜜里同生同死吗?还有那个小东西呢?还有我自己呢?就算每个人都是一把柴,我愿意让那小东西将我烧掉吗?

对这所有的一切,我都没有把握。

跟母亲和外婆告辞的时候,母亲说:"你比你小姨还心狠。"

这话让我想了很长时间。

母亲大概是指小姨很少回来看望外婆,平时也少来电话,基本不给外婆寄礼物,更不拿生活费,尽管也不需要她拿。或许正是不需要的缘故,我并不觉得小姨心狠。我觉得父亲心狠,母亲心狠,从没觉得小姨心狠。事实上,小姨总给我被排挤的印象。她因为嫁了个洋人,落户异国他乡,便与祖国、同族和亲人划了条界线。也和她自己划了条界线。她学的是历史,一心想出国,上大学就恶补英语,如愿以偿,考到英国读研,又发现所学专业很难立足,便又去学会计,这才落了脚,成了家,让她的同学羡慕。若干年过去,当初羡慕她的人不是部门领导,就是业务骨干,有个女同学还做了省政协副主席。个个人生在高处,过得风生水起,小姨却始终是个小会计。她的目标如同刀锋,把想要的世界切开,才知道伤着了自己:既让自己不甘,也让自己费尽力气掩饰不甘。如果说小姨心狠,应该是那种偏执的狠。

偏执让她的世界变得狭小。

每个人都有偏执的一面。甚至有受骗和受虐的偏执。

我们属于哪一面?

我属于哪一面?

去韩国参会，讨论的也与偏执有关。韩方领头的崔至清教授，是研究金基德电影的专家，他请了三个中国人、两个日本人和两个美国人，再加若干韩国人，组成"国际会议"，讨论金基德电影中自私、卑微、变态和残酷的爱，是如何唤醒了女性最宏阔也最邪恶的力量——身体的力量，从而将爱和被爱一起毁掉。他有篇著名的文章，探论金基德电影的深刻和肤浅，说金基德的深刻正是他的肤浅，因为在金基德眼中，残酷只有一种形式：用刻骨铭心去扒出撕心裂肺。而真正的残酷，是把刀子浸泡在时间里，沾上时间的毒液，慢慢割。

会在首尔大学召开，也没什么新鲜事可讲，崔教授已把调子定在那里，所有发言都是那调子的复调。只是其中有个插曲，有人知道我在网上译片子，而那些片子都是盗版，我的行为是助纣为虐。不知崔教授是为了保护我（受邀人员中，我是唯一的民间人士，崔教授说，他邀请我是因为欣赏我），还是担心冲淡了会议主题，连忙把话岔开。其实，我倒想借此表达一下对版权的看法。当时没说，现在也不说，说出来会被人骂，别人会觉得，你父亲开个轮胎厂，你能衣食无忧，就否定文化的专有商品属性，不管别的文化人死活。

会只开了半天，余下的时间是游玩。

走在韩国的土地上，处处与"中国"碰面。景福宫是缩小的、民间版的故宫。首尔城内有条小河，叫清溪川，这名字让我悚然一惊。我爷爷奶奶住的乡下，也有条清溪川，只不过叫清溪河。去看爷爷奶奶，以前没有上山的公路，都是沿河下行五里，再爬山，当时只觉得清溪河这名字好，有时也停下来，把手伸进河水里，感觉它貌似平静的力量，但过后就忘了。而此时此刻，我是多么想念那条河。异国不仅没能把我与故土割裂，还让我回到根子上去，回到一个更小的地方去。在这个时代，我真是不可救药的。

在苏来浦口旁边的海鲜市场,我又想起吹萨克斯的大肚子男人。市场上的帝王蟹,游在水里真是威风八面,可它们是食品;龙虾大得不是虾,而是龙,可同样是食品。吃,就不能把被吃的当成命。上帝设计的食物链,让你逃无可逃。这是人生之苦。大肚子男人搬离河风苑,虽与吃无关,可他遭遇的同样是人生之苦。他去了哪里?

回到家,洗过澡,衣服还没穿,电话就响了。是陈叔打来的。这让我感觉自己从没离开过。为一对中年男女开了门,待他们看了房离去,我立即上楼看花。都活得很精神。或许是下过雨,或许是陈叔来过。我给它们打过招呼,就听见楼道里喊"老公"。给新房客开门时,我还在想,是谁搬走了呢?看来那个女子并没搬走。

到韩国的第三天,我还想起她,并且说到她。

崔至清教授有个博士生跟她长得很像,连衣着风格也像:白衬衣,把衬衣前襟掖在裤腰里。据说这样能显腿长。那博士生是河南红旗渠人,她说毕业后就回国。出国留学,她才知道爱中国。她爱中国是因为爱《诗经》。她的专业是现代诗——出国学习现代诗,却让她爱上了中国两千多年前的典籍。那天去庆尚北道参观,她陪着,至一处温泉,没时间泡,只看一看蒸腾的热雾,闻一闻硫黄的气息,就走,走之前,她很有兴致地让我摸摸泉水。我弯腰用指尖拂了一下,她说:"怎样?"我说:"很滑。"她说:"就是。以前读白居易的《长恨歌》,说'温泉水滑洗凝脂',以为是比喻,以为是说杨贵妃皮肤滑润,其实就是写水,是实写。中国古诗文多为实写,我们却当成了联想或想象。是世界变了。当下的写作,差的不是联想,也不是想象,而是写实的能力。想象是别人能想到的,写实是别人见到了却写不出。"她说话很嗲,按成都人的说法是"嗲叽叽的",这也跟喊"老公"的女子很像。于是我就告诉了她。她听了说：那女子跟她老公成一个人了。边说边笑，笑得很神往。

这种结论着实让我吃惊。

我以为她会说：那女子把所有权利都交给了男方。

回家很长时间，我还想得起她说那句话时的表情，还在揣摩她为什么会得出那种结论。

到后来，那表情还在，结论已变得不再重要了。

就这样，秋天过去，冬天也很快就要过去了。

城里人的季节，是通过天气预报来识别的，最多知道热不热、冷不冷。而我不一样，楼上的花草和虫子，能帮我感知。冬至这天，成都下了雪，薄薄的，干爽如盐，次日化雪，又冷如刀割。百草枯萎，虫子冻死，鸟雀找不到吃的，喳喳哭叫，住在摸底河边的一户人家，每天清早和黄昏，都在露台上放大堆碎米粒，数百只麻雀闻风而至，啄食声如同疾雨。麻雀不贪，吃饱就走，可刚飞到河岸的竹林或芙蓉树上，就被白鹭追逐。河里的鱼越来越少，竟至于无，白鹭便以麻雀为食。天地间的悲怆和生动，多与牙齿、舌头和肠胃有关。有天我看见两只白鹭围攻一只麻雀，麻雀吓得不会飞，也不会叫，只默然地从空中垂落。我知道结局，但我收回目光，且捂住耳朵，加快脚步，这样仿佛就没有结局。

腊月二十八，我去乡下看爷爷奶奶。其实我不想这时候去。虽然五天前就已立春，但大巴山的春天还没到来，农历二月，才会听见森林上水：水从根系灌入树干，从树干注入枝丫，整座山便明亮起来，朗润起来。那里最好的时候，是三月末，遍山嫩芽，奔流着鹅黄色的光芒，光芒里弥漫着季节、土地和植物的香气，山深一层，香气就浓一层，因而不觉得是在朝山里走，而是在朝光芒和香气里走。

本来说好父母同去，但父亲临时变卦。他不回，母亲也只能留下，管他吃喝。外婆虽也能做饭，父亲却不吃她做的，我开始以为他是嫌老年人脏，后来知道不是，他是觉得，把老岳母接进家门，就得让她享清福，否则便失了孝道。父亲很讲究这个。难怪他对我不结婚生子如此愤怒。古话说，不孝有三，无后为大，我是触犯了天条。他不愿跟我同路，很可能是怕在爷爷奶奶面前不好交代，更怕碰见熟人。回到老家镇子，他会碰到大堆熟人，他那些同龄人的孙儿孙女，多数上了小学。对别人家的孩子，他亲热到夸张，不仅去摸，去抱，还买这买那。只是喜悦的眼神背后，布满荒凉，眼睛底下的心，更荒凉。

爷爷奶奶除了数落斑鸠叫出的名字，自然还要问我的婚事。我说我有女朋友了，她在留学，几年后毕业，回到国内，才能结婚。说这话时，我心里想的是崔至清教授那个博士生。说完我暗自发笑。夜里，睡在吊脚楼上，爷爷奶奶跟我睡隔壁，边发出老年人的那种呻唤，边问那女子的名字和家境。睡之前在火塘边，就问过千百遍了。我知道她姓叶，但不知道名字，就说她叫叶倩，爹妈是农场主，经营了几千亩土地。这是从红旗渠申发出的联想：由渠水想到灌溉，由灌溉想到农田，由农田想到农场主。真如那女子所说，许多想象和联想，都是廉价的。但爷爷奶奶却被震惊。这山里，田土挂于坡地，瘦瘦的，呈条状，因而被称为草鞋田，要多少草鞋田才能凑足几千亩？哪儿去找人耕作？未必那里的农民还愿守住老家，不去城镇？我做出瞌睡极了的样子，用鼻音含糊地应答几句，就不再回话了。

爷爷奶奶便不问，只说。山里人家，习惯了隔山隔水地呼喊，几乎不会说悄悄话，也从不计较自己的高声可能影响别人。怎么会影响呢？山川横绝，人烟稀疏，以见人影为喜，以听人声为乐，若夜行者见到灯光、听见说话，会生出不可言状的感动和希望。爷爷奶奶一口一个叶倩，像那真是他们的孙儿媳妇。说中国这么多学校,叶倩何必要去外国读书?由此又说到我小姨。他们从没见过我小姨,但从父亲嘴里,知道小姨落脚英国,嫁了个洋人,生了两个洋娃娃,害得这边爹妈都不喜欢。爷爷奶奶是担着心的。

高兴和担心,是一体两面。

一个名字可以唤醒一个人,也可以塑造一个人。连续四天,听着爷爷奶奶说叶倩,并在他们的言说中入睡,我竟在梦里碰到"叶倩"。我进河风苑东门,见她走在前面,白衬衣的下摆盖住了屁股,但能看出前襟掖在裤腰里。她身高将近一米七,实在用不着以这样的方式显腿长。自从人类对身体觉醒,就从未停止过对身体的关注。她一直朝六幢三单元走,且一直上楼。当她上到顶楼,就大声喊:"老公!老公!"

两声喊把我叫醒了。

我不知道"叶倩"是否恋爱,是否结婚,但梦境告诉我,她与我无关,她是别人的女人,就像住在对门的那个女子一样。

爷爷奶奶屋里悄无声息,证明熟睡着。他们一旦醒来,就会说话,即使只有一个人醒来,也会自言自语——想起镰刀没从山上带回来,就骂自己,说见啥忘啥,硬是老尿了!听见猪在吊脚楼下哼哼,就高声指责:"胀了两桶红苕,还没胀够?才换了谷草,还冷?"有风从高过房檐的黄桷树上走过,就郑重交代:"走你各人的路,莫扫了我的瓦!"这时候就有风,压抑着不发出太大的声响,但能听出风里饱满的骨肉。下雪了。雪味儿从窗缝挤进来,同时挤进来的还有薄荷香。十七岁那年我来见识过,带着这种气味的雪,不下三天两夜就不收手,至多下到次日中午,漫山遍野便响起竹木断裂之声,路在雪尘下隐没,像自古以来就没有路。

我得赶紧下山了。

早饭过后,我披上奶奶为我准备的毡子,顶风冒雪地出门去。

下山途中,我把叶倩那个名字,顺手丢在了风里。

我没回我的家，直接去了父母家。

到而今，我已能自觉地不把父母家称为家了。我是快满三十的人了。再过些日，我就不会跟三十岁的人比。或许谁也不比。真要比，我被父亲赶出家门的年龄，莎士比亚已为伦敦剧院写出伟大的悲剧，留下无数光辉诗篇的济慈已死，曹禺已交出一生的巅峰之作，海子已卧轨自杀……我开始说，我的二十五岁跟他们没有任何区别，这个"他们"，不指所有，单指众生，我是和芸芸众生没有区别。明白这一点让我沮丧，但总比用芸芸众生的洪流去淹没峰峦，造成一切皆然的假象，来得坦荡些。我也在后退和妥协。聊以自慰的是，我并没在后退和妥协中心安理得。自从住到河风苑，我每天读书和看片，不少于六小时，每天写作，不少于四小时。至于读得怎样、看得怎样、写得怎样，那是另一回事了。

跟父母和外婆吃了顿饭，陪外婆去小区转了两圈，我就离开了。年要一直过到正月十五，我还有的是时间陪他们。我只是担心爷爷奶奶会在电话上给父母说到叶倩。不过想想也不必担心，若父母问起，我还是那样讲。以后呢？以后是用来变化的，所有变化都很正常，也都可解释。何况有小姨做教材，父母大抵也不会看好我这起虚构的婚姻前景。

河风苑安静得很，路上铺满枯黄的落叶，在脚底发出沙沙的响声。这正是安静的声音。破碎而安静。楼道里更安静，每一步梯坎，每一面墙壁，每一扇门，都睁着落寞的大眼，等着出行的人归来。这才正月初二，还得等上几天。

然而，我进屋不到半个钟头，就听见门外喊："老公！老公！"

听到这声音，我竟然精神一振。

被喊的人，这回终于在家，我听见门开了，两人说了句什么话，门就关了。

天色沉重，沉重得像要伏在大地上。到某一天，宇宙会不会突然收缩，成为钢珠似的圆点？如果那样，空间将消失，并由空间去屠戮时间。当时空死去，万物便归于寂灭。我也归于寂灭。我并不重要。人类文明的根本使命之一，是艰苦地求证"我"的重要，可是今天，我发现了这种求证的虚妄。"我"存在的意义，是见证他者，并在他者的存在里发现"我"，塑造"我"，除此之外，"我"就没有意义。

因为想到这层意思，我打开门，上楼看花。此前我已看过了。楼道靠近对门，对门的门跟我的门一模一样，深灰色，带着对生活的怀疑。怀疑来自本能。我确信，无论陈叔、姜姨还是我父亲，某些时候会对生活无奈，但绝不会怀疑。他们心里都有奔头，每天都计算着所得和所失。不同的是，父亲没来得及往我门上贴对联，陈叔门上贴着对联，是他们搬离那年贴的印刷体春联，一直没取，也没换，写的是："万道金光临宅第，八方瑞气进门庭。"此刻，在那道门里，住着一对小夫妻。也只有他们，别的人都回老家去了。我莫名地再次听到"老公老公"的喊声，眼里是一张长了小痘痘的脸。

"叶倩"的脸上没长痘痘，身在韩国，她也像多数韩国女孩，高明地化了妆，看上去很自然，很漂亮，但我一时没分清是自然得漂亮，还是漂亮得自然。

由此及彼，也是廉价的联想吗？

如果联想能获取温暖，就不廉价。

这幢冷清的楼房，因为有那对小夫妻，就有了呼吸。

夜里，我听见他们说，他们笑，声音与我近在咫尺。看来他们租的是主卧。陈叔说，主卧住了七个人，其中那对小夫妻，就是他俩吗？他俩和那对老夫妻同榻吗？宇宙收缩之前，空间已被挤压。人挤人。人自身就是宇宙。小两口儿不回家过年，很可能并非不想回家,是回家的渴望与独享空间的渴望博弈之后,后者占了上风。

两人说笑到十一点钟的样子,就没有声音了。整幢楼,甚至整个小区,再次归于沉寂。寂寞在沉寂中滋滋有声地凝结,带着生冷的铁锈味儿。我第一次看见了寂寞的形状。如一根血肠。我拿起这根血肠,吮了一夜。我一夜未眠。

可事情恰恰出在这天夜里。

我正坐在电脑前打盹,门被猛烈地敲响。

边敲边喊:"小杨!小杨!"

是陈叔的声音。

慌乱是可以传染的,我也慌乱地起身,带倒了椅子,膝盖顶到书桌,半杯咖啡倾在桌面,要不是手快,就污了电脑。吃喝的东西,一旦不是灌进嘴里,就成了秽物。世间没有绝对的干净和龌龊。去把门打开,见陈叔在,姜姨也在。许久不见姜姨了,她更胖了,脸白得像大风刮过的马路。那不是她这个年龄的白法。在陈叔和姜姨背后,门开着,屋里恍惚的身影,似穿着警服。怎么回事?没待我问,陈叔先问:"你在家?"没待我答,一个警察出来了,伸手把陈叔和姜姨拦开,站到我面前,和颜悦色地说:"等会儿麻烦你跟我们去趟派出所。"随后用眼神制止了陈叔和姜姨开腔。几人便沉默着。

这种沉默明显不公平,我毫不知情,也裹挟其中。

仿佛过了整整一个时辰,屋里又出来几个警察,背着包,拿着本儿,挎着相机,其中一人把塑胶手套从手上摘下来。出来后,将门关了,意思是谁也不能进,包括陈叔和姜姨。

我们三人都跟警察去了派出所,并不远,就在地下停车场那边。

问话分开进行。也没什么特别的,问我大前天(我刚回来那天)夜里,是否一直在,是否听到异常的动静。我有13号大门的钥匙，他们没问，我主动说了。警察很感兴趣，又接着问了些话，我都一一作答。到这时候，我依然蒙在鼓里。警察就像不缺钱花的人进菜市场，从容而平静地打听价钱；也就是说，我无法通过他们的神情判断什么。

半个钟头后，警察说，好了，今天就这样，以后有事再麻烦你。随后交代：别宣扬，免得引起恐慌。这又才告诉我，说13号死了人，一个年轻女子，是掐死的。

我心头裂了一下。

死了人？

年轻女子？

那就是她了。

只能是她。

确实是她。

仅仅过了两天半，警察就押着一个戴着脚镣手铐的人来到河风苑。嫌犯落网了，来指认现场。那人就是死者的老公。但后来知道还算不上老公，两人谈着恋爱，并没结婚。他们是四川宜宾人，也是大学同学。无数次听到叫他，我却很少见到他，不多的几次，是我上楼浇花，正碰上他出门，都是低头疾奔，门没关上，已跑下几步楼梯。这人个子不高，生得瘦削，现在又瘦了一圈，脚镣似重过他的身体。

又过一天，晌午时分，楼道上响起哭号。是那女子的父母。他们的女儿已经火化，这时抱着女儿的骨灰盒，来看看她住过的地方，收她的"脚迹"。

我从猫眼瞧了一眼，没出去，躲进厕所里听。两人哭了七八分钟，就走了。是陈叔把他们劝走的。陈叔说：人都死了，再哭也哭不醒，你们赶紧回去，请阴阳为娃娃超度，把娃娃埋了，让她尽早投胎，再耽搁，误了过奈何桥，就成孤魂野鬼了！这话很管用，哭声哑下去，变成抽泣。接着是抽泣着下楼。脚步声还能听见，就传来姜姨的怒骂。骂陈叔。但这时门已关闭，听不太清，隐隐约约的骂声，是从下水道冒出来的，断断续续，咕嘟咕嘟，大意是怪陈叔准许那对夫妻进屋，这屋里死了人，警察来来去去，还嫌张扬得不够，还要让人抱个骨灰盒进来，号得全城都听见！姜姨说，不晓得她上辈子做了啥恶事，这辈子要去那么远的乡下认识一个赤脚医生，倒她八辈子血霉！陈叔一声儿也没言语。

由此我知道，他们的生活，早就恢复了以前的模样。

13号成了凶宅，没人再来租房，以前的房客，也纷纷提早断约。陈叔和姜姨，那天把房子收拾了一番，将主卧的床垫、窗帘等物，扔到楼下，就再没来过。

楼顶上的花草，应时而兴，该长叶的长叶，该开花的开花。但从某种程度说，它们被遗弃了。我成了收留它们的人，成了它们的父亲。我见过陈叔松土、施肥，便也学他，从隔热层底下取出锄头，把板结的土层挖开，并尽量不伤根；又去菜市场，买了营养土和氨基酸，埋在离主根尺多远的地方，免得把根烧坏。陈叔用枝叶盖住的地界，叶已腐烂，化为尘土，只剩了发黑的藤蔓和枝条，我将其烧成灰，拌在土里，去超市买来菜籽，撒进去。没过几天，菜籽发芽，一簇簇冒。蜜蜂来了，蝴蝶来了，鸟儿来了……我不再只是享用者，还是创造者。我的一日三餐，除早餐冲麦片，煮鸡蛋，中餐和晚餐都点外卖，楼顶上的菜无法消化，我等着陈叔和姜姨来摘，可他们不来，菜看着就长老了，我便在菜圃边缘立了块木牌，写上："请随便取用。"是告诉那些上来晾衣物晒太阳的人。然而没人去动。那是食物，食物是不能糟蹋的，于是我开始自己做饭，炒菜，烧汤，还学会了用薄荷叶炸面筋团。

其间，母亲来过，是母亲教会了我这些。

河风苑出了凶杀案，不知是谁发到网上，到处传，母亲看到，打电话问，才知道就出在我对门，便也顾不得父亲不再管我的命令，劝我回家去住，劝不动，就跑来看我。我为她开门时，她正死死盯住对门，像凶犯和鬼魂还躲在那门里。我的安定让她惊讶，也让她伤痛。但我并没给她惊讶和伤痛的时间，带她上楼，看菜，看花，为她说明地是对门的，菜是我种的。母亲说，为啥不吃？都快老了。我也是这样想的，就让母亲教我做菜。母亲风风火火下楼去，半个时辰后，买来大包东西，除盐巴、酱油、醋、橄榄油、芝麻油、芡粉、花椒、生姜、大蒜，还有薏仁、黑米、小米、大米、灰面、红糖、白糖、冰糖、排骨、牛肉等等，又洗又切，做出七个菜来，像是要补偿我离家后她"欠"我的。

这时候才上午十点过。

母亲把菜碟一圈儿排在灶台上，让我吃的时候自己热。她是不能吃的，她要赶回去，给父亲和外婆做饭。

离开前，母亲问我："你自己说，是不是该找个女人了？"

我说是的。

母亲问我："为啥就不找呢？"

由此我知道，爷爷奶奶并没把那个叶倩说给他们听。我怀疑爷爷奶奶不是对出国留学的女人不放心，而是时光和土地赋予的智慧，让他们一眼就看穿我说了假话。

可当真是假话吗？

自从对门那女子死去，每顿饭我都拿出两套餐具。

另一套是给她的。

她的死，我有不可推卸的责任。那回，我请一个"风"来餐桌边坐着，仿佛成了对她的诅咒。她死的当天夜里，我分明通夜未眠，却什么也没听见。

我千百次回忆那个夜晚的情形：他们笑闹到十一点左右，便没了声音，我坐在电脑前，想我的事，写我的文章：依然是从电影出发，讨论肉体和精神的文明史。即使到了当今，对肉体的探索依然可以成为先锋，许多人相信，女人的影像是消费社会的真正基础，床单上才能提供更加有趣的故事。难怪每逢电影市场不景气，色情片就迎来盛世。色情中的性爱，呈现的是两性间的权利之争，是心灵和肉体的疏离。离得越远，越绝情，爱也就越软弱。现代社会的病根，正是爱的软弱。

一旦工作起来，我比较投入，但并不表示我注意不到外界的声响。在我阳台的雨棚上，常有鸽子和斑鸠前来交配，交配之前，有好一阵调情，脚步声由缓而疾，疾如暴雨，我不仅能听见，还能透过蓝色的棚布看到它们的影子。

如果对门有声音——生死挣扎的声音，怎么会听不见呢？

可千真万确，我什么也没听见。

我唯一能肯定的是，那天夜里，她死在十一点之后，因此那以后的每一天，差几分钟到十一点，我就把窗帘拉严，把所有的灯关掉。没有亮光，时间看不见路，就不会朝前走了。我要在黑暗中一直待到十二点。到这时就是次日，就与这天的事无关，那女子也就不会死。

又是一次廉价的想象。

她死了，这才是事实。

如果照"叶倩"所说，她和她"老公"成了一个人，那家伙为什么要掐死她？

一万种猜测。

但万变不离其宗：这是一场谋杀。

外婆病了，身上没劲，不想起床。送她去医院，她坚决不肯。外婆心里有个结，觉得外公没上医院就死了，她也不能上医院。他们这辈人，把上医院当成一种待遇。像外婆生在城市还好，若是我爷爷奶奶住的乡下，生了病被后人抬进病房，即使死在里面，也被人羡慕。父亲请来熟识的医生，为外婆把脉，还班也不上，留在家服侍外婆。其实他根本搭不上手，还让外婆心重。他自己也感觉到了，加上医生说没事，只是贪了凉，吃几服药就好了，父亲又才去公司。父亲走后，母亲给我打电话，我才知道外婆病了，过去看她。

外婆躺在床上，无所用心地看着电视。见我推门进去，她想坐起来，一双手却撑不动枯下去的身体。我叫她别动，坐到她床头，握住她的一只手。她说："浩儿，你摸摸。"我摸着她的手背和手指，摸到的是皮子和骨头。她说："是不是软了？"没有。不仅骨头硬，皮子也硬。她不信，又叫摸她的腿脚和肩背。同样的感觉。还是不信，她自己又摸，摸过后她非常失望，失望到落寞。起初我没明白，后来才醒悟，她是在跟外公比。外公死之前，软成了软，她要自己也成那样子。她觉得自己不成那样子，就对不起外公。

电视里的声音千篇一律，因为千篇一律，就与所有人无关。我问外婆："要不要把电视关了？"外婆没答应。她闭着眼睛，已经睡过去了。

我转过身，去关挂在墙上的电视。

伸手的瞬间，眼睛却被"吃"住。

一个新节目开始了。是个法制节目，不知啥时候播过，右上角现出"重播"字样，讲的是我对门那起案子！我感觉到，这是专门播给我看的。人的一生中，有些人活在你眼皮底下，你也不知道他们的故事，而另一些人，天远地远，多年不见，关于他们的消息却总会拐弯抹角地传给你。那是因为后者成了你命运的一部分。如此，那个脸上长痘痘的女子，已渗透到我的命运之中了，我在河风苑从不看电视，老天就借外婆的病，让我知晓。

信息非常有限，但我毕竟第一次听说了她的名字，尽管很可能是化名。她叫鲁小君。她"老公"叫谢朝斌。那天，谢朝斌杀死鲁小君，当夜就跑了。次日黄昏，他又回来，看她究竟死没死。只在门口望了一眼，见鲁小君还是他离开时的睡姿，知道的确死了，便再次逃跑。是两天后另一个房间的租客归来，见主卧的门一直开着，又没声音，好奇，从廊道路过，朝里面张望。刚好望见鲁小君的脸。那是一张死人的脸，眼睛圆睁，却没有光。谢朝斌不是公安抓住的，他是投案自首。他说自己杀死了鲁小君，问为什么杀她，却一言不发。直到被宣判死刑，他才告诉法官：他没有谋杀鲁小君，他和鲁小君是爱死的。

　　主持人的总结还没说完，我就慌忙关了电视，生怕被人发现一样。

　　其实不会有人发现，父亲在公司，母亲买菜去了，外婆正睡着。

　　吃饭的时候，父亲对我说："你外婆生了病，你就在家里多住几天。"

　　我没言声，但听从了他。

　　外婆还以为自己不行了呢，结果正如那位医生所说，吃几服药就好了，又像以往，帮母亲择菜，故意把菜帮子留给虫子，虫子来吃，又交代它们吃几口就跑，被母亲听见，母亲又拿着气雾剂，朝虫子一阵猛喷。

　　外婆好了，我也该回去了。我准备走的时候，是下午三点过，母亲说："等你爸回来，吃了晚饭再走嘛，又不是十万八千里路。你没看出你爸想你回来住？"外婆也这样劝我。

　　但我还是走了。

　　我对她们说，我要去一趟韩国，回去收拾一下。

# 将近两千年前的一桩悬案

### 徐春阳回忆录

刚出北门，碰到刘安。我把这当成一个事件。

它预示着我今天运气不好。

刘安伸出手来，我没跟他握，我说对不起，我手是湿的。他冷笑一声，表明他知道我在说谎。知道也无所谓。他是我鄙视的人。这样说话确实不是我的风格，任何人的存在都只是一种事实，说鄙视谁，过于当真，也太把自己当回事。但我就是鄙视他，这没有办法。你问原因，难道还需要问吗？你不知道刘安是谁吗？当年，刘备兵败，匹马逃难，无处可投，便去投曹操，取路赶往许都途中，饿得不行，就去村中求食，一日走到刘安家中——对，我说的就是这个刘安。

刘安是个猎户，见了刘备，想打些野味款待，可那些旷野上的性命偏偏不讲良心，逃得无影无踪，刘安拤着弓箭，登上褐色土丘，厉声怒骂："你们这些杂种，竟不知来人是谁？此乃汉室宗亲，当世英雄，德布四方，仁及万物，世之黄童、白叟、牧子、樵夫皆知其名，所到之处，百姓争相进食，他能吃你们几块肉，愿喝你们几口血，是杂种们万万年修来的福分！"骂了，又哄，说谁第一个出来，他就放过谁。哄不见效，又吓，说胆敢拖延，踏平三亲，诛灭九族!

遗憾的是,"杂种们"既不怕骂,也不惜福,把哄和吓也只当耳旁风。其时秋风正紧,旷野上深草没膝,风过处,百草倒伏,刘安趁势放眼搜索,凭他鹰隼般的目力,百米外一只兔子也逃不过。

但啥也没有,唯见残阳如血。

怕刘备挨饿,更怕刘备离开,刘安只得踏上归程。

刘备饿着,这从他坐的姿势能看出来。再是英雄,饿了,胃都会成为中心,腹部都会窝起来,像唯有这样,才能容纳朝那里汇聚的心思。或许正因为饿,刘备没有离开的意思。刘安生上火,请刘备向火。

天气还说不上冷,向火不是暖身,是告诉胃:主人家要做吃的了。刘安家穷,打不到猎物,就没吃的,前些日打到一只獾,骨头都敲碎熬过了几回,再也熬不出半滴油来。但刘安做出家道殷实的样子,不仅生了火,还往灶上的铁锅里掺了两瓜瓢水。火势旺盛,水安静片刻,就从沉睡中醒来,叽叽咕咕地说着话。水说的话刘安都听懂了,是说:安兄怎么回事?生这么大的火,却愁眉苦脸。

那时候,刘安站着,水看见了他,看不见刘备,待水变成蒸汽,升到高处,终于看见刘备了:呀,两耳垂肩,面如冠玉,双臂奇长,分明就是个盖世豪杰!吓得身子一顿,撒腿就跑。刘安家是土坯房,火塘外墙上,开了格子窗,与柴门相距咫尺,但水蒸气不敢走大门,都从窗口跑了。

这景象让刘安愤恨。

刘豫州驾到,当是祖坟冒青烟,可野味跑了,水跑了,老婆晌午时分就出门挖野菜,至今未归,难道也跑了?

一时间,他顾不得许多,只顾着眼前。眼前成群结队逃窜的蒸汽,让他愤恨之余,心慌意乱,再这么下去,水就跑尽了,而锅里啥也没煮,未必请刘豫州吃水锅巴?水锅巴制作起来倒也不难,掺几瓢水，烧干，再掺几瓢水，再烧干，如此反复，水垢越积越厚，贴于锅底，色泽锈黄。揭起来嚼，能嚼出铁味儿，还有泥土味儿，更多的，是日子的绝望气息。味道好不好且不论，用它招待刘豫州，刘安觉得，自己比那些逃跑了的野物，还不讲良心。

踌躇半响，他踅进里屋，将一根布袋子塞入腰间，从后门出去了。

后门有条阴沟，过了阴沟是片慈竹林，刘安越过竹林，朝西南方奔去。他是去找我的。我是他邻居。连年战乱，中原大地人烟稀缺，所谓邻居，彼此也有三里多地。但那天我并没见到刘安。说去找我，只是传言。传言说，刘安见到了我，问我借粮，我不肯，他朝我磕头作揖，我还是不肯，我说你与其找我借粮，不如把刘豫州带到我家里来，由我招待他。这时候他又不肯，他说一笔写不出两个刘字，刘豫州姓刘，我也姓刘，可是你呢？你姓徐，徐跟刘就像野鸡和家鸡，虽都叫鸡，却不是一个品种。这样说话倒很像刘安的口气，可那不是事实。

那天我背痛，太阳没落土，就躺到床上去了，到后半夜也没睡着，整个过程，我只听见秋风乱跑，没听见敲门声，也没听见刘安叫我。我连刘备到了这方地界也不知道——这是让刘安深为自豪的，刘备去找了他，没找我，他觉得是自己的荣耀。他哪里明白，我是刻意不知道。早在董卓乱世之前，我就对自己说：徐春阳，这个世界已经不配让你知道，因此你知道的事情越少越好。

具体到那天夜里，我敢肯定，刘安并没来找我。

我还敢肯定，刘安根本没有来找我的打算。

如果传言是他放出去的，他就是在为自己开脱。

他想把杀妻的责任，推到我身上。

对刘安杀妻，后来的小说家罗贯中如此记述："当下刘安闻豫州牧至，欲寻野味供食，一时不能得，乃杀其妻以食之。"罗贯中的意思是，刘安杀妻的全部动机，就是为了招待刘备。刘安喜欢这个说法，并因此把自己视为义人。他误解了。我是说刘安误解了。罗贯中记上那一笔，意不在他，而在刘备，是为突显刘备受万民拥戴，以至于找不到野味给他吃，就把自己婆娘当野味。

不过刘安的误解是故意的，他为什么杀妻，他自己清楚。让人瞧不上的是，这人敢作而不敢当，还放出传言，说找我借粮，我不肯，他出于无奈，才杀掉了妻子。只要长半个脑袋，也能见出这理由有多么荒唐。

## 刘安有话

都是写书的，人品却这般天悬地隔。罗贯中在天，徐春阳在地。很早以前，徐春阳就在罗贯中的书里注意到我，发现将近七十万言的皇皇巨著，我只在一小段里出现过，总字数不足三百个，那段话的最后一句是：刘备"又说刘安杀妻为食之事，操乃令孙乾以金百两往赐之"。那时候刘备已见到曹操，曹操听后，派人给了我钱，这是事实，徐春阳因此说，凭刘备之为人，必然把刘安的事宣扬出去，凭曹操之为人，必然给刘安送钱，这两个乱世枭雄，都在演戏，都是戏骨，刘安只是他们的道具——但道具也是戏骨！

你听出来没有？徐春阳的意思是，我杀妻是有预谋的，是如愿以偿、一本万利。那杂种完全就是个商人，根本不配做文人。文人的节操，在他那里无非是一坨粪便。我杀掉老婆请人吃，得"金百两"，难道是赚了不成？

那天，我是在离家五里外的扇子坡碰到刘豫州的，他骑马过来，向我搭话，直言他是谁。单凭这一点，就见出他的光明磊落，也见出对我的信任。在这世道上走的，个个长着鼻子眼睛，个个的血都是热的，殊不知，某些人只是人的影子，他们活在暗处，全部乐趣和使命,就是窥探和告密。眼下的刘豫州,袍子上是凝固的血迹,身边既无关、张,也无妻小,饥饿难耐,求我救助,如果我将他哄住,再去向他的敌人告密,所获何止"金百两"?我甚至可以直接将他捆了,送到他敌人的营帐。虎落平阳,捆了他并不难。

但这种龌龊事,徐春阳那种人会做,我不会。

徐春阳虚构自己是我邻居,是想表明他了解我,他说的是实情,而实情是,我死之后将近两千年,他才从他娘的肠子里爬出来。我也根本没什么邻居。以前有,我成人后就没有了。出猎时,我走过很远很远的路,唯见荒烟蔓草,房舍为墟。而且,平畴广野,哪来什么门?徐春阳却说,他在北门外遇到我,我还想跟他握手。握手是军人们干的事,军人把手伸给对方,是表明自己手中没武器,以示和平与友好。农人相见,只搭话,不握手。这些事,徐春阳不是不知道,但他偏偏要那样写。可见那杂种撒起谎来,是没有任何尊重和底线的。

我为何杀妻,他说我清楚,我当然清楚!

我的全部理由,罗贯中都写出来了。

罗贯中到底是个大作家,深知乱世黎民最盼望什么。那年月,旌旗蔽日,各路军队牵线子似的从大地上淌过,叛军、义军、盟军、政府军……各路军队说的,都是为百姓,可他们马蹄踏过的,都是百姓的脊骨。刘豫州不一样。刘豫州起事之初,虽足无寸土,依附诸侯,但其言语、其行为、其气象,就非乱党奸臣和鼠目寸光之辈可比。识人察其友,桃园结义,看上去是几人的巧遇,实则是人以群分。那关羽、张飞,义薄云天,终身不改,正是刘豫州的镜像。

刘豫州匹马与我相遇之前,我没见过他,但早听说他要收拾江山,把草茎般倒伏的百姓扶起来。这等人,自然成为百姓的信仰。他渴了,就想方设法给他喝的,饿了,就想方设法给他吃的,当我想不出别的办法，就杀妻进食。

事情就这样简单。

如同一加一等于二。

"你为什么不杀自己？"有一天，徐春阳在他书房里抽着烟，这样咕哝。他是在质问我，是说，我既然有那么强烈的信仰，就该自裁，让妻把我炖熟，献给刘备。问的和说的，仿佛都没错，却也见出他的无知。

东汉末年，纲常沦丧，礼崩乐坏，女人观视渔畋，游览名胜，高声喧哗，夜宿他家，这种事不是没有；婚后任情而动，不耻淫逸，也时有发生。但那都是有产者的把戏。如果徐春阳稍有些知识，就该懂得，自古以来，传统和美德，都是在民间保存的，民间为衣食所苦，没那么多闲愁，即使有，山川大地也吸收了，不像有产者，看上去满世界跑，其实是越活越窄，窄到连闲愁也找不到出口，于是男人起事，女人淫乱，或者起事加淫乱。老百姓只在活不下去时才起事，有产者是把好日子过得无聊时起事。这种区别，徐春阳不懂。

我妻子那天挖野菜回来，刚上院坝，就见个陌生男人坐在家里。她连忙避了，绕道从后门进屋。既然有客人，她就认为我必定在家，不知道我从扇子坡把刘豫州带回来，将他的马牵到后院，又打猎去了。妻子一心等着我进里屋去，好问清是谁，结果等到夕照成灰，也听不见我的声息。

倒是听见了别的：后院里马踏蹄子。百姓不养马，骑马的都是军人和武士，我们把这两种人，通称杀人匠，我妻子顿时五内俱焚。坐在她家伙房的，原来是个杀人匠，我多半成了那杀人匠的刀下鬼。

正没个抓挠，我回来了。她像重生了一回，以重生后灵敏而喜悦的耳朵，听见我生火，听见我往铁锅里掺水。这样的活，本是女人做的，我们家也一直是她做，但有陌生男人在，她不便抛头露面。我妻子就是那样的人。这个陌生男人若在家里待三天五日，她也不会出现，哪怕关在里屋饿死。她就是那样的人。

我要是自杀，她怎么可能以我为食，去献给那个男人？

## 我叫孙巧儿

没有人为我留下名字，但我自己记得我的名字。我叫孙巧儿。我父母命不好，只养下三个女儿，我是老幺。刚满十四岁，我就作了人妇，从二十里地外的孙家庄，嫁给了百草庄的刘安。我的命更孬，到十九岁，也没养下一男半女。许多个夜晚，刘安在我身上徒劳地忙碌，我都泪水涟涟的，劝他再娶一个。这是屁话，我知道。刘家先前，或可纳妾——那时候，百草庄水草丰美，禽兽逐欢，刘安的祖上，修过两层楼房，男人家纳个妾，不算什么。但现在不行。

早就不行了。楼房典卖了，修了平房。到后来，平房也典卖了，修了篱笆房。望天上，太阳的金苹果，月亮的银苹果，照样挂着，但那再不是人间星河。宦竖得宠，朋比为奸，朝政日非，倒说是乱在宫闱，譬如雨打屋脊，檐下人虽听见响声，还不致淋漓狼狈，到董卓播乱，入主京城，便房倒屋塌，祸端百出，盗贼蜂起，百姓裸身于天地间，再没有了"檐下"。我记得，我刚嫁过来时，春天正好，还没好到芳草天涯，就天昏地暗，这片广袤大地，成了逐鹿的战场。

孙家庄空了。

百草庄空了。

百草庄只剩了刘家。

刘家不走，是舍不得这片猎场，但公公婆婆过惯了惺惶日子，经不得吓，很快就跟我父母和两个姐姐一样，入土为安。

这般境况，怎么纳妾？又去哪里纳妾？

几世几劫之后，我常遇到一些走在宽阔大街上的姐妹，她们手挽手的，说着私房话。女人的私房话，不是说孩子，就是说男人，千载之下，似乎也没多大改变。以前说男人，是说男人怎样把衣服穿反了，怎样跟孩子没大没小地打闹，怎样在床上缠自己，缠得你受不了，待正经行事，却又不过是蜻蜓点水。现在也说这些，但还说别的：说自己男人有了外遇。

说得切齿拊心，戾气沉重。

另一些就劝："我才懒得管他，我就当他纳了妾，纳十个八个，我还是老大！"这样劝着别人，也劝自己。可听那口气，那是劝吗？个个恨意填胸，恨丈夫，恨丈夫的野女人，还连带着恨古时的女人，说现今男人的德性，都是古代女人惯出来的。这话不知从何说起，估计是说，古代女人许男人纳妾，而她们的男人与人私通，正是纳妾的变种。裤带的松紧也能遗传，男人们松惯了，勒一勒就丢命似的。要是古代女人都像王熙凤，看现在哪个男人还敢在外面脱裤子！

姐妹们不知，我们那时候，若生女不生男，男主人死了，即被视为"绝户"，男方宗族，便可将女人赶出家门，叫"吃绝户"。男人多娶几房，就可能生下儿子，妾生的，也算是正妻的，就不是绝户，就能保住自己。再者，那时候的女人生孩子，是去鬼门关行走，生下一串，怕再生，就生吞田螺避孕，我有个姨娘就如此，结果两只田螺吞下去，当天就哑了，旬日不到，就死了。表面是田螺害她死的，但追究起来，还是生育那道关口要了她的命。让男人多娶几房，男人就不会天天吊在自己身上，就能多几个人承担生育风险。

说这些其实是多余的，甚至要被误解，我只是提醒：身为女人，要知道爱惜自己。能被男人爱惜，是你福大，也是意外。

这样说,好像我有什么不满。我没啥不满。当年,我男人对我好,尽管婚后几年我也没生养。百草庄正如其名,只长草,不长庄稼,所以我和刘安也说不上男耕女织。他打猎,我找野粮。人生天地间,好歹都有个活路,野粮应时而生,那些被百草庄放弃的生命,认真种是种不出来的,还没发芽,种子就烂在地里,像它们在某个神秘的时刻,受到过神秘的诅咒,再不敢享用人类的劳动。说神秘,其实也不,世道纷乱之前,并不如此,世道一乱,昼夜失序,稻米、玉米、小麦和豆荚,才对人感到害怕。怕人,却没忘记滋养众生的使命,在时光的空隙处,它们自己长,悄悄长,扎根在贫薄的土壤,混迹于乱草丛中。

我和刘安,生于野地,就像野人那样过活。除大兵过境时受惊吓,别的,似乎也没啥不好。我甚至觉得,如果我过的是平常日子,公公婆婆也还活着,百草庄也还团聚着几十户人家,我这个男花女花都不出产的女人,恐怕还没这么气顺。刘安常对我说:你不生,是老天爷怜惜我们,这兵荒马乱的,生下来也没法养。每当他这样说,我都要哭一场,哭他为我舒解,哭他不责怪我。

当然,心里也不是没有焦虑,我想的是,到某一天,刀枪入库,马放南山,我要是照样不能生养,他又会怎么说呢?不过这焦虑只在瞬息之间。性命难保的时候,人是想不了很多的。所谓未来,是太平年月里的奢望。

只要能把日子维持下去就好了。

可这也成了奢望。

建安三年,太阳不缺,雨水也不缺,野粮却不见长出来。我一直觉得,野粮跟我亲,只要长出来,我就能找到,可这年就是找不到。只能挖野菜。灰灰菜、苦荬菜、蒲公英、鱼腥草……瘦瘦弱弱的,零零星星的,找到它们真是难。不知多少回,我站在毒日头或冷月底下想,人究竟是为啥呢?为弄到一口吃的,累得吐白沫,发干呕,两腿酸涩,吃了,又重复昨天的故事,这有什么意思呢?

不如死了算了!

可是不能死。我想活,且不是单为自己活。我的男人刘安,在跟我一样受罪,非但如此,他还比我辛苦得多。他追寻猎物,不是跑得腿酸,是把腿跑肿,肿过几回,就脱皮,像他是蛇变的。这年,野粮不出,猎物也少,为找到它们,刘安数次露宿野地。前些天打到的那只獾,他是守几天几夜才得手的。

当那只獾再也熬不出半滴骨油,刘安就用石块,把煮垮的骨头砸成粉,饥不可忍时,我们就冲骨粉喝。那东西真臭,臭得浑身刀矛,往喉咙里过,能听见喉咙吱拉拉被割开的声音。当骨头保持骨头的形状,那骨头就是活着的,被砸碎,就成了骨头的尸体,并很快腐烂。这时候我才明白了,所谓死亡,不是一次性死完,总是有一部分死了,另一部分还活着,甚至要活相当长的时间。

骨粉再臭,没两天就喝光了。

这时候刘安说:"巧儿……"把我叫答应,却没有话。我等着他说话,他说啥我都依。他最终说了,说的是:"巧儿,再难,我们也要活下去,我们要活到地老天荒!"接下来是一番咒骂,骂朝廷,骂乱臣,骂天地。

我把脸埋在他的胸膛上。

我在他胸膛上嗅到了古老的悲伤。

我在那悲伤里融化,再一次成为他的女人。

我们的胃饿,命不饿!

这是建安三年十月初七的事。

就在那第二天,刘备来了。

## 徐春阳回忆录

"我没有别的路。"刘安说。其时,他坐在我家里,两人已喝下两坛半玉米酒。那是他送走刘备的第七天,也是他杀死老婆的第八天。

对他老婆的死状,罗贯中记得明白:"忽见一妇人杀于厨下,臂上肉已都割去。"这是以刘备的眼光写的,是刘备即将离开,去后院取马时所见。但罗贯中记述有误,刘安家的厨灶都在伙房,后院就是个空猪圈。

孙巧儿的"臂上肉",是给刘备吃了,这不必说,要说的是,刘安自己吃没吃?想必也吃了。他陪客人,不可能一口不沾,以刘备之仁,当他安抚了自己最尖锐的饥饿,主人不动筷子,他也吃不下去。

更值得说的是,刘备走后,刘安如何处置孙巧儿的尸体?

这问题太瘆人,我简直怯于打听。但刘安察觉到了我的疑惑,直盯住我,眼珠血红。这红眼珠是喝酒喝出来的,还是吃人肉吃出来的?可惜他进我家门时,背着光,我没看清。主要是没想到。远近村庄,已传出吃人风声,但吃的是已死之人,还没听说过为吃肉而杀人。

何况杀的是自家老婆。

究竟是出于罪感,还是寂寞,抑或炫耀,刘安要跑来对我说他为刘备杀妻进食?说了,多半又怕了,倒不是怕我告官,天下扰乱,王纲不振,律令不行,诸恶不惩,民冤不申……早已成为常态,我去告了,等于不告。

何况凶手还可栽赃,诬言自己老婆和谁私通,这样就能免罪。

刘安就完全可能说我徐春阳和他老婆不清白。

两个月前,他就怀疑孙巧儿跟我有私情。

原因是我给过孙巧儿半升小麦。

那天，孙巧儿在浅水湾寻野菜，每行一步，身子都像被麻线悬着的纸人，随风晃荡。那是饿的。饿得不行的人，就会这样走路。我见了，连忙回家，端来半升小麦给她。她接过升子，抓一把就往嘴里塞，哽得颈子上青筋暴凸。待咽下去，要吃第二把，都已塞进嘴里，却又吐出来，朝我鞠一躬，走了。她舍不得多吃，要端回家给刘安吃。三天后我再次碰到她，见她两眼青肿，且不跟我打声招呼，就神色慌乱地转身离开，我就猜出是怎么回事了。

在刘安心目中，男人和女人，只有一种关系，男人给女人东西，女人就一定是拿身体换的，好像女人只有身体，没有烦恼、苦闷、喜悦和悲伤；像男人见到女人，也只是见到女人的身体，特别是如我这般做了十多年鳏夫的男人。他绝不会相信，在有一种男人眼里，所有女人都是母亲、姐妹和花朵。

他不懂这些。

因为不懂，他的世界里就没有光，世界于他，只剩下对抗，一个眼神，一句言语，在他那里都会成为深渊。因此当他感觉到不该说出自己的秘密，首先想到的，不是去反思他的秘密，而是觉得我会利用他的秘密。比如去告发他。

不怕我告官，但怕我去告诉刘备的敌人。

消息已经传来，刘备是在沛城败于吕布的。吕布骁勇，众所周知，所谓"马中赤兔，人中吕布"，可他再骁勇，七日过去，也很难抓住刘备——后来证明，刘备那时已入曹营，给刘安送"金百两"的孙乾，已在来百草庄的路上——但抓住刘安却是动动念头的事情。真被抓去，剥皮剜心，油煎汤煮，只随吕布喜欢。你不仅给了刘备吃的，还是杀自家女人给刘备吃，这就不是一顿饭的问题，而是民心问题。民心是水，其余都是鱼，这道理刘备懂，吕布也懂。

吕布无谋，这是事实，刘备从他手下逃脱，能不能抓住是一回事，他竟然没有追捕的想法，只忙着与陈宫、臧霸二人，结连泰山贼寇，攻打兖州诸郡，这些都证明了他是个猪脑壳。但他的脑壳再不管用，毕竟也统摄千军，说他无谋，是跟曹操比，跟刘备比；要是跟你我比，他不知高明多少。

想必刘安也是这样看的。

如果他认为自己比吕布还聪明，他就比吕布更蠢。

我猜想，他是以为我知道他杀妻这件事，心虚，才跑来探口风，结果我毫不知情，他告诉后才感到后悔。他的后悔于我不是好事。我一面提防着，一面与他对视。我又不怕他。他家是几代猎户，但这没什么了不起，猎户的对手是动物，动物以其单纯存活于世间，从没打算成为人的对手，因此在人面前，才显得那样无助和无辜。从某种角度说，我跟动物一样，不想成为任何人的对手，但我不是动物，我是人，当一个人不视任何人为对手的时候，就比任何人强大。

不出所料，和我对视一阵，他的目光软了，眼皮垂下了。

然后灌下半碗酒，叹口长气，再次重复："我没有别的路。"

这是混账话。据他说来，孙巧儿那天出门，并非空手而归，她挖回了两窝苦麻菜，你不能把菜熬成汤请刘备喝，非要把婆娘杀掉？

尽管我比刘安家好过，但同样也挨过饿。我挨饿时，世道还没乱，我妻子还活着。那年，大片地我都种了玉米，抽穗时节，风灾突起，大风起于黄昏，待风声止息，已是第三个黄昏。玉米秆全部倒伏，大多折断。秋天没过完，我家就绝了粮，妻出去挖野菜，有天挖回的，也是苦麻菜。只有一窝。一窝野菜足以成为一束光明。我俩坐在灶台边，把大锅水烧开，将菜叶一片一片，劈下来，揪成几截，扔进沸水。洗是用不着的，根梢和叶片间的泥土，既然能养物，也就能养人。菜叶扔进去时，沸水的波浪退却半步，又立即涌起，绿汁翻滚，清香扑鼻。

这是生活的全部真谛。

我妻子是生孩子死的。早知如此，真该让她也生吞几只田螺。那可能丢命，但只是可能。那是她的头胎，孩子没出宫口，她就断了气。十多年来，我日夜想念她，也可怜那个没能看一眼太阳就死去的孩子。大山站着仰望太阳，平原躺着仰望太阳，而那个孩子，却没能看一眼太阳，就被埋进泥土里了。我妻子也是，在泥土的深处，承受着无尽的黑暗。我真想不通刘安对孙巧儿怎么下得去手。没有别的路？刘备只是饿了，没说非要吃肉，你怎么会没有别的路？就算刘备要吃肉，你家没有肉，他又能怎样？刘备是极其注重人设的人，给他一口野菜汤喝，他照样会感激，照样会像见了你杀妻进食一般，跟你"洒泪而别"。

这不怪刘备，只怪刘安。

说白了，刘安就是个奴才。

小奴才和大丈夫心里，都会有英雄，大丈夫心里的英雄是用来崇敬的，用来见贤思齐的，小奴才心里的英雄是用来下跪的，用来见证自己是奴才的。奴才一生只有两种姿势，要么匍匐在地，要么执刀在手；奴才的道路都如锋刃一样窄，跪下去舔自己的泪，站起来舔别人的血。两种姿势是一种姿势，两条路是一条路。正因此，刘安才说他没有别的路。也因此，奴才只有心计而没有心，他们所谓的英雄，不是英雄，是地位和权势。这与信仰毫无关系。

## 大堂上及其他

绿光乱晃。人面被绿光模糊，甚至吸收，看上去就像没有人，也老半天没见声音。声音响起时，是一声惊堂木，随后是一声断喝："带孙巧儿！"

孙巧儿被带上来，当堂跪下。

"你这妇人，有甚话说？"

"我才十九岁，老爷。"

"那又怎的？"

"我不想死，老爷，但是我死了。"

"有的人没出世就死了，那该怎么说？"

"那我就没甚话说了，老爷。"

"当真没话说？"

"那是我的命，老爷。"

"你有资格谈命么？"

"我……没有……老爷。"

"谁有？"

孙巧儿回答不上。

"命是你的，你没资格谈，交给谁去谈？"

"如果那天刘备不去我家……"

"怎样？刘备不去你家，你就不会死？"

"是的，老爷。那天我挖回了两窝苦麻菜，刘备不来的话，我会把苦麻菜熬成汤，我让我男人吃菜，我喝汤。苦麻菜苦，但汤不苦，喝汤比吃菜味道正，菜的营养还都进了汤里。我男人吃渣，我吃精华。我男人对我好……"

"够了！"

又一声断喝。

孙巧儿吓得簌簌抖战，满身绿光闪耀，身上发出咔嚓之声。

原来，除面部和脚底，她全身片肉不存，只剩了个骨头架子。

"你这妇人，"堂上人厉声说，"自出嫁之日，饱受苦楚，却无端美化自己的生活，你犯了许多女人犯下的罪孽却不自知，到死也不悔改，被吃得精光也不醒悟，来我大堂上还要强辩！普天下人都如你这般，分明见枝叶生虫，却不提醒，还说那虫美若天仙，如此妄言颂词，才致躯干受损，大厦倾圮。押下去，打入……"

说到这里卡住了。

看样子是要把孙巧儿打入某层地狱，但十八层地狱，没有一层是为妄言颂词而设的。堂上人略一沉吟，喝令："打入刀锯地狱！"

那可是最底层。

伴着嘤嘤哭泣，孙巧儿被带走。

堂上人怒不可遏："连哭也哭得这般没劲！你就不能号啕痛哭，大呼冤枉？"

他等着。

但哭声愈来愈轻，也愈来愈远。

片刻沉寂之后，堂上有了说话声："大王，你断得英明……但我的意思是，她一个妇道人家，仰仗男人鼻息，你能叫她怎样？是不是判得过重？"

回答是："不可救药……不重！——带刘安！"

刘安被带上来时，身上没有猎具，只有行囊。

"昨天才把钱拿到手，就准备逃？"

"回大人：人随王法草随风，小的不敢逃。小的逃到天涯海角，也是大人的臣民。逃？"浅笑两声，"我还没那么不知轻重、不明事理。我是觉得，这中原地界，天无宁日，地无安岁，再难过活。我想去南方。"

堂上拨着算盘。当时南方的房价，一套约需万钱，"一金"即"万钱"，二十两为"一金"，刘安有金百两，等于五金，也就可以买五套房，一套自己住，四套用来出租，成日里游街逛市，也能吃香喝辣。若做炒房生意，那更了得，无须三年五载，即可酒绿灯红，裘马轻肥。这小子倒会筹划。

"此地何地，你可知晓？"堂上人问。

"小的知晓，这是阎罗殿。"

"我是何人，你可明白？"

"小的明白，大人是阎王爷。"

"不怕？"

"小的不怕，小的正大光明。"

说着，他朝堂上望了一眼。透过绿光，见堂上时隐时现露出四张脸，一张狰狞，一张慈祥，一张奇丑，一张秀美。四张脸像魔术师手里的四张扑克牌，不断变换着位置，他分不清谁是坐在正中，也就分不清谁是阎王爷。但他小时候听说，庄上有个人会下阴曹，就是去地府里行走，每隔几个月去一回，说自己是地府里的议员，下阴曹是去开会，开会时坐在主席台上的，看不见身子，只看见四张脸。这么说来，那四张脸其实是一张脸，都是阎王爷的脸。堂上时不时响起说话声，也是阎王爷在跟自己说话。脸上的四张嘴，其实是一张嘴。

他努力地想把四张脸合成一张脸，可绿光倾泼，晃得他头晕目眩。

与此同时，许都至信阳道上，刘安横卧途中，形如僵尸，一路人经过，吓得魂不附体，舍命狂奔一程，忽然意识到，那僵尸肩上挎着褡裢呢。

褡裢里装着啥？

这么一想，便将脚步停了，咬咬牙帮，转身回去。

刘安在地府被绿光晃得晕眩时，那人正小心地将褡裢从他肩上剥下来，抬手一拎，沉甸甸的，拉开了看，顿时目露金光。

于是欢喜回城，开了家祭品店，大肆购买"蔡莫纸"。

蔡莫是蔡伦的哥哥。蔡伦改进造纸术后，发了财，惹得兄嫂嫉羡，兄嫂便也仿蔡伦造纸，结果无人问津。嫂嫂心生一计，将纸剪成钱样，又买来一口棺材，自己睡进去装死。蔡莫扶棺恸哭，引来众邻围观。蔡莫边哭,边烧纸,烧过几沓,忽听棺内呼叫:"快开门啦,我回来啦。"众人惊异,揭了女人的盖脸纸,将她扶起,夹住胳膊,抬出棺外。女人一阵猛咳,又喝下两勺蔗糖水,才舔着嘴唇说:"我死了,被押去地府。多亏了蔡莫烧纸钱!阎王接到钱,说你这女人,还有多年阳寿好活,急慌慌跑来作甚?阎王发了话,小鬼就放我回来了。"从此,蔡莫纸和蔡伦纸同样行销且互不冲撞:一个走阴路,一个传阳间。

那偷了刘安裆裢的人,开着祭品店,店里堆满了蔡莫纸,只想着秋祭和春节前后,大赚一把,谁料纸买回没几天,夜间一场火,全都化成了灰。

这是后话。此时此刻,阎王爷听刘安说自己"正大光明",一声冷笑,问他是否记得十月初八这个日子,刘安说:"记得,大人。"问何以记得,刘安说:"那天刘豫州到了我家,大人。"问仅止于此吗,刘安说:"刘豫州在我家住了一夜,大人。"问还有吗,刘安说:"没有了,大人。"

惊堂木炸响:"你这厮,那刘备为何要去你家?"

"他饿了,大人。"

"吃了吗?"

"吃了,大人。"

"吃的啥?"

"吃……的……"

"口称正大光明,却是百般遮掩,还不快把杀妻之事,从实招来!"

## 刘安的供述及其他

我没想遮掩,大人。我只是想,刘豫州饿了,来向我求食,我招待他吃够、吃好,是天经地义的,是我神圣的职责,所以没必要拿出来说。说啥都像是自我标榜,也是对我神圣职责的亵渎。既然大人要我说,小的这就说。

那天我没打到猎物,回家来生上火,往铁锅里掺了水,连盖子也忘记盖上。坐在火塘边的末路英雄,让我深怀怜悯。一个做大事业的人,却落到这般田地,要向我这等草民求食。我想跟他说句话,安慰他,可我心里明白,能给他的最大安慰,就是弄到吃的,让他饱餐一顿。

但我家里啥也没有。

好几次,我都差点给他跪下,没吃的给他,是我犯下的罪,我要以下跪的方式请求他恕罪。但这有意义吗?他这时候想要的,不是跪,是吃,与其让他收下我的膝盖,不如给他一碗粥。我就是这样想的,大人。

然而……他要的,正是我缺的,这成为我痛苦的根源,痛苦得说不出一句话。我不说话,他也不说话。他只把双目垂着,疲惫而忧伤的胡子,在火光里浮荡,每浮荡一下,都是一声叫嚷,每一声叫嚷,都是一个"饿"字。

我心乱如麻,铁锅挂在火上,却忘记了盖。

不过,谁知道呢,很可能,我不盖,是想水开得慢些,给我时间想办法。

但是水无视我的苦恼,很快就欢欢喜喜地沸腾开了。

我被逼上了架,就去案板上拿了菜刀,走进里屋。

这举动是跟我母亲学的。每当家里来了贵客,母亲都会拿着菜刀进里屋去。母亲在时,尽管大厦将倾,天下还算太平——大厦将倾之际,太平景象往往越发让人迷醉。父亲当年打到猎物,少许自吃,多半做成腌肉。腌肉存放于里屋的陶罐,母亲进去,总能割出一块,而我进去干啥?当兵戈四起,马踏神州,那些奔跑的和飞翔的生命，就几乎在我眼里绝迹，存肉的那口陶罐成了摆设，唯一的用途，是我和妻馋肉的时候、饿不可忍的时候，去把盖子揭开，闻一闻残存的腌肉味儿。那是一种能摸出来的气味，有轻微的潮，有细小的颗粒感。

不过这是老早以前了，那肉味儿早就摸不出来，也闻不出来了。有一阵，我们天天倒水进去涮，涮得哐当乱响，然后用那涮过的水熬汤。我们喝着白水汤，想象自己正喝着肉汤。大人，我们错了，错就错在滥用了想象。我原本不懂得一个道理：无论何物，实物并非全部，实物之外，还有供人想象的部分，而想象的部分同样是物质，同样有定量。若早知道，我和妻子就不会那么贪婪，就会把想象的那部分定量省下来，刘豫州来到，就能分享给他。

可是我醒悟得太晚了，说啥都迟了。

分明一无所有，可是那天，我还是拿着刀进去了，像个绝命的赌徒。

我家有间正房，有间偏厦。所谓后院，其实是偏厦，只是进深短，比正房拖后了五尺，加上屋顶的茅草被风掀开，敞着，看上去像后院。偏厦用来喂猪，但那是先前，最近几年都空着。人都没吃的，哪儿找东西给猪吃。正房前面是伙房，伙房照壁上，开着一道门，进门去，横着两尺宽的巷道，巷道里侧，是相邻的两间卧室，父母去世后，左边卧室的木床上，就只躺光阴，不躺人。

光阴冰凉。

曾经腌肉的陶罐，放在父母的卧室里，或者说，放在冰凉的光阴里。陶罐不装腌肉，便只剩了躯壳，没有了灵魂，像它跟着卧室的主人一同死了，跟光阴一样变得冰凉了。我一脚踏进巷道，踩在黑暗的尸体上，感觉脚下滑溜溜的，差点跌倒。这时，听见有人轻声叫我："安。"我被这声音抓起来，扔向半空。我以为是母亲在叫我呢。我手里的刀本是白刃，这时候却跟黑夜一样黑，叫我的人见我不应,伸手拉我,不料抓在刀口上,痛得"哎哟"一声。

这声呼痛让我还魂,知道是妻子在叫我。

"你啥时候回来的?"我有些生气。

是吓得我生气。

"早就回了,"妻子说,"一直在等你。外面是谁?"

我把她拉进父母的房间,关上门,告诉了她。我是用拿刀的左手关的门,右手一直抓住她的手——那只在刀刃上割伤的手。那只手在滴血。那只滴血的手在颤抖。这是激动的,大人。我妻子听说刘豫州上门,跟我一样激动。

可是,她的激动让我陷入了深深的绝望。一个被我们如此崇敬的人,竟成了光杆司令,还被饥饿折磨。妻子开始叫那声痛,音量并不低,我怕刘豫州听见,转过头看,见那张在火光里浮荡的脸,毫无反应。他饿得快昏死过去了。"刘豫州饿慌了。"门关上后,我对妻子说。妻子比我还着急,连忙催我:"那还不快去弄吃的!"说着就推我出去。我说,我没打到货。"没事,"她说,"我挖了两窝苦麻菜,在那边屋里。两窝菜能烧一大锅汤。烧了汤你们喝,我一点不饿。"

大人,听她这样说,我陷入了更深的绝望。

我能用两窝苦麻菜去招待万民景仰的英雄吗?天下兴亡,匹夫有责,对刘豫州的态度,就是对天下的态度,也是对天下兴亡的态度,为刘豫州烧野菜汤喝,是匹夫刘安应该有的态度吗?

不应该。

所以我没有动。

她推我我也没动。

我的光脚上淋淋漓漓的,那是妻子的手在滴血。她的手一直在滴血,看来那口子割得不浅。真是可惜了那些血。若用盆子把血接住,倒进菜汤,煮成血旺,倒也勉强算得上一份饮食。

顺着这条思路想下去，自然而然地，大人，我想到了妻子的肉。我由她的血，想到了她的肉。

但后来的事，我是跟她商量的……

"啪！"堂上惊堂木响，"啰里啰嗦，直接说事实！"

话被打断，刘安吞了两口唾沫，又才整顿思绪，准备继续往下说。

阎王爷却不要他说了。

正所谓洞中方七日，世上已千年，刘安在地府说过那些话，阳世已过数日，用他褡裢里的金子开起来的祭品店，已被大火烧得精光，所有纸钱，都入了阎王的府库。阎王得知消息，想去亲眼瞧瞧，再无心思审案，便挥挥手说："回去吧。"

他是叫刘安回到阳间去。

横卧在许都至信阳道上的僵尸，有了气息，慢慢苏醒。

## 孙巧儿论理

遇到当年认识的人，会这样议论我："分明是十八层地狱的苦鬼，直升到三十三天去了。"尽管这话有时说得酸溜溜的，甚至是很不服气很愤愤然的，但我还是愿意把它当成对我的夸奖。我没上天去，又到了人间，可照样是完成了一个奇迹。被打入刀锯地狱还能投胎为人的，古往今来，凤毛麟角。

遇到任何时候的人，只要知晓我的前世，都爱打听我在建安三年的那次死亡。我真不想说。有什么好说的？那就是一次死亡而已。

不过，这倒让我想起另一个人的死。

这人死的时候，距建安三年已过去将近六百年，我已由十八层刀锯地狱，升至十三层血池地狱，身上被剔尽的肉，也长起来薄薄的一层,像石板上披拂的地衣。有天清早,我刚从血池中醒来,发现了那个人。

跟我一样,是个女人。这女人在血池里胡乱扑腾,一看就是个新来的。天底下最臭的不是屎臭,不是尸臭——是血臭,熬过这层地狱的法宝,是静,静得完全符合死者的身份,才不会被臭得再死一回。但这个女人,脸朝一边扭,手在猛力扇,想把血臭躲开、扇开。她像不知道臭气是越搅越欢实,也不知道被投入血池之中,鼻子就不只长在脸上,而是浑身上下都长鼻子。

我见她生得乖巧,年龄又轻(最多十七岁吧?),就去关心她,教她方法,问她是怎么死的。死人跟活人一样,也爱打听别人。人的好多德性,其实是死了也不会改的。这一点很多人都不知道。

她听我问,哭了,说她知道自己的死,却不明白为什么死。

她是睢阳御史中丞张巡的小妾,十五岁跟了张巡,备受宠爱。可天有不测风云,遭遇安史之乱。十八万叛军进攻睢阳。张巡固守城池,激愤之下,眼角瞪裂,钢牙咬碎:一口咬下去,满嘴牙只剩了四颗。"张巡嚼齿",因此成为典故,每当表达对敌人的仇恨,就拿出来用。我现在是个中学语文教师,教相关课文,也会给学生讲到这个典故。每次讲起,我都听见教室里回荡着牙齿锉动牙齿的声音。在这样的声音里,我总禁不住忆起那个在血池中向我哭泣的女人。

睢阳被围,粮草断绝,士兵饿死者甚众。张巡焦急万分。他急的,既是战事,更是战心。这本来与女人没有什么关系,可是,"那天黄昏,"女人说,"他推我出去,我还蒙在鼓里,就被他一刀剁了,熬成骨肉汤,请士兵们吃喝。"

说着她又哭起来。

我问她:"张巡有多少兵?"

"七千。"

"你一副小身子,七千兵润个嘴皮都不够。"

"我就是这点想不通。"

"还有想不通的吗?"

"他是那样爱我……"

这话说得让我心酸。

阎王爷说,我自出嫁之日就饱受苦楚,这不是事实,刘安真的爱我。哪怕大热天,他睡觉也搂着我。他在月光下狩猎,猎物敛迹不出,他就捡块石子,在泥地上画我:画我走路的样子,吃饭的样子,忧愁和欢喜的样子,跟他做爱的样子。他要是画在石头上,后人便能在百草庄发现比贺兰山更加富饶的岩画。

我不知道别的夫妻怎样表达爱,在我看来,有了这些,就已足够,就是至爱。生活上苦点儿,实在不算什么。他吃菜我喝汤,是我愿意的,也可以说是我爱的样子。爱是有样子的。我说菜苦汤不苦,当然不是实情,但那是我的感受,我的感受就成为实情,就是我爱的样子。更多的时候,爱的样子无形无迹,却又无所不包。我从不相信坐在宝马车里哭泣比坐在自行车上欢笑更好。哭,是指向一个故事,笑,不需要故事。不需要故事才能成为最好的故事,因为它开放和广涵。春风需要故事吗?阳光需要故事吗?都不要。我认为这只是个简单的真理,轻易就能明白。不知道为什么,后来和更后来的姐妹们,竟然不明白。

可怜的人。

但话说回来,我又有什么资格去可怜人家?

刘安爱我,我却还是被他杀了……

俗话说妻不如妾,想必那张巡爱这个哭泣的女人,甚于刘安爱我孙巧儿,可她也被杀了。被杀之后,还被吃了。我被刘备和刘安吃,然后被刘安一个人吃,这个女人,被七千士兵吃。刘备和刘安,是真真切切填饱肚子的,而七千士兵吃的,几乎只是意象,肚子不管用，心管用——他们吃下的，是主将的忠心和决心，而主将需要的，是他们由此激发出自己的忠心和决心。

我很想告诉她，男人不需要爱，只有需要本身。男人说"我爱你"，翻译过来就是："我需要你。"这就是为什么男人在过性生活时，最容易说"我爱你"；不仅说"我爱你"，还说"我只爱你"……请原谅，我否定了自己。否定自己不一定是觉醒，但阎王爷定是把它当成了觉醒，才不断为我减刑。

其实我最想告诉她的是，男人有一种需要，是巍峨的、伟大的，不管付出什么代价。比如张巡，虽最终城陷，却英名永传，后来的史书评价他，有两点：一是高超的战术，二是高尚的品格。而你，被"爱"宠傻了的女人，正是点亮张巡"高尚"的油灯。"弃妾犒兵"，成为张巡辉映史册的另一支火炬。

放弃你，就跟说"爱你"一样自然。

就看你运气好不好。

你跟我一样，运气不好。

我遇到了刘备，你遇到了叛军。刘备是善美的化身，叛军是邪恶的代表，即是说，作为女人，善美和邪恶上门，都可能是坏运气。但是你究竟比我好多了，你死过后几十年，就有个大文豪出来说，你不是被张巡杀的，是你自己见情势危急，抽刀自刎的。这或许有双重意思，一是说你怕城陷被俘，落入敌手，身体被污；二是说你见士兵挨饿，心下不忍，甘愿献食。总之是在旌表你。

然而当真是旌表你吗？

又过若干年，另一位大文豪说，"无情未必真豪杰"。表面旌表你的大文豪，实则是在为张巡说话：他怕后人非议张巡无情，并由此非议张巡不是真豪杰。

这和我的遭遇，何其相似！

我丈夫刘安说，他杀我，是跟我商量的，潜台词是经过我同意的。他也是想表扬我,表扬我的大义和自我牺牲。对我那年的死感兴趣的朋友,你们就这样去理解吧,这样理解,也算是对我的一丝慰藉。还是那句话,我没有什么冤枉的。

那就是一次普普通通的死亡而已。

## 徐春阳回忆录

刘安提刀进屋,发现孙巧儿已经回来,他抓住孙巧儿的手。孙巧儿把这一抓,当成了关心,甚至当成了爱,不知道自己已经被控制了。

她问"外面是谁",刘安并没立即回答。

照刘安自己说,他把孙巧儿拉进了父母睡过的房间,在那房间里站定了,他问孙巧儿:"你为什么要回来?"这话问得古怪。这是她的家,她当然要回来。天黑黑地黑黑,她不回来去哪里?"天黑了呀。"她就是这样说的。她是要表明,家——跟刘安的这个家,是她唯一的归宿,从形式到内容,从内容到愿望。

但她还是补了一句:"我找到了两窝苦麻菜。"

她以为丈夫在怪她,怪她没弄到吃的。丈夫不知道她是从后门进屋的,在伙房没看见能填肚子的东西,就认为她出去大半天,回来时却两手空空。

对她补这一句的反应,刘安的说法是:使他陷入了更深的、不可救药的绝望。我相信这话是真的。但也是假的。真在表面,假在底层。这时候,他的心里充盈着谎言构成的信仰。信仰需要牺牲。她,孙巧儿,已经不再是他的妻子,而是他的牺牲品。他把孙巧儿拉进那个没有人气的房间,我觉得也并不是怕刘备听见他们说话,而是他的潜意识在召唤,有着深隐的意图。

"你为什么要回来?"他再一次问。

上次问得挣扎，往好处说，话里还有对妻子的怜惜。见到她，他就动了杀心，他要以她为食，进献刘备，但毕竟，这个女人跟他朝夕相处，已有五年，爱不爱不去谈，至少已成习惯。习惯这东西很怪，有时你简直不知道某个习惯是怎样形成的，而一旦形成，就成为你命运的一部分。但对于刘安这类人，又另当别论，"需要"才是至高权威，为了"需要"，可以轻易摧毁习惯。

因此，他再问孙巧儿为什么回来时，就不再挣扎，从语气到表情（如果能看到他的表情），都恶扎扎的。他明显是要给自己接下来的行为找理由了。

孙巧儿慌乱起来，说："你是不是又犯病了？"

她说的病，是疑心病。

——疑心孙巧儿又去找了我，我又给了她吃的。

上次给了她半升小麦，她舍不得多吃一口，带回去给刘安，结果受了刘安的毒打，这次干脆自己吃光。刘安就是这样想的。

但我依然要说，这种想法同样是幌子，是他临时祭出的大旗。如果是怪孙巧儿回来得晚，那算晚吗？以往，只要有星月，深更半夜她都在野地寻食，像个为了活命孤单夜游的动物。我甚至有个恶劣的猜想：即使刘备不来，到某个时候，刘安也会在夜间把孙巧儿当作猎物射杀，并以光线昏昧作借口。

但此刻，说孙巧儿回来得晚，不能成为借口。

他需要更加坚实的借口。

绿帽子，古往今来都是男人的敌人，但很少有人注意到，它同时也会成为男人的春药。根本不可能失去的拥有，不配称为拥有。没有失去，就想象失去。而春药之于刘安，不是用于床上，而是用于支撑自己虚构的信念。

"我一点不饿。"这句话是刘安转述的，他说是孙巧儿那天说的。孙巧儿说过没有，已无从证实；即使说过，也是她忍嘴，她要把可怜的一点食物，让给两个男人吃。刘安深知这个事实，但他不这样理解，只把想象当成事实：孙巧儿在徐春阳那里吃过了。徐春阳为什么给她吃的？她跟徐春阳上床了，或者野合了。啪！绿帽子扣在自己头上了，多么威武，多么正义！

于是，他把孙巧儿推出了那个没有人气的房间。

那房间有道侧门，从侧门出去，就是偏厦，按罗贯中写的，是后院。

后院里立着一匹马。

一匹白马。

白并不是光，但在这暗夜里，它成了光。这道光已经熟悉过刘安的气息，但还不熟悉另一个人的气息，焦躁地踏了两下蹄子。乱世当头，它不得不多一分戒心。当世界催生戒心，这个世界就是可耻的。笑怕出错，哭怕出错，张嘴说话也怕出错，分明阳光普照，却到处是阴影，到处是躲藏在暗角的眼睛，这样的世界是可耻的。白马作为畜生，也体悟到世界的可耻，并保持着必不可少的警惕，遗憾的是，孙巧儿却没有。她根本不明白刘安究竟要干什么。

我没有责备她的意思，因为这不是她的错。

我们不能把一个人相信世界美好，当成是这个人的错。

白马的光照过来，刘安手里的刀，被照出凶器的本相。这时候他才对孙巧儿说，那匹马的主人，是刘豫州。刘豫州的盛名，早散落民间，那名字已成象征，成了播撒在百姓心中的种子：重扶社稷，再立江山，只待此人。所以我相信如刘安所说，孙巧儿听了，很激动。可是激动有什么用？

刘安接着说："刘豫州而今，走着背运，败给了吕布，败得一塌糊涂，饿得昏天黑地。我们小老百姓，无力助他挽救败局，至少该给他一口吃的。可家里啥也没有，就算你挖回了两窝苦麻菜，也不顶事……叫他喝苦麻菜汤，我们这些做百姓的，就太不讲良心了。无论如何,也要招待他吃顿肉。"

听见这话,孙巧儿该怎么想呢?

她一定会想,是去找徐春阳借吧?

但她自己不好说出口,她让刘安说。

刘安说的,跟她想的完全不同。

刘安说:"家里没有肉,好在……我们自己身上长着肉。"

孙巧儿凛然一惊。

但这女人,毕竟太过纯洁,她还以为像介子推那样,割股以食文公,她生怕刘安割他自己,忙说:"当真要割肉,就割我身上的!"

她哪里会想到,刘安非但要割她的肉,还要收她的命。刀听从刘安的指令,砍向孙巧儿的脖子。颈动脉咔嚓断裂的前后,孙巧儿听见刘安说:"你到底认了,本来应该把你和徐春阳一起砍……"他把孙巧儿叫割她身上的肉,当成孙巧儿的认罪伏法。由此,他的杀妻之举,变得冠冕堂皇。

他说自己跟孙巧儿商量过,这就是他的"商量"。

## 刘安说原委

世上的有些人,只对弱质的生命感兴趣,并以此自证道德。比如徐春阳,因为我杀了孙巧儿,就觉得孙巧儿是弱者、孙巧儿亏,就不嫌手软地朝我泼脏水。我不跟那杂种一般见识。作为认识几个字的人,他该明白,瘦土上长不出乔木,弱质里生不出崇高。鸡蛋碰石头,碰一万次,破碎的还是鸡蛋,这说明什么?说明这就是规律。规律是让你遵守的,不是让你质疑和抗拒的。你当然可以同情鸡蛋,但同情鸡蛋的意义,是弱化信念,消减意志,降低品质,拖日月星辰的后腿。世界要是当真有毁灭的一天,罪魁祸首,就是滥施同情者。

如果我没有这种认识，我的钱被偷了，我就有理由鄙薄这个社会并实施报复。你徐春阳自己贴上来，说是我邻居，我就可以跟你学，不要任何证据，直接宣称你是小偷。荒凉大野，极目无人，只有你徐春阳，不是你偷的，未必是鬼？但是我没这样耍无赖，我懂得"天予不取，反受其咎"。一个在路途中睡得像是死过去的家伙，他身上的财宝被取走，只能怪他自己，不能怪取走的人。

但这只是一层意思。

还有另一层。

那天，我挎着褡裢，行走在苍茫大地上。枯黄的百草，高过膝头，甚至淹没了胸脯，我在草里走，像在草里游。草的大海，漫无际涯，每走一步，我都深味着挣扎的含义。那时候，我比太学里的博士更有学问，博士们满腹经纶，但那些词语和知识，都是挂在身上的纸花，而我，"挣扎"这个词出来时，我看得见它破壳、出苗、长成参天大树。但我并不绝望。那些言必称道德的人，由于自身的孱弱，动不动就说世风日下、人心不古，很容易走向绝望。这是我瞧不起他们的原因。我不绝望。我昂首阔步，一路南下，去追寻另一片天。

晕厥是突然到来的。

我无非抬头望了一眼西沉的太阳，眼里便金星乱溅，后脑勺直到大椎穴，突然化成了木头，这时我听见一个声音说："就是他杀害了自家婆娘。"接着我听见自己倒下去的闷响，感觉到草茎在我脊背底下的倾覆和断裂，此后就啥也不知道了。当我醒来时，遍地乌黑，身上很沉，脸上痒酥酥的，一摸，是雪，我被雪盖住了，雪花还在纷纷扬扬飘落，再醒得晚些，多半就被雪埋了。

十月的中原，不该如此。天地真是乱了秩序，让人悲伤。但我不是为自己悲伤，是为刘豫州。从曹营给我送来"金百两"的孙乾，是个实诚人，他告诉我，曹操胸藏深泽大壑，心里的对手并不多，而刘豫州是他的对手，对手是用来干吗的？是用来消灭的！豫州牧当然明白，此番投奔，按孙乾的话说，是"以图后计"。难道后计未图，就惨遭毒手？老天爷是在为他披麻戴孝？

幸好我及时发现丢了褡裢，否则会为刘豫州痛断肠子。

我的褡裢被偷，证明老天是在为我伤心，与刘豫州无关。老天伤心，我不伤心。非但如此，我还很高兴。只要刘豫州是安全的，我还有什么不能舍弃？我连老婆都杀给他吃了。高兴一阵，我才慢慢有了愤怒。我愤怒的是：在我昏迷之前，人家就打着我的主意了。如果在我不省人事的时候取走了我的褡裢，我无话可说，但有预谋地取，就不是偷，而是抢，是强盗行为。

强盗从何而来，我至今不解，但他或他们，肯定窥探到我的行踪，便手执迷香，等在路上。这实在太卑鄙了。

更加卑鄙的，是还要为自己的卑鄙寻找理由，说我杀害了自家婆娘。"杀"有很多种解释，"杀害"却只有一种解释。像徐春阳之流，尽管也在写书，却不知道杀和杀害的区别，更不知道世界不是以世界本身存在，而是以解释存在。

未必那强盗是徐春阳的祖宗？

或许是的。

一定是的。

正因此，徐春阳才以污蔑我的方式，来为自己的祖宗漂白。

我是像他说的那样和孙巧儿"商量"的吗？

——那天，在父母的房间里，我对孙巧儿说，外面那个人是刘豫州，刘豫州饿得不行，她便推我出去，叫我去给刘豫州弄吃的，说她挖到了两窝苦麻菜。见我不动，她说，你不去我就去了。她的意思是，刘豫州是圣人，既是圣人，也就无所谓男女。比如观音，既可是男身，也可是女相。圣人跟菩萨一样，超越性别。她这样想，我也是这样想的。但同时，我又知道她不是那样想的。

实话说，她还没达到那种认识层次，在她那里，男身就是男人，女身就是女人。她说她出去，其实是催我赶快出去。我当然希望如此，但我出去的路却有两条，一条路上飘着肉香，另一条路上，只有野菜的苦味儿。

我比先前更加踌躇，更加绝望，脚底下像生了根。

她到底是我的女人，懂得我的心思，于是说："要不……在我身上割块肉吧？……割哪里好呢？手要劳动，腿要走路，割屁股上的，又对客人不珍重……那就，还是割手膀上的吧，反正只是挖点野菜，又没别的劳动能做。把手割成光骨头，照样能挖野菜……你别犹豫了，赶快下手吧。"

她越这样说，我越爱她。

我是多么爱她！

因为爱，我怕她痛。

我问她："你不怕痛吗？"

她说："你说呢？"

我问她："痛起来你会叫吗？"

她说："你说呢？"

这时候，我才把她推到后院去的。怕她痛，也担心她叫起来不成体统，我才一刀把她砍倒的。我是多么爱我的女人。爱到深处，只能让她牺牲。

我知道，作牺牲正是她的福气。

她一定会这样想的。

## 土地做证

人们叫我土地爷，其实，我只是一方小神，够不上称"爷"。

人们叫我土地爷，其实，心里并没把我当回事。

因此我的话不宜过多。说再多也没用。最好是啥也不说。可我说最好啥也不说的时候，事实上已经开口了。

还是讲那件事：刘安杀妻。

实话告诉各位，那天刘备到了小神管辖的地界，我就知道要出事。他袍上锈着血迹，手上提着兵器。兵器主凶，万古皆然。刘备的兵器又格外不同。慈悲，是他的标配，慈不带兵，乃至理名言，而刘备却数次掌管一地军政，且亲领猛士，剿戮黄巾，讨伐董卓，力战吕布……这证明他的慈悲是有条件的。当慈悲附加了条件，在某种情形下，慈悲就会为兵器淬火，成为最狠也最锋利的兵器。

恕我直言，这世上有一种人，慈悲是他们的精神资本，他们也因此成为精神资本家，其柔软心肠，不是为了容纳，而是为了收割。刘安骂那些滥施同情的人，不知道有一种慈悲更该骂，同情多针对个体，还有个对象，而某些慈悲者，只爱世界，不爱个人，所以他们爱的，永远看不见，也摸不着。

我这只是笼统而言，并不单纯针对刘备。

话说刘备，匹马逃难途中，饿了。饿，是常见的生理反应，不值得大惊小怪，刘备饿了和张三李四饿了，没有什么不同，饿的后果，也不至于不可收拾。人被饿死，十之八九都是人祸，没有人祸，很难把人饿死。且刘备饿了，更不该当成事件，欲成就梦想，都须经历无水无粮的时刻。何况他有的是办法解决：树皮可吃，草根可吃，昆虫可吃……此等物什，天生地养，百兽千鸟赖以存活，人也能赖以接命。但那刘备，偏偏打马进村，向民求食。老百姓若不吃树皮草根，早就没甚可吃，他知道；有关他慈悲的传说，早已流布九州，他更知道。

他进村，只是为了印证。

江山如鱼肉，正被乱刀剁，当他败给吕布，成为光杆司令和赤贫者，在百姓心中还有着怎样的分量？

这就是他要印证的。

去刘安家前，他已去过三家，那三家人都不在百草庄，离刘安家有数十里，刘安说极目荒烟，不见人毛，也非全然说谎；三家"争相进食"，确是实情，但进献上来的，是朱根子、老娃蒜、芥菜汤、榆树皮饼……一句话，全是野粮，只有个名叫黄大光的老翁，献了小半碗燕麦粥，可同样是野粮——是野燕麦。这要喂养平常的饥饿，倒也勉强，但要以此称量民心，就远远不够。

收拾零落的江山，民心就得比江山还重。

见到刘安，刘备其实并不太饿，无非是稍有饿意罢了。他是临时起意，想再试试。若是真饿，刘安将他领进家门再去出猎，他就会拦阻，会说：麻烦老乡，你随便给我弄点吃的。但他没有。他让刘安出去。刘安老半天没回，完全在他意料之中：他还不至于昏聩到认为飞禽走兽以被他吃为荣，都跑到刘安的箭镞下求死。刘安这样骂过猎物，说刘豫州吃你们几块肉，喝你们几口血，是"杂种们万万年修来的福分"，刘备自己倒不这样想，因为他要的，是民心，不是兽心。刘安去得越久，越不容易得手，越能见出他的虔敬。

其间，孙巧儿回来了。

孙巧儿进院坝，刘备就听到了响动，并且转头看见了她离开院坝的背影。这定是刘安的浑家，他想。由此，他挂念起了自己的家人。落入敌手，就是待宰的羔羊，这似乎没什么好说的，可到底让人伤感。

当初，张飞因醉酒失了徐州，陷了"嫂嫂"，去盱眙见刘备时，惶恐无地，欲拔剑自刎，刘备将其抱住，夺剑掷地，说："家眷虽陷，吕布必不谋害，尚可设计救之。贤弟一时之误，何至遽欲捐生耶！"那次果如刘备所言，吕布不仅完璧归赵，甘、糜二夫人见了刘备，还都说吕布的好：令兵把定宅门，禁诸人不得入，又常使侍妾送物，未尝有缺。可那吕布，究竟是个不讲情义的，因一匹马取了丁原性命，又因一女人取了董卓性命，丁、董二人，均为吕布义父，而你刘备现今是他的敌人，怎能保得他再发善心，"必不谋害"？

偏偏吕布听了糜竺劝告，不仅再次不予加害，还"令糜竺引玄德妻小，去徐州安置"。这事刘备当时并不知道，因而胸腔里的一颗心，如夕阳般沉落。

眼见夕阳就要坠下地平线，他再次听到了响动，是后门响。

于是他收回心思，专注于目前。

后门响过，便无声息，他由此知道是刘安的浑家从后门进了里屋。那女人，多半是进院坝时看见了他，才有意避开。战争，并没有摧毁淳朴的民风，这是生活永远高于战争的地方。发现这一点，让他凛然惊诧。

那女人不知道我是谁，他想，只把我当成了个普普通通的陌生男子，才以礼不见，如果知道呢？

好几次，他都想张嘴自报家门：吾乃幽州涿郡人氏，中山靖王之后，景帝阁下玄孙，刘备刘玄德是也。最终没报，是他觉得，在妇人面前查验民心，毕竟廉价。这样终于等到刘安回来。见刘安空手而返，他不言声，只默默地看刘安生火，挂上铁锅。刘安的踌躇，全在他眼里。刘安随时可能朝他弯下去的膝盖，全在他眼里。但他不言声。然后，刘安拿了菜刀，进了里屋。

里屋的对话，他听得清清楚楚。无非就是柴门，到处穿眼漏壁。刘安要杀妻进食，他早就预感到了。孙巧儿那声呼痛，虽是不经意在刀刃上割破了手，但它背后的内容，他已经有所察觉。每个人都有个深渊，那深渊就是人的命运，某些平平常常的声音和动作，是从命运里来的，也是对命运的预告，只是很多人都不知道，轻轻松松就滑过去了。刘备嗅出了异样，但还不敢肯定。

他不言声。他等着。

等来的，是一顿好肉。

这不重要。

重要的是民心。

那一夜，他睡了个好觉。

天亮后，刘备要走，去后院取马，见黑色的血土上死着一个女人，两条手膀只剩了白骨。接下来，罗贯中这样写道："玄德惊问，方知昨夜食者，乃其妻之肉也。"于是"不胜伤感，洒泪上马"。泪水，是刘备表达慈悲的语言。其实他既不伤感，也不愧疚，因为在吃之前，他就问过刘安："此何肉也？"刘安答："乃狼肉也。"既是狼肉，他当然就可以放心大胆地吃，并且"饱餐了一顿"。

刘备满足了么？

不，骑着马没走多远，他就很怅然。妻子如衣服，衣服破，尚可缝——这样的话，张飞因陷"嫂嫂"欲拔剑自刎时，刘备就说过，这时候他想：把婆娘杀掉请我吃，固然也不错，但还算不上多重的民心，要是刘安自杀，让他婆娘煮给我吃，就有分量得多。刘安没这样做，刘备不仅怅然，还有了担忧。

这粒担忧的种子，活在他心里，直接影响了他收拾江山的信心。

所以，尽管有智多星孔明辅佐，到最后他也没能重振山河，只能偏安蜀地。

## 孙巧儿见闻

最近我读一本书，说的是：服务性行业，比如空姐，见到顾客就微笑，这是职业规定，也是职业操守，同时，还是从业者的自我要求，久而久之，她便再难分清那微笑是"职业"的还是她本人的。她本人因此被异化，直至被替换，被消失。但她并不知晓，她认为那就是她自己。

以此推论，人皆如此。

所以，在世上行走着的，大多不是人，而是消失了的人。消失等于死亡。"人最好别与死人同行"，这句话是谁说的，我忘了，单知道说得不对。不和死人同行，你差不多就没有人同行，就会被孤独重重围困。

我真不该读那本书，它让我再次陷入回忆。

那天夜里，我的膀子死了，膀子死了，但如前所述，人死，并不是干干净净地死完，是一部分死了，另一部分还活着，我身上还有很多地方活着，到次日早上，活着的部分依然活着。我的魂守住我活着的部分，并时不时地，去我以前称为家的几间屋子里盘旋。我看见，天刚见晓，刘备便起了身。他睡在父母睡过的卧室，那房间里长时间躺着无人理会的光阴，生前，我每次跨进那道门槛，都有阴湿的蛛网罩过来，想把我裹住，变成蛹。刘备到底是军人，他一进去，阴气纷纷退避。睡觉时，他枕着利剑，利剑的寒光，反将冰凉的光阴焐热，满屋升腾着紫烟，冲撞着我的魂灵。

刘安一直未睡，笔挺地站在巷道里，通夜守卫着刘备。听到刘备起身的动静，他才悄然离开，去了伙房，拿出剩肉，去锅里热。

我本以为，我这么瘦，两条膀子肉昨晚都吃尽了，早上他会再到我身上割，再让我的身体死去一部分，没想到还有剩的。这证明刘备昨天确实不饿。刘安虽饿，出于恭敬，不好在刘备面前放开肚皮吃。

我那些死去的肉，沉睡在铁锅的浑汤里，火生起来，舔着锅底。万事万物，经过一夜休整，都在清晨昂扬，火像刚洗过脸的少年，活泼俊逸，很快把锅舔热。锅里那些本已麻木的肉块，遇到热气，又苏醒过来，又痛。

痛得不知道痛的时候，刘备和刘安又坐在了餐桌边。

刘安不敢坐的，刘备拉他，他才坐了。以前我就听说，刘备屈身下士，愿与贱民同席而坐，同簋而食，看来所言不虚。我还听说，刘备做平原相时，有个叫刘平的郡民不服治理，唆使刺客行凶，刘备毫不知情，对刺客礼遇有加，刺客十分感动，非但不忍下手，还向他坦露实情。可见人总是在用自己的言行，塑造着自己的命运。而每个人的命运都与别人的命运相连。比如刘备的命运和我的命运。要是刘备没有那么天高地阔的名声，我即便死，也不会死在自己男人手里……

刘备吃净了他碗里的肉，把汤也喝净了。

然后他起身告辞。

这个仁德广布的人，不近距离接触，根本不会知道他身上的霸气。仁德者的霸气，多少让人不适；这好比后来人看电视，电视里的大人物出场，都满脸亲和，可如果你真有机会跟那大人物见面，才发现他浑身带着闪电，拒人千里，你也同样茫然不适。我讲这话是有根据的，两年前，我因为获得全省十佳教师，去省城开授奖大会，省委书记到场讲话，并上台跟"十佳"握手，我发现他的眼睛看着你，但你感觉到，那眼睛是大海，你只是大海里的一粒泡沫，甚至，你啥也不是。

刘备说告辞，刘安是无法挽留的。

一个有着巨大气场的人，说客套话也是命令。

刘安陪着他，到后院取马。

那匹美丽的白马。

白马身上溅着我的血，那血不仅活着，还活得鲜艳，如梅花盛开。刘备首先不是看见我，是看见他的马和马身上的梅花。他把那些梅花当成吉兆。

然后他看见我了。毫无疑问，我是吉兆的来源。从古至今，女人总是成为各种各样的"来源"。被当成人的来源时，女人被崇拜；

被当成祸的来源时，女人被践踏，同时也被利用。被利用的历史最长。即是说，女人被工具化的历史最长。生育的工具，纵欲的工具，此外还是战争的工具，比如让女人脱掉裤子，站到城墙上去，敌人的炮火就打不响。

我的上衣被剥去，两个奶子泛着青白的光。那时候，我是多么羞愧。我羞愧于我的裸露，更羞愧于我的丑陋。我不丑，我长得很好看，恐惧和饥饿，并没能全部没收我的青春。我才十九岁，有着十九岁的天赐之身。但正如一个诗人所说，裸体之美，在于看不见的看见，是想象中的看见，当真被看见，就不美了，甚至丑了。何况是一具死去的裸体。好在死去的裸体就不叫裸体了。

刘备看见我，眉毛一耸，问怎么回事。

刘安支吾。

刘备说，到底怎么回事啊？你说啊！

刘安双膝一弯，跪下了，就跪在我被割成光骨头的膀子旁边："使君恕罪，我家徒四壁，无以为炊，只好杀掉老婆招待使君。"

英雄到底是英雄，尽管被打成光杆司令，一张江山图也始终装在心里，并坚定地相信，那江山是他的——迟早是他的。当那一天来临，难道也容许如此任意杀伐？刘备很可能就这样想了，因此他问："她同意吗？"

刘安说同意，就是她自己提出要为使君作牺牲的，她说她为此深感幸福。

刘备听了，轻轻地叫了一声："黎民啊……"

随后哭了，两行泪水，从他拒人于千里之外的眼睛里流出来。

他哭着把刘安扶起，然后解开缰绳，上马。

刘安这时候说："本欲相随使君，因老母在堂，未敢远行。"

他是怎么想出这句话来的？他妈都死三年多了。

但正是他的这句话，让我对自己的死既沮丧，又忧伤。

当他说我为刘备献食深感幸福的时候，我是很恍惚的，仿佛那是真的。他这句关于母亲的话，又让我陷入了怀疑的痛苦。

刘备端坐于马上，向刘安道谢，并问他老母亲好。刘备知道他在撒谎。自始至终，他也没见到他老母，而且昨晚他睡在那张床上，早已闻到陈死人的气息。但他把刘安的话当成真话。他愿意这样。愿望和事实，混为一体。

而今想来，消失了的人，哪里只是草民百姓。

### 徐春阳回忆录

刘安回到百草庄，是在他出走两个月后。

他完全成了个乞丐，说话神神道道。"我遭抢了。"他说。

那时候，我还不知道曹操给他送了金——说金不说黄金，是因为金是铜铸的，黄金才是真金，但金也足够值钱。因为不知道，我想谁会抢你呢，你身上能抢的，无非就是一套猎具。这些年，从中原、山东到淮北、江东，曹操打吕布，孙策打袁术，袁术打刘备，袁绍打刘表，然后吕布打曹操，袁术打孙策，刘备打袁术，刘表打袁绍，如此车辘辘似的转，转得乱了，又是吕布打袁术，袁绍打曹操……今日交好，明日交恶，兵马借来借去，互相杀来杀去，马蹄是槌，大地是鼓，从早到晚敲，从早到晚震彻山河。如此，鸟兽早拖儿带女，离开家园，流浪远方，方圆百里，再难见它们的踪迹，抢来猎具又有何用呢？刘安又在编故事了。

他接着往下编，说有人给他下了迷药，让他昏死过去。

昏了多久？两个月。他真把自己当成了动物，可以冬眠。说冬眠不确切，是秋眠，他秋天睡去，醒来时已是大雪盈野。

这迷药只能是他自己下的，药引子就是谎言。

见自己的故乡人成了乞丐，这样的经历是很特别的。史书上，不乏整村整乡出去讨饭的记载,可都是越讨越远,何曾见过从远处讨回到家乡来的?

那天下午,我打开门,见他一步一歇朝我走来,身后的雪地,被戳开褐色的窟窿。但完全认不出是他。衣衫褴褛,脸黑得像铁,左手捧着片破瓦。我开始以为是个受伤的军人,手上的物件让我知道是个乞丐。乱世行乞,连口破碗也不能得。距我两丈地,他站住了,右手的三根手指,在瓦片里撮,撮起来喂进嘴里,而我分明看见,那上面只有一小堆儿雪,他吃的是雪。我身后的案板上,有粒烤土豆,那粒土豆吓得瑟瑟发抖。它怕我把它交给那个乞丐。

它的恐惧也是我的恐惧,但我更多的是痛苦。

当你看见一个只能吃雪的人,而你有一粒土豆,你也会跟我一样痛苦。我在心里对土豆说:你赶紧藏起来吧,让我都不知道有你存在。

正这时,乞丐说话了。

他说:"春阳,我遭抢了。"

当我听出是刘安,惊诧之余,喜悦之情如春水泛滥。这两个月里,我至少有三次想起他,很想去找他,但都没去,我不能容忍自己跟一个杀死自己女人的人有过多交往,何况那女人曾经从我手里接过半升小麦,曾经当着我的面,抓一把喂进嘴里,修长的脖颈挺起来,让我的小麦滑进她的胃。灾荒年月,这是人和人之间所能建立的最为饱满的联系。可是这个人被刘安杀了。不仅杀了,还吃了;不仅吃了,还让她背负强加的罪名,且丝毫不给她辩解的机会。

报应。当这个词蹦出来,我分清了自己喜悦的性质:不是因为见到刘安,而是因为见到刘安的下场。这个落得如此下场的人,把腰板挺了一下,起步向我靠近。走到门边,朝我伸出手。我没跟他握,我说我的手是湿的。他知道是借口,我无所谓。找个借口,还是给你脸。他后来诬蔑我撒谎，说平畴广野，唯见荒烟蔓草，哪儿来什么门？天地之间，我的房舍尚在，怎么没有门？我的门就是天地之门，我的门朝南开，就是南门，朝北开，就是北门！

我转身进屋，他也跟进来，不等邀请，就坐在两个月前与我喝酒时坐的草凳上，仰着头，望着我。瓦片还捧在他手上，我这时候心又软了，犹豫着是否把那粒土豆给他。那是我计划留到明天的口粮。他开口要，就给，不开口，就不给，我就是这样决定的。既然你是个讨口要饭的，一句话总得说。他偏不说，于是我也坐下了。他的目光随着我坐下的动作沉落，然后又定在我脸上。

那一刻，我脊背上窜过一股寒气。这哥们儿还是个活人吗？外面有若有若无的太阳，也有若有若无的风，他走路的时候，站住的时候，进门的时候，包括此刻坐在我面前，都飘飘忽忽的，我也没在雪地上看见他的影子。

但他能说话，还捧着乞钵……当他注意到我的眼光落在瓦片上时，便慌乱地将其放下。满手黑，唯掌心苍白，像那瓦片是刚从他手上割下来的。这说明，此前的几十天，乞钵都是长在他身上的器官。放下后，他又开始说话。说他被抢了。在哪里被抢，抢了他什么，又怎么抢的，也都一一道来。

他说的，大部分我信，而且进一步确证了他杀妻进食，说别的都是遮羞布，有所图才是他的最高真理。苍天有眼，不义之财，必然失去。

"接下来你怎么打算？"我问他。

"我没改主意，"他说，"我要去南方。"

南方不是一个表达方位的词语，而是花团锦簇的意思。但我不相信一个北方的乞丐，到了南方就能丝绸裹身，更不相信天下大乱、四方云扰之时，南方会成为真正的净土。出于真诚的关心，我问他："你为什么不去找刘备？听说刘备不仅夺回了小沛，还夺回了徐州,你为什么不去找他?"

"我又不是军人。"他说。

"没有人天生是军人。刘备起事之前,做履织席,只是个小贩。"

他不言。

我又说:"你完全可以做军人。"

话里的讽刺,他绝没有听出来。因为他突然眼睛一红,泪如泉涌。讽刺是让人反省的,不是叫你流泪的。这哥们儿,把刘备那一套全学会了,凡不可言说之事,都用流泪去解决。当时我就感觉到,他不仅能做军人,还能成大事。不过我更感兴趣的是,这眼泪为什么流?为谁流?我特别感兴趣的是,他会不会恨刘备?没有女人的家,不能称为家,这是我深入骨髓的体会,要是刘备不来,孙巧儿就还活着,你怀疑孙巧儿跟我不清白,可她每天回去的,还是你那个家。如果说信仰能生成一种力量,转过头来恨那个信仰,会不会产生同样的力量?

我并不问他,等他自己说。

他说的是:"我饿。"

我把他高看了。他流泪,仅仅是因为饿。是饿出来的、向世界乞求的泪水。于是我明白了,孙巧儿在他家里再活一次,他会再杀她一次,再活十次,会再杀她十次。如果他有能力杀我,我就会像孙巧儿,由活人变成尸体,由尸体变成肉,然后被他消化掉,从肛门里拉出去。

我决定,那粒土豆不给他。开口要也不给。

他一天不走,我一天陪他熬,两天不走,我两天陪他熬。我宁愿跟他一起饿死,也要让那粒土豆干干净净地活下来。

天黑了。门外的积雪,反而加深了黑暗的深度。

我感觉到,这屋子里有三个人:我、刘安、那粒土豆。刘安定是早就嗅到了那粒土豆。一个饥饿的人,身上的全部器官都会变成嗅觉。我觉得他马上就要朝那粒土豆扑过去,但是他没有,他又开始说话。

他说春阳,孙巧儿不是我杀的,是刘备杀的。我出猎回来,她已经被杀了。刘备说,本来应该把我也杀掉,但要是那样,他就变成曹操了。曹操才滥杀无辜,他不会,杀孙巧儿,是因为他听见里屋响,却久不见人露面,担心在搞什么诡计。也怪那屋子太黑,否则他看见是个女人,决然不会动手。他是这样对我讲的,要我严守秘密,数日之后,会有人给我送钱来,若漏半点儿风声,将碎尸万段。他就是这样对我讲的。几十天来,我守口如瓶,结果……我的钱是你抢的吗?若不是你,我怀疑就是刘备的手下。你让我去找刘备,其实我正是去找了他,可他喝令将我乱棒打出。以为把我打死了,将我抛尸荒野。我命大,活过来了。我昏迷期间,仿佛见到阎王,现在想来,阎王跟刘备长得很像……

黑夜里,连说话的声音也是黑色的。

又是一篇故事。他编了自己的故事、孙巧儿的故事、刘备的故事,往后的日子里,将编我徐春阳的故事了。我的脊背上窜过一股寒气。

我早就知道,见到刘安,预示着我运气不好。

# 从第一句开始

"这是我来到这座城市的第一个冬天。"我这样开了头。我是在写一部书,开头一句,是打开这部书的门,但我总觉得门响的声音很别扭,不像开,而是关。这是不是意味着,门早被人打开,我去的时候,正好关上了。于是我仔细回忆,印象中,的确有人写过那句话,而且是写在书的最后一句。

然而我的记忆力并不可靠,这是我早就知道的。

## 一

来蓉城半年多,我的记忆力就被毁了。

那是有天下午,儿子问了我一个很平常的问题:蚯蚓算不算昆虫。我说算。他说我想要个飞机。两句话毫无逻辑,但我原谅了他,他毕竟不满五岁。同时我也后悔,昨天不该带他去逛街。傍二环路的一家店铺,数日前就挂出告示,宣称"最后一天",却一直红红火火地经营着,可见店主是个忧患意识很重的人,把每一天都当成了世界末日;铺子里杂七杂八,像天底下有的,它都有,包括模型飞机。我们从那里过,儿子见了飞机,站着不动了。

如果我当机立断,拉着他就走,不给飞机从他眼里进入心里的时间,基本上就不会有后面的事,但自从移居蓉城,我再没给儿子买过玩具,免不了有些愧疚。我就被这种软弱的情感害了,非但没拉他走,还领他走到飞机面前。机头如弹头,机身银白,机翼赤红,像随时都会腾空而起。价钱不需要问,告示旁边悬了张撑开来的牛皮,再一看不是牛皮,是像牛皮的硬纸牌,上面红漆写着:"跳楼大减价,一律十元!"写得张牙舞爪,有种嘶吼的味道,让每一个路过的人明白,不买是你吃亏,买了,就捡了大便宜。我也是这样想的。但我还是问了能不能少。

店主懒得言声,眼睛也不看我,只戳了戳"牛皮"。

如果我的钱袋里有响声,即使没有商量的余地,照样要讲价,可那些日子,我遭遇了好多事情,正是人生里的灰暗时光,穷困的狼群追着我跑,就不好讲价了。世间会讲价的,都是有钱人,穷人心怯,免不了笨嘴拙舌,这一点你要理解。于是我不再开口,只在那里默算:十元,等于坐十趟公交车,等于二十个馒头,等于十四斤土豆……用不着再算下去了。

飞机眼巴巴地,看着我抱起儿子,快步离开。

儿子一路哭,哭得我心烦意乱。

好不容易才哄过来,且过了一夜,以为他忘了,却再次提起。我又被馒头、土豆压得透不过气,焦急地寻着出口。既然提到昆虫,我就对儿子说:"你不是喜欢昆虫吗,我带你去找昆虫,现在就去。"我特别强调"现在"两个字,像那是两颗糖。不出所料,儿子尝到甜味儿,高兴起来,跟着我出门。

当年的蓉城是宽阔的,出小区东门,走不上五分钟,就是菜地和荒野;荒,是人的语言,其实杂草丛生,并不荒。我牵着儿子的手,从菜地里穿过,眼看就到了草地,儿子又来一句:"爸爸,我想要个飞机。"

我的心掉进了冰窖里,咚!简洁,迅猛,一点儿也不拖泥带水。但我忍住冷,对儿子说:"如果见到昆虫,就给你买飞机。"他嗯一声，算是同意了。

我脚下沉重，暗自乞求：昆虫啊，你们都不要出来吧。大冬天的，想必也不会出来。果然没有出来。儿子苦着脸，去草梢上瞅，去草根里刨。草大多枯黄，草梢和草根之间，天光一透到底。来朵黑云就好了。下雨就好了。我这样发着愿，却没忘记做父亲的责任，我说儿子，要什么无关紧要，但要是有条件的，你将来理解人生，就是理解条件。又说："回去吧，等啥时候见到昆虫了，你的飞机就到手了。"我想的是，到明年春天，我可悲的境遇就会好转。

对未来的期许真是个好东西。未来并不存在，未来只存在于对未来的期许里。在不满五岁的小家伙眼里，菜地永远是菜地，荒坡永远是荒坡，昆虫永远长在那里。他当然不知道，菜地和荒坡都很快就会消失。我也一样，我期许着春天的来临，好像春天不是自然轮回的季节，而是为我写下的保证书。

可保证书没拿到手，儿子就大呼小叫："蚯蚓！蚯蚓！"

路上真有一只蚯蚓。半截，死的，已干枯成淡紫色的皮。

我真不想认为它是蚯蚓。但千真万确，它就是蚯蚓。

"走，买飞机！"儿子说。

我站着不动。"不是说……见到昆虫才买飞机吗？"

"你说的蚯蚓是昆虫。"

"我什么时候说的？"

"刚才说的！"

这家伙以为时间是一杯水，不知道时间是流动的河，他把我在家里说的，说成是刚才说的。什么时间说的和说了什么话，前者能不能否定后者？我觉得能，比如我热天说想吹电风扇，到了冬天，你说我说过那句话，就搬出电风扇来吹我，显然就是错的。但这种推理过于复杂，我估计小东西转不过弯。最好的办法就是否定那是蚯蚓。那只是看起来像蚯蚓。正所谓急中生智，我想起了指鹿为马的故事。当然不能说蚯蚓是马，但可以说是蜈蚣，或者地母虫。儿子没见过蜈蚣，也没见过地母虫，他来到世上才一千多天，见的东西太少了。

于是我说，那不是蚯蚓，那是蜈蚣。

儿子沮丧得浑身一抖，紧跟着泪水直往下砸。我眼里是崩塌的泥石、树枝和云影。那些来自高处的事物，剌伤了他的脸。那张脸像要浸出血来。我慈祥地蹲下身，为他讲蜈蚣和蚯蚓的区别。自然全是反着讲。儿子流着泪听我讲，始终没哭出声来，过后还说，他记住爸爸的话了，以后他会认蜈蚣和蚯蚓了。

那件事大致就是这样。

很多年过去了，我不知道儿子是否还记得，如果记得，是否理解了我当时为什么想方设法不给他买飞机。这不是要请他谅解的意思。真要谅解，也是我谅解他。他毁了我的记忆力。那件事就像个身怀绝技又泼皮无行的房客，长久霸占着我记忆的迷宫，有别的记忆想进去，那家伙不是恶语相加，就是拳打脚踢，经不住它骂，更经不住它打，大都退出了，没退出的，也只敢蜷缩在阴暗角落，成为模糊的影子。


要在以前，别人是否写过"这是我来到这座城市的第一个冬天"这句话，我不仅知道，还知道与此相关的更多内容。可是现在，我脑子里苍苍茫茫，什么都不能确定。不确定，就可能是，我就可能涉嫌抄袭。我的面前再没有路，也绝不容许自己把抄袭当成路。办没法，只得离开电脑，去书架上查证。如果能像现在，有互联网，查起来就方便多了，但我写下那句话时，还没有。好在我的书不多，仅千余册。既然印象中它是某部书的最后一句，又将大大减轻我的负担。

打开第一扇书柜门，入眼是两卷本《伊凡之夜》。

这套书让我想起一座桥。那桥在川东北东轩城外,横跨州河。除高踞河面,它没什么特别起眼的地方,却有个霸气的名字:通川桥。东轩紧邻重庆,扼川陕鄂咽喉,通川桥建于抗战初年,当年物资出川,军队出川,从汉渝路走,都得经过这座桥,西迁的国人旱路入川,也多从这桥上踏过,因此命名通川,不仅名副其实,还是小看了它。日机多次从武汉起飞,翻越烟云蔽天的大巴山,冒险前来轰炸,也证明了它的地位。日军没能炸毁,我们自己炸了。生于艰难时世,苦心劳力,又营养不良,因此老得快,我大学毕业分到东轩市上班,见它已老得变形。炸毁的前一天,我抱着周岁的儿子,下到河滩,倚桥柱照了张相。

一个事物消失了,却以照片、文字或记忆的方式留存下来,还算不算消失?

可以算。

也可以不算。

在我眼里,不算。

因为《伊凡之夜》也是那座桥的一部分。

买这套书时,我还是个中学生。五月的某个星期天,我从南城到了北城,是想到北城热闹一下,见见世景,因为当年的南城还不是城。桥上本就是个热闹去处,两侧的人行道,比车道高出半米,桥头至桥尾,零零碎碎,花花绿绿,摆了各种摊点,过日子需要的,小孩子玩的,这里都能提供,甚至能提供奢侈品,比如冰粉、年糕,通常是不常吃的,这里就有卖。摊主大多沉默,像商量好了把话让给看相算命的和卖打药的去说,特别是卖打药的,舌头比河水更急,时不时在自己光膀子上扎一刀,再用药水一搽,血即刻止了,刀口也即刻收了。

那天我逛到日头西沉,回程中走到桥上,一应热闹都在,且添了个卖旧书的。在书摊面前,我的腿被捆住了。

当我拿起《伊凡之夜》，见标价二点四元，可卖主非要五元。那家伙胡子拉碴，头发比姑娘的还长，用根肮脏的皮筋扎成马尾，不过声音好听，是自带音箱那种，他说："你看看是哪年的版本？百年之后无废纸，何况这不是废纸。"他把流逝的时光也抓回来卖钱了。五元我是有的，但那是我到月底的饭钱。我家住在河上游，月底才能回去，而下周末才到月底。我掂量着哪里更饿，是心里还是肚里。每当这种时候，无一例外都是心里，于是买下了。

回到学校，恰是开晚饭的时间，校园里涌动着饭菜香，这香味是胃的更夫，梆梆几声，胃就醒来，醒来就要吃的，而我却没东西可以喂它。于是我抚摸它，安慰它。我在很小的时候就做了父亲，我是我胃的父亲，如果可能，我愿意把它搂在怀里，并领它去找昆虫，只是，同样不能给它买飞机。校园以洋槐为墙，正是花开时节，望过去，虚空里弥漫着青白的光。我找个少人去的角落，靠树身坐了，把书打开。晚霞血红，泼下来，每个字都如心脏，在霞光里搏动。

那接下来的整个夜晚，整整一个星期，槐花成了我的食物。那种木质的香气和略带酸涩的口感，正适合于我。我是属于木质的，多年前我就知道了，同时也知道，我将被钢铁时代抛弃。这话如果有缺点，并不在于自艾自怜，而在于自吹自擂。我根本就想不到有钢铁时代的来临。在老师嘴里，生活在钢铁时代的人们，是用刀叉吃饭。老师进一步说，用刀叉做餐具，喂进嘴里的食物，就有了钢铁的秉性，从而构成体质、魂魄和文化象征。但我不关心那些。我的眼里还没有时代，只有时间。时间就是我的胃。

我的胃一天比一天变小，一天比一天孤单。

孤单得没什么玩的，就自己玩自己。

它玩它自己，却让我痛。

那时候，我的记忆力还没被儿子摧毁，我记得很清楚，书上说，有一种神秘的青蛙以阳光为食。这令我向往，但并不羡慕。校园内的槐花，校园外的鱼腥草，都把阳光吃进去了，然后我吃下它们，我也同样是以阳光为食。

"陈小康你怎么回事？"有天我同学惊惊乍乍地问我。我不明白他的意思。他说，他不小心碰到了我的手，我的手像团火炭。这话被班主任杨老师听见了，杨老师非常关心我，叫我去医务室，并让那同学陪我去。结果我的体温正常得能进教科书。我没感冒，更没发烧，是吃下了阳光的缘故。

这是我的秘密。

我觉得这个秘密是美好的，而我的胃不这样看，稍不留心就痛几下，以此提醒我，在我身体的国土上，它也是一方诸侯，我应该给它足够的地位和尊重。从内心讲，在这一点上，我对它很不满意。我觉得它要得太多了，几乎有些欲壑难填了。比如又过若干年后，我儿子都考上了研究生，我不仅可以吃饱饭，还可以吃香喝辣，我亏待了我的心，亏待了我的脑，也亏待了我善走的腿和勤劳的手，唯独没有亏待胃，脑和心遵从礼教，从无怨言，偏偏胃跳出来说话。它太过分了。当然我也承认，我曾经没怎么把它放在眼里，可它也不该这样记仇。何况我没把你放眼里，却是往心里放的，我不是常常抚摸你、安慰你吗？

可是它看不到这些。它太过分了。有好几回，不是痛我两下就完事，还直接把我逼进了医院。你知道，医院那种地方，只有被欲望灼烧神志昏聩者才该去，他们能从中看见生命美好的脆弱，知晓些生不带来、死不带去的朴素真理，并因此降一降温。病人去医院，是不得不去，并不是应该去。

《伊凡之夜》没有那句话；是说，最后一句不是那句话。

只看"是不是"，也不至于太麻烦，但我陷入了执迷：执迷于每本书如何结尾。我从没这么在意过一本书的结尾。

"你是她生命中的至爱吗?"这是什么意思?是怀疑还是否定?"我一定不失时机把这个问题搞清楚。"谁给他时机?当时机真的降临,他有不失时机的把握吗?就算有,问题能搞清楚吗?搞清楚后就不是问题吗?"还得继续讲下去。"给谁讲?继续到什么时候?当翻到五十本,我发现多数作家对命运是自信的;别看他们谈论命运时皱着眉头,其实大多言辞铿锵,哪怕用的是疑问句。

当然,我的书都经过挑选,都有资格以站立的姿势,占据我最重要的空间,即是说,书的作者,都是成功人士。但也未必,其中一个作家,生前全是租房为生,还基本上是租地下室,非但没享受过成功的荣耀,连温饱也让他操碎了心,但他也说:"小鸟和我一起歌唱。"

我在找我的同道,但没有找到。

从甲地到乙地,从乙地到丙地,我像自己身上的器官一样,把这些书搬来搬去,以为它们是我的导师和知音,结果并非如此。

连续三天,我都站在书架前。妻子开始没当回事,可每次喊我吃饭,都见我像只壁虎,她就有些奇怪了,她问你为啥不取下来看,久坐伤脾,久站伤骨,凡事都不能过。我没回她,心里正为一件事苦恼。我感觉到,每部书的结尾,都可以当成开头,"哎呀呀,人真能走",是结尾还是开头?我觉得是开头,而这位南非作家做了结尾。如此说来,任何一个开头也都可以当成结尾,作家就没什么可写的,书就没有必要存在。

妻子见我脸色泛青,断定是站久了的缘故,过来扯我衣襟。轻轻一扯我就倒了。我站在高凳上,倒下来相当于砸下来。好在她有力气,用尖叫和臂膀把我托住,既没砸伤她,也没砸伤我。

我只是受了惊吓。这对我是有好处的,它让我清醒了些,当妻子问我一本接一本翻书的缘由时,我能够回答她了。她听后的表情，我找不出恰当的句子来描述。她把那表情一直留在脸上，留了一顿饭的工夫。其间我们没有说话。我边吃，边看她的脸，像那张脸是辣酱。只是辣味儿重了些，不适合我的肠胃，因此没吃几口我就放了碗。她也是。她把空碗收进厨房，才过来说："就算别人写过，稍稍改一下不就行了？比如：'这是我来到这座城市的第一个黄昏。'"

我就知道她要这样讲。

作为曾经的语文教师，我妻子贾敏特别重视词语，她觉得"冬天"和"黄昏"比起来，显然"黄昏"更适合讲故事。"冬天"敞得太开了，让人想起一览无余的单调的原野，而"黄昏"却是一道窄门，带着某种神秘和未知，天底下好看的故事，大多选这样的门进去。

这些话都是鬼扯，她的真正意图，是要我讲述那个特定黄昏的故事。她大学的写作老师对他们说："你们将来如果想当一名作家，请记住，你的生活不是此时此地，而是经历之后，沉淀下来，变成你过去的一部分。"她当真把这话记住了，却并没想成为作家。"我是为你记的。"她对我说。说的时候斜着脸，像随时准备把脸送过来，又像随时准备躲开。

她知道我有那样一个黄昏，是我们初吻那天我告诉她的。你该写一写啦，都过去两年啦，我告诉她的当天她对我说。你该写一写啦，都过去三年啦，我们进洞房那天她对我说。你该写一写啦，都过去五年啦，她在产床上对我说。你该写一写啦，都过去八年啦，儿子进幼儿班的时候她对我说。你该写一写啦……

亏她读的是中文系，竟然不知道有些故事作家是一辈子都不会写的，他们让那些故事在肚子里捂出痱子，也不会写出来，为的是给自己留一个故事。

至于我的那个黄昏，倒不是要留给自己，我不写，主要是我越来越看轻了它的意义,而且也过于简单。

不过既然说到这里,简单讲一讲也无妨。

## 二

故事起于黄昏,却不只是黄昏。

当我走出大学校园,到了五十万人口的东轩城,吹过来的第一缕风,就让我嗅到了积年的土腥气。类同一方湖泊,本是平平静静的,藻类和鱼虾,在幽蓝的水里想长就长,想游就游,可是突然,地底喧腾,洪波如煮。环视左右,都在颠簸的船上。再平稳的湖也成了河,且一律流向南方。我所在的单位,有五十四个人,我上班不久,就跑了七个,全是南下。七个人都很年轻,但都没我年轻,因此每天上班,当我走进办公室时,老职工都很惊诧:"你还没走啊?"

我为什么要走呢?十几年的读书生活,我早就烦了,不是烦读书本身,是烦没个独立的空间。而今我有了。单位上已不能分房子给新来的人,但把一个仓库隔成了若干单间,让最近三年参工的各住一间。房间仅七平方米,可只要独立,再小也很大。我能放一张床,一张书桌,还能买来两个竹书架,让我的书站起来。夜晚,灯绳一拉,整间屋都被照耀,连天花板上的蜘蛛,偶尔进来的老鼠,都和我分享着光明。翻开书,俯身阅读,投上去的阴影也是透亮的。拿出稿子,写出的每个字那么好看,都能让我体味文字里万古的生长和忧伤。

我为什么要走呢?

是的,我将被钢铁时代抛弃。钢铁时代并不是刀叉吃饭那样简单,也不是体质、魂魄和文化象征那样复杂,它就是英雄退位团队进位的时代,是信息和人群的时代,谁拥有它们,谁就拥有成功。

钢铁时代篡改着古老的数学法则，1加1不再等于2，而是等于11。可是我，连1加1也不要，就要那个1。这听上去我好像把自己当成了英雄。可你又怎么知道我不是英雄呢？

天地良心，我曾经也是个很有信心的人。

但麻烦在于，信心帮不上我的忙。我不在时代里，却在潮流中。不走，就有人推你走。在东轩城，把南下称为"孔雀东南飞"。走的是孔雀，不走的是鸡，高贵与卑贱自明。鸡之所以卑贱，是因为它们只在家门口转。

那……就走吧。

做出这个决定，遭遇裹挟的被动感汹涌而来。我第一次体味了潮流的深刻含义，也第一次知道了自己的渺小，或者说，自己梦想的渺小。

但我并没束手就擒，而是利用周末，去了我的大学母校。我的同班好友考了本校的研究生，我要去看看，是不是也像他那样考研，再次躲进校园。

去的当天晚上，他带我去唱卡拉OK，所有歌他都不点，只点粤语歌，我就明白，校园也成了河流，我没必要躲进来了。

我必须走了。

和所有离开的人一样，得去办个停薪留职手续。这与其说是留后路，不如说是风尚。领导挽留我，对我说了大堆夸奖的话，意思是，尽管我参工时间不长，但才干已经显露，甚至说，我报到那天，他就见出我气象不俗。我听得难为情，是高兴的难为情。我打定主意，他再说几句，我就不走啦！别人问起，我就说领导坚决不放，如此，虽然我留下了，却照样是孔雀。

领导都是极聪明的，你可以说领导这样那样，但绝不能说他们不聪明。他一眼就看穿了我的虚荣，而且并不打算满足我的虚荣，他话锋一转，说自己缺点多，优点少，要说有优点，主要就是爱惜人才，既然爱惜人才，就不能挡了人才的路。"外面的世界大，"他说，"你陈小康出去闯荡，我全力支持。"

我的心直往下沉，又不能沉到水底，因为领导的话还没说完。"我比你年长，"他放低音量，带着深情，"你就把我当哥好了。既然铁了心要走，我得给你交代几句。"接下来他就说，一个人，智商高可以找个好工作，情商高才能拥有好未来。这话让我冒冷汗。他是在批评我还是在暗示我？我听说，凡到这单位来的，包括走了的那七位，都请他喝过酒，而我从来没有。

但我很快知道误解了他。他接着说："我从你们这辈人身上，除看到了智商情商，还看到了逆境商，逆境商是最厉害的一种，不仅能拥有未来，还能登峰造极。"他肩膀朝上耸，以身体语言强化着登峰造极的意思。

我不知道该以怎样的表情去回应他，只干巴巴地说着感谢的话。我的停薪留职报告放在他面前，既然必须走，再多待也没意思，就希望他尽快在上面签字。于是我半抬起屁股，说："赵主任，我晓得你忙……"

他却根本不管我这套，因为他的话依然没完。他又说到四种人和他们的人生，概括起来就是：有能力有脾气，怀才不遇；有能力没脾气，春风得意；没能力有脾气，一事无成；没能力没脾气，贵人相助。

说了，就等着我表态。

我连忙点头，说是的是的。

这样的恭顺相当于火上浇油，他喝口茶，又继续说。

他话越多，我越是看出来，其实他也想走。走的可不只是年轻人。他还不到四十岁，说是年富力强也行，说成年轻人也行，总之像他这个岁数的，包括像他这个级别的，东轩城走了不少。那些日子，消息都长了飞毛腿，今天说这个走了，明天说那个走了。走，或者说南下，成了最具时代标志的词语。连那些镇上的，还有山那边煤矿上的，都把消息传过来。然而我的领导赵主任，下不了决心，并因此痛苦，就用情商智商能力脾气之类的话来糊弄自己。

没有人能够例外。

每个人都在挣扎。

赵主任挣扎得不想挣扎的时候，才在我报告上签了字。

我将签过字的报告交到相关部门后，从办公楼出来，走到大街上，发现大街已经不是我的大街了，我成了这里的过客，所有人都跟我没有关系。而东轩城我本是那样熟悉，我的老家就在河上游，我的中学生涯是在这里度过的，学校所在地、当年还不是城的南城，三年前就是真正的南城了，比我现在工作的北城更繁盛，某些周末，我还去南城的学校找当年的班主任——就是让同学陪我去医务室的杨老师——下棋。杨老师快退休了，却不像我，再过几年记忆力就将被摧毁，他的记忆好得很，居然问我那次发烧咋回事；那次不仅同学摸了，他也摸了，我身上确实像团火炭。我对他说，我吃了阳光了。他笑，并不深究。他好像已经看出来，我现在拿着薪水，依然还有吃阳光的时候。

除了给父母一点钱，我的大部分工资，都用来买了书。

然而我要离开我的书了。

领导告诉我，我占据的那个房间，暂时可以保留，若新来了员工，又没地方住，就必须腾出来。这意思是，我得把钥匙交出去。离开的头天夜里，我去商场买来几个大纸箱，让站着的书又躺着了。我本来是有纸箱的，可我以为要永远安居下去，就把它们送给了门卫大爷，让他去卖了废品。把书装好，用不干胶封住，我在纸箱的四面墙上都写着："陈小康的，官不得取，民不得夺。"

没全装，还留出了十本，这是我要随身带走的。此外我还带了五本稿笺，两支钢笔。再就是两条内裤，两件衬衣。外面穿的裤子不用带，身上这条牛仔裤，已经穿了两个多月，油光发亮，但用不着洗，甚至不能洗，那年月，谁穿干净的牛仔裤，是很土的。牛仔裤结实，天天穿，再穿一年也不会烂。

就这些了。

朋友们，我上路了。

东轩城不大，火车站却大，我要去的广州，既可直达，也有过路车。满车的人，满车的声音，满车的汗臭。正值盛夏，汗臭与时令呼应，蓬蓬勃勃，且像淬过了火，带着削铁如泥的硬度。我买的是站票，上去就奋力拼搏，朝厕所边挤，这是上几年大学得出的宝贵经验，否则想拉屎拉尿的时候，密扎扎的"人捆"，把路挡得水也泼不进，你望见厕所就在前方，却是咫尺天涯，那是要憋死人的。

到广州下车，来到广场，我见到的就是黄昏。

下着小雨的黄昏，小得像是没有下。

但有个女子，却撑着把花伞。那女子东张西望的，望到我时，她笑了。我在黄昏里看见她朝我笑了。远处照过来的灯光，验证了她正朝我笑。说"远处"，是因为当年的广州车站，可不像现在灯火辉煌，而且比想象的小得多，简陋得多，它吞吐九州，却是这般毫不起眼。这些都是多余的话，我正说那女子。她不仅朝我笑，还磕磕碰碰地朝我走过来，温柔而亲切地请我去住他们的旅馆。正是旅人歇脚时，便有人来请，世上还有什么是比这更贴心贴肺的吗？

我问远不远。我走了太远的路，今夜不想到更远的远方。女子说近得很，就在那边。她含混地朝一个方向指了指，就领我绕过人流和花台，来到一辆小中巴面前。车上已坐了三个人。但还得等。好在没等多久，人就满了，其实是多了，个个夹肩缩腿，还是感觉别人的肉嵌进了自己的肉里。

车在城里穿行,一会儿明,一会儿暗,到后来,就只暗不明,是出城了。出城过后,又行数十公里,也没有停下来的意思。车上有人提出抗议,但这是危险的,这么一直开下去,哪怕开一百年,也比被扔在荒郊野外好。何况没开一百年,只开了两小时四十七分钟,就当真让我们住进了旅馆。

屋子里,一颗五瓦的白炽灯,照见十架上下铺床。我睡了傍窗的上铺。窗外是棵瘦得看不见枝丫的树,像被罚站的士兵,笔挺地站着。没有一丝风,屋里跟火车上一样闷热。天花板上倒是悬了个电扇,懒心无肠地转一下,停半下,又转一下,转那一下扇出火苗般的热流,停那半下热流迅速集结,凝为固体。开始大家都不说话,后来下铺有个人开口了,话音跟灯光一样浑浊。当应和声起,说着各自的方音,便是彻底的南腔北调。我在这偏僻的一角,听见了整个中国。

那时候,我想着孤独这个词。

让旅人深陷孤独的,不是陌生的风物,而是陌生的语言。

说话本是为了取暖,却把自己扔进了漫无边际的孤独之中。

于是说几句就都不说了。

但是我错了,和我隔着巴掌宽的走廊,感觉是和我睡在一张床上的那哥们儿,虽不说话,嘴角却一直挂着坚毅的微笑。在当时的语词中,除了"南下",还有"弄潮儿",我前面说"所有人都在挣扎",也是错的,弄潮儿们为时世而生,甚至创造着时世,他们只有兴奋,不会挣扎。那哥们儿多半就是个弄潮儿了,我应该从他身上汲取力量。正这么想,他却翻过身去。我看不见他的脸了。

紧接着,灯熄了。

天地一统。

既然天地一统,南方也可以说成是北方,至少可以说成是我的西南方。于是我就去想我的西南，想我的老家和东轩城，想我的那间屋子、那些书，也想我的大学。开始看见上下铺床，我就想起了我的大学。草地。林荫道。图书馆。年轻的讲师。年老的教授。同龄的我们。无论寒暑，每到周末，社团各归其位，说英语，说电影，说文学。以为将永远如此，可转眼就消逝了，不再是我的了。

夜晚潺潺流过。

到广东没几天，肩膀就红肿起来。我带的是单肩包，这是个失误，行李虽说不上沉，当天天挎在肩上，一根羽毛也是重量。

我走过了广州，走过了佛山、江门和东莞。在东莞，第一次遇见台风和台风带来的疾雨，哗！刚听见响，已是浑身透湿。深圳就在眼前，但不能去，去深圳需边境证，我走得急，没去公安局办理。

可是谁知道呢，或许，我根本就没打算去，是故意不办。

若干天来，我都是吃路边食物：没座位，站着吃。渴了，就买盒菊花茶。

而这天，我决定认真吃一顿，也就是坐着吃一顿。

人行道边，落下一个平台，平台上起来一幢房子，是家餐馆，餐馆外墙，挂着块黑板，上面竖排写着："馒头两角钱一个。包子四角钱一个。稀饭一角钱一碗。豆芽五角钱一盘。炒肉一块钱一份。"

见到这样的食品和价码，我就像见到亲人。

家常和便宜，都是我的亲人。

路和门之间，错落的木料垒成了八九步梯子，我走下梯子，进到门里，说："一碗稀饭，两个馒头，一盘凉拌豆芽，一份青椒肉丝。"

坐下之后，把包放在凳子上，揉了揉红肿的肩，才有精神略作打量。共五张八仙桌，一张桌上有两个跟我年龄相仿的人在边吃边说笑。稀饭馒头都是现成的,凉拌豆芽也是现成的,很快送到我面前;肉丝大概早就切好,听见厨房里炸的一声,铁器和铁器碰撞几下,就起锅了,也送到我面前来了。

吃吧,我对自己说,吃吧哥们儿。好些天没挨过餐凳,也没沾过肉腥,当屁股坐上凳子,牙齿把肉嚼住时,我对这个世界深怀感激。我的每一次进食,都是世界对我的眷顾,我热爱这个世界。我听见自己喉咙里咕的一声响,接着腮帮禁不住发酸。人世间万事终止,只有我吃饭这件事。

吃吧吃吧,我又对自己说,吃了再说下一步。下一步怎么走,我不知道。一路过来,到处是拉着横幅的场所,堆拥其间的男男女女,伸长脖子,把手高高举起。那被称为人才市场。举手是为了领表格,尽管发放表格的招聘台,离自己还有八丈远。表格填好,当场递交,并告知几月几号回原地看榜。我也递交了若干份,却根本没打算再回原地去。我像是在替别人完成任务。

"别人没叫你剩!"

一声暴喝,吓掉了我的魂。

接着又是一声暴喝:"没吃完自己去倒掉!"

啥时候进来个黑大汉?开始没看见这个人。他站在另两位食客面前,暴喝就是朝他们去的。其中一个穿紫色上衣的,虾着腰,端着盘子,那盘子里剩了十余根豆芽,他去将那十余根豆芽,倒进了厨房门口的垃圾桶里。吃剩的要自己倒掉?这是当地风俗?即便如此,也没必要杀气腾腾地怒吼吧。

当紫衣回到座位上,黑大汉说:"倒掉也要给钱!"

原来是两个吃白食的。

可是不对,从他们接下来的对话中,我一句一句听明白了。这两个人,要了两碗稀饭、六个包子、一盘豆芽,稀饭和包子都是黑板上的价,豆芽却要二十五元,因为:"我这是人参豆芽!"紫衣大概说他们没把豆芽吃完,意思是能不能少些,黑大汉懒得跟他们啰嗦,才发出了那两声暴喝。

黑大汉穿着无袖衫,不仅胳膊上是肉疙瘩,连脖子也是,宽阔的牙齿,像能嚼碎任何东西,包括骨头。我这才想起,早听人说,有些黑店雇着打手,以一当十,实施敲诈,谁敢不从,头破血流算轻的,有的被卸了耳朵或手指,有的直接就消失了。城周边的无名堰塘里,过些天就会漂起来无名尸首。那两个人恐怕也听说过,不敢再作申辩,只分别摸钱。摸几块,数一数,又摸几块,又数一数。

而我,还出着气的时候,就已经成了僵尸。

我恨自己这么奢侈,竟然吃了肉。豆芽是人参豆芽,肉多半就是龙肉了,要我一百、五百、一千,只能随他了。把我卖身为奴,也卖不出那么多钱来。

就在我惊恐悲叹的时候,两个人已凑足数,起身跑出了店门。

剩我一个人了。

完了。

## 三

要是把"完了"作为某部书的结尾,这部书真没意思。它应该放到第一句去。若说"黄昏"是窄门,"完了"便是没有门。没有门就需要撞开一道门。

"撞开"这个词,动感十足,却也因此失去了神秘感。我妻子贾敏就是这样看的。她对书的评判,首先就看是否具有神秘感。

对此我俩争执过,争执到吵架的地步。我相信那是她写作老师的趣味,她被她的写作老师教坏了。我进而相信,当初她爱上过她的写作老师,多半还爱得有血有肉,否则,众多老师的谆谆教诲,一句也记不得,对写作老师的话,却这也记得那也记得。分明是为自己的心记的,却偏偏说是为我记的,这就不好了。再说,你的写作老师又不是全中国人民的写作老师,我为什么要听他的?

我对贾敏说,神秘感这东西,类同春药,用了,就离不了;退一步讲,就算它是必需品,日常生活的神秘也大于特殊境遇的神秘,已知的神秘也大于未知的神秘,因为已知是被书写的,不仅是某个可能存在过的事实,还融进了书写者的气味,有的人需要听着贝多芬写作,有的人只适合到妓院写作,还有的人,非要等到国破家亡,凝固的语言才会流淌。

我说得过于激动,她看出了我激动背后的玄机,有些做贼心虚,便做出和解的声口,说:"但是……如果当时你不给我讲那件事,我还拿不准是不是爱你呢。"

她说的"那件事",就是我悲叹"完了"的那件事。

我已不记得是跟她第几次约会,把那件事告诉了她。

只记得那天的情景。

傍晚时分,我俩去了通川桥,在摊点之间的空隙处,抚桥栏站了,吹着河风。开始都没言声,只看着几十米开外的"神童子"。"神童子"是个相师,白髯飘飘,至少有八十岁了。他到这里做营生已有几年,一直不怎么显,上个月终于名声大噪。是某个午后,一个中年男人像我们现在这样,抚着桥栏吹风,"神童子"见状,轻轻说了一句:"人在生世,草木一秋,先生不必急。"中年男人靠北,"神童子"靠南,两人相距百米,自南而北的风,却将"神童子"的话毫无散失地送进了中年男人的耳朵里。他厉害地抽动几下,转半个身,走到"神童子"身边,摸出五十元钱,恭恭敬敬地递过去。原来他被水鬼迷了心窍,是准备来跳河的,"神童子"闻到了水鬼的阴湿气息,借风送过话去,点醒了他,救了他的命。

"我们也去找他看看。"我当年的女朋友现在的妻子说。

"看了就没意思了。"

"都说他看得准。"

"看得准比看得不准还没意思。"

此言一出,我就想到遥远南国的那盘豆芽和那份青椒肉丝。这当中即使有逻辑联系,也十分微弱,不知怎么就想到了。恐惧感本来已经死去,但死去的东西照样构成我的现实。很可能是出于软弱,我把那件事对她讲了。

讲到"完了",贾敏"啊"一声惊叫,"后来呢?"

我把两个耳朵给她看,又把手给她看,意思是这些都没有残缺。她当然知道。现在她想知道的是,我分明完了,为什么又没完。

对她而言,故事才刚刚开始。

"是一家人把我救了。"我说。一个父亲,带着一儿一女,儿女像是双胞胎,看上去还没怎么成年。身上的帆布包,证明他们来自远方。父亲像是要犒赏儿女,或者一家人从此就要分开务工,再难见面——那年月,夫妻若不在同一家工厂,咫尺相隔,也是数月不能相见,吃在厂房,睡在厂房,丈夫跑去见妻子,或妻子跑来见丈夫,只能隔着巴掌大的门洞,说上几句话——多半是后者,他们要分别了,当父亲的心里不忍,就想让儿女好好吃一顿,点了三碗稀饭、十个包子、两份肉丝、三份豆芽。当他们坐下来,点了菜,我就得救了。

我喊一声:"结账。"

那黑大汉又出来了。我这才注意到,旁边有个暗门,他是从暗门出来的。他刚走到我面前,我便将他胳膊一拉。这举动完全出乎他的意料。也出乎我自己的意料,我感觉抓住的不是胳膊,而是一段铁器。他的耳朵弹动着。我要的,就是他的耳朵,于是又一拉,拉得更重,同时使眼色给他。

他疑惑地弯下腰,我用细如蚊蝇的声音,对着他多毛的耳孔说:"对不起,我身上只有十块钱。"说着把十块钱塞给他。他蹦跳的掌心证明了他的恼怒,但也在权衡。毕竟,那边的饭菜才刚刚点上呢。

不知哪儿来的胆量,在这当口,我又添了一句:"我回去还要两块钱车费。"

他咬了一下牙齿,竟从裤兜里摸出两元,补给了我。

当我爬上木料垒成的梯子,上了大街,才知道自己亏了。

我只吃了两元,却给了他八元。

"我应该说要八块钱车费才好!"

后面这句是自作英雄气,贾敏却没听出来,也没问我过后是否报警。那家人救了我,我却是以坑害他们的方式得救,他们点得更多,被敲诈也会更多,我把敲诈更多的权利,暗送给了黑大汉。这些,贾敏都没问。不仅没问,还决定爱我。

的确,那之后没过多久,我们就结了婚。

现在想来,要是早知道她因为这件事而爱我,我就不应该告诉她。那其实是我的一块伤疤,我用伤疤来让别人爱我。

我的伤疤不止于经受了恐惧,亏欠了良心,还在于,当我两个月后回到东轩城,回到原单位,我的领导赵主任,就不再认为我是个人才了。同事们热脸背后的冷笑,也是自然的。"你为啥要回来呢?"每当有人这样问,我就知道,他们是要探听我失败的细节。他们错了。南方对人才的饥渴,让许多招聘方不敢拖延,都当场定板,有好几家就这样录用了我,其中包括一家电台。会说粤语和装着会说粤语的太多了,而志向远大的南方,欲揽八荒贤能,正需国语人才传达他们的声音,我仅凭大学期间跟同学说了几年普通话,就可以去当播音员。我并非没动过心,但行李包里的稿笺和钢笔,如同透过底板的鞋钉,锥得我难受,并让我对自己的南下有了深刻的怀疑。为什么要带上纸笔？未必是要在途中写作？不一定写，但要带上，带上我才心安。这证明，出发之初，我就定下了归宿。

南方，只是我漫游的地方。

我对同事们说，我回来，是因为我想回来。并告诉他们，有好几家单位要我，但我都不愿去。听的人神色僵硬，像脸上铺了层水泥。是用水泥把浮到脸上来的"不信"盖住。大实话却被当成遮掩自己无能的谎言，我就后悔不该说。或许，他们是对的，他们并没冤枉我，辞典上讲，与事实不符的叫谎言，可什么是事实？事实就是我回来了，没有留在南方，因此我说的就是谎言。

于是我沉默了，不再多话，更不解释。

只有要回钥匙，回到那个小房间，把我的书从纸箱里取出来，我才听到了满屋的掌声。当我把稿笺铺在桌上，往钢笔里吸满墨水，首先落在纸上的，却不是墨水。我感激我自己，我回来了，回到了这几平方米宁静的天地里了。

凑了几个月工资，我就去看杨老师。是去找他下棋，更是去还他钱。去趟广东，我没那么多钱，是找杨老师借的。我知道他一定不会嘲笑我，一定会很欣慰，我去找他借钱时，他就有些伤感，说："天远地远的，从此见不上了。"我毕竟年轻，理解不了他的伤感。老年人的伤感在年轻人那里，有时是可笑的。

然而，杨老师的伤感却那样坚实。他死了。

我离开东轩不到四十天，他就离开了人世。

听师母说，他早就查出癌症了。

我把钱还给师母，师母不收，说你老师落气之前就交代，不办丧礼，不收帛金，当时都不收，现在还收？我说这不是帛金，是我借的。师母摇着头："你老师没说你借过钱。"然后她进里屋去，拿出一个本子，是杨老师的备忘录，上面记了些杂七杂八的事，包括他借了谁什么，别人借了他什么，连借了他一本书、一个扳手、一副象棋都记上的，却从头至尾也没记陈小康借了他的钱。

他是心痛那个吃阳光的人了。

没记，不等于没借，我坚决要还给师母，她坚决不收，而且非常生气。

杨老师的骨灰盒没埋进土里，也没存放在殡仪馆或者寺院，而是放在家里的，骨灰盒正面，嵌着一幅杨老师的照片，我不知是对着骨灰盒还是对着照片磕了头，起来说："老师，你做证，我确实借了。"

杨老师笑而不答。

师母尖锐的悲伤已经过去，这时候也笑起来，说："你看，你骗得了活人，骗不了死人。没借就是没借。没借非要说借了，你这娃娃不诚实！"

家里出去一笔钱，而且数目不小，师母怎么会不知道？

她也心痛着那个吃阳光的人。

而我，又对得起谁呢？

## 四

站在书架前，已经是第十六天了。我已不止于看最后一句，还看最后一段，然后，看倒数第二段、第三段……有个叙利亚作家的书，厚达六百零三页，字小得不像字，只是满篇的蚂蚁胡须，我竟倒着看到了五百五十七页。

我发现，那些被供奉的大师，将语言变成流水，是因为他们无奈地承认了生命的短暂，却又于心不甘，就把自己的生命转化为字、为词语、为句子、为一本书，让别人阅读，然后，他们潜入阅读者的生命，偷偷地把阅读者的生命置换为自己的生命，读者代代相传，他们也就因此而不朽。我识破了他们的诡计。当我反向阅读,语言之水措手不及,猝然止步,弯曲断裂。我听见了大厦萎地的声音。

快意无处不在,可恐慌也由此而生。

作家写书,是为时间赋形,每本书都是一段时间的形状,肢解语言,就是肢解时间。我是对语言犯罪,也是对时间犯罪。是对别人的时间犯罪,也是对自己的时间犯罪。把千余册书里的亿万个句子拆成废墟,我自己也老了,甚至死了。"人之所以老死,是为了让人看见时间",一个建筑师出身的作家这样说。他这意思很明白:让别人老死,让他看见时间。他所在的国度,横跨三大洲,随便站在哪个方向,眼前都是沙粒和海水般的人流,这些人都成了他的钟表,钟表不绝,他的时间也就不止。而我,将成为那些钟表里的一个。

死我并不怕,因为死亡还没到来。

但我为什么要以这样的方式去瓦解大师?

这很容易让人想到"嫉妒"这个词。

嫉妒大师非但不让我沮丧,还令我窃喜。但糟糕的是,我发现自己不仅嫉妒大师,还嫉妒妻子的写作老师。他是我妻子身体里的一个隐形人,每天跟她一起吃喝拉撒,也跟她一起陪我睡觉。将心比心,如果这事发生在你身上,你就能理解我的感受了,也能理解我为什么隔三岔五,就要跟妻子吵一架了。

其实吵架不是我擅长的,她同样不擅长,因此每次起了争执,两个面红耳赤的人,都在寻求退路,希望和解。和解的方法,无一例外都是回忆两人共同的过去。我曾对她说,回忆过去是婚姻的保鲜剂,因为它能让时间停止,时间停止就意味着不朽。——你听出来了吗?我几乎重复了她写作老师的话。她写作老师说,生活不是此时此刻,而是要沉淀下来,成为过去的一部分。尽管他讲的是写作,可当写作本身成为生活的时候,我说的,就是对他的模仿了。

这倒提醒了我。当我们嫉妒某个人，是不是更容易从他身上模仿甚至抄袭？如果是，要验证"这是我来到这座城市的第一个冬天"是不是抄来的，大可不必盯着千余册书，只要看看那当中我嫉妒谁。

于是我在那里想。从东方到西方，从南方到北方。这种空间思维立即被我否定了。在空间思维里，我只想到活着的人。只嫉妒活着的人，其实是没有出息的。有本事，连死去的人也嫉妒。这就需要时间思维。

我藏书的作者，九成以上都已死去，他们住在自己的书里，本来安安静静等着我再次打开，再次潜入我的生命，得知我将有所选择，就全都张嘴叫我，亲切地对我说话。"你忘啦？"一个说，"为把我请回家，你的胃痛了三天。"另一个用牛角梳子梳着胡子，话就这样被梳出来："时间没有意义，关键是强度。我没让痛三天，只让你晕死过去了。"话音刚落，就听到反驳的声音："强度也是时间，是浓缩的时间，怎么能说时间没有意义？当再远的距离都可以朝发夕至，人类的空间就死了，只有时间活着。"此言一出，众声喧哗。

我被声音揪住，完全失去了主张，取出一本，翻一下，再取出一本，再翻一下。我看见：一个伯爵站在他家的阳台上，欣赏城市辉煌的建筑，闻着大街上传来的猪屎臭。裹了十几层衬裙的女士，戴着黑面纱，坐在马车上，正赶往某个舞会。奔跑的火车突然停下来，是轧死了一个自寻短见的贵妇。一个人正把另一个人推下深井，此前已砸烂了那颗令他嫉妒的头。一个男人提着拳头走路，因为他刚从电影院出来，那是一部中国功夫片。另一个男人扬着扁担疾奔，是要去捉奸，他得到可靠信息，自家老婆正和野男人放下了床帐……

时间里的故事和故事里的时间，同时把我淹没了。

我被钉死在书架上了。

贾敏怒不可遏。她没说什么，甚至从她脸上也看不出什么，可男女之间，只要超过三个月在一张床上睡觉，识别对方的喜怒哀乐，就不应该凭嘴巴和脸色，而是发给你的电波。你像走到一座黑森林面前，不知道里面是否有大虫，也不知道剩下的白天够不够你从林子里穿过去，这种徘徊和心慌，就是对方有了怒气。我妻子贾敏发给我的电波，除了黑森林，还有一轮残阳，我就知道她怒不可遏了。

吵一架几乎是不可避免的了。

但我实在不想跟她吵。我们吵得太多了。而且很久以前，通川桥还活着的时候，我俩站在桥上吹风，她就表示过她爱我，跟一个爱你的人争吵，是很没有良心的。没错，她是见到我的伤疤才决定爱我，但这又何必计较呢？不仅不该计较，还该高兴才是，人世间的爱，都起源于光鲜，深入于伤疤，对伤疤的爱，是真正能叫爱的爱，甚至是至爱。"你是她生命中的至爱吗？"我想起了这句话，但这句话究竟是怀疑还是否定，是没必要去追究的，我们已经是夫妻了，我们都有儿子了，那时候，我们的儿子都上初中了。

因为不想争吵，再听到饭厅里有响动，我就不等她喊，主动离开书架。

"还在找那句话吗？"有天吃午饭时，她终于问。

问了就等我回答。

没等到，就又说："你要死于句下了。"

说的时候，她将半边咸鱼头夹过去，挑出眼睛，扔进了垃圾桶。垃圾桶里的塑料袋，是海的颜色，鱼眼睛就这样逃进了海里。身体将被吃掉，但眼睛逃离了。那是一粒煮熟的眼睛，是一只盲眼，可也因此，它将不再受风景和光线的迷惑，永恒的黑暗，将赐给它永恒本身。

见我还不应声,她提高了嗓门:"即使别人写过……"

没说完,但我懂她的意思。我说:"只是因为那句话不太有名,你就觉得再用也没有关系,如果也像'给我,露西'那样路人皆知呢?"

"路人皆知……"她歪着嘴,轻蔑地重复了半句。

她曾经说,作家们大多自负,都有个天生的错觉,随便写句屁话,就以为地球人都知道,其实也就是读书人知道,还要是读文学书的,还要是懂那种语言或者被翻译过的,还要碰巧读到了那本书。这么算下来,最有名的作家,被人知道的概率也不会超过万分之一。这是从人和书的角度,从一句话的角度,能到十万分之一,百万分之一,千万分之一,那作家就可以称作圣手了。她当时这样说的时候,虽语带嘲弄,却有一种对自负的欣赏。现在可不是。

问题在于,她的话具有强大的说服力,因为她自己也读书,还比我读得多,多很多。当然,我们的选择不一样,读的方式也不一样。我是需要把书买回来读。把一本书买到手,常常是未及打开,它就温暖地向我释放它的活力。我说过,书是我的器官。嫌这话夸张的话,至少,书也是我的宠物。别人的宠物,在外面逗一逗可以,偶尔往怀里抱抱也可以,但你很难保证它乐意让你抱。贾敏不这样想,她听古人的话,借书读。蓉城图书馆离我们家不远,借起来很方便。

她读了那么多书,却不知道"给我,露西"出自哪里。

"我是不知道,"她说,"可是我说一句,你同样不会知道。'他如此平庸,却如此自信',这句出自哪里?"

我有理由相信,她是在讽刺我。

"那还用问,"我淡淡地回答,"是你写作老师说的。"

以往提到她写作老师,她多少有些做贼心虚,今天却不,她把筷子在碗上一磕,送我两个字:"无聊!"两个字后面的感叹号是我加的,她磕碗的动作并不重,口气也不重,但口气里面包着骨头,因此我觉得应该加上感叹号。

本来不想吵架,还是吵起来了。

每次吵架都让我后悔。她也是。但让人后悔的事,却往往诱惑人不断重复。可见让人后悔的事多半也是坏事,如黄赌毒,容易上瘾;做坏事容易上瘾,做好事很难上瘾,这是我的经验,也可能是你的经验,所以对人性的看法,我赞同荀子,不赞同孟子。当然还有一种可能性:后悔本身就容易上瘾,能后悔,表明自己在不断清洗污垢,因而可以藐视别人身上的脏。

"我问你,"她说,"古往今来,哪句话没被说过?没被写过?要像你这样,千年前的人就不该写书了!可是在这一千年当中,我们有了四大名著。"

"还有那么多没列为名著的名著呢!"她添了一句。

"还有鲁郭茅巴老曹呢!"她又添了一句。

"前几天我看一本书,"这句不是添的,是重新起头,"一个穷困了五十年的作家,突然得了笔遗产,就去乡间买了房子。有天他散步,走到树林里,见一个孩子靠在树上哭,一问,是父母让他去还别人的钱,钱却在路上丢了。只有六便士,人民币不到一块,可对孩子来说,就是塌了天。哪里只是孩子,你我都是那样过来的,知道一块钱该怎么算,又该怎么花。那作家摸出六便士,给了孩子,孩子得救了,孩子的天又晴朗了。那作家说,那是他无比幸福的一天。读到这里,我非常感动。句子早被人写尽了,感动也被人写尽了,可我还是感动。是书感动了我,不是句子。你写的是书!你不要让句子把你的书蛀空了!"

我恍惚起来:句子是养在我身上的虫子吗?

"你不是嘲笑神秘感吗？"她又在说话了，"不是说神秘感是对轻巧的迷恋吗？可现在你拿什么去跟你嘲笑的东西对抗？就用'给我，露西'那样的句子吗？书是句子组成的，但句子不是书！在最窘迫的时候，你写的是书，不再焦心吃穿用度，就只会写句子了，还说什么书已腐朽，要用句子重建王朝……"

前些天有家报社采访我，我的确那样说过。

我敢肯定，她并没理解我的真正意思，可她正在气头上，没法跟她解释。解释的前提是有倾听者，而吵架正是不想倾听。她拿出当过教师的本领，对我滔滔不绝。在她看来，下课铃还没响，没下课就停止说话，是教师的失职。

我本想把她那些话记下来，作为下一次吵架的武器——架吵多了，我慢慢认识到，争吵的武器都是对方给的，话说得越多，提供给对方的弹药也就越多——但我的记忆力被儿子毁了，她的话大多忘了，只记得她说："再好的句子也只是一杯水，拿金箍棒搅，也只能搅起杯水风波，载不动大船，也载不动悲愁。"

我非常怀疑一件事，我觉得她依然在跟她写作老师保持联系，而且把我的书寄给对方看过，她对我说的话，不是她的话，是有人借了她的嘴。当然只是怀疑，没有证据。但证据这东西，唯在法庭上用才是正当的，如果生活中处处都讲证据，生活就没法进行，你说现在是晚上，因为白天刚刚过去，可白天能成为晚上的证据吗？如果我不承认这个证据，晚上就不是晚上吗？

其实，你跟你写作老师联系，也没啥，即使你们有一段过去，也已经过去了。至于说我让句子蛀空了我的书，我也懒得计较。可你写作老师还借你的嘴说过：世上文人多，作家少，绝大部分被称为作家和自称为作家的，其实都是文人。作家和文人的区别在于，作家是奔腾的，既滋养，又破坏，而破坏最终也转化为滋养；文人是水塘，飞鸟落下一闪即逝的倒影，或者发情期的蜻蜓在自己身上点一下,就以为得了世界,白天黑夜地把玩。

联想到"杯水风波",潜台词就很明确了:

陈小康只是个文人(笼统而言)。

陈小康只是蜻蜓排卵的地方(具体而言)。

如果说这个我也不生气,我就有些虚伪了。

更让我扎心的是,关于作家和文人,像是我表达过的意思!

有回我对贾敏说,荀子的"性恶"论是对人的冒犯,他也因此被逐出了祠堂。人只想被讨好,却又不知好歹。从古至今,很少有谁像荀子那样致力于鼓舞人的信心,他先认定你恶,你每改正一点,都是进步,不像孟子,先认定你善,你每错误一点,都是堕落,所以荀子让你喜悦,孟子让你愧疚,荀子让你希望,孟子让你绝望。我还说,从古至今,很少有谁像荀子那样对人抱以无限忠诚,"性恶"论不是对人的定义,而是对人的提醒:要善待内心的那匹狼,驯服它,但是留着它,万不可一枪把它毙了,否则只剩了羊,灵魂的草原就毁了。

所谓作家既滋养又破坏之类,是不是我说的那匹狼?

贾敏很可能把我的想法转述给她的写作老师,她写作老师再说给她,她就以为是她写作老师的想法。正如她把她写作老师的想法说给我,我又说给她,我也当成了我自己的想法。难道我们是在互相抄袭?

果真如此的话,这个世界多么平庸,多么不可救药。

我质问贾敏是否那样做过。

她再次给了两个字的回答:"无聊!"但接着她说:"可怕的不是互相抄袭,是互相轻视。因为互相轻视,本来想互相靠近,结果成了互相错过。比如甲在 A 地,乙在 B 地,错过之后,变成了甲在 B 地,乙在 A 地。"

我把这话换算一下就是:我成了她写作老师,她写作老师成了我。再想想她写作老师说的，此时此刻不是生活，要成为过去的一部分才是生活，那么推论起来，她和我的不算生活，和她写作老师的才算。

要不是她紧跟着说的一句话，我肯定要和她大吵一架的。

但她说了那句话，我的心就软了。她说："小康，你再这样下去，真是对不起你吃的那些苦，也对不起我跟你一起吃的那些苦。"

五

当年，我从南方回到州河畔的东轩城，遭人小看，自己也觉得无趣，因此除了逛书店，除了节假日偶尔回趟老家，平时很少出动。那次去了南城，后来又去过一次，也就断了那条路，因为师母也离开了，她带着装在盒子里的杨老师，一同去了沈阳，他们女儿大学毕业后留在那边，结了婚，生了孩子，师母去带外孙，相当于在那边定居了。如此，我在东轩城便没有了必须串门的人家。

只要不朝人堆里去，我就心里舒坦。我在那间小屋里，读书，写作。我知道，当我热爱上了读书和写作，其实也就是爱上了逃离人群。我一开始就是被动的，不是听命于人群，就是听命于逃离人群的声音，因此我做不了强者。最初那段时间，怎么也静不下心，每写出一句话，都有另一张嘴否定那句话。

那就不写自己的，译人家的。

尽管我可以毫不脸红地说，我精通两门外语，但译书毕竟不同于后来跟妻子吵架。好在一切顺利，当我把一部法国侦探故事的译稿寄到出版社，立即得到赏识。那书现在还在市面上卖，朋友们，如果你看见"小康译"几个字，那就是我，陈小康。我说出这个不是虚荣，而是一种补偿：出版社给我的钱太少了，少得我都不好意思说出口，他们不停地再版，却不再理我，就像小康不是我。

读书和译书，都是在下班时间做的。

我绝不把私人的活带到办公室去。

不仅如此，我还绝不让身边人知道我的业余生活。住在仓库的同事，跟我一样都是单身汉，夜晚的前半段，他们几乎都是在中心城区混，待他们回到住处，我已经睡了。他们甚至都不知道我能熟练掌握两门外语的事。"熟练"是比较庸俗的说法，只要求熟练，世界就大可不必需要情感和思想。

有时候，我在东轩晚报发表些短文，署名都不是小康，也不是陈小康，而是临时起意，五花八门，比如文章写完，正有只苍蝇飞过来，我就在标题下面落上"苍蝇"，有只蜘蛛爬过来，我就落上"蜘蛛"。苍蝇或蜘蛛像知道这回事，长久地趴在稿纸上，逐字查看，生怕辱没了它们的名声。

稿费我不要报社寄，我自己去领。外地稿费寄来，比如那本译著的稿费寄来，我都不让寄到单位，而是请晚报副刊编辑转。那编辑名叫童政，我第一次去晚报社，他当着我的面看了我带去的文章，就拉我去茶楼聊了一个钟头。

叫人知道你有第二职业是危险的。下班后你尽可以去吃喝玩乐，但不能有第二职业，否则就是不务正业。如果你身边都是平庸的人，你一定要做出跟他们一样平庸的样子，否则你的前面就没有路，你的梦想将被平庸所困，变成一地鸡毛。你可以把这话当成是傲慢，因为我承认的确有傲慢的意思在里面。

除了深藏自己，就是循规蹈矩。我从不迟到早退，规定八点上班，寒天暑日，刮风下雨，落雪落刀，我都不会八点零一分才到。别以为住在单位的仓库就离单位近，我们单位以前在北城郊区，后来搬进城里，郊区的仓库还留着，渐渐地没有用，才给新职工改成了宿舍。尽管那地方现在已不是郊区，但距离摆在那里，何况不是郊区还有个坏处,就是车多人挤,堵得慌。东轩城就像只气球,有个肺活量超群的神人,废寝忘食地在那里吹,由五十万人口迅速吹到了一百万。

不是纷纷南下了么,东轩咋来那么多人?

这正是我要说的。

南方的心再大,胃口却只有那么大。南方的土很热,但再热的土也有冷下来的时候。风潮过去,人们发现,没走的,也没少了鼻子眼睛,走了的,比如我们单位走的十一个(先走了七个,后来又走了四个),听说也无非是去教书、办报、进厂,并没像礼花,砰一声就飞到天上去;也听说他们收入高,但同样听说那边物价高,挣的钱不是自己的,是别人的,别人挣的钱又是别人的。此外还听说,那边三教九流,鱼龙混杂,稍不留心,就落入陷阱。

说到陷阱,我差点儿就把我吃的那盘豆芽和那份肉丝讲给同事听了。但我忍住了没讲。相反,我还帮南方和南下辩解,说那边物价不是你说的那样高,南下的人虽然鱼龙混杂,但龙就是龙,鱼就是鱼,你不能因为鱼和龙都在海里,就说它们就是一家人。我以这种方式来显示自己的公正和大度,也为自己的回来挽回些面子,尽管那张丢了的面子早已弃置一旁,落满尘埃。

同事们识别不了我这拐弯抹角的心思,都说我厚道。

连赵主任也对我亲热起来了。

这当然首先是我工作得好。作为职工,工作得好既是让领导省心,也是对领导的尊重。再就是与赵主任的处境有关。他有两次晋升的机会,其中一次几乎板上钉钉,他自己都在中层干部中宣布了,据说还私下请了客,喝了庆祝酒,结果等到上级宣布时,却是另外的名字。于是他就觉得,对上级再好,还有比你对上级更好的,因为有更好的,上级就不在乎好的,而对职工好,好一分,职工就记一分,好两分,职工就记两分,既然这样,对上级好不如对职工好。对在工作上挑肥拣瘦的职工都好,对像我这种尽职尽责的,自然更没话说。

赵主任又把"人才""气象"之类的词语加到我头上了。

有天他到我们办公室来,只我一个在,他就坐在我对面,说了好一阵话。

"你回来是对的,"他说,"没必要走。"

我知道这是对我说的,也是对他自己说的。他在官场上不如意,但有眼下这个职位也很不错,如果到了南方,这职位就丢了。

"当初闹得鸡犬不宁,"他又说,"现在都安静了。中国又不是只有南方。"

我不知道怎样接话,但承认他说出了一个事实。南下不再是一个非挂在嘴上不可的词了,南下的人依然有,但不再成为现象和谈资了。那些拼死拼活也要学几首粤语歌的,劲头没那么足了,分明学会的,也不一定用粤语唱了。神归神位,佛归佛位,都过着自己的日子,因此不必再去羡慕南方。

不羡慕南方更重要的原因在于:东轩也成了"南方"。

香港录像片潮水般涌入。我上下班的路上,从安平街到鼓风楼,从鼓风楼到香椿大道,录像厅摩肩接踵,像有谁规定过一样,都挂一床军绿色的棉被作门帘,如同理发店门前的旋转三色柱,成为统一的行业标记。棉被再厚,也隔不了音,从亮到黑,从黑到亮,嚣声不绝。片子里的人像都不会说话,只会叫喊,叫喊声里,夹杂着枪声、打斗声、物体碎裂声。拍这些片子,故事大概是不需要的,只弄出声音就好了。童政曾对我说,他去看过一部,走出录像厅,情节全不记得,只带出来大片声音。很长时间过去,他浑身上下都还挂着那些声音。

## 六

  这期间，我恋爱了，然后结婚了。

  婚后，我搬出了单位的仓库，住到了妻子的学校。

  那时候，贾敏在我念中学的学校教书，但学校改了名，以前叫河滩中学，现在叫南城中学。河滩中学曾占据着河滩镇的地盘，与镇政府一墙之隔，现在镇升级为区，政府搬走，那片地就给了南城中学。这正是南城中学急需的，几年内，师生都炸裂般膨胀。跟我们单位一样，学校不能给新职工分房，但给了个住处，区别在于，我们住平房，他们住楼房，就是镇政府留下来的宿舍楼。都是套间，多为两室一厅，最大的四室一厅，新职工当然不能独享，就一人一间。贾敏恰恰分到四室一厅的，即是说，里面住了四个人。因贾敏和一个名叫李霞的都结了婚，事实上是两家人，再加两个男单身。

  虽然打挤，毕竟享受着套间的好处。住仓库时没厨房，吃饭多下馆子，很费钱，不想费钱的话，比如我，就弄来个锑锅，弄来个电炉，煮挂面吃，有段时间，我连续这样吃了一个月。现在不仅有了厨房，还有了妻子，女人是天生的生活专家，五谷杂粮，肉蛋蔬菜，总能以最少的钱，安排出最丰盛的餐桌。仓库里没厕所，拉屎拉尿，得去百米外的公厕，热天还好，要是冬天起夜，寒风遒劲，如受冰刑。现在不出大门，就能把这问题解决了。

  可麻烦也很快就来了。

  本以为套间最大的好处，是便于吃喝拉撒，结果麻烦首先就出在这上面。厨房里只放得下一个两孔灶的天然气炉，如果两家人用，一家占据一个，先煮饭再炒菜，也行，可两个单身汉偏偏是居家型的，如此，谁先谁后，就成了个事，特别是中午，时间是抢的；更大的事在于，老式楼房，再宽，也只有一个卫生间，清早起来，搂着肚子朝傍大门的厕所奔，结果往往是一头撞在门板上。里面已经有了人。碰上里面的老不出来，外面的又拉肚子，就喊天了。我们住在七楼，要去公共厕所，得先跑下楼，再跑过操场。

有天贾敏就遇到这种事，她不敢久等，夺门而去。待她回来，李霞站在客厅刷牙，见了，笑得前仰后合：贾敏把衬衣纽子扣岔了两颗，前胸露出大片白来。李霞笑，贾敏也笑。可当她进了屋，闭了门，竟哭了一场。她是很注意形象的，平时收拾得一马溜光，却出了恁大的丑。去时急，回来的路上竟也没发现。她是老师呢，万一被学生看见了呢？

我安慰她，说我都不计较，你哭啥？她说你当然啰，又不是你出丑。我说，你出丑不等于我出丑？她听不来这话，觉得我并不是关心她，而是跟多数男人一样，把女人当成附属品，所以才认为女人出丑相当于自己出丑。

她说得可能也有道理，但我想的不是她的道理，是我自己的道理。

我感觉掉进了深渊里。

套间里的每扇门，都削薄如纸，且不说两口子做爱会被人听了去，放个响屁会被人听了去，连肚子咕嘟嘟叫几声，也瞒不住张开的耳朵。你想换门还不行，因为这是公家的房子。何况换门也没用，因为墙壁也薄。贾敏和李霞两个成了家的，住着相邻的房间，这两间房以前是相通的，墙中间开着道木门，现在木门自然是钉死了，我还把书架顶在那里，可照样像在露天坝。做爱被听见倒也罢了，都是过来人，听见就听见了，反正就那么回事，克制些的话，响声也不至于太招摇。可我再想安安静静做事，几乎就不可能了。

李霞在学校做三产业——当时全中国的学校都大力发展三产业，开溜冰场、小卖部、理发店、饮食店之类。饮食店免不了跟食堂竞争，而南城中学的食堂，是私人高价承包的，为保证他们的利益,校方规定,饮食店只能从早上六点开到晚上七点。这等于剥夺了他们为学生提供夜宵的权利。那是一笔很大的损失,因为学生们总是三顿饭不好好吃,偏在夜宵上用功。李霞开的就是饮食店,她不想见别人挣钱,晚上就寸步不离家,只偎在床上看电视。

电视声穿墙透壁,在我颅壁上凿。其实她已很注意,音量开得小,只传过来嗡嗡声,可我每读一句书,书里的意思都如退潮后的沙滩,啥都抹了,只余下"嗡嗡"。我译书和写书,莫名其妙地,多次在稿子上写下了"嗡嗡"。

而且,我没有独立的空间了。那是我最想要的!如果贾敏有晚自习辅导,我还能独处两个钟头,但每周她只辅导一次,其余夜晚,都是我伏在靠窗的书桌上,她在我身后的屋中间,搭张小方凳,看书、备课、改作业,她翻纸的声音也锯齿般锋利。我烦起来,就回头斥责,她很委屈,说:你是不是不让我出气?你是不是有神经衰弱?一个真正用心的人,哪里在乎这点儿声音?然后就给我举例,说谁专门去菜市场读书,谁又到奔腾的大河边写作。我更烦,就和她吵。

而今想来,从那时候我们就开始吵架了吧?

更早也说不定,因为结婚之前,我就知道她心里有个写作老师。她举的那些例子,多半也是从她写作老师那里听来的。当老师的喜欢虚构这种故事,以此来让学生自卑,然后让学生听自己的。

我多么怀念北城的那个仓库,但已经回不去了,我钥匙一交,另一只手就把钥匙拿过去,搬进了自己的家具。

更令我绝望的是,贾敏的肚子大了,据说她肚子里的那东西钻出来后,也和我们是一家人,也要跟我们共居一室。

以前,我最喜欢的时间是下午六点,做事最上劲的是下午五点,因为六点下班,到了五点就特别有盼头。六点一过,我就自由自在，游进黑暗而广阔的水域。现在，那道时间的堤坝再不能激起我的喜悦了。我甚至宁愿被关在堤坝内，这样至少可以不去看妻子的大肚子。她和她的大肚子，与我的关系是如此紧密。每当想到世上有人跟我紧密到不可分割，我就相当难过。

有时候，我会在办公室多待一阵。但不可能整夜待下去。事实上，下班时间一到，就有只手从通川桥那边伸过来拽我。我厌烦当下的生活，厌烦那种紧密关系，却又在这一刻想念妻子和她的大肚子。分别整整一个白天了。因为炉灶打挤，妻子也心疼我来来回回地奔波，中午就不再自己做饭，她吃学校食堂，我在单位附近的小饭馆解决；当然这也有个条件，我们都涨工资了，特别是我，年初以来，单位业务拓展顺利，职工的收入，很快进入东轩的上游。

抗拒和想念，往往是后者占了上风，因此心里说再坐会儿，腿却站了起来。腿知道心说出来的不是真心话。

这天，我刚起身，副主任进来了。

副主任姓江，在单位上就是个隐形人。我们单位分三级，主任和副主任下面，是科室领导，再就是普通员工，江副主任的存在感，远不及随便一个科室领导。他心知肚明，因此平时不大走动，除了职工大会，很难看到他。今天是个例外。我忙打招呼，请他坐。他不坐，说我看看有没有办公室没锁好。这是个更大的例外。我多次延迟下班，也没见他检查过办公室，而且根本不觉得他会行使这种权利或职责。我请他放心，他却说："说放心的时候，尤其要警惕！"

口气严厉。

这简直不是他了。

非但如此，他还问我最近工作怎样，说样样事情都得抓紧，不能松懈，也不能马虎。好像我已经松懈了，也马虎了。这让我很不舒服。一个没有存在感的人这样教训我，让我不舒服的同时，也觉得可笑。我一面应承，一面把码得整整齐齐的资料又整理了一下，既做给他看，也是表明我要走了。

他却不为所动，还坐下了。

坐下后我才发现，他脸上的皮肤底下，埋着一束光。

当他摸出烟来点上，那束光终于关不住，开出花朵来了。

他完全变了一种脸色，也变了一种口气，说："赵主任被抓尿了！"

我心头一震，忙问怎么回事。

他不看我，只让他说出的话和随话奔跑的烟朝我扑来："下面的事。"

我轻叹了半声。早隐隐约约听说，晋升无望，赵主任就迷上了嫖。久走夜路，到底撞上了鬼。如果老老实实交罚金，也不至于闹开，可他还讲价钱，还嘴头子硬，说市委某某是他同学。这话可能不假，但两次晋升都泡了汤，可见你跟那同学的关系不怎么样；或者是那同学虽有职，却无位，管不了事；还有一种情况，是那同学有了对手，而他出事的辖区，正是同学对手的地盘。

赵主任遇到的，一和三兼具。只有第一种也还有救，官路上不想帮你，这种事帮一帮，也算尽了同学之谊；但有了第三种，就没救了。

是江主任把他从派出所领出来的。刚刚领出来。

江主任来我办公室，就是要讲领赵主任出来这件事。并不是专门讲给我听，是实在想讲，需要一个听众，我恰恰做了那个听众。他说，关了二十个钟头黑屋子，赵主任就把黑暗当成了光，把光当成了黑暗，分明是亮晃晃的平坦大街，他却走得深一脚浅一脚。出了派出所大门，江主任马上向他汇报工作。"我是想叫他把那二十个钟头忘掉。"江主任说。同时表明江主任自己也忘掉了，他们之间的关系，不是坐班房的和去班房接人的，而是主任和副主任，是上级和下级。

江主任一路说,赵主任却一句也没应,只垂着头,盯住脚下的路。

他的路断了。

他不是怕光,是知道自己的路断了。

只几天过后,他就被撤了职。

撤职后干啥,没听见说,也没见他再来单位。

按常规,副主任会顺理成章地坐上主任的位子,江主任自己也是这样想的,但上级没那样想,从外单位调了人来。那人姓黄,比赵主任强势得多,江主任就又做隐形人去了,且比以前隐得更深,以前开职工大会,他多少还会讲两句,现在是一句也不讲了,因为黄主任每次讲话的最后一句,都是两个字:"散会"。

黄主任上任不久,把我叫到了他的办公室。

没一句多余的话,开门见山:"去人事科做个副科长怎样?"

像是问,却不等我回答,就又说,他跟赵主任交流过,了解了单位的很多情况,还说赵主任早有提拔我的意思。言语之间我听出,他对赵主任很认可,对赵主任受到的处罚,很惋惜,"那种事情……"他笑了笑,没再说下去。

很快,各科室都在传阅一纸任命书。

不到半年,人事科科长调走了,我就成了科长。

一个逃离人群的人,却主管着一个单位的人事,总感觉这当中有些意味深长。我看见了命运那张嘲讽的脸。并且还将看到,它嘲讽的不是人被它捉弄,而是它总是顺从人或隐或显的心意,也就是说,它嘲讽的不是人,是它自己。命运是人的奴仆,而不是反过来。从古至今,历来如此。

同事们不再叫我陈小康、小康或小陈了,我变成了陈科长。开始听着,我很不自在,特别是跟我比较亲近的也这样叫时,我甚至有些愠怒,我感觉自己并没得罪他们,他们为什么要这样待我?我当时并不知道,"陈科长"是可以上瘾的,过段时间,它就长到我身上了,我听得比较自然,答应得也比较自然了。又过段时间,谁偶然间不这样叫,我反而心里一暗,像那里长了块疤。

当我从副科长变成科长,送礼的来了,请吃的也来了。我不收礼,人家就说,又不是啥好东西,是我老家一点土特产;或者我去某某地方旅游,见这东西好玩,就多买了几个,无非是个纪念。我不赴请,人家就求你给个面子;并没求你办事,只求给个面子,难道还不答应?当真做了科长就目中无人?

于是把礼收了,也去指定的酒楼了。

起初我还要暗中自问:你当职员时,为什么遇不到这种好事?回答起来表面简单,但因为会带出更多的问题,就不那么简单了。一番模模糊糊的推理之后,我似乎想通了:以前你在暗处,现在有了光,被人看见,所以送礼请吃,都是正常的。我只是提醒自己:送的请的和不送不请的,我都一视同仁。榜样就在前面,以前的赵主任,新来的黄主任,我没送过,也没请过,但他们并没因此就把陈小康摁在水底下。我冷眼观察,看谁出众,而且特别希望这个人没上过我的门,这样我向领导推荐,就既能得到良心上的安定,还能收获道德上的优越。

但是我没有发现。

是没有还是没有发现?

我这样问自己。问过几遍,就问烦了。要是有个一官半职的都像你这样自我纠缠,正经事还做不做?于是我不再多想,只礼贤下士地忙着给人面子。

久而久之,如果某一天没人请给面子,我反而手足无措。

好在这样的时候不多。

东轩城越来越繁盛了。单说吃的，不仅有中餐馆，还有西餐厅。请吃中餐已不算请，要吃西餐，喝咖啡，用刀叉割俄罗斯牛排。第一次用刀叉时，我吃了一惊。我想起老师关于刀叉吃饭的宏论。原来，我并不是注定了要被时代抛弃，我也可以在自己体内，注入钢铁的魂魄。但西餐到底不合胃口，稀奇几回，就又回到中餐。却不是大厨中餐了，这时候请大厨中餐已不算请，要吃私家菜。再后来，在市区请不算请，要去郊外。更后来，在陆上请不算请，要去水上。穿城而过的州河里，水上餐厅多得见不到水，入夜灯火通明，将南城、北城连成一片。水上餐厅均为三层大船，顶层是上等包间，既有吃的，也有玩的。

日日笙歌，夜夜箫管，当我回到南城的家时，往往已是深夜。

每次回去，贾敏总是那句："又醉了！"

我说："给我冲碗蜂蜜水。"

水没端来，我已和衣倒下。

这期间，儿子出生了。儿子一岁了。接着是两岁、三岁、四岁。那东西要是被我压住了手脚，便在睡梦中哇的一声，哭得惊心动魄。哭声止息，耳边还是喋喋不休，像在怨，像在骂，又像在抽泣。当这些声音都没有了，寂静便如黑色的花朵，次第开放，每开一朵，都发出轰鸣，弄得我心慌意乱。我挣扎着爬起来，想多去翻几页书，或者写上几笔，但腿还没下床，身子又倒下了。

脑子里踏过千军万马，痛不可忍。模模糊糊中，我看见一些朋友，但都不是眼下的朋友，而是久未来往的旧友，比如晚报编辑童政。几年当中，他曾三次向我约稿，但是我太忙了，没理，然后就断绝了来往。前些天我们在街上碰面，竟都没把对方认出来，直到走过了，我才想起是童政，转过头看，他也正转过头。但刹那之间，我们眼神错开，又各走各的路。他向东，我向西。

## 七

"陈小康,你很快就老了!"那天——也就是妻子说我只会用句子制造杯水风波那天,我的心软下来,就想起了这句话。如果用这句话开头,是不是比"这是我来到这座城市的第一个冬天"更好呢?或许是,但我否定了。我同样拿不准它是不是抄来的。尽管有"陈小康"三个字,但那三个字又没注册。我已在书架上付出那么多时间,要是换成这句开头,得再从头查证。

可我而今的生活,事实上就是从那句话开头的。

妻子所谓我吃的苦她吃的苦,也是这样来的。

即使我的记忆力毁如瓦砾,我也记得,那是有天中午,同事们或回家去了,或下馆子去了,我胃不舒服,不想吃饭,就坐在办公室没动。整幢楼里,只有时光流逝的声音。这声音证明,钢筋水泥在老去,我桌上的文件和纸笔在老去,挂在对面墙上的那幅水仙画,同样在老去。

"陈小康,你很快就老了!"

突然来这么一声。

声音并不大,却清晰得像粉笔滑过新漆的黑板。

尽管知道没人,我还是惊慌失措地环顾四周,并且去打开门,看了廊道。廊道左侧,五米外是墙,右侧,二十米外是楼梯,我快步走到楼梯口,伏在栏杆上,勾着头朝下张望。梯身层层降落,它们曾经被人踩踏过,将来还会被人踩踏,但现在空寂无人,并因为空寂而弥漫着一种悲哀的气息。时光只有在人身上,才能发出流逝的欢歌。我自嘲似的轻笑一声,回到办公室。

刚坐下,感觉胃不是不舒服了,而是痛起来了。我都已经忘记了有胃痛这回事,因为它很久没有痛过。仔细想来,自从我频繁地出入于酒池肉林,胃痛就消停下来。看来那东西是蟑螂变的,喜欢油腻。当然这也是个误解，我前面已说过，若干年后，我儿子都读研究生了，我不仅能吃饱，还能吃香喝辣，再没亏待过胃，它却还是痛。不过那时候痛和现在痛，有着不同的含义。

痛也有含义吗？当然有。既然每一种事物和每一种情绪都是独一无二的，含义自然蕴含其中，否则无从区分，也就谈不上独一无二。

或许是没人在场的缘故，胃痛得特别夸张，这意思是说，我痛的表情很夸张，而且无所顾忌地发出了呻吟。

呻吟声竟不是音调，而是一句话。

就是说我陈小康很快就老了那句话。

未必是胃在说话？

它觉得我对不起它，本该用在它身上的钱，却拿去买了书和纸笔，然后以槐花、荠菜、马齿苋、茅草根、婆婆丁、木兰芽和天知道什么玩意儿，去糊弄它，害它得了弱症，结果买来的书和纸笔成了摆设，它的付出就太不值了。

听那嗓音，既像男性，又像女性，介于雌雄之间，抑或雌雄同体。我第一次知道了胃的性别。雌雄同体，天下无敌，在长长久久的日子里，我的胃拥兵自重，对我从来只有怒火，没有好脸色，也没有好声口。——但这一次，我承认它进了忠言。我双手温柔地搭在它身上。它哼哼一阵，终于安静下来。

办公室里，又只听见时光流逝的声音。

积雪般苍白的声音。

我的手像被人拽着，慢慢伸出去，收回来时，抓着一本公文笺。我把公文笺抹了几下。其实是本新的，够平展的，但我还是认认真真抹了几下，再拿过笔，旋开笔帽，在上面写下了几个字。那几个字写得真漂亮，直到今天，我也没写出那么漂亮的字了。现在电脑用多了，我都不会写字了。

那几个字写在正中间,块头很大,是用正楷写的。

朋友们,你们看看,就像印的一样:

辞职报告

这报告只相当于一个告知书,因为我不是辞掉科长,而是辞掉公职。

之前想过吗?没有。从没想过。因此也就不可能跟妻子商量过。下午四点半,我已收拾好私人物品,回到家里了。

那个套间里又多出了三个人,两个男单身都结了婚,其中一个还生了小孩。但因为贾敏和李霞结婚早,分房子的时候就有所照顾,两家都有个单独的阳台。我回去后,并没去南城中学旁边的幼儿园接儿子,而是站在阳台上,不错眼珠地看着楼下。这样看了差不多两个钟头,到六点十分,才见妻子牵着儿子的手,从校区铁门里走出来。这是我头回看见妻子接儿子放学回家的样子。我可能就是想看看这个样子。其实,我回家时,儿子就该放学,贾敏是早把他接走的,丢在办公室,到她自己放学后,才一起回屋。

对贾敏而言,这已大大减轻了负担。儿子进幼儿班之前,我的父母,她的父母,都不能来帮忙带,屋里就一张床,没地方睡,阳台又窄如巴掌,养只鸡都难。何况她老家在安徽,父母在亳州上班,那时候都还没退休。只好花钱请保姆,又不能请需要住在家里的保姆,便在学校找退休职工,可那些人不是要带自家孩子,就是嫌累,或者怕担责任,好不容易找到个愿意带的,却又不会带,孩子拉了屎尿,她要闻到气味才晓得。但已不能讲究,只能将就了。南城中学严格实行坐班制,不管你有没有课,都必须待在那里,所以每次下课铃响,贾敏都飞奔而出,手忙脚乱地把孩子打理好,又飞奔进教学楼。

从七楼的阳台望下去,儿子和妻子都那么小,像被土黄色的暮色埋了一截,直到开了门,进了屋,他们又才是本来的高度了。

看见我,母子俩大吃一惊。儿子朝我扑过来,妻子竟眼含热泪。我按时回到家里,如同给了他们天赐的礼物。

贾敏忙不迭地要去做饭。另三家都还没回,正好可以抢炉灶。我拦了她,说:"我们去吃馆子。"儿子听见这话,书包一扔就跑出了门。

我点了一桌丰盛的菜肴。贾敏说:"发奖金啦?"

又说:"今天为啥不去吃好的?"

儿子说:"这就是好的!"

贾敏哈哈笑着,把一串鱼丸夹到儿子碗里。

我告诉她,离开单位之前,办公室的电话响了好多回,都是请吃请喝。但我没说都是外单位人请,本单位没人请我了。奇怪的是,我把辞职报告是直接交给黄主任的,当时他那里并没有别人,待我四十分钟后出来,却像全单位都知道了,围住我问:"你为啥要辞职呀?"其实他们关心的不是这个,而是想知道我是不是像赵主任那样犯了错误,所谓辞职,只是开除的讳语。要么,我肯定是中了头彩,发了大财,才不再需要上班辛苦,也看不起科长这个职位。那时候,东轩城已传进六合彩,还有各种摸奖,披红挂绿、敲锣打鼓地摆在中心花园。

我没法给他们解释。现在也没有给贾敏解释。

直到晚上,一家三口躺到床上,儿子睡熟了,我才对贾敏说了。

贾敏说:"啊?"

我说:"当个科长,天天出去喝酒,天天听你埋怨,不如不当。"

本是平躺着的,这时她转过身,把我抱住,指尖在我脊背上游动,只不说话。

我又才进一步告诉她,我不是辞掉科长,是辞掉公职。

她的指尖不动了。

那天夜里,我们都没大睡,商量着以后怎么办。商量的过程中,我的思路才渐渐清晰起来,原来,我之所以连公职也扔掉,就是想将自己连根拔起,不在东轩待下去了。非梧桐不栖,非凤凰不鸣,我,陈小康,在这里不能待了。

然而,当黑夜过去,天光泛白,我体内便灌进一股凛冽的寒气,像根本就不可能发生在我身上的事,偏偏在我身上发生了。

"当真就辞啦?"

我正这样想,贾敏竟也这样问。

其实并非没有回旋余地。昨天,黄主任看到我的报告,就像我抱了一只活猪放在他办公桌上,不停地重复一句话:"搞的啥名堂?啊?搞的啥名堂?"直到那时候,我也没给他道出我的真实想法。把自己的梦想告诉别人,是件令人羞愧的事。我胡乱扯了一通,扯了些啥,过后一句也想不起来了。那些理由显然没能说服他,他最后的话是:"我不会签的。你下去好生想想。"

既是辞掉公职,他签不签有什么关系呢?事实上关系甚重。其时的东轩城,已不是几年前的纷纷南下楼宇一空,而是各单位极度饱和,因此由几年前的挽留职工,变成了鼓励辞职,鼓励的办法是付给辞职费,报告一打,领导一签,即可领取三万八千元。领导不签呢?就分文没有。三万八,可以给我儿子买多少模型飞机啊!但当时不知后来事,从黄主任办公室出来,被人围住问来问去问了几分钟,我就回家了。这是明明白白宣示:不签算了,我走了,不要那个钱了!

弄成了这样子,还有什么好回旋的?

我这人,就是要面子。我给别人面子,很可能就因为自己面子心重。从广东回来那次,我的面子已被伤过,因此尤其要面子,像多要些面子，就能把伤了的补起来。我完全可以去对黄主任和同事们说，我舍不得离开大家，还是留下来吧。甚至把话推到妻子身上，说她听见我辞职，一哭二闹三上吊，搞得我没办法。

可是我过不了自己的关口。

我把灌进体内的寒气用骨头慢慢煨暖，然后对妻子说："当真辞了！"

而今回忆起来，我要感谢我的要面子，否则我不会保持这么好的身材。在东轩吃吃喝喝那段日子，我的脸胖了，肚子鼓了，连脖子也粗了，而现在，泡温泉的时候我敢大大方方脱掉衣服。说实话，朋友们，你们也要感谢我要面子，否则你们就读不到阿桑力洪的《库斯瓦》，读过吗？那就是我译的。还有我写的那些书，如果我不要面子，在东轩城混下去，你们也是读不到的。

但在那个天光泛白的时刻，说话却不是这样轻松。

贾敏听我说"当真辞了"，又把手放在我脊背上游动。

游动一阵，她说："你太自私了。"

她的嘴里，弥漫着夜晚和清晨混合的气息。

"不要怪我骂你天天喝酒，"她又说，"你辞职不是因为我，是你自己要辞的。我了解你，你太自私了。"随后又是一阵指尖的游动。

我读不懂那指尖上的心思了。

但既然已经决定，而且一夜都在商量去向，那就按商量的去做。

是这样想的：我带着儿子去蓉城。蓉城是我和妻子都喜欢的，作为建城几千年的大都市，儿子过去，也能接受更好的教育。因为没户口，公立学校进不了，私立学校可以随时插班，因此不必担心找不到读书的地方。

房子先租，租的同时买，简单装修一下，就搬进去。我们那时候的存款，愿意的话，可以在东轩买两套房，但到了蓉城，买套稍微像样的，也差大半。只能借。我父母是借不出来钱的，而且半年前，我就只有父亲，没有母亲了，母亲头天夜里好好生生地躺下睡觉，却在梦里被领走了，父亲守着一只打鱼船度日，每天的收入，也就够他吃饭、喝酒、抽烟。我还有个姐姐，非但不能借钱给我，还只想着我随时支持她。只能找岳父母借。这任务自然是落到妻子头上。

我一面把书打捆，一面等岳父母的钱来。

八天过后，钱来了，我找了个车子，带着儿子出发了。

都在离开的时候，我离开了，然后又回来了。

都安静下来后，我却永远离开了。

离开之前，我很想给童政打个电话，但我怕他真的把我忘了，即使还记得，也不知道他会说什么，我又给他说什么，于是放弃了。

我谁也没告诉，就上路了。

朋友们，我的苦日子到了。

## 八

如果家里有个拿工资的人，过得拮据些是可能的，但不至于把十块钱算成坐十趟公交车、二十个馒头、十四斤土豆，也不至于搬出"指鹿为马"，然而，我和儿子到蓉城不一个半月，妻子就跟过来了。

我在电话上天天叫苦，儿子在电话上天天哭。我叫苦是因为既要照顾儿子，又要经管装修房子，这两样活都琐碎得让人发疯。儿子哭只有一个理由：想妈妈。那时候我和妻子都没有手机，租房里和东轩南城的家里也都没有座机，打电话是去公用电话亭，打到南城中学教务处，教务处再通知贾敏。教务处在三楼，贾敏在一楼，从三楼到一楼，又从一楼到三楼，每一步都是钱。自从借了大笔债务,钱骤然间成了我们的敌人,同时又是最亲的亲人。那种被钱卡住喉咙的感觉,远远超出我吃阳光的时候。

毕竟是有家室的人了。

儿子不知稼穑艰难,下午四点过放学后,不是要我领他回租房,而是去电话亭。有时半夜推我:"去给妈妈打个电话。"我说妈妈这时候接不到电话,他就哭。他哭一阵倒可以带着眼泪睡过去,我的睡眠却被毁了。

我在这边发疯,贾敏在那边发疯。通知她接电话的教务员,开始还客客气气的,说贾老师,你老公跟你儿子想你,后来就黑脸冻嘴,气冲冲地叫一声:"贾敏!"转身就走,边走边咕哝:"我又不是你们的通讯员!"贾敏边越过她朝三楼跑,边回过头向她道歉和道谢。

而她从电话里听到的,不是苦声就是哭声。

"我是被你们逼过来的。"她说。

这话不假,但也不全真。

她说我不能把辞职朝她身上推,她也不能全朝我们身上推。

她自己也不想在那学校待下去了。

刚改名那阵,南城中学真有春天般的气象,但春天还没过去,冬天就来了。人世间的季节,不必是四季,可能八季十季,也可能只有两季。本是葳蕤蓬勃,风华正茂,仿佛一夜之间,就藤枯叶落。这是人与大自然分离的又一证明。

卡拉OK在教职工宿舍遍地开花,邀唱成为时尚,你去我家里,我去你家里,五个六个,七个八个,晚饭后先是人声,再是歌声,伴以掌声和笑声。同时风纪废弛,麻将成灾,教师夜晚清醒,白天梦游,从课堂上下来,就趴在办公桌上睡。有个高二物理老师,竟忘记了那是年级组办公室,睡之前规规矩矩把外套脱了,内衣也脱了,只穿了条花内裤;办公室当时没人,但几分钟后就进来个年轻女教师,女教师迷糊在那里,以为自己误入了别人的卧室。

我们那个套间里,客厅几乎成了麻将馆,人多,只能打"放炮下",暂时下场的,就钻进李霞家里,抢过麦克风,吼儿嗓子"来呀来个酒啊,不醉不罢休……"好读书的贾敏,不打麻将,也不唱卡拉OK,因此成为那个套间里的多余人和碍目人。她每次回去,感觉不是回家,而是奔赴刑场。

即使都没了工资,我们依然没想到会有那样的苦日子。贾敏可以去应聘的。蓉城是晚到的"南方",招聘广告随处可见。在东轩,贾敏讲课很受学生欢迎,一个被欢迎的人,容易产生到处都被欢迎的错觉,因此当贾敏连续应聘都名落孙山,我们非常诧异。原来,东轩的讲法和蓉城完全不同,蓉城只要自己的讲法,别处的概不接受。从这一点看,蓉城到底不是"南方"。

找不到单位,却花了额外的钱。出门应聘,车费不说,关键是入场费,每次十元到三十元不等。有好几次,交了钱进场,却只寥寥几家单位,就是这几家,也根本没有招聘的诚意,分明就是扯个场子骗钱。他们以为骗每个人的不多,就能心安理得,也不会闹出事端,却不知道骗贾敏这点钱,是会要她命的。

钱花得冤枉,她就惩罚自己,不坐车回来,走路。蓉城不比东轩,东轩从南城到北城,也无非是过一座桥,炸掉老桥并在原址修新桥那段时间,上游用钢板船拼接成浮桥,路程稍远,但也在一个钟头之内,而在蓉城,稍不留心就要两个钟头甚至更长时间。正是炎炎暑天,毒日头加上花的香味儿、河水的臭味儿,还有铁焊味儿、油漆味儿、汽车尾气味儿、能把心烧煳的焦虑味儿……使贾敏犯了过敏性哮喘,脖子发梗,指甲发乌,真的就差点死了。

但不管怎样,一家三口住进了新房子。

在蓉城,我们居然有了个家。

且不是几家人住个套间那种家，是一家人的家。地方是偏了些，不远处就是菜地，菜地那边就是荒坡，但毕竟是蓉城的一部分。

依照东轩的规矩，搬进新家，需开着灶火，开一整天，烧掉晦气，祈福未来过红火日子，但我们没烧，那太费钱了。户主虽是我和贾敏，大半房款却是借的。交房款在先，儿子入学在后，因此儿子的择校费也是借的。

进私立学校的有两种人，一是有钱人，二是没户口的人，学校便知道，一种人拿得出钱，另一种人不得不拿钱，所以收钱也有两种方式，一种带着笑脸，另一种举着砍刀——进个幼儿班，居然收价上万。

岳父母借给我们房款后，口袋就掏空了，再借只能另想办法。还是贾敏想的，她找了同事。父母的钱能缓，同事的不能缓，可两个人无任何收入了。住进新居，我有了专门的书房，本可以静心做事，却下笔艰涩，写出的文章，一篇也卖不出去。再这样下去，全家都只能吃阳光了。麻烦的是，吃阳光需要本事，我有那本事，妻儿没有，那不仅需要童子功，还要从生下来就练才行的。

既然贾敏找不到事做，只有我去试试了。

见城内有家出版社招人，且招外文审稿员，我就带着身份证和翻译的那本书，去了庆丰路。那书销得不错，出版界都有耳闻，只是"小康"的署名惹了些麻烦，好在麻烦不大，他们很快相信了书上的小康就是自己面前的陈小康，于是抱来半尺厚的稿子，在十来人的大办公室里，指定一个空卡座，让我看那稿子，看了给个意见。却不是译书，是部小说稿，写唐玄宗和杨玉环的爱情，凡写到男人，必用"威猛"，凡写到女人，必是"酥胸"，君妃二人的初夜，铺排了七页，事毕，杨玉环并没"侍儿扶起娇无力"，而是和圣君"沉浸在抓纲治国的喜悦之中"。

这些我都是一目十行的，我慢下来的地方，是写到吃的段落。

已快到下午五点,可我只在早上喝了半碗稀饭,吃了一个馒头。

我八点半从家里出发,跟妻子一样,没坐车,是走到了庆丰路,本来两个多小时能走到,却走岔了,磨来磨去走到出版社,已下了午班。

那时我很累,也很饿,但这些问题,一个会吃阳光的人都能解决,我在外面的街道上,走过来又走过去,走过去又走过来。我看见对面的马路上,有个盲人撞到了车站牌。有个骑自行车的女子,一手握车把,一手捋头发,她是要让头发飞扬得更高些,好让别人看见她漂亮的耳朵吗?

右边的花圃里,种着一棵枝丫横逸的黄桷树,树下大群蚂蚁,往复不已地转圈,如同旋转的黑云。这叫"蚂蚁死亡旋涡"。它们的头领晕了,找不到出路了,只能这样转死了事。老天,周围那么多空地,不都是出路吗?……

到下午两点半,我回到出版大厦前,上几步弧形大理石梯,进了楼房。

然后就是接受他们的审视,再后就是给我这摞稿子。

开始能扛饿,现在可不行了。办公室里是吃不到阳光的。这是十月天气,却开着空调,紧闭门窗,还拉了窗帘,灯光被人宠着,阳光休想进来。

我又坚持了半个钟头。这期间我眼睛盯住稿子,手也在翻动,却根本看不见写什么。我转着大把大把的念头。让我看这书稿,是对我的考试吗?你陈小康不是辞职了吗,怎么又来上班?你的未来就是埋在这类书稿里?读这样的书稿,难道比在南方当播音员更强?甚至不如在东轩泡酒缸呢!想到这里,我就开始骂自己:陈小康啊陈小康,你太没出息了,你是为什么辞职的,难道忘了?

这么骂着,已站起身,去旁边办公室找到跟我谈话的人,告诉他,我有别的事,不能来应聘了。他说怎么的,怎么的?我们准备明天就跟你签约呢。我说谢谢,我真有别的事。说着把那摞稿子推给他。他没问对稿子的意见,我当然也不必说。

当我走出大厦时,你知道我什么感觉吗?

我感觉如果我想飞的话,无非是张一张手臂的事情。

然而,回到小区,回到自家楼下,我才知道手臂不是翅膀。

要走到五楼的家,得一步步登上去,可我的腿里灌了铅,半步也迈不动。于是我在水泥椅上坐下来。身边长方形的花圃里,开满洁白的羊铃花,但在我眼里,却是一团旋转的黑云。是那个蚂蚁死亡旋涡。

我真想为它们哭一场!在出版社那边见到它们,我就想为它们哭一场,如果那时候哭,可能哭得出来,这时候想哭,却哭不出来了。

如果你的记忆力不像我的这样被残毁,肯定记得我说过当年还没有互联网之类的话,事实上,当我写下"这是我来到这座城市的第一个冬天"时,网吧里培育出的问题少年,已成为家庭和社会的灾难,可见互联网早就普及得不耐烦了,只是我家里没有罢了。实话说,当时要装网络,早不是什么事,可我们被钱折磨怕了,任何一处需要用钱的地方,都令我们心惊胆战。

而需要用钱的地方又是那样多。

至今让我疑惑的是,在最困难的日子里,妻子是怎样在安排每天的生活?感觉这顿吃了,绝对就没有下顿了,可下顿到来时,又听见她进了厨房,过一阵就通知吃饭。菜很少,且都是叶子菜,很难见到肉,但米饭是够的,基本上够。如果儿子那天的饭量大一些,先是妻子把自己碗里的刨给他,还不够,我又刨给他。可是电用完了,该交水费、气费了,接着又催物管费了。

我听见别人催她,但装着没听见,忙躲进书房。

麻烦成了她一个人的。

那一刻,我很愧疚,就想以加倍努力的工作,来回报妻子,来让她放心。

但能放心吗?就算我十天半月不睡觉,能为今天和明天提供保证吗?

每念及此,我就停下来,茫然地望着窗外。

窗外是倾斜的天空。

说十天半月不睡,当然不可能,但我的确睡得很少,凌晨三四点上床是常事。糟糕的是,许多时候,睡了比不睡更累。是噩梦害的。做得最多的梦,是钱梦。奇怪得很,不是我没钱,是我老家亲人没钱,他们穿得稀烂,瘦成流浪猫的样子。只有一回梦到我自己没钱,是个白日泱泱的下午,我独自在家,听到敲门声,以为是妻儿回来了,还怪他们为什么不带钥匙,待把门打开,竟是杨老师!我高兴得很,连忙让进屋,说杨老师你坐,我去买菜。杨老师笑一笑,点点头。我去了菜市场,把所有荷包掏尽,却只掏出两毛,还缺了半截。急得喘不上气,就急醒了。醒来后大汗淋漓,张嘴呼吸几口,才慢慢回忆起杨老师已经死了。

怕睡,有时就干脆不睡,实在困得不行,就转路去。有天凌晨四点过,在三楼碰到个出门上早班的小伙子,他边跑步下楼,边出声抱怨。我望着那个被楼道吞没的背影,心想你有班上,你是多么幸福,你要知道惜福。

听出我这时候的心境了吗?我的辞职不干,仿佛不是自愿的,而是被抛弃的。我就是这样想的。被时代抛弃,也被单位和社群抛弃。

我就带着被抛弃的心情,走向黑暗。

黑暗这个词是实写,当年,这一带地皮清冷,街灯寥落。我要胡乱走上很长时间,才能接收到遥远星辰的慈悲,它们送来微光,让我看见了这个世界的模糊细节。一条狗迈着摇摆的步子向东去，见我从南边过来，就站住了，盯住我看。如果它会说话，很可能会问我："你这兄弟不像个上班的，起来这么早做啥子？"我该怎样回答呢？我不回答，我也那样去问它，看它怎样回答。

　　脚底下坑洼不平，某些地方，土块堆积，压住了旁边的茅草，却又看不出把土堆起来的必要，是本来就这样子，还是人为改变的？这种改变是什么时候发生的？那个改变它的人，是否还活在人世？

　　我一步一探，走得小心翼翼。黑暗中我下脚无所顾忌，现在有了光，看见了细节，反而谨慎起来了。好在很快起了晨雾。我听见晨雾里的挑担响。

　　那是进城卖菜的农民。

　　那农民有一张怎样的脸？

## 九

　　著作家们前赴后继，把人从人群中分离出来，并加以记录，但"典型性"的铁的尺度，使个体成为群体的道具，从这个意义上讲，个体从来不被记录。我陈小康有何典型性可言？我的生活和梦想，都只是甩出去的一滴水珠，溅到人身上，人家完全感觉不到，走几步路，撸两股风，就寂灭了。但这并不能证明我没存在过。只能证明陈小康存在过，却等于没有存在。

　　书架上那些伟大的作品，原来都是些证明书。我壁虎似的贴在上面，很可能不是为了查证一句话，而是想从那些证明书里找到自己的证明。

　　"很多书都只能提供皮肤上的美感。"当我不顾妻子的怒火，在书架前泡到第二十三天的时候，她这样说。

这是什么意思呢？难道我的证明只是"皮肤上的美感"？

"美这东西，"她接着说，"先是心知道，再是眼睛知道，再是记忆知道，再是笔知道，最好的作家传达出的美，也过了四道手续，假如心知道的美是十八岁，每过一道手续加十岁，到写出来，都快五十了！等你读到，都六七十了！所以，只有美和只追求美，都是活力枯竭的象征。再美的句子，也创造不了一个新世界。世界在那里，人没有能力去和上天比肩，要去重新创造一个。狗就是狗，鸡就是鸡，鸡从土里刨出个虫子，就是它一天的快乐，这快乐在狗的眼里，简直愚蠢。"

这些话让我想起两个外星人的交谈。

岁尾时节，两个外星人停驻云空，见地球上人潮涌动，又是吃火鸡又是放烟花，外星人甲问："他们在庆祝什么？"外星人乙说："他们的地球围绕恒星又转了一圈。"外星人甲苦笑一声，摇摇头说："人类果然很蠢。"

由此看来，凡沾了"人"字的，不管是地球人还是外星人，都热衷于抽象化和典型化。充满缺陷而又丰富多彩的世界，就是这样丧失的。

"你为什么不好好珍惜自己的经验呢？"贾敏像觉察到了自己话里的漏洞，补充说，"经验才是你的。经验才能和老天爷分庭抗礼。"

她试图向我说明，好作家都是潜水员，最好的作家抗压力最强，能潜到最底层去，捞出最初的记忆；正是那些早就被遗忘的记忆，使我们成了今天的样子。

这还是她写作老师的路数。

也是外星人和地球人的路数。

我当年的经验，别说与老天爷分庭抗礼，就是邻居大爷也说服不了。有天吃过午饭，我头晕得做不了事，想躺会儿，又睡不着，就出去散步，走到街口，见住在对门的大爷摸出大把百元钞，而他要买的，无非是两个锅盔。他怎么会有那么多钱啊！有那么多钱的人，无法理解我的经验。

而他的经验却可以被更多人理解。

我们小区外的那条冷街，在我们入住不久就热闹起来了，各种店铺之外，茶社、酒庄、食肆，都装点成精致明堂，有前庭，有露台，有假山，餐池中央，弹奏着琵琶和古筝。满眼都是富庶景象。有天我和贾敏走在街上，她竖着扫一眼，又横着扫一眼，说："什么时候，我们也能进去吃一顿……"食客多得排队等号，你却只能站在远处叹息，叫别人怎么理解这种经验？但邻居大爷不一样，尽管他年龄很大了，可他才与时代同步，也才具有典型性。

卖模型飞机的那个杂货铺，就是那段时间入驻的，很可能营业的当天，就宣称"最后一天"和"跳楼大减价"。他们真不该这样。他们不知道那给我带来了多大的苦恼，不仅搬出指鹿为马来压制儿子，还毁了我的记忆力。

这些我说过多少回了，不再说了，让我耿耿于怀的是，我问价钱的时候，店主既懒得言声，眼睛也不看我，只戳了戳标价的"牛皮"。

不过现在想来，我该理解才是，他的钱袋里装的是钱，体会不了一个让钱袋等着装钱的人的经验，也没必要去体会不具有典型性的经验。

从那时候我就知道，典型性是个很暴力的词。同时也知道，人的生命是有气息的，这气息能跋山涉水，穿云渡雾，若性质属阳，就飞向陌生地界，属阴，就专朝故乡跑。离开东轩后，我再没跟任何人联系，可那边却传说着我的境况，说那陈小康啊，背驼了，头发白了，才多大岁数？就成个老头子了！

又说：他们一家人只能去菜市场捡烂菜叶子度日呢！

还说：那两口子分居了，很可能已经离了。

这些话是贾敏偶然听到的。那个周末，她没跟我说，又出去应聘，碰到南城中学的沈老师，沈老师来蓉城买家庭音响，可你说蓉城这么大，为啥偏偏就让贾敏碰上了呢？我们是多么不想碰到熟人！她把贾敏上下打量了几眼，问家在哪儿，正去干啥。贾敏没说住址，也没说去应聘，撒谎说我在出版社做事，放在家里的书稿忘带了，她给我送去。说着把右肩上的挎包拍了拍。里面确实装了大摞纸张，是她应聘的材料。听见这话，沈老师一乐："这样啊，那他们为啥子乱嚼牙？"就把传言说给贾敏听。贾敏很大度的，听了笑起来。

当两人分手，她确信自己是背对着对方，眼泪就出来了。

这次应聘又跟以前一样，走到试讲那一步，就没了下文。

满腹委屈从天而降。

应聘，碰到老同事，听到的那些话，她通通没告诉我，直到榜上无名，才都对我说了。她迟早会说的，只是，应聘成功是一种说法，失败又是另一种说法，现在是失败的说法。没说几句就哭起来。

她委屈的地方太多了。

如果传言全是虚假，她没这么委屈的，关键是其中有真实的成分，她的确捡过别人撇下的菜叶。她觉得自己能力不差，试讲也发挥得相当不错，而且仔细研究过蓉城的教学法，为什么就不要她？怕沈老师回东轩后说她过得好，却又迟迟没还同事的钱，便给同事写了封信，又扯了大堆谎话，意在缓些日子。她从不爱说谎，却在短时间内说了两次谎，包括对债主说谎，这让她觉得自己不道德，从而看不起自己。那债主名叫邹春芳，跟贾敏最谈得来，当初，我刚和贾敏接触时，邹春芳也给贾敏介绍了个男朋友，是个银行职员，听说还是她表弟，贾敏选择了我，邹春芳有些尴尬，但并没影响她俩的关系，需要借钱的时候，贾敏首先就想到她，而且她也答应了。那可不是一笔小数目。

这些委屈之外，可能最让贾敏委屈的是，她的丈夫陈小康，从东轩辞职不说，去那家出版社，虽没签约，但人家准备签约，为什么就不干呢？

"如果有来世，"她泪眼汪汪地说，"我只要过平平淡淡的日子，绝不嫁给一个有梦想的人。有梦想的人太自私了……"

这种话，她不是说一回两回了。

再坚强的人，在绝境中也会变得过敏和脆弱，何况我早就说过我算不上强者，而且多少有些良心，私底下承认走到今天这一步，都是我的责任，但我自己承认是一回事，被指责是另一回事。我想到了那个银行职员，也想到了她的写作老师，来不及掂量轻重，直接就把话攮过去了。于是吵。吵了就互相不理，跟儿子说话，她说她的，我说我的，儿子一旦上学，家里就墓地般沉寂。

真像两个分居的人。

真像两个离了的人。

这样的生命信息，又跑回故乡。贾敏收到邹春芳的回信，不提钱的事，也不提别的任何事，从头至尾，都带着劝慰的口气，叫贾敏自己把日子过好，实在不行，就带着儿子回南城中学去。贾敏并没像我这样辞掉公职，是办的停薪留职，但这时候办停薪留职跟前几年已大不相同，这时候基本上就回不去了，人太多了，即使回去，也没工作给你，还没有住处。贾敏把邹春芳的信读来读去，越读越不是滋味儿。看来，沈老师并没把她的"好消息"带回去。

也可能回去带了，但同时也说了：贾敏那么爱美的人，穿那一身，全是从学校穿过去的，衣边袖口都起毛了；贾敏那么讲情义的人，却没一句话叫我去她家坐会儿，连住哪里也不告诉我；贾敏刚背过脸去,就见她抹眼泪。

这些话,其实是印证了传言。

不仅在南城中学传,还在我的原单位传。黄主任很感慨,说:"早晓得我把字签了。"意思是该把那笔辞职费给我。但接着又说了句:"人家本事大,不稀罕那点小钱。"是气愤我出了他办公室就走了人,且再不跟他联系。

稍后一些时候,我岳母从安徽来了。她退了休,来女儿家看看,顺便到西南名城玩几天。她看到的景象让她张口结舌。那完全就是我梦中的景象,想给她弄好吃的,但手长衣袖短。老年人的眼睛,一眼就看透了,她的女儿贾敏,她的外孙陈旦,正过着水深火热的日子。她的女儿本是人民教师,现在变成了无业人员。但始作俑者,不是她女儿,是她女婿陈小康。

每顿饭后,我都陪她坐会儿,她却不和我搭言,眼睛只看着女儿,或者很不可解地,猛然把外孙抱进怀里。我就站起身,说:"妈,你好好休息,想去哪里贾敏陪你去。"她还是不看我,也不应声,我就回书房去了。

她来的第三天,下午时分,我去上厕所,刚进去,就听见楼道上传来岳母和妻子的声音。厕所和楼道隔着一堵墙,开着风窗。母女俩的声音像长了脚,一步一步爬上来。是买菜回来了。声音并不很大,却言辞激烈,明显发生了争执,而且一路都在争执。岳母说:"我活了一把年纪,从没听说有谁年纪轻轻的就不出去做事。那不像个当家的。"妻子说:"不出去,不等于没做事。你见他是不是贪耍的人?你来了,他吃了饭还陪你坐会儿,平时碗一丢就做事去了。"这话让岳母悲愤交加:"婆娘娃儿都快饿死了,做的什么事?"妻子却没跟着激动,她边开门,边回话,回过去的话岩石一样硬,语气也岩石一样平静:"妈,你不要多说了,你永远理解不了一个有梦想的人是怎样生活的。"

我放弃小解，一溜烟回了书房。

我的书桌上，除了一台电脑、几本书，就是一个石膏像。那是一个大胡子作家，是我最崇敬的作家。我把石膏像拿上手，手心贴住他高耸的额头……

岳母本打算待一个星期，但第四天她就走了。贾敏送她到火车站，回来后眼圈红彤彤的。是又吵了架，还是舍不得母亲？我问她，她不说，反而问我："你不会生妈的气吧？"我知道她的意思。岳母出门时，我也说去送她，她飞快地摇着手，然后把我往书房推，"我耽搁不起你！"她说，言毕撤身，快步出门，连说声慢走、再见的机会也不给我。

"哪会生气呢，"我说，"总没有'多高'气人。"

说罢我看着妻子笑。她瞪我一眼，自己却也笑起来。

这有个典故。我和贾敏认识，是在东轩晚报的读书会上，那时候，晚报每月选个周末的晚上，举办一场读书会，在报上发消息，愿意参加的都可以去。其中一次，副刊编辑童政事先找到我，让我好好准备一篇发言。我发言结束，一个女子接了话，说的时间短，却相当有内容。她就是贾敏。会后，我们去童政的办公室又聊了四十多分钟，就这样认识了，也接触起来了。

只是谈得来，其实十天半月都不见面的，我怀疑是她母亲催婚，情急之下，她就说自己有了男朋友。母亲让寄照片去，她哪可能问我要照片？母亲不放心，就跑到东轩来了。当时南城中学还叫河滩中学，单身教职工还没有套间住，是住在两华里外的陆军医院，那医院和通川桥一样，建于抗战初年，战争结束改为民用，但好医生都回了大城市，加上地偏，就败落下去，空出许多房子，用于出租。母亲来了就要见"人"，贾敏不让见，"我试了几次要去找你，"她后来笑嘻嘻地对我说，"我怕妈看不上你，一棍子打死了，你就没机会了。"

母亲见不到"人"，就去学校，跟教职工聊，看能套出多少信息。

这一聊，就聊到邹春芳那里去了，邹春芳就把她那个表弟说出来了。

贾敏已偏向于我，对邹春芳那边已经回绝，可我后来的岳母竟然去某银行看了邹春芳的表弟，回来对女儿说："你是不是当真有人，我不管，没有，更好，有了，退了！"接着就说到邹春芳的表弟，"人家是啥单位？银行啊！"像银行不是人间的单位，是天上的。然后又说，那小伙子模样周正，个子多高。"多高"是四川方言，意思是很高，估计是邹春芳描述表弟时用了这个词，她就捡过来了。当她说到自己去银行见了人，贾敏羞愧难当，跟母亲大吵了一架。

我有时候想，贾敏最终决定跟我，很可能与她母亲的逼迫有关。越逼，她越要抗争，抗争的方式就是不跟"多高"，跟我。

但她自己不承认，她说："你辜负了人家一片心。"

儿子出生后，她却又说："天底下的婚姻，或许多半都是儿女逼的，儿女想到人世走一遭，就逼迫父母成婚。"

我不知道哪一句话是真的。可能两句都是真的，如同一方面骂有梦想的人自私，一方面又责怪母亲不懂得有梦想的人怎样生活。

以前说起那段往事，我确实有些别扭，今天却只想笑。她一笑，我就更想笑。两个人有多久没笑过了？笑起来的感觉，就像吃七月上旬的梨，还需晒几个太阳才完全成熟，但甜味儿酸味儿和爽脆的口感，已尽在其中。可能是酸味儿重了些，她笑着笑着眼泪出来了。待眼泪流过，才说，母亲两次来看她，两次都让母亲伤心。上次在东轩伤心，倒说是母亲自己过分，这次……好不容易来趟蓉城，哪里都没带她去，因为去哪里都要门票，总不能让母亲掏钱买门票。母亲走,连衣服也不能给她和父亲买一套,甚至连火车上吃的喝的,也没给她准备。

说着,眼泪又下来了。

"妈只有饿着回去了。"贾敏流着眼泪说。

原来,母亲把身上所有的钱都给了女儿。

十

我絮絮叨叨地说着这些事情,你多半听烦了,觉得没什么意思。我自己也是这样看的。有意思的事情越来越少了。

那么我简短一些吧。

带儿子去找昆虫那天,我就给自己立下了期许,期许是一种生产力,对此我可以做证。贾敏在沈老师面前,说我在出版社做事,她的愿望也没落空。春风吹来的时候,我曾去应聘的那家出版社,当真请我去了,只不过不是上班,是请我翻译。他们从我留下的简历中,知道我不仅懂法语,还懂阿拉伯语,社长有个同学在约旦,同学告诉他,那里有个作家,前几年出了本小说,写得棒极了,若翻译出版,定能赚钱。但那同学只能读,不能译,社里又舍不得花高价请名手,就找到我,且愿意预支部分稿酬。终于说到钱啦!我当然接下了。

这就是阿桑力洪的《库斯瓦》。

到而今,《库斯瓦》已再版三十七次。我强调一遍,那是我译的,署名依然是"小康",但你要知道,那就是我,陈小康。现在说出这个,既非虚荣,也不是要补偿,因为出版社给我的钱够多了,他们不像以前那家,只把"小康"当成卫生巾,用一次就扔了,他们每再版一次,都通知我去领钱,后来就直接打到我卡上。

"你译得那么成功,为什么不继续做下去?"

这是朋友们经常问我的话。

我不愿意回答。

这样问我的朋友,其实还算不上朋友。

他们几乎都没读过我写的书,且都认为,外国作家比中国作家写得好。这成了他们心目中的概念,和"典型性"这个概念一样,充满暴力。外国作家当然有比中国作家写得好的,正如有中国作家比外国作家写得好的,如此而已。我不再翻译,与《库斯瓦》的大卖有密切关系。实话说,那就是个普通的小说,作家炫耀着他在某一领域内的知识,离开知识进入人生,立即就不知所措,但我们的批评家和读者都高声喝彩,像以前没有小说,小说是从《库斯瓦》诞生。

我深感悲凉,因为在那之前,我已写了很多卖不出去的小说。

当然我要感谢《库斯瓦》,它让我从困境中挣扎出来了。

首先是摆脱了经济困境,这是最能眼见为实的。若干年后,我出席各种场合,见到各种人物,听了很多讲座,也开了很多讲座,同行和学员对我最感兴趣的,似乎不是我写了什么,也不是我讲了什么,而是我的那段辞职经历。有次我跟一个批评家对谈,那批评家和我妻子贾敏一样,特别在意作家的人生经验,我满足了他的好奇,那段经历因此传播出去。之后一年左右,我去某地讲课,到末尾的提问环节,有个女学员站起来,却没提问,而是慷慨陈词,号召大家向陈小康老师学习,敢于为梦想破釜沉舟,哪怕受穷,因为:"沉迷于舒适区,比没钱更可怕。"听了这话,我既惶然,又伤感。我对那个脖颈修长的女学员说:"你很有演讲天赋,但我希望你以后演讲的题目是:没钱是最可怕的。"

我是真诚地心疼她。

我生怕她也跟我一样,在很年轻的时候,就被时代抛弃。

《库斯瓦》带给我的另一个转折,是从那以后,我写的书都能卖出去。在此后的五六年时间里，按贾敏或贾敏的写作老师的说法，我是一个作家，而不是文人，但在做作家的日子，我悲哀地发现，自己离时代越来越远。由此我才知道，对融入时代，我有多么深切的渴望。

我决定改变自己。

我的改变或者说转型，十分成功，这一点大可不必自我标榜，你们都是看见的。那次在书架上待到第四十一天，我终于认定，"这是我来到这座城市的第一个冬天"，别人没有写过，那就是我的原创，我以这句话开头，写成了我最著名的作品。书名想必不需要我说出来吧？一部发行数百万册而且还在不断再版的作品，一部被公认为当下最具文人气质的作品，你不知道书名，就不是我的错了。

朋友们，就说这些吧。

你听烦了，我也不想再说下去了，我的胃痛起来了。

# 白　岛

　　不久以前，这里住着一个女人。但现在没有了，她死了。她是我的女人，名叫白素贞。你听出来了，这是白蛇娘娘的名字。记得刚结婚那阵，老熟人见面就朝我跷大拇指，喊一声：好福气呀！意思是我娶了白蛇娘娘。我自己竟也这样想，如果白素贞在身边，我还故意当着人的面，问她青蛇在哪里，有白蛇就该有青蛇的，"在临安收青儿主仆同走"，戏曲里就这么唱。现在想来，那真是年少轻狂，尽管当时我就早已不再年少。娶了白蛇娘娘有什么值得显摆的？白蛇娘娘是传说，娶了一个传说，我并不因此就成为传说。如果我也成为传说，我就是许仙了。许仙不是我喜欢的人，他长得太白了，比白蛇娘娘还白，以至于我感觉到，白蛇娘娘是嫁给了一个女人。她却要为这个女人丈夫，冒死去盗仙草，还跟法海斗。她是斗不过法海的，因为法海是真正的男人。小时候看《白蛇传》，我恨过法海，但恨他的唯一理由，是他用雷峰塔镇住的，不是许仙，而是白蛇。他应该把许仙镇住才好。

　　正如此刻，如果死的是我，不是我的女人白素贞——才好。

　　但这只是假设。世间有万般无聊，假设是最无聊的一种。

　　我的女人白素贞，死了。我要把这事实再陈述一遍。

　　按事实去生活，才是我应该做的。昨天晚上我就在想，我应该离开这座小岛。小岛上没有别人，只有我和白素贞；那是以前，现在，只有我和白素贞的坟冢。

其实没有坟冢，也没有墓碑。她的墓碑就是一棵树。

我和她认识不满一个月的时候，两人就经常以各种语气说到死亡。那是我们最富激情的话题，一说，她就软了，我呢，就想着对付软的办法。她说，未必还需要想吗？的确，不需要想。在对死亡的言说中，办法早就有了。但我真的变成了许仙，文弱得像根棉签。她明显不满意了，说，你讲讲你的前世吧。这证明她也想到了许仙。这让我羞愧。我不愿意讲。她说，来世呢？我差点儿就说法海。虽没说出口，她却从我嘴唇颤动的纹路，认出了法海两个字。那是我的仇人，她说。说话间亢奋起来，像一首歌唱到高音，运足了气，浑身抖。幸亏我早有准备，不然就被颠下了床。有时候，仇人真是个好东西。我说，你的仇人也是我的仇人。言不由衷吧？她刮一下我的鼻子，突然间有了厌倦，把我推开，说，不说别人了，我是白素贞，不是白蛇，你是朱家田，不是许仙，法海嘛……她停下来，像陷入了沉思。在远远近近的时光里，白蛇和许仙都是偶然，法海却是必然的，我懂，她也懂。但我们并不畏惧。我们连死都不畏惧。她从沉思里回过神，又缠住我，问我死后想怎么处理。我说随便你，反正我比你死得早，我看过你的手相，我死过后，你还要活三十年。她把手举起来，问哪只手。我说两只手都看，高手除看手掌，还看手背。她把手藏进被窝，说如果真是那样，我就把手剁了，让你看不见，然后逼着我承认她比我先死。她说我死后，你把我埋在一棵树下，那棵树要好看，不，树都好看，但也不是随便哪棵树，那棵树下要干净，你听见了吗？

那时候我们住在城市。

我至今说不清是不是要为她找一棵干净的树，才来这座小岛的。小岛没有名字，我为它取了名：清溪岛。是因为岛外的河流叫清溪河。这是一条荒河，上下几十里没有人家，我跟白素贞，是从县城包了快艇来的，带着弯刀、斧头、锄头、木锯和种子，还有可供食用半年的食物以及一切生活所需。本以为还要自己动手砌房子，结果不必，野藤、杂树和乱草的深处，有间木屋，木屋低矮，却很结实，就像一个人躺着比站着更不容易倒下一样。白素贞大声喊：有人吗？先朝屋里喊，然后朝四面八方喊。我说别喊了，你没见那屋里都长了树？门开着，屋子正中长了棵杏树，贴地生了铁线草。究竟缺少阳光和雨水，草长得像上了年纪的头发，稀稀拉拉，还泛白，杏树虽有半人高，叶片却比指甲盖还小。两人进屋。两人都是先出左脚，再出右脚，步调一致，连步幅也一致。而今回忆起来，那真是意味深长。我们不怕死，却怕在陌生的地界里活着。共同的恐惧，把两个人变成了一个人。

除了小树和杂草，只在傍东墙的地方横了两块不足尺高的条石，条石上铺着木板，算是床。床上空空荡荡，但我们还是来回转了好几圈，把每个角落都看仔细。万一主人就躲在哪里呢？确认之后，才出门去，拿来锄头铲草。草皮底下是黑泥，足以说明旧主人曾在这屋子里生活了许多个年头。铲罢草，再挖树，但白素贞不让挖。她说那年我去云南，在怒江边见到一户人家，院子紧傍山崖，就是说，山崖是院子的一部分，而山崖上是挂瀑布，几十米高，他们能在家里养瀑布，我们养棵树也不行？她两只手把树梢虚虚地握住，眼神迷离，是一种会飞却不知道飞向何方的眼神。那时候我就该看出些什么，但我太兴奋了，草一除，别人的房间就变成了我们的房间。听了她的话，我只是哈哈笑，说随便你，只要你不怕它可怜。可怜这个词把她打动了，但她并没改变主意。她对树说，我们会想办法的。然后跟我一道，去抬了块扁平的石头进来，将锄松的泥土夯实。

然后我们就在那里住下了，一住三年半。

三年半过后她死了，我也要离开了。

离开的意思，是得有个去处。我的去处就是我的来路，是那座远方的城。白素贞死在冬末，现在已是暮春，春水发过两次，清溪河成了哺乳期的河，胀鼓鼓的，在河上跑的快艇，犁出哗哗的白浪。这条河连接两座县城，但那都不是我的城。我的城在更远的远方。这天早上，我收拾停当，就去河边等着。为让人注意到我，我抱着白素贞的红色羽绒服，听到山弯那边有响声，就举着羽绒服挥舞，还高声吼叫。我在那里坐了一天，吼了一天，手也挥了一天，如果手臂上长着果子，早就摇得一干二净了。但没有人理我。快艇大都是包船，就像三年半以前我和白素贞来这座小岛时一样，即使没人包，也要等人坐满了才开，总之中途是不会停的。以前有竹筏、木筏、独木舟、乌篷船，后来有了汽划子，现在连汽划子也不见了踪影，更别说竹木筏子。它们把自己让给了速度。我似乎没有离开的机会了。

一个人在这里生活，我从来没有想过。我是跟白素贞来的，也是因为白素贞来的，可是白素贞死了。踏着走一步暗一层的暮色，从河畔回到小屋时，我突然觉得，白素贞是故意死的。她似乎早就感觉到我想离开小岛，而她不愿离开，就干脆死在这里。

她死的前一天，我们还没起床，阳光就落进了屋子。冬天的阳光，是另一种质地的雪花，比雪花还冷。她说，冷。我就抱住她。可许多时候，两个人的温暖比不上独自的温暖。她磕着牙，说，反正没事，我们去爬山吧。半岛背后是山，是它跟陆地唯一的连接。山很高，抬了头望，望到了天，却望不到山峰。我们煞有介事地穿了运动鞋出门。山野木叶尽脱，光秃秃的树身，画出迷宫似的路。她在褐色的树干间绕来绕去，真像迷住了的样子，其实是想表明，天底下的迷宫，都只为目标设置，把目标抛开，迷宫也就自动解体。我们是来爬山的，可山峰并不成为我们的目标，因此我们是轻松的，也是自由的。青冈树叶铺了厚厚一层，踩上去，哗！溜出老远。败叶是行进在山野间的船。她说，河里可以逆水行舟，山里为什么不能？说罢踩住败叶，往山上滑，可怎么也滑不动，那模样看上去很傻。可我比她更傻，我说，逆水行舟需要动力，没有机器动力的时候就靠人拉，我外公住在瞿塘峡，我小时候到外公家去，经常看到那些光着屁股的纤夫；我外公年轻时候，也做过好几年纤夫，拉纤时也是那样光着屁股。她弯腰抓起一把叶子，丫着手往山上跑，说自己是个纤夫，可惜太冷了，不能光着屁股。我说，试一试，说不定没那么冷。这句玩笑话，她却当了真。她站在高处，扶住一棵遍身鳞甲的老松说，你先脱。我知道自己说错话了，但收不回来。我是不能违拗她的，这是我们关系的模式，也是我们婚姻的秘密。

穿着衣服的时候，没感觉到一丝风，衣服一脱，风就来了，像闻到香气的蜜蜂。这比喻把我自己美化了。我已不再年轻；不老，但也不年轻。她年轻，而且美。那比喻是属于她的。但暂时还不属于她。我对她说，别脱，冷死了。确实冷，风和阳光都成了在身上甩打的鞭子，带着芒刺。她说，你跑吧，跑起来就暖和了。也只能这样。当我气喘吁吁地越过她，跑上一块黑石头，回头见她跟了上来。她比我脱得更彻底，我穿着鞋袜，她啥都没穿。光脚更滑，她只能四肢着地，像个动物。一只美丽的动物。黑黢黢的头发跑在她的前面，挡住了她的脸。我去接她，确切地说，我是想回去穿上衣服，她却不让，你站着别动！她这样命令。我对着冰片似的太阳，不知羞耻地蹦跳。河似乎比太阳更遥远，偶有一艘快艇呼啸而过，快艇激起的冷气和水花，却子弹般朝我射来。

回去的路上她很沮丧，因为我没有满足她。她想站在那块黑石头上做爱，我实在不能满足她。血液想离太阳更近一点，都跑到我头上，我只有头是热的，别处都麻木得失去了知觉。朱家田，你对我不好,她说。听了这话,我承认我很愤怒。承认之后,才发现自己一直很愤怒。玩得太过火了,玩得把自己身体都丢了。这是要付出代价的。

我付出的代价过于沉重,白素贞死了。我说过,那是在第二天。其实当天还不怎么看得出来。她沮丧过后,说我对她不好过后,很快释然,回到屋子,暖气一扑,她就打喷嚏,接着吵冷。火是生上的,添一笼干枝进去,打瞌睡的火苗便煮开,剥剥乱响。我们并排站着,弓着腰,几乎架到火上。这姿势跟裸身于冬天的山野一样可笑。于是她笑了,嘴微微翕开,舌头顶住牙齿。

谁知道她第二天会永远地离开我呢。

她离开了,半岛上只剩我一个人了。

一个人的日子我过了整整一个季度。如果这个季度是夏天,或者秋天,甚至冬天,大概都会好受些,可偏偏是春天。春天是让人愁的季节。我是要离开的,却找不到离开的办法。连续四天,我去河边拦快艇,快艇却把我当成了半岛上的一块泥土。快艇是水上的生物,不喜欢泥土。我也不喜欢泥土。不喜欢泥土的人怎么可以跟荒野打交道。如果不是白素贞,我怎么可能走出城市,到这与世隔绝的地界上来。我是在责怪她了。阳光落得像雪花的那天,也就是她死的前一天,我的愤怒已经苏醒。如果给愤怒作个注释,应该是这样的:颜色,深黑;气味,辛辣;性质,巨毒。如此说来,白素贞是我害死的。我没有理由去责怪一个被我害死的人。

每次责怪她时,我都觉得自己没有理由。这不是好事情,她的任性就是这样惯出来的。

她以前不是这样。

不过她以前究竟是怎样,我也说不清。

我碰见她时,是在北极村——北极村的黑夜。当时我是山城一家地理杂志的记者,接到一个任务,采写从漠河直至广州的秋天。九月下旬,我从山城出发,飞往哈尔滨。那天山城是三十六度,到哈尔滨就十五度了,但我并不打算添置衣物。反正是从北往南走,且不会在一个地方久待。第二天到了漠河,下车吃了顿饭,立即租车前往北极村。大雪在两天前下过,茫茫雪尘里,大兴安岭很有节制地起伏着。乌鸦蹲在树梢,像是长在上面的。它是在炮制冲突。冲突就是互动,黑与白的互动,美与丑的互动。这是天地间显而易见却又守口如瓶的秘密。这秘密是在提醒我,我也将有一场互动。但我没意识到,轻率地放过了。到北极村天就黑透了,而且停电。我冒着风寒摸到一户农家,这家人做着旅游生意,门前挂着"鹿祥园农家乐"的牌子;这是我第二天才知道的,当天夜间我看不见牌子,只担心不收留我。我快冻僵了。冻还是其次,主要是对广大无边的黑和荒漠似的静,非常恐惧。主人鹿祥园听见有客人上门,划根火柴,把黑暗灼出一个窟窿,接着点上蜡烛,叫他儿子生火烧炕。他儿子是个快进中年的侏儒,抱来柴块,却怎么也点不燃。他手里拿着明子,很容易就能点燃的,可就是不行。过了一会儿,鹿祥园从黑暗的深处端出一钵挂面,热气腾腾地放在桌上,说,只能将就了。我想他咋这么好呢,原来只要住在这里,就包吃,吃好吃坏,全凭主人的良心。他拿来两副碗筷,喊一声:吃了。一个女子便走出来,披散着长发,鲜红的羽绒服把蜡烛的光焰染成了粉色。她坐下就往自己碗里挑面。我初以为是鹿祥园的家人,是让我跟他家人同吃,可鹿祥园和他那个侏儒儿子都隐到了暗处。于是我决定等一等。她低着头只管吃,发丝帘子一样把她和我隔开。你不吃啊?她突然这样问,头发后面的眼睛闪闪发光。

我们就这样认识了。

我叫白素贞,她说。

这名字听上去很耳熟,但我当时并没想到白蛇娘娘,更没想到我们会成为夫妻。看样子，她不过二十二三岁年纪，而我，再过几天就满三十九了。她说她是来旅游的，没有同伴，就一个人。这让我感到亲切。在这个陌生的地界里，我孤独，她也是。我们两个陌生的人，有了一条共同的通道，那条通道里散发出同样的气味。我们谈了很久，直到那支烛光在残蜡里蹦一下，又蹦一下，警告说它马上就要熄灭了。

第二天，我大早起床，到黑龙江边，照了几张雾锁江流的照片，便往田野里去。当地人把田野叫大地，哪怕只是一小块田，也叫大地。这是东北辽阔的疆土赋予了他们修辞的辽阔。大地空了，蓝莓已经下树，大豆早已收割，只有一些像害着病的山丁子，奄奄地挂在枝条上，供雀鸟们吃。我是南方人，一个南方人对季节慢条斯理的应对，就这样轻易错过了北方的秋天。没有庄稼的秋天，便少了姿态，显得单薄。从完成任务的角度讲，我是白跑了。但既然来了，我该去最北点看看。没走几步，是一尊雕像，底座上文字漫漶，大意是说，某年月日黑龙江发大水，淹了北极村，一俄罗斯上尉为救中国百姓，牺牲在波涛里。正准备离开，雕像后转出来一个人。是她，白素贞。依然是那件红色羽绒服，脖子上缠了白围巾。早啊！我说。她不回我的问候，只扶住雕像的鼻子感叹：好帅！之后望着对岸的俄罗斯。江雾低垂，视线稍稍爬一点坡，就能爬到俄罗斯的土地，那边有积木似的村庄，有缓缓移动的物体，是羊，或者是人，或者是人赶着羊。我沿着马路朝前走。马路上晒着燕麦，昨夜下过雨雪，燕麦上搭了层薄膜。有辆车停在路边，我刚靠近，车门猛然推开：要进屋看看纪念品吗？是个女人，她的屋就在马路里侧。我摇摇手，车门又砰的一声关上了。我向右拐上栈道。栈道两旁，狭叶荨麻和蚊子草扫着裤腿。我只穿着单裤，晨霜仿佛将我的单裤剥去，只剩了两条光腿，草叶每扫一下，我的腿上就被寒气割一刀。

你昨天不是说要去看庄稼吗？白素贞的声音从背后追来。

说不清为什么，我知道她会追来。我站下等她，说，你没看见那边？那边的大地上，有个辨不出年龄的男人在往一匹马背上放东西，有被盖、沙发、脸盆，还有拆下的帐篷。他是庄稼看守人，现在庄稼收了，他该回家去了。白素贞走到我身边，撇撇嘴：庄稼根本不能成为季节的标志，树才是，庄稼播种有早有迟，而树一直长在那里。

那时候她就提到了树。

她是一个没有目的的人，这一点我很快就发现了。我走，她也走，我停，她也停，于是我们一同走，一同停。只有一次例外，当我停在一块立着的石头前，她把石头扫了一眼，直直地往前去了。那石头上用油彩写着几个字："我找到北了！"我为这石头照了张相，跟她去了更远处。远处的土塄下，有个回水荡，回水荡里生着杂木，杂木半个身子没于寒水，露出的部分，枝条细瘦，面容苍老，我想它们是被冻老的。树跟人一样，最怕的有两样东西，一是饿，二是冷，所以才用饥寒交迫这样的词语，来形容极致的困境。它们长到那里去，不知道是主动的选择，还是被动的接受，可仔细想想，世间万物，又有多少主动呢？这么一想，我就怜悯那些树了，以至于不愿再多看两眼，就撤身回转。她跟着我回转。走到那块站立的石头前，她问：你需要在这里照张相吗？我帮你照。我说我不需要，我只为石头照一张就好了，这样可以帮助我记忆，便于回去写文章，还可以拿它向领导交差，表明我确实到过这些地方。她古怪地笑了一下。我说你站过去，我为你照一张。她脸一沉：我才不照！那样子像是我得罪了她。随后她又鄙夷地说：留给那些自以为找到北的人来照吧。

幸好我没让她给我照。

可是我为什么不可以照呢？为什么要以她的标准为标准呢？

对自己的不满，破坏了我的心情。然而我怎么也没想到，这种不满将一直持续。

隐隐地，我想摆脱她。

但我走，她也走，我停，她也停。午饭后，当我租车出北极村，已坐上副驾，她背着双肩包飞跑过来，敲着窗子。我把窗子摇下二指宽，她歪着头说：如果你不嫌挤。

后排是空的，本来就不挤。

她兴致勃勃，上车就讲趣闻，说大兴安岭的豆荚，出苗后一个晚上就牵藤，牵了藤立即就得搭架子，否则第二天就到处乱窜；搭架子的同时，花就开了。它清楚自己的时间不多，不抓紧来不及。植物比人更知道自己的天命。因这缘故，外地种子不能进东北，它们懒洋洋的，还没长成，就被突降的霜期斩了头。我不喜欢那种急急慌慌，她说，我喜欢石头，也喜欢树，石头和树都是缓慢的生命。

车行至一条黑土隆起的大沟旁，她问我要不要下去看看，说这里叫胭脂沟，并给我讲胭脂沟的来历。司机也跟着鼓动我。这一带是他家乡，他热爱他的家乡。司机把车停了，我跟她去往林木深处，她弯腰把野草刨开，竟刨出矮林似的墓碑。这是妓女坟，她说，百多年前，大批淘金者来到胭脂沟，那时候还不叫胭脂沟，叫老金沟，从老金沟淘出的金子，拿去孝敬老佛爷，为老佛爷买上等胭脂，老佛爷感动于那么苦寒之地的人也还想着她，就把老金沟赐名胭脂沟；淘金者都是青壮男人，他们到了胭脂沟，妓女便尾随而至，有中国的，也有俄罗斯的。她在碑上找名字：叶卡特琳娜，二十一岁；李珍，十八岁；施粉菊，十九岁；任天英，十六岁。还找了许多。碑上的年龄，像一个个感叹号。她们用二十一岁、十九岁、十八岁、十六岁甚至十四岁，来撩动这个世界的悲伤，又用悲伤向世界挑战。她跑开几步，摘来几朵顽强的野花，献在一个连姓氏也没有、只叫了丫丫的墓碑前，自语似的说：做一个妓女，其实蛮好的。妓女太神圣了。她们用污点来诠释神圣。没有污点的神圣不是神圣。又说：妓女大多人生短暂，是因为妓女的命被男人领走了。男人领走了她们的命，可男人并不知道，妓女也不让男人知道，这是妓女的佛性。

这样的话，比如林的墓碑还让我震惊。

我要去海拉尔，需从漠河至加格达奇，再在加格达奇转车。我说我，就是说我们。在加格达奇下车时，是凌晨三点半，去海拉尔的车要早上六点过才开。只能等。冷啊，每一丝风都是杀人风，都能把我肢解。南方的风，与阳光和潮湿为伴，北方的风却是单独存在的，世界上的南方和北方，也不是以纬度划定，而是以风为界。我后悔没多带些衣服，也没去铺子里买，现在想买也没地方。候车厅里不到十个人，其中四个是工作人员。有个背着旅行包的男子，串脸胡乱哄哄的，断了一条腿，大部分时间躲在厕所里抽烟，其实候车厅里也有人抽烟，并没人管，但他偏要躲进厕所去抽，有时笃笃地敲着拐杖，出来接半杯开水。另一个五十多岁的男人，老是对着工作人员笑，不管工作人员在交谈中说没说他，不管说的话值不值得笑，他都笑。这是一个卑微的人，混迹在车站里，打发他的一生。一个女安检员把吃剩一半的苹果给他，他点头哈腰地接过，用门牙轻轻刮，好长时间舍不得吃下去，之后躺在长椅上睡觉，把苹果放在胸口。

白素贞一直盯住那个人，见他睡了，她说：做一个乞丐，其实蛮好的，乞丐是四方游走的散佛。她说她喜欢从桥底下穿过，桥下两侧，往往打着地铺，聚着乞丐。散佛们惯以桥底为家，这表明他们随时准备上路，同时又是对路的拒绝。有次她看见一个半老乞丐，背靠桥墩，龇牙咧嘴地在那里撸管。那真是惊心动魄，她说，我想不到乞丐也会撸管，我还以为乞丐的全部使命，就是要吃要喝；可见人的许多使命是被树枝一样剔掉的，比如你——她伸出右手的食指，指着我困倦的眼睛，你以为你的使命是采写从北到南奔跑的秋天，而你心目中的秋天只是田野和庄稼，是庄稼的收割方式，最多再加一点菜蔬啊果子啊湖光山色啊什么的，不知道有一种秋天是用二十一岁写的，是用十六岁甚至十四岁写的。说罢嘻嘻笑。

我和她在北极村认识，但故事的开始，是在莫日格勒河。这我后面会说到。有开始就有结束，正如每一次拥抱注定要松开。我们开始于一条河流，结束于一条河流。

然而，快艇在清溪河上劈波斩浪，驶向我后来命名的清溪岛时，我从没想过那是我们结束的地方。我只把它当成一个驿站，睡上一晚，再换马前行；当然，也可能是后退。可见到那间空无一人的房子，我为什么会来那么大的激情，急迫地要将它变成"我们"的房子，而今已很难说清。我只记得，白素贞喊话，问是否有人，问第一声，我多么希望听到应答，那样，清溪岛就不是我们的，房子也不是我们的，我们就是岛上的客人，客人总不可能住十天半月还不走，更不可能一住三年多——如果白素贞活着，谁知道会不会住上三十年？这让我心里发紧。踏上荒岛的第一步，我就渴望离开了。可是，她问了第二声、第三声，依然无人应答，我又突然感觉获得了巨大的解放。我身上原本挂着沉甸甸的人世，现在都可以扔掉了。不是扔掉，是根本就不存在了。天地刚刚从混沌中分离，世界还是崭新的，我和白素贞，是世上最初的居民，没有同类，没有伤害，没有竞争，而同类、伤害和竞争，正是烦恼的根源，所以，我们也没有烦恼。我们将成为创造者，从此刻起，我们做的每一件事，都具有为野蛮和文明立定边界的意义。正因此，我把除去杂草也当成伟业。

白素贞的话使我清醒过来，她说怒江边有户人家养着一挂瀑布，她把纷繁的人世又打捞出来。好在我没去过怒江，加上屋中央的杏树转移了话题，我的心思又回到了现场。

白素贞对杏树说，我们会想办法的。她为它想的办法，就是在屋顶开个洞，让它承接阳光和雨水。屋顶铺着石片瓦。这种瓦只在少数山区才有，其实就是像瓦一样的石片，也做了瓦的用途。我砍来两根枯死的桤木树，用藤条绑成楼梯，爬上屋顶，将两片瓦移开。瓦比油漆还黑，并以沉实来宣示自己是石头，不是泥土或别的什么。黑瓦与同样发黑的栗木椽子，瓷得很紧，要用了力才能掰开，可几只草鞋虫，竟在我掰开的同时，就在虚虚的阳光里四散奔逃。它们像是不需要空间，只需要黑暗。白素贞在下面喊：亮了！她看见的是天亮了，而我看见的是地亮了，是地上的她亮了。我在天上看着地上的她，有了一种顿悟：古往今来，天上的神仙总是偷偷下凡，可见地上比天上更美。

地上美就美在有白素贞这样的女人。

她是我的女人，我不能让天上的神仙把她带走。

可她还是被带走了，仅仅在三年半过后。遗憾的是，我蹲在屋顶上时，并不知道这个结局。我当时还在想，相对于她，我现在就在天上，如果要把她带走，也是我，而不是别的任何人，包括神仙。这想法太不吉利了。对她不吉利，对我本人也不吉利。最不吉利的地方，是我把自己当成了神仙。我不愿做神仙，只愿做人，哪怕像许仙那样的人。

那天夜里，白素贞比我先睡，等我闭上眼睛，整个世界就往下沉。河水的吼声像是来自另外的星球，半岛上的鬼怪和神灵，在属于他们的时间里悄然忙碌。我感觉自己也在往下沉，沉入无底的深渊。深渊是帮人了断和忘却的，可事实上，我与渊面的联系，从来也没像此刻这样紧密。我踏入了山城灯火辉煌的街道，街道直通滨江路，滨江路外是长江，阔大的江面，映照出另一座城，我同时置身于两座城市。走过一段滨江路，便进入巷子，锣锅巷，巷子两旁，是突起的高楼，我住在右边这幢的六楼，上到三楼时，萨克斯的声音从对面楼里浮荡过来。那该是一首欢快的曲子，可听起来却有站在新坟前的忧伤。我知道是谁在吹，我认识他，他叫王林，前不久才跟妻子撒了手。他跟妻子很相爱，但还是撒了手。是因为他父亲。他父亲已经七十岁，六年前，他母亲去世后，父亲不知从什么地方带回一个二十多岁的女人，一口气生了两个儿子，无论在哪种场合聚会，父亲都当众搂着小妻子，后来还搂着两个小儿子，玩自拍；小妻子喜欢唱歌，父亲陪她唱，而偏偏小妻子唱的都是高音，父亲也跟着飙高音，父亲飙出的高音里，带着腥味儿，腥味儿来自腹腔，是被他使劲儿挣出来的；除了腥味儿，好像还有肉渣。太可怜了，王林的妻子说。她觉得自己没那么坚强，能天天背负着同情心生活，就跟丈夫离了，搬到了城市的另一边，从此与王家彻底断绝了关系。王林十三岁就吹萨克斯，吹到现在，已是炉火纯青。能把一首曲子从水吹成冰，从阳光吹成月色，在这座城市里并不多见。我继续上楼，听见四楼的一对夫妻在厉声争吵，看见五楼9号门前，站着个已经秃顶、穿着正装提着礼品等待开门的人，到六楼，我的门关着，邻居的门开着，男人站在屋当中，情绪激动地跟人通电话，他妻子比他还激动，站在他面前，为他竖大拇指。而我的门始终关着，我打不开我的门。时光在楼道里流逝，我在楼道里变老。

白昼降临。

当我睁开眼睛，真的以为是白昼降临。那不过是闪电。我只见过城市的闪电，城市的闪电快捷、迅猛，带着刺探、惊惧和方向不明的厌倦，而荒野的闪电如史前生物，深知未来史书对它们的记载，都源于人类贫乏的想象，因而肆无忌惮，随心所欲地只是玩，唰！起了；唰！又收了。起和收，几乎就在同时。在它收去之后，黑暗更深。它那么照一下，就是让你看见黑暗的深度。你在亮与黑的两极游走，没有中间地带。可当你慢慢适应，它便接连不断，唰唰唰，形成光的河，从九天垂注。

杏树身着白衣，瑟缩着，像个正给父母送葬的孤儿。可它父母还在呢。至少，它母亲还在呢。我在屋顶开了天眼后，白素贞从三十米外的一口潭边，端来一盆水，清洗杏树的叶子，边洗边说，妈妈为你洗脸。白素贞是它的母亲，它母亲活着，这时候却穿了孝服。它或许呼喊过，没听到回应，就以为妈妈死了，跟着妈妈的那个人也死了。我推白素贞，说，杏树叫你呢。她潜伏在睡眠底层，出不来。我使劲推她，说，要下雨了！她伸了一下腿，翻过身又睡。她的光屁股顶在我的肚子上，有一种不真实的温暖。我想，必须赶在下雨之前，去把揭开的瓦还原，可杏树不正需要雨水吗？

我总是遭遇两难的处境。取舍都是在一念之间，我还是应该爬到屋顶上去。雨神看见了我的想法，抢在我之前，炸雷声起，天空粉碎，盛在天空里的水，瀑布似的往下砸。

后半夜再没能睡觉，白素贞举着我们从旧货市场淘来的马灯，我举着锄头，在卧榻和杏树之间掏沟。沟一直掏到门外。门外的斜坡，呈扇面形与河流相接。早上，雨小了片刻，可那只是技法拙劣的引诱。有引诱，就有上当，不管是多么拙劣的引诱。我正准备对白素贞说，这地方住不得，赶紧离开吧。但话没出口，天又垮了，垮了一层又垮一层。我站到屋外去，望见河水近了，对岸远了。那时候，我就预感到出不去。

如果我是一滴雨，就能从汪洋中逃离。我站在雨里，也真像一滴雨。可当我意识到这一点，立即退回了屋子。如果没入汪洋，我该逃向哪里？我有远方的城，有城里的事业，但那是过去的事情了。要确认那时候的朱家田就是现在的朱家田,我没有信心。

信心被摧毁,是在信心确立的那一刻。

那一刻就发生在海拉尔的莫日格勒河。

去海拉尔是段艰难的里程。还没在加格达奇上车,我就知道自己感冒了。对有些人而言,感冒无非就是擤擤鼻涕,对我却是大病。咳,不是用嗓子,是用整个身体。上车就饿得慌。我得重感冒的显著病象,还不是咳,是饿。坚持两个多钟头,不见卖早点的,便去餐车。白素贞坐在我旁边,打着瞌睡,我想:是不是应该叫上她?当然,应该叫上。她却不去,说给我带些来。餐车里除了方便面,啥也没有。师傅说到海拉尔要交班,所以没吃的。是他要交班,可他分明说的是:到海拉尔你要交班。他加了个你字,这让我觉得晦气。我向谁交班?为什么交班?心里堵,方便面也懒得吃了。回到座位,白素贞睁了一下眼睛,见我两手空空,又把眼睛闭上了。我头晕目眩,想睡又睡不着,便望着窗外。

近处是平畴,远处是起伏的丘陵。平畴和丘陵都有个共同的名字,叫寂寞。没完没了的寂寞。如果没有歪在身边的这个人,我不会这样寂寞的。有一种寂寞是不光彩的,比如我此刻的寂寞。我就不想自己,只看窗外单调得让人发狂的景致。我相信,到某一个时候,平畴和丘陵要么掉换位置,要么都变成汪洋,可那个时候是多么遥远,它们要忍受多么漫长的寂寞。白素贞说,石头和树木是缓慢的生命,那么天空和大地呢?人等不起这样的缓慢,许多时候,人只能成为大兴安岭的豆荚。我想着这些,就如半年后到清溪岛的第一夜,在沉重的天宇间听见了忧伤的萨克斯。但在车上的忧伤是安宁的,我甚至要说,是华丽的。这是真正的忧伤,安宁而华丽。真正的忧伤是人一生的奢侈。

在我们对面,坐着三个摄影人,都是年过六旬的老人,坚持用胶卷拍照,这次外出,各照了五十多个胶卷,只是过安检麻烦,要解释半天,才允许那些宝贝不去照 X 光,也就是不让它们在瞬间就化为空白和废物。三人大谈真正的摄影,必须用胶卷,接着鄙薄他们共同的熟人,说那些人用数码相机,甚至用手机,也梦想出作品。说别人的坏话能刺激荷尔蒙,有个红头花色的老头子,自然而然把话题过渡到房事,说他现在还像二三十年前,可他老婆上四十九岁过后,就对那玩意儿彻底厌倦了,他要跟她做,她不做,他就把手一摊,老婆问,啥呀?他说,钱。老婆说,啥钱呀?他说,嫖娼费!他把嫖娼费几个字,说得格外大声,且每个字都拖得很长,像是在对一个切齿痛恨的人宣判。老婆爱惜钱,答应跟他做。但对她而言,那实在是件苦累活,怕苦怕累的时候,只好把钱给他。

老头子说到这里,白素贞醒来,很有兴趣地盯住他。嫉妒,我猛然间就感觉到了。这种情绪可笑之极。对面的人说得更加起劲,说的是物价,说以前嫖一次,只要十块,后来涨到二十、三十、一百,现在竟要三四百,这还是普通价。他的同伴呵呵笑,说你别去高档地方么,你就在公园里找,公园里的妓女,坐在木椅上,跷着二郎腿,把鞋底亮出来,鞋底上就用粉笔标着价,最高也超不过四十块。她们自己有住处,虽是暗了些、窄了些、脏了些,可你要的又不是干净宽敞,你要的只是阴暗潮湿,你甚至也不要人长得漂亮,到了我们这年纪,凡是年轻的,都是漂亮的。接着又说:其实她们在公园里就能帮你解决,有的摆个擦鞋摊在那里,你坐在她面前的椅子上,她一只手拿着鞋刷装样子,另一只手就帮你解决了;如果在背角的地方,还可以用嘴帮你解决,只是价钱相对高些,但也高不过五十块。那红头花色的老头子,瞪圆双眼,像突然开窍,点着头说:像我这么密集,怕只有想这办法了;我玩相机花钱,玩女人又花钱,钱都被我花了,我老婆跟我过了一辈子苦日子。话虽如此,却是骄傲的口气。白素贞往我身边偎了一下,花瓣似的嘴凑到我耳边:他在吹牛。我敢担保,对面并没听见她说什么,但都静了下来,直到我们在海拉尔下车,对面一直很安静。

凭烙印识别骏马,我对白素贞的怀疑更深了。

到海拉尔天已黑。一路上,每到一个目的地,差不多都是黑夜。海拉尔是我调查的重点之一,因此得住下来。我对白素贞有了疏远,尽管跟她一同下了火车,一同上了出租,一同进了市区,但我并不关心她住哪里。或许,她这么从北到南地跟着我,只是偶然的同路,她是要去某个城市做她的生意。很可能,她去北极村也是为了做生意。

感冒持续加重,在出租车上,我就支持不住了。我对司机说,直接把我送到医院。然后对白素贞说,你要在哪里下,给师傅讲。司机却很通人情:你们是住宾馆吧?我先把你们送到宾馆,再送你去医院,你放了行李,去医院也方便些。于是他把我们拉到了"星期天宾馆"。我从房间下来时,见大堂经理在给司机数钱,二十块。送了客人来,每开一个房间,司机得十块回扣。他把钱迅速揣进裤兜,过来说,去蒙医院,那是海拉尔最好的医院,你烧得起火,眼珠都烧成炭了。他送我去的是呼伦贝尔市人民医院,不知道为什么要叫成蒙医院。病人到了医院,就想立即用药,可当时正流行一种传染病,若携带那种病菌,需隔离治疗;医生慢条斯理地抽血,慢条斯理地拿去化验。结果只是感冒。病人不多,躺在床上输液,护士给我盖了被子,我说,冷,护士再给我盖一床,我说,冷,护士又给我盖一床。输完液快十点了,打车回到宾馆,白素贞等在大堂里。她说,我进房间上趟厕所下来,你就走了,又不知你去了哪里,给你发短信你不回,打你电话又不接。我们留过电话吗?我都忘了。我说,没人怪你。说得气冲冲的。这分明就是怪了,这为我们的以后埋下了伏笔。

真想喝碗绿豆稀饭,想得心痛。

如果是在家里——我是说以前的家里,不需我出声,妻子就会把绿豆稀饭端到我的床前。但我早就没有妻子了,我的妻子成了我的前妻,就跟王林一样。我和我前妻的故事,我不想多说,反正网络上才能见到的八卦,在我们身上变成了事实:为了女儿,我们想去一所好学校旁边再买套房子,办了假离婚,房子买好,住进新房的,却是她和另一个男人。那个男人我是多么陌生啊,而她却是那样熟悉,她不仅知道他的名字,还当着众人为他拍肩膀、系纽扣……我不说了,这故事太卑微了,从某种角度讲,比加格达奇火车站的那个乞丐还卑微,那乞丐卑微得实诚,而我们,却是用了心计去卑微。不去说那些事了。我现在只想喝碗绿豆稀饭。我不知道对绿豆稀饭的想念,是不是因为想念前妻的缘故。在我清醒的时候,我会迅速把这想念掐断,还骂自己没出息,可问题是我现在不清醒。

白素贞把我送到房间门口,我开了门,没跟她道别,就把门闭了。我往床上一扑,艰难地从裤兜里抠出手机,给前妻打电话。我说,我要死了,我住在海拉尔星期天宾馆,我死了你要晓得到哪里收尸。而今想来,我除了没出息,还很无耻,为什么打这个电话?她有什么义务为你收尸?她在那边哇啦哇啦的,是在说,你又出去采访吗?你赶紧去医院,自己去不了医院就赶紧拨打120,诸如此类的话。但我把手机挂了,而且关了。

房间里的一切,被我呼出的气流烧成深紫色,且飞速旋转。我想起火车上的餐车师傅说,你到海拉尔要交班,看来果真要"交班"了。人在这时候,是不是都要回顾自己失败的人生?我马上就上四十岁,还这般碌碌无为。在我十多岁的时候,看到二十多岁的人,心想,他们那么老了,啥屎事没做出来,还在那里高高兴兴的,太可悲了,我二十多岁的时候,又这样鄙薄三十多岁的人,到如今,才明白了自己也是他们中的一员,甚至连他们都不如,他们至少还可以高兴，而我，连家都没有了。我只有住处，没有家。至于事业，我无非是个安分守己的记者，我对杂志社的全部贡献，恐怕也就只剩下安分守己。至于采写的那些稿件，我去和别人去，并没啥区别，说真的，也没有人关心。尽管包括我在内的采编人员，都相信人活世间，不是流血，就是流汗，总之得流一点什么，因而工作起来都很认真，把标点符号也很当一回事，但读者就如关了龙头的残水，一滴，一滴，眼看就断了，或者说已经断了。这成了我人生的写照。我在想，等我到了六七十岁的时候，难道也只能像那个红头花色的老头子，向一帮同样老和更老的老头子，虚构自己房事的英勇？悲凉如草，那些草长在我的周围，一根一根地摇动。我蹬掉鞋子，和衣钻进被窝，钻进悲凉的草丛。

是昨晚送我们来的出租车司机把我叫醒的。昨晚我跟他约好，今明两天包他的车，去呼伦贝尔草原。不过我把这事完全忘了。他打不通电话，就直接上房间敲门。白素贞站在他身后，看样子，她早就起来了，很可能也敲过门，只是不像司机敲得这般理直气壮。

我让他们去楼下等着。

洗脸漱口之前，我就打开了手机。我是在等前妻的电话。但是没有电话。她是我妻子的时候，如果遇到昨晚那种事，她会急死的，跟我联系不上，她肯定要查询到海拉尔星期天宾馆的总台号码，让服务员送我去医院；不仅如此，她还会彻夜不眠，电话不离手，一遍接一遍地给我拨，只要我开机，第一时间就会响铃。但她不是我的妻子了，这铁一样的事实，我该承认。她有了自己的新丈夫，有了另外关心的男人，我又算什么？而且从情形判断，我们还是夫妻的时候，她就跟那个左脸上长颗黑痣的男人有了不浅的瓜葛。老天怜惜我，不愿让我一直被蒙骗，才鼓动我为了买套房，主动提出跟她离婚。当时正打击假离婚，我的前后左右都是眼睛，为躲避那些眼睛，我和她长达七个月不见面。在这两百多天里，我憧憬着跟她的未来，而她的未来里却没有我。她成了别人的女人。昨天夜里，她能够哇啦哇啦地叫我去医院，已经难为她了。

但我还不死心，从卫生间出来，又查看短信。只有白素贞昨晚留的三条，第一条：你在哪儿？第二条：老天，请告诉我医院的名字。第三条：你的心真硬。

或许是的。昨晚，我不该不跟她道一声别，就把门关了。

旅途让人孤单，生病更让人孤单，而有她在身边，我不应该这样孤单。

收拾完毕，我下楼去。饿得快要虚脱。不如说已经虚脱。我的躯体还留在宾馆的床上，跟他们走的是我的魂。司机姓冯，也没吃早饭，我请他们吃。饿成那样，两个水饺下去，喝半碗热汤，却又撑得不行。坐上车，出了被伊敏河分割、正大兴土木的城市，一路向北，往金帐汗方向走。我又是坐在副驾，白素贞坐后排。她一言不发。包括吃饭的时候，她也一言不发。她像在承担某种罪愆，比如分明知道我病了，却没照顾我；尽管既发过短信，也打过电话，但不管怎样，没照顾我却是事实。其实这不关她什么事。我们只是萍水相逢的两个人，一同走了这么远的路，也并不证明她就对我负有责任。

天气晴朗，阳光耀眼，风在阳光里吹，把阳光和风自己，都吹成树的形状。路两旁站满杨树，叶子被风翻卷过来，现出满树的白，像叶子正面是树的衣服，背面是它的肉。她也是这样白。我是说白素贞。这从她的脸和手就能看出来。冯师傅不仅尽着一个司机的职责，还当起了导游，详尽介绍海拉尔的民风民俗，可我听不清他说什么。我的脑子像团糨糊，在糨糊里搅动的，只有她。我已经不去想她为什么跟着我，我生怕她不跟着我。如果到了海拉尔，她真如我想象的那样，猫到一个地方做生意去了，而她的客人，却是那个红头花色的老头子……不过，这些与我有什么相干？我把心思收回来,像专注地在听冯师傅说话的样子,还牛头不对马嘴地插言。出城不久,一条蛇行曲水横躺在草原上,看不见河床,水和草原一样低平,冯师傅说,这是天下第一曲水,叫莫日格勒河,下车看看吧。

刚下车,白素贞就弯了腰,在地上寻。她寻到的是块小石片,她手一挥,把石片投进了曲水。水花与水分离,在阳光里浸一下,又合二为一。冯师傅把我们领到一排水柳底下,讲莫日格勒河拐了多少道弯,每一道弯上有些什么传说。白素贞和我并肩而立。冯师傅讲累了,便在风里躲来躲去,费力地点烟,直躲到十米开外,也没点着。这时候,白素贞细声问我:你知道我为什么扔片石头到水里吗?我盯住她,摇摇头。因为我爱你,她说。

这就是她的逻辑。
不要逻辑,或者打破逻辑,是最强大的逻辑。
所有的逻辑都有着共同的目标,就是说服人。但白素贞的话并没有说服我,反而让我难过,这证明她的逻辑并不强大。前妻是我妻子那几年,她说爱我的时候还少吗?我出差在外,她每天打数次电话,多数时候啥事没有,就是说爱我。再说王林的妻子,跟他办了离婚手续,两人去餐厅吃最后一顿散伙饭,还是眼泪巴叉地说爱他。但白素贞除了嘴,还有眼神,她的嘴没说服我,眼神把我说服了。她的眼神比她的语言更可靠。那是比莫日格勒河更加曲折的眼神。她用石片在河里激起的浪花,现在停留在她的眼睛里,当她把那句话说出口,那朵浪花才带着被阳光浸热的温度,融入她的水中。我的烧退了,感冒好了。真的,好了。我感觉自己像脱了头套,卸了盔甲,浑身通泰。而往常,即使远不及这次严重,都是无论怎样吃药,怎样输液,不满一个星期,就不会好。可是,怎么讲呢,吃过亏的人疑心重,我依然觉得,她那样说,包括她的眼神,都只是一种补偿。至于感冒好得快，只是因为我没了依赖。以前有妻子依赖，就赖着不好，现在没有依赖了，完全靠自己，即使没好也当成好了。

我不愿对白素贞有太多回应。

幸亏冯师傅是个话痨，见啥说啥。他说海拉尔牧区之外也有农区，农区主产大麦、小麦、油菜和土豆，偶尔也种玉米，但气温低，不能成熟，都是青收，用来喂奶牛，用青收的玉米喂奶牛，下的奶稠得能当饭吃，而且特别香，只是太奢侈了。海拉尔田地少，玩不起这样的奢侈。今年七八月，遭过两场冰雹，好多庄稼包括茄子和白菜，都打成了泥；前些日子的一场霜冻，再加一场雪，又把向日葵冻死了。在这样的地方，本来就不该种向日葵，可还是种，向日葵喜庆，还知道围着太阳扭脖子，让人感觉它不是植物，是动物，人们种它，就是养一只动物。说了农区又说牧区。冯师傅连声感叹草场的衰退，说过度放牧并非罪魁祸首，机器打草才是，机器伤根。分明知道，可现在的人喜欢多和快，因此离不了机器，人被机器控制了。草原那边采矿挖煤，掘泥刨土，改天换地，大风一吹，满天焦黄，焦黄的东西混在雨里，雨落下来，草喝了，很快被毒死，就像一盆汤里加了各种腐蚀剂。草场退化，贵了牛羊，现在不到想吃肉想得流口水，都不敢随便买肉吃。

冯师傅正说到这里，前方来了一个庞大车队，一辆接一辆的大车，拉了满车草捆，隆隆地驶向远方。那个远方是韩国。有的拉着芥菜，腌泡菜用的，目的地也是韩国。

离马路不甚远的草甸里，停着辆白色大篷车。冯师傅把车开过去。大篷车里住着个烂了眼睛的男人，是从鄂尔多斯来的羊倌，春夏秋冬，只要不是暴风天气，只要雪没把草盖得羊用蹄子踢不出来，他都得把羊赶出去放牧。干草太少了。好一点的干草都送到国外卖钱去了，连那些结了草籽的也送走了，送去低价出售。以前的羊倌是骑马放牧，现在有骑马的，也有骑摩托的。大篷车里的羊倌，眼睛就是被马背和摩托上的风咬烂的。我们下车跟他搭话，他不理。在他看来，我们太柔弱，承受不起他那些生活的硬度。

白素贞却走到大篷车旁，攀住悬梯，似乎想爬上去。车厢两旁，堆放着杂物和锅碗瓢盆，当中横着床铺，垫的盖的，都辨不出颜色。羊倌坐在被盖上吸烟，烂眼睛里射出恶狠狠的光芒。是攫取的光芒。他离开家乡，离开女人，孤身来到异地，成天跟羊打交道，跟雨雪、烈风、星空和旷野打交道，这样一个鲜活、年轻、美丽的女人突然出现在面前，连想象一下也来不及，只有攫取。我感觉到那眼神里匕首般的寒意，白素贞却坦然承受。就像流水面对一把刀子。流水等待切割，仿佛就是为了验证切割的无效。可她不知道，每一次切割，水里都会留下刀子的投影。刀子的投影在我心里形成实实在在的伤口。为什么会这样？就因为她说她爱我吗？几十年来，除了曾经的妻子说爱我，别的好些女人也说过这话，她们这样说，并不是表白，而是润滑剂，让寻不出意义的日子变得勉强可以应付。甚至更离谱，更过分。我曾看一部韩国电影，一个恶棍在街上强吻一个女学生，被女学生扇了耳光，他便把女学生抢到红灯区，迫使她在他自己开的妓院里卖淫。他在房间墙上钻了个洞，偷看嫖客强奸她。她的身体是条瘦弱的鱼，这条鱼没有河流，他的目光成为她的河流。他嗜血，并以嗜血的方式爱她。她等着男朋友来解救她，可等来的是一个接一个的夜晚，一个接一个的嫖客。她要活下去，只能接受不习惯的河流。接受了，就慢慢习惯了。习惯了，就觉得是好的。那恶棍如愿以偿。他带着她，以大篷车为家，四处流浪，衣食无着的时候，就揽一个饥渴着的男人，让那男人去车上，跟她做生意，他则蹲在车下抽烟，然后收钱。她做生意感到委屈时，他就跟她做爱，疯狂到暴虐。他们就这样，以堕落为食，活了一辈子，爱了一辈子。

爱有一万种方式，而我只知道一种，且只承认我知道的那种。

我说：走吧！

是的，我又想到了那种互动。美与丑的互动。美丽的女人往往钟情于恶男和丑男，就是受那种互动的蛊惑。我说过，那是天地间严守的秘密，所以很难被理解。白素贞不仅美，还以自己的美，去触动生活里最严酷的伤疤。她似乎隐约期盼着在严酷中撕裂。这是艳丽着就在凋谢的美，嗜血的美，废墟的美。我不是她互动的对象。

冯师傅就和那个带我们出北极村的司机一样，对自己家乡，即使说不上热爱，也有天然的自尊，他先给我们说了那么多家乡的不好，现在想挽回来。离开大篷车后，他说，呼伦贝尔草原虽然遭到破坏，但毕竟还是中国保存最完好的草原，这草原上的白蘑菇，是天下最好的蘑菇，要是没吃过，就不知道什么是山珍野味；说春夏时节，地上百花开，天上百鸟唱，唱得最好听的，是百灵鸟和娜娜儿；说他们海拉尔人，从不拿别人东西，把东西放在外面，就跟放在家里一样。说着这些的同时，他带我们参观了建在野外的反法西斯纪念馆，去敖包山上看了白塔，接着又去一户牧民家。这家主人叫巴特尔，巴特尔养了百多匹马、五十多头牛和两千多只羊，是大户，他独自坐在白房子里，首如飞蓬，也没洗脸；可能洗过，只是看起来像没洗。白房子旁边，是用木栅栏围起来的羊圈，羊圈里没有羊，只有羊粪，那是他的燃料。羊在附近放牧。巴特尔给我们烧了奶茶喝过，出来指着最近的羊群，说那是群公羊，他们叫爬子，爬子要跟母羊分开放，不然那些家伙想东想西，就要掉膘，到春天的某个时候，才将它们一起赶进母羊群。那种场面，让人联想到一座城市被占领。爬子们悬垂的睾丸，每动一步，都沉沉地晃荡，相隔老远，也能用眼睛掂出睾丸的沉。它在眼睛里的重量比羊还重。臊味儿扑鼻而来。巴特尔呵呵笑，说母羊产崽那些天，他接羊羔就像接天上的雨水。

冯师傅要上厕所，巴特尔领他去。这时候，白素贞背对着我，看太阳底下白浪般移动的羊群。而我，心思又回到大篷车旁。我说了那声"走吧"，冯师傅便钻进了驾驶室，可白素贞依然攀住悬梯，很留恋的样子。我应该像冯师傅那样，钻进车里去。但我没有。我等着她。其实是等一种危险。羊倌、白素贞、我，形成一个三角，他们形成钝角，跟我形成锐角。我要保护白素贞，而事实上，她可能并不需要我的保护，还可能，她已成为羊倌的同盟。羊倌寒光四射的目光，沿三角形的一条边，飕飕飕地朝我射来。我怯了一下，但立即意识到不应该怯，便向那目光迎过去，谁知它已到了另一条边，那条边连着白素贞。我已经不存在了，只有他俩的互动。白素贞成了那部电影里渴望河流的鱼，而我不是她的河流。我朝冯师傅的车走去。但我的背后长着眼睛。我想的是，如果我上了车，白素贞还不动，我就断然地让冯师傅开走。好在她动了，我刚拉开车门，她就过来了，走得慢腾腾的，走几步还停下来，撅了屁股看地上，像是地上有非常值得一看的东西，其实就是被雪咬过被羊踢过被人踏过的黄草，再就是羊粪，以及冻成固体的羊粪的气息。车子启动的瞬间，我望了一眼大篷车里的人。他的腰塌下去了，目光里的寒气收了，而且突然间长出了许多皱纹，每一根皱纹都很悲伤。他就是一个被野风吹烂了眼睛的羊倌。他将独自留在这里，承受辛劳、风寒和孤独。

白素贞伤害了我，也伤害了他。我当时就是这样想的，现在还是这样想。

我甚至想，白素贞假装看羊群，其实是在挂念那辆大篷车，可同时又觉得对不起我。

我不知道我想得对不对。很可能是对的。否则，下面的事情就不会发生：当冯师傅和巴特尔隐到房屋背后，白素贞猛然转过身，近乎哀伤地恳求，你打我一巴掌好吗？

我承认，这完全暗合了我的欲望。

但我只是哼了一声，说：莫名其妙，我又不是恶棍。

求你了，打我，打我哪里都行！

我的欲望在退潮，她发现了，抓起我的手，重重地拍在她的脸上。

这构成了我们的仪式。打她，然后拥抱她，亲吻她，再然后，在对死亡的言说中做爱。做爱的过程中，还可能应她的哀求，不停地打她，手越下越重。打起来不过瘾，就掐她脖子。掐脖子还不过瘾，就用指甲或牙齿，恶毒地欺负她的乳头。她乳房很丰满，乳头却小小的，小得只剩了象征。这样的乳头不适合养育。她害怕养育，开始就怕，婚后照样怕。有一次，她以严肃到冷酷的口气对我说，朱家田你要是让我怀上了，哼！说这话的时候，我们已经是夫妻了。其实她应该知道，我也不需要她生孩子。我是个平凡的人，且知道自己的平凡，因此没有繁衍的渴望；即使有，也无非是本能，从没上升到意识。

何况我已经有一个女儿了。我的女儿十三岁了。我是说，白素贞死在半岛上时，我的女儿就满十三岁了。十三岁的女儿已是个姑娘，情窦初开，她对她的男同学或者男老师，也会有朦胧的抑或是清晰的冲动，甚至有了爱情。平凡的爱情。她父亲是平凡的，她多半也只能拥有一个平凡的人生，包括爱情。

当然，她母亲不平凡，她母亲开了家小超市，这不重要，重要的是她能删繁就简，遵从自己的意愿生活，单凭这一点，就非同一般。我们离婚的时候，因为说好了是假离婚，就没谈女儿归谁哺养，但由她带着，当假的变成真的，还是由她带着。这是她主动要求的，她说家田，就让我带吧，你经常出差，照管不了她，再说女儿慢慢长大,你一个男人家,带她也不方便。说到这里她停了一会儿,是在等我表态。我没表态。于是她又说:你将来也是要结婚的,说真的,我怕她后妈对她不好。我记得很清楚,那次约见,是个星期天,浓雾从江面升起,弥漫开,把整座城市潮乎乎地罩住,我在锣锅巷那套房子里等她时,一再告诫自己,无论谈到什么话题,都要冷静、大度,像个君子和绅士那样跟她了结。事实证明我完全装不下去。当她说到"她后妈"这句话时,我再也装不下去。我说周琴——我前妻的名字,我本来不该说出她的名字,但回忆起那天的情景,我又忍不住愤怒了——我说周琴,你的话说完没有?说完了你就滚吧。她坐在那里不动,抿着嘴。当那嘴唇启开,话又出来了,声音比开始的响:家田,你是男人,我是女人,我知道男人,你知道女人,我们都知道男人和女人,都承认男人的心胸比女人的宽,天底下的继母,大多数确实比不上继父……昭国你是见过的,他怎样待我们女儿的,你也是见过的。说到这里她又停下了。

是的,我见过。当时我们在长江边的露天茶园,她的新丈夫黎昭国抽着烟,怕熏了孩子,就站起来抽,嘴巴噘到天上,不厌其烦地吐烟圈给我们女儿看。要说,那家伙真有本事,能把烟圈吐成兔子、雀鸟、鸡鸭、小狗,还能一次吐两只小狗,相互追逐打闹。女儿乐不可支,嗓子都笑哑了。然而,就算他能吐成一座黄金宫殿,也只有连血带骨的亲情,才知道什么是好。我不需要周琴来提醒,我朝她挥了挥手,说,你走。她就走了。

她跟后来的白素贞一样,把我吃得牢牢的,关于女儿的哺养权,只听我口气,就知道我是答应了她。其实早就答应了。她提出让我跟她新丈夫见面,且带着女儿,我就明白她的意思,是让我实地考察一下。我同意见面,表明已顺从了她的意思。但我们约见的那个星期天,她走得让我憋屈。我以为她还不会走。她至少要给我一个解释才会走。我要的解释是:和我离婚,是不是她的预谋。离婚是我提出来的，这没错，但回想一下那天的经过，就发现这证明不了什么：她听了我假离婚的话，没答言，转身进了厨房；她正准备炒花生米，油已下锅，是我在客厅喊她，她才出来的，我说了想法，油已烧热，她不答言就进厨房去，在情理之中。她关了厨房的门，接着打开了抽油烟机，呼噜呼噜地在里面闹腾了好一阵，才又回到客厅，跟我并排坐在沙发上。事有凑巧，电视里正播报山城新闻，说的就是分片入学的事，我们默默地看了大约半分钟，她说，你真那样想？我说又是限房令又是分片入学，有啥办法呢，锣锅巷周边的学校……她说，嗯。我说，我去写个协议？她说，嗯。我把协议写好，让她看。离婚的理由，我说的是感情不和。这是最虚妄又最本质的理由，因此是放之四海而皆准的理由。她盯住那句话，似乎想说什么。她说了，说的是：嗯。就把字签了。那天接下来的时间，她很兴奋。我当时把她的兴奋理解为可以让我们女儿进个好学校，不至于输在起跑线上，过后想起这事，我就脸红，就为自己心痛。她的兴奋是顺水推舟的兴奋。

当然，究竟是不是这样，我也没有十足的把握。

我需要她一个解释。她没有解释，我叫她走，她果然就走了。

她连愤怒的权利也不给我。

她只把一个事实扔给我。

既然是事实，为什么还要她的解释？

不说这些了。我说过不说的，结果又说了这么多。

我是在说白素贞怕我让她怀孕，而我没有那种渴望。我有一个女儿已经足够。女儿刚进新学校那段时间，我每天跑很远的路，去学校门口，躲到一棵黄桷树背后看她——看他们把她接走。每次去接她，都是周琴和她丈夫一同去，女儿走中间，他们走两边，一人牵住女儿的一只手。我就看着他们这样把女儿接走。我至今不清楚那个名叫黎昭国的人是干啥的，包括他之前是否有过婚姻，是否也有孩子,我都不清楚,但看得出来,他是真心实意喜欢我们的女儿。知道了这一点,以后我就去得少了,以至于干脆不去了。

儿女是要养的,养才能出感情,我没养她,没伴随她的成长,又少于见面,感情就会被大片大片的空白稀释掉。开始,女儿还经常给我打电话,我自然也经常给她打,后来她的电话少了,我的电话也少了。我并不需要再给她哺养费,买新房的钱,远远多于买我住的那套旧房,将我应该支付的哺养费除掉,周琴还应该补我一笔,我以怒气冲天的坚持没要那笔钱,是因为我觉得,在我们做夫妻的时候,她挣的本来就比我多,多很多,尽管我动不动就出差很辛苦,但她日复一日在超市里经营、打理,只要不是忙得起火,三顿饭期间她都把事务交给请来的小妹儿,回家为我做吃的,她比我更辛苦,我要那笔钱于心不安。因为不给女儿哺养费,我和女儿在经济上的联系也断了。她忘掉我,只把黎昭国叫爸爸,不把我叫爸爸,甚至渐渐地不知道有我这个爸爸,我也不该有任何怨言。

但毕竟,女儿不是一件东西,说给别人就给别人,我做不到。我能够做到的,是尽量不去想她。她不会单独存在,我一想她,就想到了她是怎样生出来的。这是在我伤口上撒辣椒面。我不去想她,更不和她联系。到半岛过后,我跟白素贞把手机都扔了,想联系也没法了。我和我的女儿,只剩下遥远的生理上的联系。但这已经足够。每当她像流星一样从我脑海里划过,我就知道,自己身体的一部分,是在半岛之外的,是在我祖祖辈辈生活的那座城市里,于是我就觉得,自己不应该再奢望什么。

我现在把半岛和半岛上的白素贞,当成自己最大的奢望。

我们在半岛上开荒。对此,白素贞表现出极大的热情,仿佛我们真是世界的创造者。野草长在那里,长了多少年?不知道。在我们的想象里,野草跟河水一样长久,都是这世上最古老的居民,然而，当剥开薄薄的一层土，却发现土里有木屑，有铁钉，有瓦片——不是石片瓦，是窑烧出来的，隐隐泛红。这是人类加工的痕迹。在不算久远的过去，这里很可能是一个村庄。野草先于村庄，然后村庄除灭了野草，再然后，村庄消失，野草又来。

我参工不久正当意气风发的时候，曾被派到清溪河采访，从源头走到它与嘉陵江的汇合处，一路上都听说，河岸有个秘密的村子，住进那村子里的，都是麻风病人。谁也说不清村子的具体位置。会不会就是这里？我这样猜想，但没对白素贞说。我应该学会隐藏一些东西了，我对她说得太多了。最不该说的，就是这座半岛的存在。当年，我坐着小木船，逆流而上，发现了这座半岛。那时候它就是荒芜的，茅草深密，荆棘丛生，林木蔽野，有几棵高树片叶不存，已经枯死。我向船夫打听它的名字，船夫说没有名字。我又问这么好一个地方，为什么不开发？那时候，开发这个词正热得发烫。我说，在上面修几幢客舍，开农家乐，绝对能在节假日把河上两座县城的人吸引过来。这些话并不表明我有经济头脑，只表明我比荒河人家更能追赶时髦。我的平庸也是这样来的。船夫没回我。那是个沉默的人，数十年的水上生涯，使他不惯于开言。沉默如刀，在他脸上刻下深长的沟壑。他是觉得我异想天开因而懒得回话也未可知。但我把这座半岛记下了，并在跟白素贞结婚半年后讲给她听。

我至今无法说清，在那个黄昏如雨的日子，我想起半岛，提起半岛，是不是因为自己对它有了想法？直到白素贞缠住我，说：我们为什么要在人群里混？为什么不去那荒岛上找些意思？哪怕饿死呢！我才知道自己失言了。如果认她的理由，她的理由就很强大，不认，就啥也不是。我在认与不认之间。这种状态最糟糕。这意味着挣扎。当一个人在沼泽里挣扎得累了，犹豫着是不是还要继续挣扎的时候，沼泽自会帮你作出裁决。

她在荒岛上找到的"意思",首先是它的荒凉,接着是那间木屋,那棵杏树,随后就是被草根缠裹的木屑、铁钉和残瓦。去的第二天午后,她提起一笼巴根草,费劲地把瓦渣掰掉,问我,你认为世上最大的神秘是什么?我说是你。她跺跺脚,我是认真问你。我说我也是认真答你。还是研究生呢,她歪着鼻子说,还当那么多年记者呢,结果肚子里就只有那么点儿油腔滑调。她是说到点子上了。安分守己和油腔滑调,成为我的A面和B面,A面是我,B面也是我。她只有一面,若说是两面,A面是神秘,B面也是神秘,从这个意义上讲,我并不是在敷衍她。但她不认,她说,世上最大的神秘,不是未知,而是出现过又被遮蔽的事物,是低处而不是高处,立在高处的房屋,永远没有埋在土里的残瓦神秘。

我心里服她,但嘴上不服,我说,再这么挖下去,说不定还会挖出人骨头呢。

话是不能随便讲的,有些话讲了就跟着来。我话音刚落,她果然挖出一根骨头,足有一尺长,草根包不住,露出头尾,像草是狗,把骨头含住。草根白得触目惊心,比骨头还白,而且胖,感觉是虫子,不是草根。白素贞如获至宝,用竹签小心翼翼地把泥土挑去,再将交缠蜷曲的草根,很有耐心地理伸展。她双手握住解放出来的骨头,说:人活着时被人事捆绑,死去后被草根捆绑,可见人就这个命。她把骨头拿去水边——离我们住处不远的地方,有好几口水潭,一潭水里有鱼,另几潭水里没鱼,我们就把有鱼的那潭水作了饮水,并给它取了个名字,叫人鱼潭——白素贞正是走向人鱼潭。她要去把那根骨头洗干净。我一下子想到了麻风病。但我不能说,我发现,她对排除在人群之外的,不管是人还是物,有种特别的痴迷,如果我说了,她会把那根骨头视为至亲,因此我忍住了没说。我说的是:那水是我们喝的,不能让死者喝,死者为大,你要洗,就拿到河里去。

她觉得有道理，就向河边去了。

当她许久之后出现在我面前时，睫毛湿润，似乎哭过。这是个阴沉沉的天气，风凌乱地吹，她披散至腹的头发，一忽儿把脸遮住，一忽儿又露出来。我说，你为它哭啦？她两手抱在胸前，骨头插在双乳之间，一端顶住下巴，像她拾回的一节藕。她不回答。我说，那还不一定是根人骨头呢。她这才说：难道这有什么区别吗？

我没想到她会把骨头带到床上去。当天晚上，两人刚钻进被窝，她就在里面拱来拱去，不停地在我身上比划。我感觉到一种凉，那种凉在我躯体上一节一节地丈量，每丈量一处，那地方就生出电流，麻，还有皮肤灼烧的痛。凉和热，就这样殊途同归。我以为她又在试验她的新花样，她总是想尽办法，用她身上的任何一处来贴我，遇到她之前，我不知道用身体的不同部位去贴一个人，会产生完全不同的感觉。白天太过劳累，我没精力管她，只沉浸在那种感觉里。有时候，麻和痛，竟是这样地让人享受。直到她把我的手臂拉出被子，借着烧在屋外的火光（刚去半岛时，怕有狼，我们夜里在屋外烧火），我才看见她是用那节骨头在量我。火光从壁缝漏进来，随风摇曳，如漂浮的水草，可火光往骨头上一碰，就吐出幽绿幽绿的气泡，像吞吐自如的眼珠。我涌起一阵战栗，坐起身，把她和它打开。这有啥呀？她万分不解地说，我只是看看它属于身上的哪一部分。那你为啥不在自己身上弄？她愣了一下，然后笑了，几分愧疚几分撒娇地说：我怕在自己身上看不清楚。我懒得理她，躺下去睡了。她果然就在自己身上比来比去。我很快进入梦境，她忙到什么时候才睡的，我不知道。

你太爱嫌弃了，她说。

这样的话她早就说过，我们在从北到南的旅途中她就说过。

那次在呼伦贝尔草原，我们在牧民家住了一夜。这家牧民的主人，叫宝音巴特尔。巴特尔是英雄的意思，草原人忘不了他们祖先的神勇，取名巴特尔，一为祭奠，一为期许。我猜想，如果谁有那么大的嗓子，站在草原的中心喊一声巴特尔，会有一万个巴特尔答应，会有一万个英雄迎风而立。宝音巴特尔跟前面那个巴特尔一样，修了定居的白房子，宽敞得足以住下五十个人，但他知道我们来自城市，定想体验帐篷生活，就在屋外相挨着搭了两顶帐篷。地上满是牛羊粪，气味绵密。睡之前，我们坐在外面望天。星星把天挤得装不下，只好拼命延伸，延伸到无穷无尽。白素贞抱着膝盖，跟我坐得很近，可我感觉她离得很远，跟天上的星星一样远。她似乎完全忘记了在莫日格勒河边说过的话。冯师傅抽着烟，说，看那颗流星，呵。又说，那颗星是红的呢，呵。他这么有一句没一句的，呵呵呵的。我知道，他是对我和白素贞的关系有了疑惑。如果我们是夫妻，或情侣，昨天夜里我去医院，她怎么不跟着？为什么住宾馆又要开两间房？他拉我们去星期天宾馆时，根本没想到自己会得二十块回扣。如果我们只是普通的同事——在敖包山上，我对他说过我跟白素贞是同事——单位又怎么会派一男一女到这么远的地方出差？他或许在想，我们昨天可能是闹了别扭，今天在高天之下，厚土之上，正是情侣的好时光，于是阴悄悄地溜进了帐篷，且把拉链拉上。这让我不自在起来。并非是因为与白素贞单独相处，而是被人觉得我们应该单独相处。我对白素贞说，睡吧，外面冷。她只看天，不看我，说，你想睡就去睡，我再坐会儿。我没动，说，夜深了，看豺狗子来了。宝音巴特尔交代过，草原上有豺狗子，上个月，他家的一头牛犊就被豺狗子掏空了肚肠，嘱咐我们一定把帐篷拉严实，还在白房子外墙接了百瓦的电灯，通夜照明。白素贞依然不看我，说，豺狗子又不欺负女人。这话听起来怪怪的，像我在欺负她一样，像我比豺狗子都不如一样。又干坐一会儿，我起身，钻进了冯师傅的帐篷。冯师傅分明没睡着，可装出熟睡的样子。装得再像，我也能感觉到他骤然升起的安详。没过多久，我听见了白素贞进帐篷的声音，还有锁拉链的声音。除了这两种声音，她几乎是无声无息的。

第二天起来，她问我，你怎么一夜没睡着？

气味太冲人了，我说。

她阴着眼睛：你太爱嫌弃了。

我很想反问她，你不是也没睡着吗？不然怎么知道我没睡着？

从草原回到海拉尔城，我们又住在星期天宾馆。我的房间打不开，到大堂重新刷卡，结果她也在那里，她的门也打不开。我对她说：我下一站去齐齐哈尔，你呢？这是我第一次主动问她的行程。她冷冷地说，你要是让我去，我就去。从这时候起，她就吃定我了。她知道我对她有了依赖。的确是的。多年的外出采访，让我尝够了孤独的滋味。这次，我从漠河到广州，纵跨三十个纬度，有一年，我去川西甘孜州采访，虽然空间上没这次遥远，时间上却更遥远，花了将近两个月，满一个月后，我简直要疯了，但我不跟谁说一句话，我是出来采访的，本应该多问多听，但就是不想说。孤独的意义，不是让人话多，而是让人沉默。我只跟我的拉杆箱说话，它是我唯一的伴侣，即便在荒郊野外，只有鹰飞，不见人影，更不会有窃贼和抢匪，我坐下歇息时，也把拉杆箱搂在怀里。这次有她，幸亏有她，否则我的感冒不会好得那样快，而且就气温而言，我是从冬天走到秋天，再从秋天走到夏天，也就是说，我要跨越三个季节，尽管事实并不如此，但在感觉上，那是多么漫长的时日。

然而，一个小我十多岁的女人，一个表面熟悉实则完全陌生的女人，怎么可以这样吃定我。我说，齐齐哈尔又不是我的，去不去是你的事。她说，你什么时候走？我说明天。我也是，她挑衅地扬一下头，发丝从鼻尖上分流开，露出白亮的脸。我吃下一颗定心丸，却做出淡然的口气，请她一同去吃饭。这些天来，如果不是我包了车，请司机吃饭的时候搭着把她叫上，我是不叫她吃饭的，她也不叫我，我们各吃各的。这是我第一次单独请她。

对我的邀请，她很高兴。是不加掩饰的高兴。她就这样，时时照见我的小来。说不清从哪天起，我的生活中充满了掩饰，本来是东边的话，却非要拿到西边去说。她问我请她吃啥，我说由你点。她两手握住，举在噘起的嘴唇底下，说，人家不知道吃啥嘛。我说，就吃冯师傅说的白蘑菇，现在虽然没有新鲜的，可晾晒后的蘑菇更香。她嘻嘻笑着，耸了耸肩，说现在太早了，我们转转路好不好？还不到下午五点，吃夜饭的确早了点。

两人去房间放了行李，出了宾馆，右转至胜利市场方向。是路人指点的，那个热情和善的老人大概没听懂我的话，那条大街没什么吃的，胜利市场就是个卖衣物杂货的地方。走到市场门口，她说，你不买件外套？这也是她第一次关心我穿得太少。我说不了，我的感冒已经好了，相对于北极村，这里又是南方，暖和得我都有点发热。然后左拐，走上另一条大街，这条街上有一家接一家的酒楼，我朝酒楼里张望，她却拉我走，说还早呢，你饿了吗？我说不饿。走到中段，见前方房屋低矮，全不是这边的气象，我说好啦，再走就吃不到白蘑菇啦。她说怎么会呢，白蘑菇是他们的土产品哪。又是差不多半小时后，到了一个大众饭馆门前，她搂着肚子叫：哎哟，饿得不行了，吃吧。这种地方，我们那里叫"苍蝇饭馆"，临近暮秋的海拉尔，倒是没见苍蝇，但人的气味盖过了饭菜的气味，墙壁黑不溜秋，地板和桌面流汤滴水，用过的脏纸扔得到处是。我是请她，怎能这样不讲究？可她已经进去了。

油腻腻的墙角有个空位，她去那里坐下，且开始点菜。自然，没有白蘑菇。即使有，太贵的话，她也不会点。她点的全是家常菜。点完菜，回头看我。我想起她说我爱嫌弃的话，便装得笑眯眯的，只是说，是你自己选的地方啊。紧挨着她的，是个满脸雀斑的妇人，妇人扭过脖子瞄我一眼，将半碗米饭倒进萝卜汤，几口刨下去，走了，我便坐了。

还没开吃，门口响起一个昂然的声音：两块钱的米饭！是个乱发脏脸的中年男人，拿着顶铁灰色的圆帽。跑堂的漠然地瞅瞅，舀来一大碗，递给他，把他装在帽子里的两元钱取走了。没有位置，他就站着。他说，把萝卜汤给我舀点儿。跑堂的说，我们这里只有萝卜加汤，没有萝卜汤，你要萝卜加汤，就是五块钱一份。那人说，我只有两块。跑堂的说，那还要什么萝卜汤？那人杵在那里，然后分辩说，你不给我汤，一碗干饭，怎么吃？跑堂的说，要吃就吃，不吃就算了。他说，加点儿汤。跑堂的不理他。他说，加点儿汤。就这么干巴巴的一句，不停地重复，本是求情，听上去却像命令。跑堂的恼了，快步走过来，将两元钱扔进他的帽子，夺过他的碗，回身，啪，倒进了蒸锅。那人脸上有了一层红，红从黑肉里透出来，变成黑红，接着一串鼻涕挂下来。他用袖子擦着鼻涕，驼着肩，步态不稳地朝门外走，同时，将圆帽里的钱捏在手里，用帽子断断续续地拍打着弯曲的腿部。

白素贞看着我。我摸出十块钱，叫她去给他。她没拿，出去了。

透过攒动的人头，我看见她拦在那人面前，跟他说着什么。几分钟后她回来了。她说：我给他钱，他不要，叫他来一同吃，他不干，还骂我。我知道这种人，骂我，是自尊心提醒他起码应该做的事，但要是你真心对他好，强拉他来吃，他立刻就会感觉到温暖，立刻就会谦卑到坑里去。但是我又不能那样做，有你在这里……你太爱嫌弃了。

然后她轻声说：你这么爱嫌弃，我都不敢给你讲我自己了。

就这么轻轻一句，在我心里投下一枚炮弹。

也正是对炮弹的感觉：期待它爆炸，又害怕它爆炸。它迟迟没有爆炸。我要去排爆吗？不，最好别去碰。就这样，我们去了齐齐哈尔。我是带着任务的，每到一个地方，走哪儿，不走哪儿，都以完成任务为准。她无所谓，在她心目中，似乎没有一个地方不值得走，因而走哪里都是好的。我们去了小民镇，接着去大民镇，这两地是齐齐哈尔大棚经济示范区。大棚之外也种玉米，正在收获，一个农妇将玉米秆砍倒，席地而坐，把棒子扳下来，用根三角形竹签将头子一挑，三两下，棒子的衣服就剥掉了。剥出后放进垄沟，用拖拉机运回家。若要运往外地，便用统一规格的绿袋子装了，码在马路边，等候车队一齐南发。这让我想起一件事，是听父亲讲的：上世纪七十年代初，四川遭遇特大旱灾，庄稼绝收，便靠东北的玉米接济，拆开每个包装袋，里面都有张字条：送给四川懒汉。有的不会写懒字，或者是故意，少了竖心旁，懒汉变成了赖汉。四川饥民拿着这字条，朝东北方向鞠个躬，再把字条张贴在显眼处，一时间，乡村里的人舍猪圈，城市里的道旁树、电线杆和公交车，都贴满了那样的字条，先是激励自己，后来激励的意味少了，变成了自嘲，招呼对方，叫一声：懒汉（或者赖汉）！这成了他们统一的名字，也成了血脉里的记忆。我把这事讲给白素贞听，白素贞笑，笑得很欢乐。我们站在地边，风吹过来，伏在地上的玉米叶，也抬起半个身子，哗啦哗啦地笑。笑过后，白素贞说：其实懒汉是可敬的，懒汉从不觉得时间不够用，他们在一个地方待半天、一天，也绝不认为是在浪费时间，因此时间在他们那里没有权威。时间对皇帝都有权威，但对懒汉没有。她伸出右手的食指，点一下我的下唇说：你不配称为懒汉。

我的胡楂把我自己扎痛了。

而今回忆起来，那应该是我们第一次肌肤相触，结果却是我自己扎痛了自己。

你有那么多焦虑,她接着说,怎么能叫懒汉?

她能看出我的焦虑?我觉得自己已经很放松了。快四十岁的人,再蠢笨,再执着,也大概知道了从早到晚地忙,并不一定能忙出个气象,倒不如敛了翅膀,让心回到身体。何况这是在异地,还不是在异地的城里,是在乡野;城市催人追逐功名利禄,并因此焦虑,乡野却给你宽博,叫你放下。——或许,焦虑已深入我的骨髓,成了无药可治的病?

但我并不赞同她。她说的懒和我说的懒,不是一回事。

而且,她是否又知道我的另一种焦虑?我把一个身份不明的女人带来带去,带到何时才是终了?难道要一直把她带到广州,然后从广州带回山城?

她说我在宝音巴特尔的帐篷里一夜没睡,其实我是睡过一会儿的,我还做了个梦,在梦里,前妻跟我通电话,说女儿做了个梦,把自己哭醒了,女儿梦见,我,也就是她生理上的爸爸,变成了一只猫,被人用胶水粘了,贴在墙上,她想把爸爸救下来,可贴得太高,够不着,她站到凳子上去,墙也跟凳子一起升高。我在梦里想这个电话,越想越阴沉。那个把我贴到墙上去的人,会不会就睡在另一顶帐篷里?梦和现实,就像两杯倒在一起的牛奶。我醒来后,就跟在梦里一样,直到伸手碰到冯师傅毛茸茸的腿,才清醒了些。我只有在做梦的时候,才会在女儿的梦里出现。前妻也不会给我电话了。我一直开着手机,一直等她的电话,可等来的,是头儿问我的进展,然后说刊物经费如何紧张,再说家田你辛苦了,在外面要注意安全。后面的都是套话,要我知道刊物的难处,节约开支才是重点。理解了头儿的意思,我有些难过,我在那家杂志社干了十几年,它的红肥绿瘦不仅与我息息相关,还跟我完全是一体的。不管多远的路,我都是买硬座;不管是我单独吃饭,还是请司机和白素贞同吃,基本上是进小馆子,便宜不说,还拿不到发票。头儿更让我难过的是：他的电话不是我盼望的。当你扯心扯肺盼一个人的消息，除了你盼的那个人，别的任何人都让你烦。不过，烦过了，我又感念着头儿。在那座城市里，到底还有人想到我，不管是出于什么原因。当然，父母会想我，但那是理所当然的想念。我要的是另一种想念。另一种想念已经不会给我了。

白素贞又在说话，她说，你不高兴哪？

我说没有啊。

她用肩头轻轻撞了我一下，弯腰摘下一片半青半黄的玉米叶，问我，喜欢《聊斋》吗？我点点头。她说那里面有个故事，一个狐狸想娶人家的女儿，人家不愿意，狐狸生了气，带兵杀来，却被人打败，狐狸遗下大刀，亮如霜雪，捡起来一看，却是玉米叶子。我说不是玉米叶子，是高粱叶子。她说讨厌，能用高粱叶做大刀，还不能用玉米叶做大刀吗？说着，把玉米叶撕成条条，编成辫子。我心里一动。九天之下，有那么多人，只有这个人离我最近。可这个人是我的什么人呢？我不知她的来历，也不知她的去向。

我再一次问自己：要不要去排爆？

排爆的意思，是让炮弹爆炸。她爆炸了，就没有她了。

没有她……我不敢去想。人的心跟胃是一样的，空了就要东西填。是她填了我的空。

随她去吧，我想，她愿意这么跟着我，就让她跟好了。

我发誓不再焦虑，至少不再因为她焦虑。我领着她，行走在齐齐哈尔的大地上。齐齐哈尔是达斡尔语，边疆的意思，这个命名，让人对一个民族和它昔日的故事浮想联翩。但那已经过去了，迁徙也好，征战也好，都过去了。过去的事，不管有意无意，都会被遮蔽，或多或少。白素贞说，出现过又被遮蔽的事物是最神秘的，未知并不神秘。即使我变成猫，且被粘到墙上，也属于未知，属于算不上神秘的那部分，我实在不该去多想。

到了齐齐哈尔，当然要去扎龙。那片乌裕尔河下游的湿地，奔涌着浩大秋声。我要采写的，无非也就是秋景、秋意、秋收和秋声。至于白素贞说的二十一岁的秋天，十八岁、十六岁抑或十四岁的秋天，那是另一种地理，是埋在记忆底层、最好彻底忘却的地理。从高大的白杨和低矮的葡萄园穿过，不久就听到溪水荡漾，接着是河吼。那不是溪水，也不是河，是芦苇尖儿秋声的合唱。紧跟着，便望见白花花的芦苇的海，叶子已变黄，再经几潮风，叶便掉光，只剩了秆，待湿地结冰，便将秆割下，用于盖房、造纸、制装饰挂件，或打成帘子、扎成捆，出口日本，听说日本人做寿司要用到它。芦苇如同动物界的牛。上午十点过，放飞丹顶鹤。丹顶鹤头上的红，像枚印章。它们听从哨音飞行几圈，就被引到水边草地，一管理员提着铁皮桶，桶里装了蠕动的小鱼，管理员用漏瓢舀了，唤一声："得儿——"然后撒出去，丹顶鹤便去啄食。小鱼蹦跳着，不让啄，它的生命，就在三两下蹦跳中短暂延续。人也如那些小鱼，在生活里蹦跶，但最终要被吃掉，不被丹顶鹤吃掉，也被光阴吃掉。其中似乎没什么悲哀，连惆怅也说不上。但白素贞不这样看，她说：鱼怎么会不悲哀呢？对生命没有思考的生命，一定觉得生命重要，每分每秒都重要，只有对生命思考过，才会把生命看轻。

头上淋下一串水滴，是管理员用长长的竹竿挑了水草，撂到干坡上，让丹顶鹤吃。它们吃了鱼，还要吃水草，就像人吃了荤还要吃素。吃饱了，它们就跟游人混在一起，其中一只火气特别大，谁有招惹它的举动，甚至意向，它就叼谁，迈着长腿追，还扇着翅膀追。不过它追的都是年轻女人。看来，那家伙要么对年轻女人特别恨，要么是个色鬼。被追的女人丫着手跑，夸张地尖叫着，可要是它不追自己去追了别人，又站在那里失望着。

白素贞静静地盯住它和她们。她的情绪似乎很低落。

回城的时候，她说：万物都跟人学坏了，都有了戏剧型人格，都在表演。表演很坏,比坏本身还坏。如果是表演善良,比恶毒还坏;如果是表演温情,比残忍还坏。这时候她望着路边墙上的一则广告,是出售银狐的广告。你知道银狐吗?她问我,却不要我回答,说,银狐就是北极狐,养在这里,它们要受罪了,气候不宜嘛。接着又问:人为什么养银狐?依然不要我回答,自个儿断然地下了结论:为了扒它们的皮。

我悚然一惊。

可你为什么把一根骨头放进被窝?
为了长久,她说。
当我体会到"长久"的意思,就想到了齐齐哈尔的银狐。这种联想是没有逻辑的。我跟她一样,学会了不要逻辑。尽管人都是要死的,但死亡并不能成为生命的目的。对此,她不置可否,只是我行我素,把那根骨头放在枕头边,睡下了,就放进被窝。她像是爱上了它。但她不承认。她说,是你不爱我了,就觉得我爱上了别人。说着"别人"的时候,她把骨头举在眼前。白沙沙的月光从天眼泼下来,把杏树叶子打得啪啪响,月光便从叶片上溅开,溅得满屋都是。我们有多久没做爱了?她幽怨地说,眼睛依然看的是那根骨头。你去跟它做爱好了!我翻过身躺下,闭上眼睛。眼睛一闭,月光就溅不到我了。

好一阵过去,她一动不动。
半岛上的鬼魂,半岛背后的山魈,半岛前方的河流,还有河流的吼声,都一动不动。万物变成了固体。正是这时候,我的焦虑和小肚鸡肠,显得是多么渺小和可怜。我曾看一部片子,讲人类消失后的地球,说几小时后,全世界的灯就会熄灭;三天后,大多数地铁会被水淹;十天后,关在家里的宠物将因饥饿和缺水死去;一个月后,核电站的冷却水蒸发殆尽,从而导致核爆,数以百万计的动物会患上癌症；一年后，天空将有绚烂流星，那是人类发射的卫星纷纷坠落；二十五年后，植被将覆盖马路和广场，侥幸逃生的大型犬将与狼交配，但有一些城市会变成沙漠；三百年后，钢制建筑将崩塌，沼泽蔓延，海洋里的哺乳动物会无比开心；五百年后，所有现代人造建筑会成为废墟；一万年后，人类存在的证据只剩美国总统山、中国长城和埃及金字塔；五千万年后，塑料瓶和玻璃碎片成为人类文明的最后守护者；一亿年后，塑料和玻璃也不复存在；三亿年后，地球可能出现新的智慧生物，但它们并不知道曾经有一种生物叫人。此外还我看过一部片子，讲生命消失后的景象，那将使一切发生改变，包括地球；地球上将布满干尸，然后植被褪去，衣衫除尽，变成现在金星的模样，"看上去从来没有过生命"……当我周围的一切静寂下来，我就想到了那两部片子。

我不知道自己还有什么放不下的。

我说，还不睡？

声音响如雷鸣，把我自己吓了一跳。我使劲揉耳朵，揉得切割似的痛，才又听到了月光泼溅的声音，河吼也从远处传来。河啊，你为什么要日夜奔流，你的远方是江海，但江海不一定是你的家，更不一定是你的归宿。十多年的游走，每见到一条河流，我都这样问，但没有一条河回答我。这时候我问夜里的清溪河，清溪河也不回答我。她同样不回答我。她依然一动不动，且没有任何声息。我翻过身，摸她。我首先摸到的是那根骨头，然后才是她。她跟骨头是一样的温度。她体质并不弱，但特别怕冷，在别人那里是夏天，在她那里就是秋天。她总是跑到季节的前面，或者后面。分明怕冷，可她睡觉时喜欢一丝不挂。这时候，她胸脯以上裸露着，我把被子拉上去，为她盖了。她掀掉，说，我不值得你珍惜。这样的赌气，在我们结婚之前就开始了。今天夜里还能说出个理由，而许多时候是说不出理由的，本来兴高采烈，脸色突然就变了，变脸之前，说话的声音已经变了。我们之间，仿佛横亘着坚硬之物，我们相互靠近，却被它碰了额头。都很清楚那坚硬之物与对方无关，却要怪罪到对方身上，于是赌气，于是吵。每次吵架都是重复，连程序也一样：自怜、攻击、和好。自怜是退，可对于相爱着的人，那却是最凶猛的攻击，因此真正攻击对方的时候，已经走在和好的路上了。但此时此刻，她的退才刚刚开始。她说我算什么呢，我无非是你从路上捡来的，就像捡个垃圾，捡起来是为了扔掉。她说你本来就爱嫌弃，品德又很高尚，我自己作为垃圾掉在地上，你嫌我碍眼，怕脏了你的脚，也怕脏了别人的脚，就把我捡起来扔进垃圾桶。她说你把我扔进垃圾桶，好像是让我归位，给了我一个家，我该感谢你才对，可你的意图你自己清楚，你就是不想让我去到处脏。她在退的时候，已经开始了攻击。

我希望她继续说下去，可她不说了。

她不说，我就得说，否则事情会变得严重起来。对此，凡谈过恋爱或有过婚姻的人，相信都有刻骨铭心的教训。我说你这不要良心的！说着抱住她的腿，把她往被窝里一扯。做爱，是我们和好的方式——唯一的方式。做爱让世界只剩下一张床，别的都不存在，包括回忆、憧憬和想象。她立即变得那样温柔，饥渴的、攫取的、全身心奉献的温柔。她说，你，才不，要，良。心字没吐出来，吞下去了。心字的主笔"乚"，是一把刀，这把刀把她刺伤了。她流出了眼泪。她的眼泪是浑浊的。或许是月光太白，让她的眼泪看起来浑浊。她体内存水很少，包括眼泪。我为她擦泪时，她伸手去抓那根骨头。骨头在她的腰弯处，我把她手臂括起来，她抓不着，几番努力，终于放弃。放弃后说：我说个事，你别生气。我说你说。她说这事说出来，不符合你的原则，你的原则是可以想，可以做，但不能说，或者可以说，却不想，更不做。我说，你说。她就说了。她跟她外婆感情最好，她外婆去世的时候，她正在念书，外婆已下葬,父亲才打电话告诉她,她没哭,只是心里空,当天晚上,她去校外参加一个party,玩得很疯,把外婆去世的事全忘了;一个四十岁左右的男人勾引她,跟她跳舞时脸贴得很紧,接着又把身子贴得很紧,他把她顶住了,但她没回避,聚会没结束,就跟他走了。她跟他玩得很疯,尽管那是她的第一次。直到和那个连姓氏都不知道的男人分开,她的整个身体才变成泥石流,才知道外婆去世对自己的打击有多深重。最爱的人死了,她说,你最渴望的事就是做爱,而且想一直做一直做,永远不要停下来,朱家田你不要怪我,这绝对不是我一个人的经验。我说,哦。啪的一声扇在她脸上。月光吓坏了,忙往一边躲,她的脸呈一团阴影。你打人,她带着哭腔说,然后十根指头钢筋似的抠住我的肩胛,打我!快打我!她哀求着。月光躲得远远的,但我能感觉她的眼神和鼻息一样灼热。

  人的倾向分为两种,无论从哪种角度。比如不是施虐就是受虐。我似乎属于后者。她也是。后者占多数。后者在承受的过程中,把自己偷偷地放到了道德的高地,可见道德有多么重要,连宣称自己不讲道德的人,道德在他们那里也很重要。正因此,我暂时的施虐在她的受虐面前,迅速一败涂地。不过我也乐于享受背叛自己的快感,骑在她身上,左右开弓。结果发现,打人比挖地更累,所以打人不值得提倡。我趴下去,接着打,手拐几次碰到那根骨头。她借那根骨头,让我跟她一样疯,一样充满攫取的欲望。

  后来,挖出的骨头越来越多,并且还挖出一个骷髅。骷髅的嘴里长着一窝兰草,将兰草拔去,就见那嘴大张着,像在呼喊。白素贞问我,你猜他在喊什么?我说是他还是她,我分辨不出来。她说不管是他还是她。我说是在叫活着的人好好活么。她说,你真是个好人。这话从她嘴里出来,并不是褒扬,她对好人不信任,还说好人手上没污点,但也没东西。

那你说他在喊什么？我问她。

她垂下眼帘，叹息了一声，没回答。

老实说，我怕她回答。在许多方面，她的想法与我背道而驰。其实是与我所代表的平庸背道而驰。平庸，有时比虚伪更可怕。

我把挖出来的骨头拢到一块儿。它们都带着泥土。包括白素贞放在床上的那根，虽去大河里认真清洗过，骨缝里依然带着泥土，掏不出，也刷不掉。我就此问她，你外婆死后，是放在家里的吗？当然这是故意问，她告诉过我，每次回到故乡，她都要去外婆坟前坐几个时辰；她们那里的坟有寝门，分内外两层，内层埋棺，是要闭的，外层不闭，大概是方便雨雪天气也能祭奠，她就坐在外层的寝门前，跟里面的外婆默默地说话。她没看出我是故意问，说，怎么可能放在家里？死者入土为安。话刚出口，她瞅我一眼，脸即刻红了，像犯了错误的小学生，然后去我们规划的菜园百米之外，紧靠山根的地方，刨坑。坑刨好，她把骨头堆往那边搬运，搬运完毕，进了小屋，将床上的那根也送过去，一起埋了。

他们或许是仇人呢，却让他们住一间屋。做完那件事，她怅然地说。说不清为啥，我立马想到了法海和白蛇。我说没关系，仇人身上不光是仇恨，仇人提醒你的爱在哪里，还帮你挖掘身上的潜力。她没言声，不知道是不是认可了我的话，但此后再没为此纠缠。

我们每开出一块荒地，就撒上菜籽，埋了骨头的次日清早，菜籽便发了芽，像那两者间有什么联系。然后，我们迎来半岛的第一个春天。在一口潭边，我们挖了个半亩见方的水田，尽管没犁，也能存水，将谷种撒进去，秧苗很快就生起来了，青幽幽地长到一拃深。白素贞挽起裤腿下田，将秧苗拔出，再一行行栽插。田水由浑变清，倒映着蓝天和细细的苗影，苗影在天地之间，见风就长，把水里的天盖了。自从来到半岛，我们从没见过青蛙，但水田里有了白胰子,从白胰子里钻出蝌蚪,当蝌蚪掉了尾巴,蛙鸣声就从稻秧升起,白天稀疏,夜晚生动。我们真的成了世界的创造者,成了这座半岛上重新孕育出的智慧生物。

这种虚幻的感觉如果能够延续,像白素贞所说在某种情景下做爱一样,能一直做一直做,该有多好。遗憾的是,世间没什么能够"一直"。白素贞死了,所有梦境都被戳破。"实指望做夫妻天长地久",白蛇娘娘这样悲吟;她悲,是因为"实指望"成了被乌云遮透的天上月,被太阳炙烤的瓦上霜。白蛇娘娘和许仙的故事,到了我和白素贞这里,调换了角色。白素贞睡在杏树下,我睡在床榻上,相距不到十步,但死和生,构成了最遥远的距离。不管承认与否,我和她是分开了。多年前我读过一首诗,诗中说,当我们相互分离时,也离开了我们一起去过的所有地方。诗人列出的地方包括:被忽视的郊区,被烟熏的房舍,过了一夜的镇子,发出恶臭的亚洲旅店,从雅典到德尔斐的道路,小小的山区教堂。诗人说,当我们相互分离时,我们也离开了它们。可诗人记得,"我们"在郊区住了一个月,在亚洲旅店正午的暑热中抽烟和做爱,在山区教堂里,油灯穿过整个夏夜。诗人跟我一样,渴望永久,做爱后的短暂安眠,感觉也是"睡了一千零一夜"。他把时间拉长,却强化了幻灭的深度。分离,才是他们两人的真理,也是我和白素贞的真理。白素贞死后,我靠住她不会呼吸的身体,就想到了这首诗,也回忆起我和她走过的地方。那些地方将被她带走——已经被她带走,因此我的回忆如同对往生的回忆。

那年秋天,我和她离开齐齐哈尔,去锡林浩特,接着去通辽。通辽盛产粮食,也盛产伟男杰女,孝庄皇后、僧格林沁、嘎达梅林皆生于此。在通辽稍作逗留,便去北京。北京太大,太大的地方不能用眼睛看,只能用鼻子闻,用皮肤感觉。华北平原秋正当时,北京人正忙于"抓秋膘",胡同和餐馆里飘出羊膻味儿。从北京至烟台的车上,不知是因为连日奔波的疲惫,还是各怀心事,我和白素贞昏沉沉的,都没说话。当许多人掏出电话,向家人或朋友报告自己的归来,请他们去车站接,或相约去哪里喝酒,我才清醒了些,才知道又在车上度过了一个夜晚。窗外晨曦微露,但月亮还挂在剪影般的柳梢头。月亮和那些电话,让我怅惘。人人都在回家,而我的旅途,似乎没有终点。瞄一眼身边的人,她闭着眼睛,皱着眉头。皱眉头的动作证明她没睡着。是她,拉远了我回家的路,尽管我在事实上没有家。

我想简化行程,去了烟台,就直奔栖霞。那是著名的苹果园区。果园里搭着铁架子,也不知作何用。他们把收获苹果,说成苹果"下来":将军下来了,红富士还没下来。像苹果长着腿,它们自己爬上去,待够了,就下来了。在山东,以将军命名的特别多,苹果叫将军苹果,烟叫将军烟,想必,与这块土地上在革命年代出过不少将军有关。栖霞城区乱得很,也脏,卖水果的反而不多,多的是鞋店,满街都是。人言,喜欢囤积鞋子的人,前生定受过腿伤,这里一马平川,又不像我住的山城,腿受伤比不受伤还难,怎么也喜欢鞋子?或许,他们的前生在山城,而我的前生在这里。这么一想,当我看到栖霞城外的白洋河里,污水推动垃圾艰涩流动,就不再只是厌恶了。一座城市的品质,就看它是否对得住植物、动物与河流,人们对不住白洋河,这个"人们",也包含我在其中了。

我得承认,这是白素贞教给我的。

她说我爱嫌弃。嫌弃意味着置身事外。

但我们已经很久没说过一句话。两个相跟着的人,半个钟头没说话,就可以称为很久,而我和她至少有几个钟头没说话。意识到这一点,我感觉到,她已洞察了我简化行程的意图,便主动与我拉开距离。她总是主动的。她要离开我了。要去补救吗?可我心里装得满满的，盛不下她。把我装满的，是前妻，还有女儿。前妻与我早已相互分离，怎么没有离开我们一起去过的地方？别的地方可以离开，那个家却没法离开，我不应该住在那里，我失算了。我正想着这次回去后立即把锣锅巷的那套房子卖掉，耳边却响起她的声音——白素贞的声音。我饿了，她说。好，我们吃饭去。我的语气是从没有过的柔和，声音却来自远处，我自己都能听出来。从河边走到街上，她说，回烟台吃算了。要坐个多小时车呢，你不是饿了吗？她斜脸望着别处。如果我态度肯定，不管是在栖霞还是回烟台吃饭，都能作一个决断，我们的未来恐怕是另一个样子。许多人的未来，都由一个微不足道的细节造就，我知道这一点，但我还是把决定权给了她，问她到底是怎么想的。回烟台，她说。车站在白洋河的那一边，过桥的时候，我就后悔了。其实是我的腿在后悔。我想歇一歇，若在栖霞吃饭，就能歇上一会儿了。但我的腿成了我的心，我的腿在跟着她走，她控制了我的腿。

  在烟台火车站附近，两人吃了一大盘水饺，还要了份油炸带鱼。我去结账的时候，却被告知已经付过账。我过来问她，你怎么……她在整理双肩包绞起来的背带，细声说：对自己爱的男人，我不喜欢花他的钱，我花你的钱花得太多了。

  这是她第二次表白。

  然而，她这表白一点也没给我安慰和快乐。除了我心里堵，没法把自己腾空之外，还因为，从另外一个角度去理解她的话，就是：对自己不爱的男人，她是要钱的。

  一个中年农民背着手，在夕阳下看青格格的玉米地。
  一个年轻女人在河汊畔割红苕藤。
  ——这是烟台留给我的最后印象。
  一个妇人包着白头巾，在晨光里走。

一个老人拉着一只羊,在墙根下走。

收割过而且打理过的庄稼地,白晃晃地袒露在天空底下。

——这是安徽留给我的最初印象。

但我们并没下车,我的计划是从郑州转车去合肥。两人的车票都是她出钱买的,她坚决这样。而且买的是卧铺。她似乎要把花过我的钱加倍还回来。未必郑州是她的最后一站?这样也好,我对自己说,这样也好。暗自说了几声好,就把自己说饿了。是心饿。我不再想我的前妻。前妻、前夫这样的词语,本身就很荒诞,妻就是妻,夫就是夫,没什么前妻前夫。我不想前妻,连女儿也不想了。只想她。她睡中铺,我睡下铺。我对面是一对四十多岁的男女,一看就不是夫妻,因为彼此都有很强的身体上的渴求。男人躺着,把腿架在女人怀里,女人搂着那条腿。男人时不时捏女人的肩背,并且把手从腋下伸过来,摸女人的胸。四十多岁的夫妻不会这样的,尤其是在公共场合。那男人生得漂亮,女人也漂亮,不过,毕竟上了些岁数,只能从女人脸上打捞漂亮的旧影。男人刮着铮亮的光头,裸着上身,脖子上戴一圈粗大的银项链,说话声音带劲儿,吃东西很能吃,吃后满身发红。

铁轨的声音在夜色里流淌,使夜色变得无限深远。那是从梦里穿越的声音,把梦分割,驱赶着梦的碎片,飘向更远的远方。我害怕自己的梦被驱赶,便醒着。躺在我头上的人醒着吗?我起身看她,她脸朝里,头发微微抖动,有一绺掉在床槛外,我捋上去,让它躺在她身边。许多个日子过去了,我还经常想起握住那绺头发时的感觉。女人的头发是女人的另一副身体,我握住她的另一副身体,让自己清凉,也让自己战栗。

窗外墨黑,偶有一盏路灯,照一下就还给荒野,像亮一下就炸裂的灯泡,比亮之前黑得更稠,更有压迫感。我离开床铺,走到车厢接头处,那里有灯一直照着。刚站定,就有个小个子男人过来抽烟,并且给我一支。我本来不抽烟,但也接过来点上了。他像黎昭国那样,把嘴噘到天上吐烟圈,只是吐不成兔子雀鸟鸡鸭小狗,但七八个烟圈环环相扣,也算他的本事。这么表演了一番,他突然说:我都四十七岁了。是吗?倒看不出来。这是实话。他理着寸头,不仔细看他的脸,简直像个中学生。我这一辈子,他说,举个简单的例子,干过记者、行政干部、IT、商人,现在么,说白了,我是游走江湖的医生。"举个简单的例子""说白了",都是他的口头禅。他说话时挺着牙帮,像在嚼骨头,且把日常道理说得像是自己的发现。医生是干啥的?治病救人的;我为啥当医生?说白了,因为我良心未泯。又一个不要逻辑的家伙。中国我全走过,他说,举个简单的例子,我走哪里都是给人治病,我给中央首长——具体是谁,兄弟,我只能保密,你别怪我不耿直——治过病,给李连杰、张曼玉、谢霆锋治过病,去年钟南山把我请去,让我帮他配制治疗心血管病的药方。我行医,病人有钱就给,没钱拉倒。我这是从东北回来,去东北是给人治病,下一站到洛阳,说白了,还是给人治病。举个简单的例子,我游走四方的路费,都是病人给的,车票也是他们买的。说到这里,他望着我,目光炯炯有神,可我知道,这是一个孤独的人。我问他鼻炎怎么治,我女儿有鼻炎。鼻炎这东西,他说,中医西医都治不好,说白了,只有我治得好!你花两块钱就能治好:辛夷二十克,苍耳三十克,和在一起捣碎,天天闻,闻十二天半就好了。两味药的确用于治鼻炎,但这只是普通的方子,想把鼻炎治住,远不是他说的那样简单。可也只有在说到药物时,他才显出平和与稳沉。我本想再问几句鼻炎的事,但他已经转移话题,说他从小习武,是武林中人。我有些头疼,身体像悬浮着,就说我过去睡了,他猛然噗了声,眼神暗淡下去。我刚起步,他揪住我的衣袖,说兄弟,我姓姚。我点点头,走了。

　　我没睡,坐在床铺旁边廊道的小凳上,望着窗外块状的黑和偶然的亮。

很久很久，也不见他过来，只不断响起他用打火机点烟的声音。

我不知道一个人是什么原因，变成了他这个样子。

也不知道是什么原因，变成了我这个样子。

在郑州下车，我的全部心思，都用在白素贞的步态上。人的步态就是人的心情。跟往天也没什么特别的。我都已经做好她离开我的准备了。出站后，我说，我有个朋友在这里，我要去看他。需多少时间？她问。一两个钟头肯定要的。我等你。我愣住了。我都已经做好她离开我的准备了。何必呢，一起去不好吗？此言一出，那些准备就土崩瓦解。她不言声。我给朋友打电话，说我到了郑州，朋友很高兴，要来车站接我，我不要他接，他便指点我坐8路公交，到群英路站下。挂了机，我对她说，走。她却走到广场边，坐到一块圆石头上。我又劝她，她干脆坐到地上，靠住石头。我再劝，她冒火了，说：你咋这么讨厌？脸色凶狠。去他娘的！我在心里这样说。不是骂她，是骂我自己。我不该对一个萍水相逢脾气怪异的女人负责任，我没那么坚强。吹萨克斯的王林，他前妻（又是前妻）因为公公跟小妻子玩自拍飙高音，就觉得自己没有那份坚强去忍耐，而我并不比她更坚强。

郑州的这位朋友已有六年不见，六年前见他时，他精力充沛，爱说笑话，现在头发全白了，尽管戴着帽子，还是遮不住发尖上奔流的岁月。见面第一句话，他说：家田，我老了。虽不伤感，却让听者惊心。他比我年长九岁，而九岁是眨几下眼睛就过了的，我也快老了。我们在他家附近的餐馆喝酒。一路上，我没喝过酒，闻到酒香，接连打了几个喷嚏。打喷嚏是有人想你。谁会想我呢？……她独自坐在火车站，让我心神不宁。

朋友跟这座城市同姓，是个颇有成就的作家，先前见面，最主要的话题就是听他谈创作，这次也不例外。他说生活是作家的命，也只有跟作家的命运联系起来的生活,才对写作有效。他反感某些作家吃喝着去体验别人的生活,却心安理得地丢下自己的生活。我很有兴致地听他说,但一个孤单的身影总是从头脑里闪过。我不应该这样。我和她没有关系。照昨夜那个江湖医生的口气是:说白了,没有关系。真正与我有关系的,是面前这位郑大哥。我强迫自己不去想她,跟郑大哥碰杯。几杯下肚,我也说开了。我说的是自己失败的婚姻。郑大哥是第一次听我说,非常惊讶,因为他有年去山城,见过周琴,说周琴是他眼里最贤淑的女人。而今,贤淑女人是稀有物种,何况山城那地界,女人跟男人很难分清,说话很冲,因此周琴的贤淑显得尤其另类和珍贵。他还说周琴是从古代过来的女子。唉,听了我的话,他叹息着说,或许,人只有时代,没有古代,既然如此,你就得认。他就这样安慰着我。我愿意他安慰。每个人都只愿意接受朋友的安慰。我正是从中发现,在那座生活了将近四十年的城市里,我没有一个朋友。我的朋友都在远方,包括郑大哥。

他没有一句责备周琴的话,但口气上是责备的,这让我难过。不管是谁,责备周琴都让我难过。我说不怪周琴,离婚是我提出的,是我的卑微让我有了今天的下场。郑大哥听后,眼睛湿润。他的眼睛很大,大得如果有风吹,他身上首先感觉到风的肯定是眼睛。他说家田,有首歌你是知道的,叫《心太软》。你就是心太软。要说卑微,世间有几个人不卑微?我们稍不小心就被骗了,这是不是卑微?不跟陌生人说话,是不是卑微?连小孩子在上下学的路上,怕遇见坏人,也有人教他们要侧着身子走,走三步就回一下头,是不是卑微?想想吧,我们的子孙就用那种姿势走路,用那种姿势面对世界,该是何等惊心动魄的卑微。

两个大男人,或者说两个老男人,泪流满面。流出的液体要补回来,酒就越喝越猛,脑腔里燃着酒精灯,烧得缺氧。他偏偏倒倒站起来，结了账，又请我去他家。我们肩膀搭着肩膀，出了餐馆。我完全回忆不起他家的样子，也想不起在他家遇见过什么人，又是怎样离开他家，回了火车站。我只记得，当我走上车站广场，白素贞横在我面前时，我猛吃一惊，酒也跟着醒了大半。我看了看表，已经过去四个多钟头。我还没吃饭，她噘着嘴，委屈地说，你不要良心，把人家丢这么长时间。情不自禁地，我搂住了她的腰。

　　这一搂，就像一个犹豫着是不是要下水的人，终于跳了下去。从此，你的方向就是河流的方向，一种很自然的方向。男人和女人，最自然的方向就是从相识到结婚。然而，带她回山城之前，我从没告诉过她我的过去，我只对她说过我现在是单身。直到在山城下了火车，坐在出租车上，沿南岸滨江路拐进锣锅巷，爬上六楼，进了那间屋子，她看到放在客厅电视柜上的照片，我的过去才在她心里丰富起来。那是一家三口的合影，五寸黑白照，装在镜框里。她拿在手上，笑眯眯地左看右看，然后说，蛮漂亮的嘛。

　　我知道她夸的并不是我女儿，照片上的女儿只有四个月大，无所谓漂亮不漂亮。即使女儿真是个漂亮姑娘，她也不是夸她。我把镜框从她手上拿走，本想放到某个角落里去，但那样做可能弄巧成拙，就放回原位了。你先洗？我问。你的家我还没看清呢，她说，我坐都不敢坐，哪敢洗？家里有三间卧室，一个饭厅，一个书房，我去把卧室、书房、饭厅、厨房和两个卫生间的灯都打开，让她看。她却站在电视机前，迟迟不动。而我，下意识里竟也担心她看。我觉得周琴就在卧室里。不只在卧室，还在每一个房间里，甚至在书架、厨柜、衣柜、抽屉、笔筒……里。家里的每寸空间，都充满了周琴，她正盯住这个新来的女人。这个女人跟她一样漂亮，但比她年轻，比她时髦，比她有活力——在她眼里，或许是邪恶的活力。而这个新来的女人，也正以同样的目光注视着她，作为后来者,谦卑、拘谨和怯懦,都一览无余地写在脸上。这是不公平的。我是说对白素贞不公平。我又把镜框拿上手,指着我左边的女人说,这个,早成了别人的女人;又指着女人怀里的孩子说,这个,从伦理上说是我的女儿,但一直跟着她妈妈。白素贞伸出一根指头,点在孩子脸上,往右边拖拉,如同鼠标把一个字往右边拖拉。她在想象中把那个"字"拉到我的腿上,停下不动。我不知道她在干什么。可她保持那种姿势长达半分钟,才说:孩子还是婴儿的时候,夫妻合影,只能由母亲抱着,如果父亲抱着,就怪模怪样,你说这是为什么?我不想回答她这古怪的问题,只说,我跟她早就不是夫妻了。

五天后,我和白素贞成了夫妻。要形容这种感觉,我只能说是满含悲哀的新奇。上天造出一男一女,让他们繁衍人类,已暗示了男女的对应关系;上天和人类订立了诸多盟约,一男配一女,是盟约之一。我跟周琴结婚,就从没想过要分开,更没想过与她分开后,还会和另一个女人结为夫妻。但这一切都变成了事实。

我说过,依照事实生活,才是我的本分。初婚那些天,我有空就领着白素贞逛街,熟人朝我跷大拇指,喊一声"好福气",是我需要的肯定。我装模作样问白素贞青蛇在哪里,其实并非张狂,而是一种自我肯定。所谓生活,是在肯定下生活,否则生活就成了苦役。然而,当生活需要不断肯定的时候,已经显示了它的脆弱。我怎么也没想到毛病首先出在白素贞的口音。她说的是普通话。在我和她从北到南的途中,我也说普通话,和我交流的外地人,都是说普通话,因而白素贞的普通话就跟鸟会飞一样自然。但到了山城就不一样了。山城火锅飘出的牛油味儿里,也浸透了四川方音。在作为抗战大后方的年代,山城接纳着各地流亡者,抗战胜利后,有的离开了,有的留了下来,但几代人过去,流亡者的后辈早把四川话融进血液,他们知道,一个说普通话或外地方言的人,在本地方言的汪洋大海里,不融入,就很容易被蒸发。白素贞与我那些熟人见面,她的普通话与所有人都隔着一层。这个人,是跟我们不一样的人,朱家田和她在一起,怎么习惯?单位上的几个同事,中午闲聊时,甚至猜想我和白素贞做爱时的对话:白素贞用普通话说,我还要!朱家田用四川话说,够了嚛,你咋吃饱了还不晓得放碗啰!连头儿也参与其中。

但头儿终于严肃起来。这天他把我叫进办公室,隔着宽大的写字台,问我:你老婆是哪里人?我说山东。这是胡诌。我不愿意别人知道她的来历。头儿意味深长地盯我一眼,像是看出了我在胡诌,说:这个不重要……我听到一些反映,说她是你从采访途中带回来的?这话我从没对人讲过,白素贞更不可能讲,头儿是听谁反映?可见世间事,要让人不知,除非己莫为。我只好承认。头儿满意地点着头,像是某件要紧的工作有了重大突破。他再没别的话要问,让我过去了。当天,财务就来找我,说我出差的发票超支。她指出的超支项目,是我从郑州以下坐的是卧铺。确实是,白素贞请我坐了卧铺,我也请她坐。按规定,我们出差是可以坐硬卧的,我请白素贞是私人掏钱,又没报双份,怎么就超支了?何况我到过的许多地方都没有餐饮发票。

但我没有分辩,只说把超支的部分扣除就是。我知道自己犯了一个错误,带回了一个不说四川方言而说普通话的女人。这个女人不仅说普通话,还年轻漂亮。

我以为这事就这样过了,不知道超支还是其次,更严重的在于工作期间谈情说爱。他们没用谈情说爱这个词,说的是乱搞男女关系。很显然,是朱家田勾引了白素贞,否则一个花朵似的女人不会跟着他走。那段时间,迷奸这个词很流行,是因为某男星迷奸了众多女星的消息在网上流布,词语造就事实,而不是事实造就词语,所以朱家田很可能是迷奸了白素贞,把生米煮成熟饭,而且连锅端，是快吃还是慢咽，都由他说了算。果真如此，就越出职业操守，牵涉到法律了。法律是道德的底线，朱家田连底线也没有了。

当然，没有谁去报案，只是大家都跟我有了距离。

这些事，我都没给白素贞说，但她时时处处能感觉到。如果在街上遇到我的同事，这个同事曾经也当着她的面夸过我"好福气"，现在却招呼也不怎么打了；即使打声招呼，也是淡淡的，且不正眼看她，像是看不起她，又像是怕她，怕她是毒蛇。白蛇娘娘不是毒蛇，只有法海认为她是毒蛇，以至于让许仙身上也沾了妖气。但白蛇娘娘毕竟是蛇，"端阳节错饮了那雄黄美酒"，终于现了原形。可是白素贞不是蛇。

我曾对她讲，我会随时出差，她高兴得很，说你出差，我就跟着你。这也正是我的想法。她不仅能消除我旅途的寂寞，还能拓展我的思路，比如这次，我在写到大兴安岭的豆荚时，用了她的语言；我还特别写到胭脂沟的妓女坟，那些二十一岁、十八岁乃至十四岁的秋天，是她指示给我的。记得在有段板桥道上，两边是衰草，道上是死蝉，走几步就躺着一只，我捡起几只来，对它们说：秋天来了，你们就死了。白素贞接言，说，自然界的秋天可以预知，人世的秋天不可预知，这是人的幸，也是人的不幸。或许正因为知道这幸的轻和不幸的重，她避重就轻，把我们未来的生活想象得很浪漫。她说我以后跟你走，住宾馆时就可以夜夜同床了。还说，我也要像他们那样。她说的"他们"，指的是去郑州的火车上遇见的那对漂亮男女，看来，她当时也注意到两人的一举一动。我说，那明显不是夫妻。她很诧异，问我凭什么说人家不是夫妻。我说了理由，她越发诧异：难道我上四十岁后，你就不跟我那样吗？我说你上四十岁，我就五十多了。她眼里掠过惶恐的暗影，不是嫌我老，是害怕我自以为老：你五十岁过后就不跟我那样吗？我要你八十岁都跟我那样！她一直盼着我出差，出差到八十岁，甚至一百岁,让我们当着人的面,在飞驰的铁床上,我把腿伸进她怀里,从背后捏她肩背,还把手从她腋下伸过去。但我还没满四十岁,就没有谁安排我出差了。那段时间,能出差的都派出去了,计划中还有去新疆阿尔泰地区采访,我想应该派我吧,照样没有。我去问头儿,头儿说,请当地一位作家帮忙采写,今后要尽量请当地人写,这样,即使除掉给人家的稿费,也能节约一大笔开支。头儿的话我懂了。在杂志社,我成了多余的人。

但我还是每天去上班。作为记者,每天坐在办公室里,就相当于本该坐办公室的人每天出去乱跑一样。却又不一样。后者是主动的,而我,是从头到脚的被动。

整个白天,白素贞就待在家里。她想象的路上的生活,在秋天里枯萎、凋零,如那些死蝉。而在家待的时间越长,她越是感觉到,我以前跟周琴过的日子,早就像白布浸入染缸。周琴的名字,她已从我母亲口中得知。父母离我有两站路,自从周琴再嫁,我是不大去看父母了,他们老是安慰我,不知道过多的安慰是一种伤害。跟白素贞回山城的次日,我带她去了父母家,父母除了惊异,看不出别的态度。我说了白素贞的家世,以及我怎样跟她认识,还有我马上就要跟她结婚(除了马上跟她结婚是真的,别的都是胡编乱造),照样看不出父母有什么态度。吃饭的时候,母亲殷勤地劝白素贞夹菜,小白,吃,母亲说。但有好几次,她都把小白叫成了周琴。白素贞猛然间就明白了周琴是谁,朝我眨眼睛,而她自己的眼神却黯淡下去,也不像刚进屋时那样嘴巴甜甜地跟父母说话。趁母亲进厨房拿醋,我跟进去,悄声说:妈,你咋把她叫成周琴?母亲怔怔地望着我。母亲的神情让我一下子懂了:是她舍不下先前的儿媳。她不仅像喜欢自己女儿一样喜欢先前的儿媳,先前的儿媳还带着她的孙女,因此与她血肉相连。孙女以前还经常来看她,现在来得非常少了。母亲在安慰我的时候,也是在安慰她自己。回到饭厅,母亲不敢叫白素贞夹菜了。可她是母亲,在餐桌上照顾家人吃喝,既是她的快乐,也是她的责任,她终于又把筷子在盛了糖醋鱼的碟子上磕,说:你咋不吃呀周琴?白素贞彻底沉默了。母亲也彻底沉默了。

这天以后,白素贞再不愿到父母家去,我们结婚,我也只是告诉了姐姐;告诉一声而已,并没叫她来吃饭。我只请了几个同事。同事们那时候还在夸我"好福气",除了说我娶了个白蛇娘娘,还说:人的艳福也是上天注定的,你看家田长得啥样?泡泡眼,圆鼻头,可人家结两个婆娘都是美人坯子!他们把"两个"两个字,说得很重。有人还问白素贞,你的前任叫周琴,你知道么?白素贞愣了一下(是为"前任"这称呼愣的),说不知道。这么说来,你也没见过她啰?白素贞强装笑脸,说,人家是美人坯子,我又不是,我哪有福分见啊。问的人脸一垮,做出严肃到骨的样子,指着我说:这就是你家田的不对了,你应该让她姐妹俩认识,还要经常见面!我大老表你是认得的吧?结过四个婆娘,每个周末,都把前三个请到家里,进屋就各发一千块钱,让四个婆娘凑一桌打麻将。满桌大笑。笑声当中,挨个回忆以前单位上带家属团年的时候,他们跟周琴和周琴跟他们开的玩笑。白素贞故意吃了块辣椒,把眼泪遮掩住。

我理解她的感觉。往后的日子里,跟她说话就格外小心地避开一些词,比如我不说周一、周二之类,而是说成星期一、星期二。这种回避简直成了我的强迫症。对楼的王林吹萨克斯,我以前听到的就是萨克斯的声音,现在却要产生联想,由萨克斯想到小提琴,想到钢琴,想到胡琴,总之离不了一个"琴"字,因此连萨克斯这个词我也要回避。

有天刚吃过晚饭,王林吹出的乐声,像迷了路似的闯进我们的屋子,白素贞说,是谁在吹萨克斯?天天吹,怪忧伤的。我装着没听见她的话,扯一张餐巾纸,把鱼骨头往垃圾桶里赶,她却轻轻哼起了歌词:"那段快乐的时光,不能长久,我是多么想知道它们去了哪儿……"那首曲子叫《昨日重现》。她唱几句就停了,看着我。我没看她,但我知道她在看我。我感受到了目光的重量。这让我越发心虚,她收碗筷的时候,我到底把电视柜上那张合影藏了起来。她没有过问。一直没过问。但明显也没忘掉它。我希望她忘掉,忘掉那张合影,也忘掉我的全部过去,于是又接连换了许多家具,甚至把天然气灶也换了。但没有用。我发现她在一天天憔悴,一点点被抽空,而我自己同样如此,便又想到早就想过的事:换房子。

我以为她会高兴的,结果她说,我不习惯跟满城四川话生活在一起。

尽管意外,但她也点醒了我。既然在单位上成了多余人,为什么非要在那棵树上吊死?既然与山城有千丝万缕的联系,而那些联系又总是给你伤害,为什么不可以去别的城市?

我跟她商量,没想到她还是摇头。

我以为她是担心我牵挂父母,对她说,爸妈有姐姐一家人照顾,我完全可以放心。这是实话,姐姐姐夫都是孝子,我经常出差,少于照顾父母,父母家的劳力活,包括通下水道,都是姐夫包了,他比我更像他们的儿子。但白素贞想的不是这个。要说挂念父母,她就不挂念吗?她并不是石头缝里蹦出来的。她摇过了头,说:人是时间的动物,不是空间的动物。这意思是,不要说去别的城市,就是去国外,也没有意义。

我说不出什么来了,转脸望着窗外的黄昏。

在城市里很难看到黄昏,可是这天我看到了,我看着黄昏细雨似的飘落,使满世界水汽淋漓,我的脑子里,便清晰无比地浮现出清溪河上的那座半岛。

当白素贞缠住我，说要去那荒岛，而且连饿死也在所不惜，我才越发明白了，她要逃避的，不是四川话，而是人，普天下的人，包括父母和所有亲人。某种撕裂能给人快意，但得准备好去承受。我没有那种准备。我说，既然人是时间的动物，去荒岛不也一样吗？她说不一样，亲爱的不一样，到那荒岛上，我们可以重新创造时间！

我给单位上写了辞职信，并不需要批准，批不批都是那么回事，然后我偷偷给姐姐打了个电话——按白素贞的意思，谁也不要告诉，这样才走得干净——我对姐姐说，我跟白素贞要去国外发展，如果发展得顺利，就一直待在那里，不顺，很快就回来。姐姐说，国外是啥子意思？我说就是国外啊，具体哪个国家还没定。姐姐说，为啥子突然想起了？我说我一直就有这想法。姐姐说，跟爸妈商量没有？我说就是怕他们不同意，才要叫你转告，你别忙转告，过两天再给他们说。姐姐说，这么快？证明签证已拿到手了，为啥子不告诉我是哪个国家？我说哎呀姐姐，你放心嘛，只是我离开过后，爸妈就全部扔给你和姐夫了。姐姐沉默了一会儿，问，周琴晓得不？为啥要让她晓得？你女儿在她手里呀！我心烦意乱，又是哎呀哎呀几声，推说自己现在忙得很，把电话挂了。

但姐姐又打过来了，这回她带着哭腔，说弟弟，我知道你心里不好过，自从出了周琴那事，我就知道你心里不好过。这不是多事嘛，我现在有了年轻漂亮的白素贞，我有什么不好过的！我说姐姐，哎呀姐姐……就这样吧，过两天我走之前再跟你联系。

事实上我们当天就走了，歇在清溪河下游的县城里。

次日早上，就包快艇去了半岛。

白素贞说，我们可以重新创造时间，但要创造时间，首先得毁灭时间。当我们在半岛登岸，站在青草龙茸的岸上，她要我做的第一件事，是扔掉手表。以往为出差看时间方便，我一直戴手表。我把表摘下来，她说我帮你扔，接过去，手臂抡了几圈，投进了烟波。仿佛是滑进了烟波里，连一点水花也没激起；它与水面相触的瞬间，便是我和白素贞与时间的告别。她要做的第二件事，是两人都扔掉手机。手机应该属于空间，不属于时间，手机和网络让世界变小，让人群拥挤，但并不因为手机的出现，一天就变成了四十八小时，或者变成了十二小时。我说，这个也要扔？我确实是舍不得。对父母、姐姐和女儿的挂念，在这一刻锥心刺骨。白素贞上齿咬着下唇，来我裤兜里掏，掏出来，在手上颠了三下，颠第四下的时候，她没有接，手机就没入脚下的水里去了。我们站的地方是个齐塄坎，水深与河心差不了多少。她把我的手机淹死了。在我的手机里，装载着我的亲人，她把我的亲人淹死了；装载着我远方的朋友，她把我的朋友淹死了；装载着数百个（或许有上千个）因工作和各种机缘联系过的人，那是我活动的世界，她把我的世界淹死了。而今想来，我对白素贞的愤怒，那时候就埋下了种子。扔掉我的手机，她把自己的掏出来，没有颠，直接抛入了水中。

一切都如此了……

我们本来是有机会成为创造者的，我们种的粮食，不仅够吃，还能喂半岛和后山上的动物。她打理土地很有一套，知道时令，知道种子和土地的脾气，她把半岛的春天和夏天，侍弄得花红果绿。秋天将尽，粮食归仓。小屋里没有粮仓，我将枯树锯开，做成几个大箱子，盛土豆、红薯、玉米和稻谷；我们用最古老的方法，将稻谷在石窝里舂成米，半岛上有好几个石窝，大部分是天然的，只有一个留着錾子的纹路，也留着先民生活过的痕迹。每收一种粮食和蔬菜，我们都不收尽，留些给雀鸟、松鼠、老鼠、野兔、果子狸……半岛上的所有动物，都是我们的邻居。第二年冬天，下了很大的雪，雪从山顶盖下来，把半岛也盖了，雪花飘进小屋，屋里一直生着火，雪花还没落到杏树枝上就化了，小沟里蠕动着细细的水流。在这样的时候,鸟找不到吃的,饿得喳喳哭。我撮了几大盅米,倒在小屋外面紧靠板壁的地方,那里没有积雪。鸟们开始不敢来吃,但饥饿胜过一切,终于有一只落在米堆旁边,接着是两只、三只、上百只,啄米的声音如雨打河塬。一个星期后,鸟不再有任何畏惧,刚把米撮出去,它们就呼儿唤女地飞来了。也是那年冬天,门前来了只猴子,满身雪尘地蹲在那里,连眼皮上也是雪,眼睛眨巴着,似乎想把雪抖掉,但雪长着牙齿。白素贞首先看见了它,啊,一个乞讨的老人!她这样说着,起身向它招手,让它进来烤火,它不进来,白素贞去墙角打开箱子,捧出玉米棒子,还没递到面前,它就一把抓过,嘴里含一个,腋下夹两个,一拐一拐地飞奔而去。但它只来了这一次,之后再没有出现,白素贞朝着山野呼唤,但回应她的只有她自己的呼唤声,她伤心得很,以至于吃不下饭。我安慰她说:你在加格达奇说,乞讨者是四方游走的散佛,它怎么会固定来一个地方?她想想也是,慢慢释然了。

当又一个春天来临,我们发现飞鸟和走兽多了起来,清晨和黄昏,雀鸟闹林,盖过河吼。只要不在田土里劳作,我们就手拉手去河沿,看那些载着人世的快艇来来去去,快艇跑过山弯,水浪才荡过来,啪!打在岸边。岸边的草特别青,长得也特别快,这景象使我恍然明白:河水奔流,是为了哺育生命;河水弯弯曲曲地奔流,是为了哺育更多的生命。

这是我们的美好时代。我们本来是有机会成为创造者的。

但我们都准备不足——不仅是我,还有她。在人世里,有些人令我们喜欢,有些人令我们厌烦,但我们知道,喜欢也好,厌烦也罢,再长也长不过一世,而到了这荒岛,前面是河,后面是山,风吹不走,日晒不干,朱家田和白素贞,在山河面前譬如朝露,完全不能与之形成互动。我们失败于开始之前。于是,那些装在手机里被淹死的人,又一个个从心里复活。但那是我们的禁忌,不能说,一旦说出口，往日时光将重返荒岛，我们的全部努力将化为乌有。

但总得说点什么。白素贞就说了。她说的是小屋的建造者。谁建的？为什么建？他在里面住了多长时间？后来为什么不在了？是死了还是离开了？我们最先挖出的那根白骨，是不是他的？……她把那个人想象成一个男人。不是满身力气又心灵手巧的男人，建不成这样的屋子。她说那个男人是个黑瘦大汉，长了乱草似的胡须，仿佛她见过他一样。那段时间，她天天念叨他，如同曾经对那根骨头的迷恋。有天下午，她走向半岛深处，林木和杂草，让她消失于我的视线之外，我锄完一畦菜地，她也没回来。她是踏着星光回来的。我问她干啥去了。找他，她说。嫉妒。这种糟糕的情绪，再一次控制了我。找到了吗？她不言声，只从她曾在旅途中背过的双肩包里，摸出一把紫色珠子，用根黑毛线在那里一颗一颗地串。为什么不说话？串了十来颗，她这样问我，然后说：小时候，我没什么玩的，就串珠子，串好了，拎着一头提起，珠子啪啪啪掉到地上，捡起来再串；我还是个孩子的时候，就成了寂寞的寡妇。我心头一阵凛冽。你丈夫死了吗？问这句话时，我心里想的"丈夫"不是我，而是她在岛上寻找的人。珠子从她手上滑脱，掉到泥地上。掉得无声无息。

她一屁股坐到我身边，托起我的下巴：我说过我要比你先死，你也同意了的，你要为你的不负责任道歉！说罢来解我的纽扣。做爱，是她让我道歉的方式，最重要的方式。

那天夜里，我们做了三次，每一次她都让我打她。天亮后，她去水潭边照，回来的时候一脸苦相，说：你把人家打得太狠了，比在武夷山那次打得还狠。

我说过，那一年，我们离开郑州就去了合肥。我在郑州搂了白素贞的腰，彻底酒醒后，心绪却很黯淡。到合肥的时间是凌晨四点左右，得在车上抓紧睡一会儿，我说我头痛，她说那睡吧。晚上九点多钟，我就爬到上铺躺下了。为什么去搂人家的腰呢？这是什么意思呢？男不摸头女不摸腰，女人的心是长在腰上的，怎么能随便摸呢？我想着这件事，好不容易才迷糊过去。刚睡着，一名警察将我的床板敲得砰砰响，是要检查证件。我知道他是例行公事，本不该朝他发火，但就是控制不住，坚决不给他。他也火了，说我一直在等你啊。我说：你凭啥要查我？凭啥要把我的身份证弄到你们那个机器上去扫？他说：我按规定办事，为了你的安全，也为了大家的安全，我就凭这个！他像是在背书。他五十多岁年纪，已经秃顶，从上铺望下去，只见泛红的头皮。他尽职尽责地做了一辈子小警察，怪不容易的。但让我发火的不止这件事：还有将近两个钟头才到合肥，乘务员就把我叫醒，说换票。这弄得我再不敢睡。我猜想乘务员那时候正百无聊赖，想多几个醒着的人陪她。不敢睡，躺在床上又难受，想坐又直不起腰，只好下来。白素贞睡在下铺，换票后依然躺着，我坐在她床上，她蜷了一下身子，脸贴住我的背，手伸过来，抱住我。女人的这种姿势，已说明了男女互动的实质。我只能让她抱。有什么办法呢，你都搂了人家的腰了。我说，你再睡会儿，到时候我叫你。她说你也躺下来。我没躺。她使劲扳我，我还是没躺。我说床太硬了，坐着舒服一点儿。她没过分坚持，贴住我睡。几分钟后，中铺一个女子起来上厕所，回来时走错了地方，爬到别人的铺上去了。我看到她走错了，但又拿不准她是不是故意的。她爬上去后，把别人弄醒，才连声道歉，然后下来，上了自己的铺。她的铺上已躺着一个男的，看来是她相好，趁她上厕所时溜到她的铺位上了。两人便睡在了一起。白素贞看到这一幕了吗？……

出站后，离天亮已经不远，我们在广场上坐着吹风。从郑州往南，身上就像裹了层薄膜。晨光把夜灯挤走，我们就去找吃的，向一个环卫工人打听早餐店，她不辞辛劳地把我们带到一条又脏又乱的巷道里，估计是她亲戚或熟人开的，稀粥入口那味儿，老是提醒你："兄弟，这是多日的剩饭！"小笼包子的肉馅，酸不拉叽，不知道是什么做的。只能不去想，瞎着心往肚里吞。然后带着行李，去完成我的任务。我不要看城市，要看田野，但乘22路车去郊外，走了很远的路，也看不到田野。一直坐到终点，才见马路外有零星的土地，显然已被征用，还没来得及修楼或干别的，农人便偷空种了棉花，红的白的棉桃，提心吊胆地挂着。棉田外的乱草丛中，牵着瓜藤，一个头搭白毛巾的老妇，用棒子将乱草分开，竟露出一个长条形的海南瓜，妇人惊异欢悦的神情，不是因为找到了个南瓜，而是找到了她作为农人和庄稼永生的联系。

接着去六安，去武汉，去长沙。湘江恢宏浩大，流水泛着光芒。我们在湘江边站了一会儿，就赶回车站，买去南平的票。队伍一直排到门外。但滚动的电子显示屏说：因水害影响，去南平的铁路暂时停运。所有人都不信，包括我。电子显示屏可以告诉我们今天是星期二，但不可以告诉我们去南平的火车停运了，因为我们要去的正是南平。去别处的可以停运，去南平的不可以，正如去别处的人觉得去南平的可以停运，去他们要去的地方不可以停。队列里有了骚动，但没有人撤离。两个多钟头后，终于排到窗口。这时候才不得不信了。问售票员"暂时"是多久，她说她也不知道，她要听上面的通知，可能是一天，也可能是三五天。她说着这些话时，眼睛已望着我身后的人。我身后的人把我往一边挤，好像我要去的地方停运，就低人一等，就没资格在那里问这问那，他就有理由把我挤开。但我没让他得逞，我决定转车：从长沙到鹰潭，再从鹰潭到武夷山。我去南平，也主要是看南平的武夷山。

去鹰潭的车上无座，去武夷山的车上也无座，都是挤在过道里。过道里黑黝黝的，是人的阴影；当人与人之间没有缝隙，人就不存在，只有人的阴影。人的阴影把厕所门堵住，完全打不开。地上不时有水流动，也不知是什么水。一高个子的圆头男子，艰难地举着本书看，《国民党十二名将被俘之谜》，汗水从脸上流下来，他用书刮掉，刮得叭的一声，又接着看。两个挤在门边的女子，热烈地讨论着日本人，门上布满水汽，她们便用指尖在门上画，画的是某个中文字日文该怎么写。一个买了锄头的男人，锄刃用报纸裹着，紧紧地搂在怀里。人们彼此在攀老乡。丧失了距离感，使每个人都很紧张，都想从心理上为自己找个靠山。突然传来大声呼喊：让一下！让一下！两个小伙子抬着一个昏迷过去的人，像碾倒一片蒿草似的冲撞过来，被抬的人二十余岁，脸色惨白，闭着眼睛，是发痧了。那个漂漂亮亮的女乘务员倒是很负责任，挤来挤去地提醒乘客注意安全，她明显刚刚参加工作，还有着职业的光荣感，也觉得自己的一举一动都被人注意，被人欣赏。

就这样，早上六点过，我们到了武夷山。

是转转就走还是休息一天？出站到了小小的广场上，白素贞问。问话里已表达了她的愿望。我说，休息一天。

坐出租到市区，住进了悦宏宾馆。

往后的日子里，我经常想，如果不在武夷山住下，会有后来的事情吗？悦宏宾馆是我们一路上住的最好的宾馆，干净，舒适，如果它没那么干净舒适，会有后来的事情吗？

我洗了澡，想去街上逛逛，就出门来。这宾馆像是个戏园，我们住在二楼，廊道宽敞，可直视下面的大厅，很有些旧时旅店的感觉，加上武夷山空气清新，让我心旷神怡。是的，就是心旷神怡。我去敲隔壁的门，敲好几下都没动静，心想她是不是出去了。刚走到楼梯口，她却跑出来叫我。她的头发滴着水珠，前胸湿了一片。她说人家在洗澡嘛。我说你慢慢收拾，我出去走走。等我！她说，回房间去了。我看见她的后背也湿了一片。她再次出来时，换了身白色连衣裙；刚才是粉红T恤，亚麻嘻哈裤，显然是临时穿出来应答我的。头发并没吹，只是用浴巾绞干了，微微弯曲地散在她的身体上。武夷山的街道宁静安详，棕榈树下，不是竹器就是茶叶，不是茶叶就是孝母糕。我后来多次想，如果武夷山不是那样宁静呢？如果武夷山人经营的店子，也像别处一样张扬呢？我是在近乎无赖地找借口了。但也难说，事物之间，确实存在着无法估量的联系。而且偏偏就在那天夜里，在悦宏宾馆前面的广场上，有场歌舞表演，闹腾到十一点才散。从七点半到十一点这段时间里，发生了许许多多的事情。

我跟白素贞也是出去看表演的，但对一切表演，白素贞都没兴趣，甚至反感。她说，别傻乎乎的了，回房间吧。她嘴上强调的是傻乎乎，眼神强调的是回房间。那时候，我就感觉到今晚会有事情发生。这个跟我多日的女人，我不知道她的来路。我的脑子里，浮现出"白蛇"和"聊斋"，这两样东西都让我害怕。我在那里飞速地默念：白素贞是蛇、狐仙或鬼，哪一样更让我怕？结论是都怕，不过狐仙要好一点。然而，要是她既不是蛇，也不是狐仙和鬼，而是人呢？——似乎更让我怕。我从没忘记对她的疑惑，这疑惑从胭脂沟的妓女坟就开始了。我带着拒绝的渴望，跟她进了宾馆，上了二楼。

她住205，我住206，回我的房间，需从她门前过。她下楼时就把房卡捏在手里，就那么一直捏着，走到门口，比划一下就打开了。她望了我一眼，进去了。门敞着，像敞着的嘴，需要食物，而我就是那食物，要是我离开，就是没尽到食物的职责。于是我也进去了。她拿着水壶，到傍门的盥洗间接水，顺手把门关了。坐，她过来说。为显示自己并不是那样拘束，我偏不坐，做出很随意的样子。中午她在床上躺过的，这看得出来，恰恰因为躺过，才越发显出房间的整洁。女人似的整洁。水壶里哇啦哇啦地吵着架，吵一会儿就停了，是因为每一粒水都沸腾了。这多么像男女，吵啊闹的，可等到两人沸腾起来，一切问题就都解决了。这时候冒出这种比喻，是相当不洁也相当危险的。她倒了两杯开水，放在傍窗的茶几上，茶几两侧各有把椅子，我坐下了，她也坐下了。如果知道后面发生的事情，这样的开始是多么笨拙，但我们就是这样开始的。她屈着腰，低着头，抠指甲。我转过头看她，看到的是她的头，头发从中间分开，黑里露出隐隐的白线。一个声音对我说：你不可以抱她一下吗？你都搂过人家的腰了。另一个声音说：对你而言，这还是个陌生女人，你搂了一个陌生女人的腰就错了，再去抱她，而且是在房间里抱她，就错上加错！

我知道你在想什么，她突然抬起头说。

我笑了笑。那笑更像是吓出来的。

如果我是你，她说，我也会那样想。

她用这种以退为进的方式，断然下了结论。

其实我并没告诉她我的想法。

接着她开始讲自己。起句却不是说自己，而是说他——她丈夫，确切地说是前夫。他是为我才杀人的，她说。我屁股底下的椅子摇晃了一下。结果并没杀人，只把人不致命的地方捅了个窟窿。新婚不久的一天夜里，她和丈夫去吃大排档，三个醉汉挤到他们桌上来，傍她在长凳上坐了，请她喝酒。她说对不起，我不喝酒。而她面前放着一杯啤酒。其中一个端着那杯酒，往她乳房上淋，还把她往怀里抱。她挣扎着，看对面的丈夫。丈夫咬着牙，脸色铁青。她的乳房上有了一只手，接着是两只手，三只手。她尖叫着，引来众多目光。那些目光里有刚产生就在融化的愤怒，更多的却是怀着某种期待，用脆弱的良心包裹起来的期待。三个醉汉深谙这类目光，因此在他们眼里，除了她，根本就没有人，当然也没有她丈夫。她丈夫的牙帮松开了，嘴向两边咧，是一副快要哭出来的样子。他们捏着她湿漉漉的乳房，说些流里流气的荒唐话。正这时，坐在最边上的那位手机响了，他接听前挤眉弄眼的样子，就知道是个女人打来的。那女人叫他们去某个地方喝酒。他说我们正在喝呢，你来不来啊？江娃子又弄到个妹子，奶子爆大，比你的大三倍！说罢抽泣似的笑。那边定是在骂，他谄笑着，说好好好，马上来，你坏了江娃子的好事，你要亲自给他补上哦。收了电话，两人起身，抱住她的"江娃子"，很怜惜似的在她身上又摸了几把，说对不起啊，下回啊，下回我让你……说了半句，伸出舌头，舔了舔她的耳朵，才将她放下，跟随那两人出门走了。她脑子里空空荡荡，直到门外喊杀人，才发现丈夫不在。丈夫拖了把尖刀，追出去捅了那个江娃子。丈夫被抓。他连正当防卫或者说防卫过当也算不上，因为他拿刀子捅人的时候，江娃子等人已停止了侵害。关在看守所里的丈夫，若移交检方，将提起公诉，面临判刑。但有人给她递信出来，说可以赎的，只要拿十万块钱。她跟丈夫都才大学毕业，都还没找到工作，双方父母也是只能过日子的人，少少的一点积蓄，都为他们筹办婚礼花掉了，哪能一下子找这么多钱？但她的想法很明确，而且只有这一个想法：绝不能让丈夫去坐牢。便四处求告，磨破嘴皮，终于借到八万。还差两万，却怎么也想不到办法了。她去看守所找领导，领导不松口，领导说你以为这是做生意呀？这是国法！别说差两万，差两块也不行！留给她的只有一条路，这条路就是犯罪。她犯的罪是当妓女。第一次，就接待了个醉汉，这让她心如刀割，还是把生了锈的钝刀子。但她知道，这个醉汉不是她的仇人，而是她的客人。她不辞劳苦，夜以继日，快速凑够十万块，把丈夫赎了出来。然而，当丈夫知道钱的来路后，一脚就把她蹬了。她的事情已经传出去，父母也不愿认她，亲戚朋友更是离她远远的……

我拿不准她说的是不是真的。

我总觉得这是她听来的故事。一个并不高明的故事。

假的，我想。这想法刚产生，另一个声音又说：天底下的故事本来就大同小异。

如果我相信她，我的怀疑就被证实了。

不过纠结这些有什么意义呢，在此之前，我早已陷入了深渊。

且必须承认陷入深渊的事实。

沉默许久，我问她：你为什么要给我讲这些？

她撇开我的问话，自顾自地说：我本来是出来寻死的。我想办法还了别人的钱，就出来寻死。我跟他很相爱。虽然他不要我了，但我相信他还是爱我的。我们是大学同学，大三就谈上了。可是，我突然之间发现他变了，我认识的那个他已经死了。

去他妈的"很相爱"。又一个自欺欺人的人。

我说，他死了，你就为他殉葬？

她默然，然后说：死之前，我想多走些地方。我也不知道走到哪里才是终点。

我很想问她，遇到我之前，你出来多久了？你凭什么为自己挣路费和生活费？

但我不想问了。这时候我才想起，住在北极村鹿祥园农家乐那天晚上，鹿祥园让他的侏儒儿子来为我烧炕，老是点不燃，看来是故意点不燃，故意不把炕烧热，让我去白素贞的炕上，这样既节约了柴火，又能抽头。我没去和白素贞睡，就睡了冷炕，并且一觉睡到天亮。鹿祥园比我先起床，那样子很不乐意，莫名其妙地朝家人发火。白素贞跑出来蹭我的出租车时，鹿祥园在后面大声挽留她。我还听见他在往这边追，如果车子启动慢一点，多半就追上了。我不欠他的钱，看来她也不欠他的钱，为什么要追？难道仅仅是舍不得一个客人？

我用不着再问她什么了。

而她却完全改变了模样和口吻，粲然地笑着说：在北极村见到你，我突然就不想死了。

谎言。这是我唯一能想到的两个字。

我，朱家田，一个快满四十岁的男人，一个被女人抛弃的男人，没那么大的魅力。

下一站你就到广州了，是吗？

我说是的。

你到广州就结束你的旅程，是吗？

我说是的。

所以我把那些事情告诉你，免得你胡乱猜疑我。

停顿片刻，她又说：我没你想的那样坏……我想给你留个好印象。

霎时间，别的似乎都不重要了，我只揪住了"好印象"几个字。这是什么意思？是要跟我分开吗？我的心拧得干滋滋的，发痛。由此我忠告天下男人，如果你爱上了某个女人，同时又无法确定是否能跟她继续下去，就千万别让她看出来，否则你就被她控制了。你嫌控制你的事情还少吗？非要再加一个女人吗？我当时就是这样对自己说的，我说朱家田，你该站起来了，你可以友好地和她道别，然后走出去，下楼看表演也行，回房整理资料也行，总之你应该马上走出这个房间，明天一早，你就独自离开，像你无数次出差一样，自来自去，满身孤单，也满身轻快。然而，我的双腿被捆住了，或者说我没有双腿了。我就骂自己：你龟儿子究竟想怎样呢？她亲口承认做过妓女，而她却说她没有你想的那么坏，可见坏与不坏，她与你是完全不同的标准。你认的是事实，她认的是动机，她以为你不知道动机大多是骗人的把戏。她身上自带堕落。就像那部韩国电影里的女学生，自带堕落，那个恶棍的错误，只是发掘出了她的堕落。你不是恶棍,你承受不起嗜血的爱,也承受不起她的堕落。

可是我被绳索捆住了。被绳索捆住的人,越挣扎捆得越紧。外面的歌唱我全听不见,只听见屋子里的空气嘶嘶流动。那是流动的时光,提醒着我的失去。我要失去她了。是我自己让我失去她的。我对她的堕落感到恐惧,是因为对我自己感到恐惧。每个人都可能成为那部韩国电影里的女学生,包括我。然而,她真的堕落吗?如果她是堕落的,没必要这么长时间跟着我,跟着我的这些日子,她从没堕落过,她对大篷车里的那个男人,或许只是透析了他的孤独,是对孤独的感同身受,也是对孤独者的怜惜。我的嫉妒心曲解了她的同情心。她确实说过做一个妓女蛮好的,但谁知道那是不是无奈?她跟着我,即使不是因为爱我,也是从我身上嗅到了同类的气息,并因此对生命有了温暖和留恋,想找一个留恋的理由……

我想着这些事,站了起来。

但伸出去的却不是腿,而是手。我抓住她的肩,向上一拎。

嘴唇燃烧。身体燃烧。我们像两团交缠的火,因为痛苦翻滚到沙发上,又翻滚到床上。两个身体互相埋怨,互相倾诉,都说这是早就该发生的事情了,为什么等到今天才发生。两个身体上长满了嘴,但还嫌不够,还需要指尖,需要舌头。她说,吻我,吻我。她说,接吻才是亲密,做爱不是。至少,她的嘴唇是纯洁的。她的纯洁让我深深感动。我说,我要把你带回去,我要你成为我的老婆。说到这里我哭了,从里到外地哭。她舔着我的泪水,说打我,亲爱的你打我。这辈子,我从没打过人,可是今天我想打,她叫我打,我就打了。

啪啪啪。啪啪啪。这是属于我们两个人的歌舞。

这天夜里,我打肿了她的脸。同样是这天夜里,我们说到死亡,说到谁先死谁后死,说到她死在我前面,我要想办法把她埋到一个干净地方。

开始我就说,我怀疑白素贞是故意死的。这怀疑并非没有根据。那天夜里,长时间地吹着风,风从屋顶的天眼路过,不小心摔下来,碎了一地。杏树早掉光了叶子,风粉碎的声音,打得枝条飕飕而鸣。早上空气清澈,从壁缝进来的每一丝光芒,都像是空气本身的光芒,我们呼吸着空气,也呼吸着光芒。我们的身体内部,便在呼吸间一明一灭。正在我感觉"灭"下去的时候,她问我,你还想不想你的周琴?突然得就像头顶砸下一个花盆。那不是我的周琴!何必这么气冲冲的?管她是不是你的,我只问你还想不想她。那是我的伤口,她不该去戳的。然而我明白她也有伤口,我应该以其人之道还治其人之身。我问她想不想他,她装傻:"他"是谁?我说你心里清楚。她说我真不知道。我哼了一声:除非你的"他"太多。她的四肢绳子一样把我缠住,说朱家田你太小气了,我早告诉过你,我是纯洁的。她依然在装傻。两人暂时无话。一旦沉默下来,周琴就在我伤口上拱,把伤口扩展开。栖息在那伤口上的,不仅有周琴,还有我的父母、女儿、同事以及我的整个人世。我想她也一样,即使不再想"他",也不可能不想与"他"有关和无关的人世。我们在各自的怀想里彼此怨恨。

可以想象,两人又以做爱来和解。怨恨有多深,做爱就有多疯。在这过程中,我想起父亲给我讲过的另一个故事,是我外公和他伙计们的故事。我外公讲给我母亲,我母亲讲给我父亲,我父亲讲给我。外公做纤夫那些年,苦得慌,为人拉水糖(他们把红糖叫水糖),水糖拍成很厚的方块,每块有上百斤,伙计们想偷吃,又不能砸,哪怕砸小小一只角,货主也能看出来,便想了个办法:用根竹筒,头子削尖,从水糖中间插进去,竹筒抽出来,将戳开的窟窿敷上,然后剖开竹筒,里面就全是糖。他们吃到了糖,但糖的伤口却不露痕迹。

我和白素贞，就以这样的方式处理伤口。

这种方式给我们带来极致的快乐，就像外公和他伙计们当年的快乐。

偷来的快乐。

第二天早上，半岛全是白的，并没下雪，是被风吹白了。我由此知道了风也有颜色，风的颜色就是白，它走到哪里，就把哪里染上它的白。我披衣起床，去门外望了一眼，又回到被窝里，说，半岛跟你一个姓了。她没睁眼，说，叫白清溪岛了？我说太麻烦，就叫白岛好了。她咧嘴笑笑，说这名字好听。又说：它姓了白，就是我的亲人了，在这里，我有亲人，你没有，这对你不公平。听了这话，我才铭心刻骨地体味到了她的孤独。我说你就是我的亲人，我不再需要别的亲人。她把脸埋在我的胸膛上，静静的。屋外万物的声音，先是窸窸窣窣传进来，之后越来越响。她说，有快艇跑过了。其实这里听不见快艇，是她心里有了快艇。我说，要不，我们今天去赶县城？她这才把眼睛睁开。我没看见她睁眼睛，是裸露的胸膛感觉到有她的睫毛划过。没钱啦！她说。我说以前带来的钱，还放在皮箱里，足够我们在县城里住几天；即使不够，驮一袋粮食去卖了，不就是钱吗？上游的县城叫川梁，下游的县城叫东轩，我们是从东轩坐快艇来的，这回我们去川梁。去川梁干什么？这倒把我问住了。见我不言，她说，我哪里也不去，我就这样躺在亲人的怀里。

这句意味深长的话，又被我轻轻地放过了。

阳光跟昨天一样明亮，也跟昨天一样冰凉，吃过早饭，我去锄地。冬天很快就会过去，我希望土地苏醒过来时，不至于觉得身体太沉重。她去了后山，捡干柴。我们从没砍过活着的树木，后山的枯枝足够我们做饭和取暖。我锄地的地方，离小屋大约六十米远，当我感觉身上发热，脱掉外套往地边桉树上挂的时候，看见她拖着一捆柴火回了屋子。紧接着，屋顶冒出炊烟。炊烟让我安详，是一无所想又被浑身充满的那种安详。是呀，真没必要去县城，人群只会让我们觉出自身的渺小，并因此焦虑、恐慌，生怕失去什么，而在这里，我们没什么可失去的，因此也就拥有一切。现在，又拥有了半岛新的命名：白岛。这名字不仅好听，还带着醇厚的暖意。白岛是白素贞的同宗，自然也就是我的同宗了。我用越来越灵巧的锄头，梳理着我同宗的亲人。曾经在这半岛上生活过的，包括那些麻风病患者，都是我的亲人。不远处的白骨冢，是我亲人的坟冢。自从来到这里，我从来就没有孤单过。

　　太阳当顶，她也没叫吃饭，而炊烟已经散淡下去。看来饭已经做熟，我可以收工了。我的身后，是一大片翻过的土地；怕它们受冻，我没锄得很细，块状泥土均匀地排列着，像是栽在地里的。将泥土栽进泥土，难道不是一种发明吗？难道不能证明我们是世界和时间的创造者吗？我满意地拍了拍手，将锄头往地上一挖，去桉树底下取衣服。这时候，一艘快艇被上游的山弯吐出来，尽管看不清船上的情景，但我分明感觉到有人在朝这边指指点点，他们会说什么呢？我自己替他们回答：看啦，半岛上有个男人，还有一个女人，那个男人和女人，是这条河上的神仙。但我说过我不想做神仙，我只想做人，做白素贞的男人。

　　可是，当我回到小屋，白素贞已经死了。

　　是吃蘑菇死的。

　　秋天里，我们捡了许多蘑菇，白素贞细心挑拣，将有毒的扔掉。她认识哪些蘑菇能吃，哪些不能吃。吃不过来，就将大部分晾干。湿的干的，我们都吃了很多，都没有任何问题。但是这天，她趁一个人在家，煮了一碗，吃掉了其中的大半。我有理由相信，这是她有意藏好的剧毒蘑菇，随时准备利用它来了结自己。她就像潜伏的特工。先是潜伏在人群里,然后潜伏在我的世界里,看来,两者都给了她伤害——一个特工也无法忍受的伤害。

我把她埋在杏树底下,将她的所有衣物都埋了,只留下了那件红色羽绒服,那是我们初次见面时她穿过的。

埋下她不久,春天来了,杏树开出艳丽的花朵。

这是它第一次开花。

# 名 人

那时候，华蔚林在东轩城就有名了，茶余饭后，常听人谈起他，说他做过知青，下过矿井，在矿难中断了左腿，成了跛脚；说他有过四次婚姻，前三次都栽了花石榴，第四次终于结果，得一千金。说得最多的，自然是他的文学才华。他没念过大学，高中也只读过两个星期，却创作了百余万字小说。当年的东轩，写小说的如同现在炒股的，我是指人数，但也真有几位，冲出市境，在更大的世界混出了脸面——其中不包括华蔚林，但无关紧要，华蔚林并不只靠小说挣名，他还写剧本，有一部剧还拍成了电影。

东轩市下辖一县，名普光，普光县大河镇有个奇女子，名叫许春苇，华蔚林那个拍成电影的剧本，就取材于她。许春苇十七岁那年，不幸触电，双臂被截。当她从手术台上醒过来，得知自己的处境后，竟没半句言语，只静静地流了几行泪，就凭本能思考一个问题：人，是不是可以重新定义？手脚分工，是不是万万年的老眼光？假定人生来就没有手，脚不也要为手代劳吗？

观念催生能力。仅半年，许春苇的两只脚，就能自如地梳头、吃饭、写字、穿衣服、上厕所，更不在话下。又过半年，即能单脚走路，虽是蹦着走，却身轻如燕，顶碗水在头上，也不会荡出来。她就这样腾出一只脚来当手用，提篮拎筐，行茶办饭，啥事都不耽误，而且去福利院做义工，照拂孤寡。

许春苇的事迹，以前未见任何报道，因此可以说，是华蔚林发现了她。他多半是从她身上看见了自己。再高明的作家也藏不住自己，内心褊狭，字里行间就阴郁潮湿，小时候挨过饿，写块石头也能闻到食物香。华蔚林残疾那年，同样不满二十岁，却一步一跛地走到了今天。

单凭这一点，我就对华蔚林心生敬意，尽管从没见过他。

可奇怪的是，凡是谈论华蔚林的人，无不把他当成笑话。即使说到他的才华，也是当成笑话说的。我听来听去，听出一个意思：嫌他文凭低了。那正是唯文凭是举的时代，只要有张大学毕业证，长得再不好看的男人，也能怀抱如花美眷。东轩城出了名的那几位小说家，都念过大学，其中一位还出身复旦。只有初中文凭的华蔚林，实在不该抢占风头。我说，你们这是身份歧视。却没人愿意承认，他们说：你不知道啊？华蔚林是东轩四大名丑之一。

东轩类同重庆，是座山城，清溪河穿城而过，分出南北。北城是老城，所有重要机关、重要人物，都在那边，我所在的邮局，是在南城，地界所限，加上位卑人微，消息究竟不很灵通，"四大名丑"是第一次听说。问哪"四大"，张三说的和李四说的，很不一致。

但不一致的是另外三人，华蔚林则是众口一词，成为当然人选。

这倒让我对他越发好奇。

取材许春苇的那部电影，名字就叫《春苇》，上映没多久，便传来得奖的消息，华蔚林作为编剧，要去北京参加颁奖会。这也没什么，几位小说家已多次得奖，去北京、上海、广州、成都等地，都参加过颁奖会，可他们参加的，最多是当地部门领导出席，而华蔚林参加的，却有中央首长在座。正因此，东轩日报和晚报社，才连忙派出记者，去普光县采访电影的原型。

我听说，华蔚林载誉归来，无论风晨雨夕，都在大街小巷游走。他不是腿不好吗？没关系，走慢些就是。他那腋下，夹着一本厚达半尺的相册，见了人，就手一拦，然后把相册打开，一页一页地，翻给人看。那是首长与他握手的瞬间。所有照片都是那个瞬间，只是缩放成了不同的尺寸。

街市上最不缺的，就是人，因此华蔚林即使有健壮的双腿，也走不快。他不需要走快。他要的就是慢。他要把他的光荣，分享给每一个东轩市民。如果是外地游客，他更高兴。游客会把他的荣耀散布四方。看完相册，他便胸脯一挺，伸出右手，说：我以某某某握过的手，来握你的手！

这件事我听过不下五十回，其中有八个人，都说自己碰到过华蔚林，都看了他的相册，也见他伸出右手，无比庄严地说出那句话。

"我才不跟他握！"我的一个女同事说，"他领奖回来都有半年了吧？没有半年也有五个月，肯定一直没洗过，吃喝拉撒都用那只手，想起来恶心。"

我瞟她一眼，心里奇怪地有些寂寞。

幸好我从没对人讲过我尊敬华蔚林。

女同事问我："你要是见了他，跟不跟他握手？"

我想了想说："不。"

其实我也拿不准，说"不"，纯粹是为了讨好她。她长得很漂亮。

她又问我："是不是很恶心？"

恶心这个词我说不出口，也不想说出口。她的眼神和口气，分明知道自己漂亮，也知道我是在讨好她，就想用她的漂亮和我的讨好来控制我，这就让我不喜欢了。

报纸上零星地有些关于华蔚林的消息，当然没说他去大街上翻相册、把首长握过的手赏赐给路人去握，是说他从北京回来后，市里组织了《春苇》的研讨会,连市委书记也到了场,并且讲了话。这样的待遇,也是其他作家所没有的。

说华蔚林炙手可热显得夸大其词,毕竟,对他的报道并不多,连开他的研讨会,他也只是个由头,主要是传达市委书记的讲话。但说华蔚林春风得意,哪怕没亲眼看到,只凭空想象一下,也应该是合理想象。

然而,合理的不一定合法,合理合法的,不一定正确。

在华蔚林自己看来,他既非炙手可热,也没春风得意。

他说:"热闹是他们的,我什么也没有。"

这是因为,他以前是市文化局的小职员,现在照旧是个小职员。

对多数人而言,这已经很好了,毕竟,你曾经只是个挖煤的,你不仅从地下爬到地上,见到了太阳,还进了文化局。那几个小说家都在文化局,从不去单位,只在家睡觉、看书、写作、给读者回信、把玩女读者寄来的照片,薪水照领,稿酬自得。华蔚林也可以这样,但他不。他是天天要去上班的。

上班却没事给他做,这让他苦恼。

于是他去找局长。

局长说,你跟他们(指那些小说家)一样,没安排具体事,是想你们把写作当正事,你把正事做好不就行了?他问:"我正事做得好不好?"局长说好,但不能骄傲自满,要对得起你得到的荣誉。他说:"我就是觉得对不起。"局长把桌子一拍:"这就对了嘛,继续努力嘛!"

这时候,他摸出一支烟来点上。他平时不抽烟,带包烟去,是想给局长发,结果局长前天才把烟戒了,他怕浪费,就自己点了。不会抽烟的人,吐出的烟是散的,而且眯缝着眼睛。他就眯着眼睛对局长说:"你觉得李东平咋样?"

李东平是个小说家,但不属于最出名的那几位。

局长诚恳地说:"他还比不上你。"

"你是指哪方面比不上我?"

"当然是写作嘛,你到底有个剧本打响了,他还只是在冒闷烟儿。"

说着,局长把飘到他鼻子底下的一缕烟扇开,表情很是挣扎。刚戒烟的人,闻不得这东西。闻着臭。而且深知这种臭很容易就变成香。

听了局长的话,华蔚林摇着头,"不是这样的,"他说,"写作上,他固然比不上我,但关键不在这里。李东平当干部之前,天天骂娘,这里不公平,那里有腐败,骂得那个难听,你是知道的。可这样一个人,你提拔他,让他当了科长。我呢?洪水来了我写抗洪,旱灾来了我写抗旱,计划生育来了我写《独苗赋》,时代需要自强不息,我写《春苇》。我敢拍着胸膛说,我所有创作的方向,都是指南针的方向。但我的忠心耿耿,领导并没看见,所以不愿给我事情做。"

"怎么没给你事情?写作不是你的事情?"局长又是那句。

"那李东平呢?他为啥就当了科长?"

这差不多是质问了。

局长不接受质问,因此沉默着。

沉默并不是态度,而是对态度的隐藏,只有当沉默变成声音,才能确证态度。如果一直沉默呢?那也是一种声音。华蔚林听到的,就是沉默的声音。

他照旧是个小职员。

他感觉到,自下而上不仅吃力,还是玩命,上头铲下一锹土,就能把你埋了;自上而下则不同,那是摧枯拉朽,也是入川归海。于是他不想再找局长,也不打算找分管文化的宣传部领导。他要直接去找市委书记。

市委书记姓何,早就知道华蔚林,因为《春苇》,又和华蔚林见了面,对他的来访很是欢迎。他先表扬了一番,又鼓励了一番,正要关心来访者的近况,华蔚林就说话了。他说的,就是给局长说过的,而且还说:"讲老实话,我有些伤心,何书记你知道,我不是为我自己伤心,我是害怕给社会上传递出一种错误信息,就是领导不需要忠诚,也藐视忠诚。我就为这个伤心。"

何书记什么表情,外人当无从得知,但传言者振振有辞,说何书记很尴尬。书记怎么会尴尬呢?便又纠正,说是愠怒。

不管是尴尬还是愠怒,华蔚林都没受影响,他问:"何书记,我可以用一下你的电话吗?"书记跷了下指头。这很可能只是个无意间的习惯动作,但华蔚林当成了应允,说声谢谢,就站起身,从裤兜里摸出电话本,翻到某一页,看一眼,够着上身拨个号码,再看一眼,再够着上身拨个号码,这样拨过去,说:"我找梁部长。"大约过了半分钟,他嗨天嗨地地,说梁部长啊,我在遥远的东轩向您问好,向您致敬!并没说别的,只这么问好、致敬地重复几遍,就说梁部长,您日理万机,我不敢耽搁您,以后专程去北京拜望您。

电话一搁,何书记的脸色变了。

梁部长。北京。日理万机。这诸多信息,都指向特定的梁部长。

没过多久,华蔚林就当了市文化局艺术科科长。其间或许也有短暂的过渡,比如先当副科长,再迅速扶正。但我知道的时候,他已经是科长了。

许多人认为,华蔚林能得逞,是把何书记吓住了。华蔚林的水深水浅,何书记是摸不透的。他去北京受到过大领导的接见,很可能趁此机会,和某些要员结识。再者,每逢换届,省里的、中央的,当然也包括市里的,谁当选,他都要发贺电,你把这当成笑话,说首长根本看都不看,可万一看了呢?看了,就把华蔚林三个字记住了。何书记知道华蔚林，不首先就是看了他的贺电吗？鉴于此，何书记觉得，这个跛脚的矮子（华蔚林身高刚过一米六），即使不靠他，也最好别惹他。给个科室领导让他当当，也不值啥的。

如此揣度，相当于嘲笑华蔚林的同时，也嘲笑了何书记。

大家都相信何书记会那样想，都认为他不会怀疑：华蔚林的那个电话，果真打了吗？会不会只是装模作样拨几个号码，就呼天喊地一通？这是完全可能的，何书记竟然信，还被吓住了。毕竟是从基层上来的。何书记先是在公社当广播员，后管农业、管林业，再当公社副书记、书记，然后进区委，进县委，进市委，在市委多个部门混了一圈，才进入核心领导层，最终登上东轩最高宝座。说他是一步步干过来的，当然没错，说他是一步步吓过来的，也没错。

长时间被吓，人会变傻，这确实有科学依据，但落实到何书记身上，就是对他的污蔑了。从某种角度说，何书记是个单纯的人，至今接受电视台采访，还动不动就冒出从基层带来的粗话，比如："今年雨水不顺，狗日的我们的粮食还是增产了！"欣喜之情，溢于言表。何书记还有个外号，叫茅台书记，可他下去走动，你当真拿茅台给他喝，他会生气的，生气到饭也不吃，转身就走。底下人便向外地取经，换瓶装酒，还在那瓶上贴了标签，去的是普光，标签就是"普光白酒"，去的是红景，标签就是"红景白酒"，说：我们用土酒招待何书记。何书记闻一闻，抿一口，说，蛮好的，蛮好的，就是要大力发展地方经济。离开时，又说：你们这土酒不错，给我装二十斤，让我也当一下你们的宣传员。

这样的人怎么会傻呢？

分析起来，何书记给华蔚林一个职位，没别的原因，就是被华蔚林的那段话打动了。

哪怕仅仅出于好奇，我也想跟华蔚林认识。我觉得这个人很好玩。作为"四大名丑"的当然人选，我却没怎么感觉到他太难看。即使丑，也丑得可爱，我是这样想的。这或许是我是非观念过于淡薄的缘故。我确实有这方面的弱点，见了漂亮女人，只要不像我那女同事一样想控制我，她再自私，再刻薄，我都愿意接近，好像漂亮本身就构成某种美德。男人的好玩，相当于女人的漂亮。

只是像我这种人，从单位出来，上五层楼，就是家，下五层楼，就是单位，单位说是底楼，却又要下二十余步石梯才到马路。我的意思是，我是被悬起来的一粒尘埃，凭什么去认识名人？

可梦想成真这句话，有时也不是糊弄人。东轩晚报招记者，我去应聘，竟被录取。报到那天我就想，我应该找机会去采访一下华蔚林。说来奇怪，华蔚林得奖（尽管只是电影得奖，并非他的剧本），包括开研讨会，日报和晚报登过消息，也整版报道过《春苇》的原型许春苇，却没见谁专访过华蔚林。我依然觉得这是身份歧视。没读过大学怎么的？高尔基什么文凭？那时候我少不更事，很有些忧国忧民，总担心墙面挂着羊绒毯，墙心却是豆腐渣。

不巧的是，我去晚报时，碰上副刊编辑请产假，总编认为副刊这东西，无非是个点缀，交给新手无所谓，于是就交给了我。我应聘的是记者，却做了编辑，而且一直做编辑——原编辑从产假回来，调到财经部当副主任去了。做编辑也行，定向策划些栏目，总有办法把华蔚林网罗进来。但想直接跟他打交道，就不那么方便了，除非我登门拜访。但我这人，道德感不强，自尊心却重，越想做的事，越有一只手拽住我，不让做。

万万没想到的是，华蔚林主动找我来了。

那是个星期二，我记得很清楚。上午十点左右，一个人进了编辑部。我们报社在北城清溪路，日报和晚报同在一个院里，日报在东楼，我们在西楼，其间隔着花台和假山，假山上长着真植物，文竹、龙柏、罗汉松、凤尾蕨、鼠尾草、金银花，盛夏时节，葱葱郁郁,假山也因此成了真山。晚报的副刊部和体育部都在402室,当时正高呼体育强国,所以体育部人多,七八个。我坐在靠里,那人进来时,我是转头看见的,但哪想到会是华蔚林?

只见他抹了把额上的汗,张望两眼,才问门边的人:"请问哪位是余新老师?"我在邮局上班时,老的少的,都对我直呼其名,自从来到报社,作者全叫我老师,听了七个多月了,听惯了。实话说,我对作者算是热情的,很可能是晚报编辑中最热情的一个,但内在的傲慢也已生根发芽,自认为应答得很快,在别人眼里,多半如同准备冬眠的蛇,以至于我还没张嘴,那人就又说话了。

他说:"我是华蔚林。"

这时,门边的人才别过头看他。

而我,已经起身,并快步朝他走过去:"华老师好,我是余新。"

按理,他该迎过来,可他站着,微笑着,只伸出右手,等我去握。这让我心里多少有些不舒服,关于他的传言,又活过来。他的手很小,湿浸浸的。握过手,我领他朝我办公桌走。他走得非常慢。我这才想起,他不是跛脚吗?而慢走时,完全看不出来。原来他就是不想显出自己的残疾,才站住了等我去握手,现在也才走得这样慢。当我明白这一点,同时也就明白了:这是一个受到伤害的人。我故意走得比他还慢,边走边说话。他一脸的真诚,真诚得像刚从老山里出来,那张黑瘦的脸上,不断探出头来的汗珠,也是黑色的。

他来找我,是为女儿。他女儿读小学四年级,写了篇作文,他认为写得很有意思,看能不能在晚报登一下,也是对孩子的鼓励。

作文写了两页半,字迹稚嫩而纤秀,每个字收尾一笔,显得重些,像是在下着某种决心。我收下了,说:"华老师,我一直想找你约篇稿子,知道你忙,还没好跟你讲。你能不能把创作《春苇》的经过和读者分享一下?"

"余老师，"他说，"《春苇》都过去好久了，你们说是你们的事，我自己再翻出来说，就不好，人家就认为我华某人没有新作，是江郎才尽。"说着眉心处跳了一下，仿佛"江郎才尽"是根棍棒，正戳在那里。

我还没有足够的经验去应付这类问答，更不知道我的约稿没约到点子上——他从不在意自己的创作，只在意创作和作品之外的人生——便笑一笑混过去，说："华老师，你不要叫我余老师，你就叫我名字。"

"先叫不改，这是规矩。虽然我——你今年多大了？"

我说了。他说："那我比你长十六岁，小二十了。虽然这样，我第一声叫了你老师，就不能二声三声又不叫老师。"

他是说到做到的，往后的日子，他都叫我余老师。

关于我对他的称呼，他说："我叫你老师，你又叫我老师，人家还以为我们在互相吹捧。如果你觉得比我年轻那么多，不好直接叫我名字，就叫华科长好了。"

说罢就要告辞。起身后，他说："我的文章不打紧，你把我女儿的看看。我是没动过一个字的，但你们编辑有权利修改，不对的地方，你帮个忙。麻烦你了余老师。"又是刚出深山老林的样子，甚至有乞求的意味。

这些做了父亲的人！尤其是华蔚林，得孩子晚，别人到他这年纪，再过几年，差不多就能当爷爷了，他的女儿却还是个小学生。在这种父母心里，孩子是弦断之前的最后一个音，是绝响。

离开时，华蔚林不再害怕我看出他的脚跛。现在我们算是熟人了，于是他不再回避。稍稍走快些，他就跛得非常厉害，双肩像气旋中的鸟。

我把华蔚林送到楼梯口，他下到三楼，看不见了，我才回办公室去。

同事活泛起来，说：那就是华蔚林啊？不是说他成天白日抱着个相册吗？不是说他见了人就把相册翻给人看吗？今天咋没有？这也正是我感到意外的。因为就在上个星期，我还听人说，他碰到华蔚林了，华蔚林给他看相册了，还说我以某某某握过的手，来握你的手了……他腋下确实夹了个东西，是个黑色公文包，包是瘪的，里面很可能只装着他女儿的作文。

那是一个被众口扭曲的人。

说众口铄金，积毁销骨，看来并非夸张。曾有人告诉我，华蔚林的前三次婚姻，都是离的，且都是女方要离，其中一个是嫌他精子稀少，弄不出孩子，另两个可能也有同样的原因，还可能有别的原因，但嘴上说的都是：我没福分，做不了名丑的老婆。

第二年秋天，东轩市举办了一场大型文艺晚会。晚会名叫"秋光灿烂"，大型者，既指规模，更指名角：这次从北京请来了五个名角，就是经常在电视上露面的，其中三人还参加过春晚。如此盛事，东轩是头一遭，报社自然要全力以赴，记者不够用，我的胸前便也挂了个采访证。我的任务是采访现场，晚会七点半开始，六点钟我就进了体育馆。到七点二十，我看见何书记带着市委市府一干人，迈着方步进来，在前排就座。领导有专门的记者采访，并不需要我去，这场晚会的重大意义，何书记下午就跟记者谈了。

七点半到了。七点半过了。八点钟过了。九点钟过了。体育馆里如群蜂朝王，却不见一个演员！同事传进来的消息是，演员被崇拜者堵在了路上。他们下榻的金辉酒店到市体育馆，两公里路程，密密麻麻全是人，风吹不入，水泼不进。武警全体出动，也无济于事。

何书记自然早知道了这事，可又不能退场，否则"重大意义"怎么说呢？而且也退不了场，几道门都被人肉封死了。仗着挂了记者的招牌,能在里面随便走动,我便装出不经意的样子,从何书记面前过,见他木着一张大脸,也不跟旁人交谈,只有一下没一下地摇着蒲扇。秋天也享受着明星待遇,被堵在外面,夏天便趁机杀回,在馆里烘烤。何书记进来时没带扇子,要带也不会带蒲扇,多半是工作人员找某个观众借的。

晚会拖到十点十分才开始,结束时已过子夜。那五个名角各唱了两首歌,从省里请来的喜剧演员,说了评书,演了曲艺和小品。观众找名角签名,名角把本子抓过来,再奋力一扔。也不怪他们,他们真是受苦了,来时我没看见,离开时是看见的:武警左右架着膀子,急速奔跑,名角两脚离地,双目无神,脸色灰败,像是被押赴刑场的样子。

学生观众被扔了本子,脸膛通红,似要哭出来,而有个中年男人却不依,当场就骂开了:"鸡巴!操啥子老大?老子一个月才挣百多块,你唱两首烂歌,就捞走东轩人民十万大洋!给老子十万,你把老子的脸踩两脚我也干!"

名角的演出费是商业秘密,外人是不知道的,但东轩城早在盛传,说每人十万元。其实错了,是二十万,五个人共一百万。当然省里来的要便宜很多。这是华蔚林告诉我的。作为文化局艺术科科长,他亲自组织和参与了演出的策划和谈判。他愿意对我透露,是把我视为知己。其实我跟他见面的时候不多,但自从我发了他女儿的文章,他跟我说话,就是把家门关起来的声口,尽管还是叫我余老师,却没有丝毫隔膜,像我的名字就叫余老师。他多次请我吃饭,我去过两回,两回都在同一家馆子,只有我俩,没有旁人。

华蔚林还告诉我,那五个名角都不算贵,明年春天,他应普光县邀请,要在那边策划一场演出。普光出了许春苇,许春苇让他得到了最高荣誉,所以普光算是他的福地,他必须回报,请演员,就请全国顶级的,现在已跟某某的经纪人联系上,档期和费用也达成了初步意向,唱三首,九十万。"这还是看我的面子,"华蔚林说,"我说我是《春苇》的编剧,人家就认了。再加上东轩是革命老区,普光更是当年东轩游击队的发源地,人家政治觉悟高,愿意把价降下来……"

这些都是后话。

我现在要说的是,"秋光灿烂"那天晚上,华蔚林跟人吵架了。

事情发生在散场过后。我在馆里采访了观众,又抢到东门外采访了几位,觉得可以凑成一篇文字了,正要离开,却猛然听见喝厉之声。

这时人已不多,我一眼就看见了三十米开外的华蔚林,在他近旁,除几个围观者,还有宣传部分管文艺的副科长邢燕。喝厉之声就出自邢燕,她指着华蔚林的鼻子骂:"回家看看你那女儿,就晓得你遭了啥子报应!"

华蔚林的女儿我没见过,听见过的人说,长得出奇地古怪。主要是眼睛,说两个眼睛都长在太阳穴上。这是个什么形象,简直无从想象。而邢燕很美,柳条似的腰肢,春光般的脸,脸上会说话的,不只是嘴。坊间传,邢燕是何书记的情妇,我认为这是胡扯。果真如此,怎么可能只当个副科长?她都三十出头了。市财政局长有个情妇,比邢燕还小一岁,就当副局长了。分明是胡扯的事,偏偏有人传,也有人信。传言是命运的抵押品,很多人都不知道。

吵架的双方我都认识,我本该过去劝劝,可怎么劝?再公正的人,劝架时都会有所偏向,我偏向谁?论关系的亲疏,我应该偏向华蔚林,而且我没听见华蔚林骂邢燕,只听见邢燕骂华蔚林,还是骂人家未成年的女儿。然而我能够偏向华蔚林吗?且不说华蔚林是"名丑"(帮"名丑"说话,是要冒风险的,这是我到报社才学到的人生经验),单是邢燕那张脸蛋,那副腰身,就让我做不了石头土块的河岸,只能做随波逐流的浮萍。

再说，他们骂得太难听了。邢燕骂过几声，华蔚林也开始还嘴，他说你长得再好可惜也不是你的，是别人铺在床上的。这话从侧面证明邢燕不可能是何书记的情妇，否则华蔚林不会那样骂。邢燕则揪住华蔚林的女儿不放，说你那女儿想做床上用品，还不够格！这种骂法，多半不愿熟人听见。于是我溜了。

并没溜走，只是躲得更远些，隐在一棵大榕树底下。约莫两分钟后，他们分开了。是邢燕先撤的。即使别人不知道她的身份，也知道她是个女人，而且是个漂亮女人，骂街实在不雅。直待人走光，华蔚林才从那边过来，他走得很慢，却跛得让人心慌。从榕树外侧经过时，灯光照出了他的泪光。

他回家还有很远一段路程，但他没有打车的意思，连续几辆出租车从他身边过，且摁了喇叭，他也没招手。我想，今晚，他妻女肯定都来看了演出，只是演出结束就回去了，她们知道自己的男人和父亲是幕后主角，需要善后。幸好走了，不然，一个十来岁的孩子，恐怕还没等到进入青春期，青春就被收割了。

当我再也看不见华蔚林，只听见空阔的街道远处传来他一轻一重的脚步声，我才离开。我也没打车。是舍不得这夜景。寂寞而温和的夜景。就是从这一天，我明白了，寂静比喧嚣好，落寞比热闹好，世间的喧嚣和热闹，都是暴力。

无一例外。

我以为熟人中只有我才看见了华蔚林和邢燕吵架，谁知第二天上班，同事们都在说这件事。

当然也说演出，但演出实在没什么好说，名角们唱的，在大街小巷早听得烂熟，何况现场演唱的比平时听到的，还相差甚远。也说追星族，明星们深夜回到酒店，并没能安生，因为崇拜者又追了过去，在酒店外呼喊他们的名字，警察动用非常手段，才在凌晨三点过将其驱散；虽没出人命，但医院里伤员暴增，断手断脚的不在少数，有的还缺了半个耳朵。自然，这些也就议论一下，不会见报。金辉酒店到体育馆，成山的垃圾里，间杂着屎尿和血迹，这些也不会见报。见报的，都围绕何书记的讲话精神：东轩下大力气满足人民群众日益提升的精神生活需要，由文化大市向文化强市迈进，由中低端文化向高端文化迈进。

同事们说过这些，就说华蔚林和邢燕吵架。

这才是重点。

华蔚林骂邢燕偷人，且是惯偷，是见人就偷，还曾经去偷他，他不干。邢燕说，我想偷谁就偷谁，我偷你，不过是想看看你流口水。如此这般骂一阵，就动起手来。也就是说，他们不仅吵了架，还打了架。邢燕虽是女人，身高将近一米七，加上高跟鞋，就超过一米七，华蔚林虽是男人，可那么矮，还是跛脚，不会丢了男人的脸？事实证明，男人毕竟有天生的优势，华蔚林刚好够着邢燕的胸，他就照着那里下手，把胸罩都抓出来了，像那胸罩是邢燕的赃物。

对这派胡言乱语，我只是听着。

我知道纠正非但毫无意义，还会把自己搭进去，他们去给别人转述时，话绝不会减少半分，同时还要加上：我们报社余新亲眼看见的。

华蔚林和邢燕为什么吵？

他们有什么深仇大恨？

关于这个，我倒是从同事那里得到一点消息。

两个月前，东轩市西北角的乐兴县开了个文化方面的会，由乐兴县宣传部主办，文联承办，在市里请了些人，包括邢燕和华蔚林，但主席台上，有邢燕的座牌，没华蔚林的。华蔚林开会之前就看见了，但他故意走出会场，待会议开始，才又进来。那是个阶梯会议室,华蔚林敲击般的脚步声,从后面响到前面,或者说从高处响到低处。主持会议的文联主席很热情地招呼:"蔚林兄,就等你了。"华蔚林没应,继续走向低处。还差三排就走到底,他停住了,朝高处望,也就是朝主席台望,从左望到右,再从右望到左,随即转身离开。

他走到低处,是还要上到高处去的,但高处没有他的位置。

主持人着了慌,忙跑下台来留人,边跑边解释:"蔚林兄,你怎么的?你的座位在第一排正中呢,你怎么的?我们是把你当作家邀请的,所以没请你坐主席台,你怎么的?……"

这么念叨着,终于把人捉住。

但华蔚林手一拐,拒绝就座。

乐兴县宣传部长在场,部长对文联主席之前的安排和此刻的束手无策,很不满意,说,上面加个凳子嘛。

可麻烦在于,上面挨挨挤挤,坐了十多个,完全加不进去。

这时候,邢燕站起来了,邢燕说,这样,我下去坐,华科长上面来。文联主席又张手拦,宣传部长也说,邢科长不能下去。台上除了市里去的,还有乐兴县副县长、人大副主任、政协副主席,但宣传部长是县委常委,常委发了话,副县长一干人也都起身,说自己下去。可他们都没有邢燕的动作快。不只是快慢问题,邢燕的那表情,自然得就如弱柳拂风,那眼睛,嗔怪地扫向副县长等人,好像是说,我正想下去呢,我是客人,你们都别跟我争。她清清淡淡走下台,没给现场留一块疤。当工作人员把她的座牌和华蔚林的座牌调换过后,她只是甩一甩头,说:"小妹儿,还有茶杯,上面那杯水我已喝过了。"语气平和、亲切。

华蔚林见状,竟没客气,上去坐了,坐得昂首挺胸。

表面淡定的邢燕,内心定是波澜起伏。她没给会议留下伤疤,却给自己留下了伤疤。伤她最深的,不是她下来了,华蔚林上去了,而是:只有她最该下来。台上坐的,除了她,都是正科级以上干部,包括华蔚林,也是正科级。你邢燕虽说是市委宣传部的,到底只是副科级。

如此推论,华蔚林就是针对她来的,华蔚林把她的脸扫尽了。

她心里恨。

恨是永不受潮的炮弹,不管是今天爆还是明天爆,反正是要爆的。

具体到"秋光灿烂"之夜,华蔚林和邢燕为什么吵起来,没人能说清,但可以肯定的,是那枚炮弹醒过来了。埋伏起来的炮弹有时候不需要发射,也不需要引线,眼睛一睁就醒了。

这也是传言吗?

即便是,我也信。

华蔚林曾对我说:人出生时都是圆的,之后会越长越尖,人与人的区别,就是尖得是否锋利,所谓成长,不是自然地生长,而是有意识地把自己削得锋利,锋利了才能钻,才能刺,才能戳。他又说,等级是根深蒂固的社会契约,你心甘情愿认同这种契约,或者头上长角身上长刺不遵守这种契约,都只能收获失败的人生。唯有一个办法,是认同它,又利用它,万里长城也有缝隙,只要你足够锋利,就能钻进去,钻进去就有了阶梯,哪怕像我这样,是个跛子,也要不怕腿软,向上爬。他还说,你爬到了某个位置,就一定要那个位置的待遇,你谦虚,不要,人家表面上可能说你几句好话,心里头却在嘲笑你,久而久之,就看不起你,就不把你当成那个位置上的人,你的一切努力,也就成了白费。

他对我说这些,一方面是表明心迹,另一方面是规劝我。

我到晚报社虽然时间不长,可要是有人称我名编,我也不脸红,我策划的几个选题,都引起热烈反响,我编的稿子,国内知名选刊都有转载,"东轩晚报"几个字,堂堂皇皇地被全国读者知道,领导也因此认识到，副刊原来不只是点缀。华蔚林的意思是，既然这样，我就该去要个职位，比如副主任，甚至主任。但我想的是，给帽子是领导的职责，我的职责是编好我的版面。华蔚林听了，黑瘦的脸挣得暗红："你呀！余老师呀！你这么年轻，咋那么迂！领导的职责是给帽子，哼，哼，可是……"咬着牙，叩着桌面，很有些恨铁不成钢。

这期间，我碰到了李东平，就是先于华蔚林当科长的小说家李东平。但他现在不写小说了，也不当科长了。他决定下海，去省城做生意。

他开玩笑说："有天晚上我做梦，梦里有人给我算命，说我朝西走才能发达，太西我不愿去，省城在东轩的西边，我就去省城吧。"

离开东轩之前，他请了一桌客，客人中包括我。我和他认识，也是利用"工作之便"。在我策划的选题里，有一个是"作家与午夜"，我不要作家写文章，而是让他们接受采访。写文章太斟酌，越斟酌，可能离真实越远。记者派不过来时，我就自己出马。事实上，共选了十位作家，有七位是我访谈的。他们本来就住在同一幢楼，出了这个的家门，脚步一撇，又进了那个的家门。那幢楼紧邻清溪河，周围都是低矮的商铺，不知为什么，分明一幢孤楼，却叫了八号楼。我在八号楼忙乎了五天，完成了七个人的访谈任务。

谈得最多和最有趣的，就是李东平。

李东平从不熬夜，因此午夜都在睡梦中，他就讲他的梦，那真是光怪陆离，比他的小说精彩万分。我这样说，是因为我读过他的小说。采访每一个人，我都提前阅读他们的主要作品，包括华蔚林的作品。论才具，华蔚林远不及李东平，李东平身上有飘逸气，本来穿着华丽的袍子，即刻换成粗服布衣，他也绝不会错愕。这样的人,怎么会天天骂娘呢?以前听说华蔚林告诉局长,说李东平天天骂娘,是传言虚假,还是华蔚林诬告?

恐怕永远也得不到证实。

我感觉到,我们不是生活在生活里,而是生活在语言搭建的生活里,某一天语言转调,我们的生活就土崩瓦解了。这不免让我悚然一惊。

但不管怎样,李东平都钝化了对伤害的敏感。飘逸也罢,骂娘也罢,都会流失甚至丧失那种敏感。华蔚林的优势,恰恰是异常敏感。对华蔚林作品的认识,他自己的陈述大体不差,他确实需要借助指南针才能辨别方向,但那是大方向,一路上的沟渠河畔,山野林间,他都埋下了自己的痛;像《春苇》,与其说自强不息的许春苇是在与命运抗争,不如说是命运照见了许春苇经历的不幸。

因此从成就论,华蔚林更高,高很多。但要说人,我当然更愿意和李东平相处。李东平太有趣了。尽管华蔚林也好玩,但好玩和有趣,不是一个概念。真正的有趣,不只是会说笑话,而是把生活看穿。在我面前,李东平从没骂过娘,公平不公平,腐败不腐败,我觉得他只能从别人口里知道,他自己并不知道。他只需要有趣,也醉心于自己的有趣。有天我去见他,他说:"兄弟,我身上痛。"问咋啦,他说:"昨晚上,我的灵魂跑出去,不晓得为啥子,跟另一个人的灵魂打起来了,结果打输了,我醒来后,身上就痛了。"说罢哈哈哈笑个不停。

李东平为什么不把他的梦境写成小说?

我问过他,他的回答是:"有一种小说只写给自己看,比如梦。"

他像在暗示什么,不过我也懒得揣度。

我和他一样,也只需要他的有趣。

事实证明,对李东平的那期访谈最受欢迎。人人都被锁在生活的房间里,看穿之后,才能天宽地阔。李东平自己也没想到他这样受欢迎，竟然跟那几个最出名的小说家一样，收到大筐来信，其中包括不少女读者，信里夹带照片的，又占了十之二三。那段时间，我不断接到两种电话：读者的，问李东平；李东平的，请我去欣赏女读者的玉照。李东平的电话倒让我低看了他三分。他并没有炫耀，但给我的感觉是在炫耀。如此说来，把生活看穿这句话，很可能是一句废话。没有人能够看穿，无非是，每个人的门上挂着不同的锁。

低看了他，并不是就不喜欢他。有时候，越是低看，越是喜欢。这缘于追逐真实的渴望。人们分明承受不起真实，可就是压服不了对真实的渴望。

跟李东平和华蔚林交往，我是从不避讳的。我知道他们之间有芥蒂，但不避。那次华蔚林去找局长要"事情"，华蔚林把李东平拉出来跟自己对比，还说他天天骂娘，局长转告给了李东平，李东平轻笑一声，吐了口痰。华蔚林后来听说了李东平吐的那口痰，当着我面多次提起，言语间既委屈，又不平，像那口痰就是他，他要弄清那口痰的下落，若吐在马路上，必被车碾人踏，若吐在石缝间，必腿脚不能屈伸……我也做出同情的样子，但假如我决定了一个钟头后要去找李东平，我会对华蔚林明说。在李东平面前也一样。

李东平请客那天，电话打到我办公室，华蔚林正好在，我也告诉他了。原来他知道李东平请客，但并没有请他。"八号楼是人不是人都请了"，却没请他。

他问我去不去。

我说人家马上要离开东轩，用他自己的钱为他饯行，哪能不去？

华蔚林的脸上显出悲哀的神色。

这悲哀让我有些恼怒。

但我没表现出来,只说:"要不我给他打个电话,说你跟我在一起?"

他的眼睛亮了一下,随即暗淡了,摇了摇头。

接下来的半个钟头,他几乎都是用一个耳朵在听我说话,另一个耳朵,听他自己的腰。那时候,东轩城已出现了手机,但不叫手机,叫大哥大,我在街上就碰见过一个女子,举着个砖头样的黑家伙跟人对话,眼睛却咕噜噜地望着行人。她有显摆的资本,因为她拥有的,连华蔚林这样的正科级干部也没有。华蔚林腰间别的是个传呼机,又叫 BB 机——它叫起来的时候"BB"响,因而得名。据说那东西外国人是挂在奶牛身上的,"BB"声能催奶,还可呼唤它回去吃饲料。开始是响几声后,留下个号码,让收到信息的找电话回过去,后来进化了,可输中文,相当于现在的手机短信。华蔚林用的就是这种。

但半个钟头时间里,没有人给他短信。

或者说,李东平没给他短信。

并不像华蔚林所说,八号楼是人不是人都请了,客人很少,只有六个。也可能确实请了八号楼,只不过在另外的场合。这天的六个人,包括邢燕和市文化局局长。局长姓夏,我是头回见,脸膛饱满,梳着毛主席那种发型。仔细一看,还真有点像毛主席。结果这早就是共识。他抽烟,抽得很勤,是戒烟失败,还是根本就没戒过?若从没戒过,以前说华蔚林去找局长那些话,又大可怀疑了。

夏局长不仅抽烟很勤,连拿烟的姿势,吸烟的嘴型,说话的口气,包括某些字的读音,都极像毛主席。我这又才知道,从很年轻的时候,他就一心一意学毛主席。他出去旅游,游客会找他合影,有些上了年纪的,还抓住他的手不放,眼泪巴叉,竟至哽咽。那样的情景明显让夏局长非常享受,此刻谈论起来,也脸上放光。"我们的人民啦……"他说。把"人民"说成的是"银民"。

"可惜了，夏局长你该去当演员。"我说。

我本是当奉承话说的，万没想到让夏局长不高兴。

入座时，李东平就把我介绍了，夏局长还表扬了几句晚报的副刊办得不错，这时候却指着我，一脸茫然地问："这位同志……"

李东平又介绍一遍，并且加了一句："我的朋友。"

有加这一句，夏局长似乎放了心。是"自己人"的那种放心。他点点头，说："学毛主席，有不同的学法。学了去演戏，去出名，那是一种学法；学他老人家的精神、气概和全心全意为人民服务的品格，又是另一种学法。这后一种学法，才算学到了家。"

桌上响起掌声。我也鼓掌，并以崇敬的目光望着对方，心里却乐呵呵地想：你比华蔚林最多高三公分，想演毛主席也演不了。

掌声当中，菜上来了。李东平请夏局长开席。

邢燕坐在局长下手，殷勤地给局长斟酒，夹菜。她的动作真美。她啥都美。我坐在对面，刚好欣赏。但同时，我也想起她骂华蔚林女儿那些话，想起华蔚林脸上的泪光。我从未对任何人说过华蔚林流泪，连对我妻子也没说过，我觉得那是他一个人的秘密，我看见了，他的秘密也成了我的秘密，当两个人同时拥有一个秘密，比同时拥有一套房子联系更深。此刻，我欣赏着邢燕，是不是对那个秘密的背叛？是不是我也跟别人一样，有意无意间在践踏着华蔚林？

席上，邢燕没看过任何人，只看夏局长，哪怕东道主李东平去给她敬酒，她也是看着夏局长说话。她真能喝。夏局长也真能喝。一杯接一杯，都是一口干。李东平带来的两瓶茅台，很快见底。在这点上，夏局长没把毛主席学像。毛主席酒量不大。李东平晃着空酒瓶，说："局长……"夏局长淡然地问："光了？"李东平又晃了晃。"那就换一种嘛，"夏局长说，"我晓得这家店里只有五粮液，没有茅台，五粮液就五粮液嘛，我们又不是何书记，只喝茅台。"这话出格了，但因为都是"自己人"，夏局长倒也不在意，只笑了笑。

李东平出去了，起身时朝我眨了眨眼，我没明白，结果他走到门外，又朝我招手。我跟出去，他说："兄弟，借我点钱，我身上不够。"我掏出三百七十四块。他说行。这钱李东平借去，再没还我。那是我差不多两个月的工资。妻子是不主张我带钱的，她说男人有了钱，就想着花出去，你不抽烟，不嗜酒，也不赌博，就只有一条路可花。但我的理论是，男人的兜里，一两个月的工资是要揣的，不然压不住，走路发飘。看来我的理论是错的，我该听妻子的。

可能是因为提到了何书记，加上两种酒混搭，容易喝高，一直顺着夏局长说话的邢燕，把话题转了，说到华蔚林了。从华蔚林吓何书记说起，并且问夏局长："是不是何书记让你安排华蔚林管艺术科？"夏局长笑而不答。然后又说到乐兴县那次开会，但没说华蔚林把她赶下台的事，只说华蔚林把乐兴县的领导都得罪光了，特别是文联彭主席，气得吐血！彭主席叫他"蔚林兄"，就把他惹了，中午吃饭，人家去给"蔚林兄"敬酒，他理都不理，弄得彭主席下不了台，只好又给他道歉，说今天位置没安排好（说到这里，邢燕抽了声鼻子，不知是位置的事引起她的怨恨和痛苦，还是怪自己说漏了嘴），华蔚林却说："你是正科级，我也是正科级，我规规矩矩叫你彭主席，你就不能叫一声华科长？"

席桌上哄笑起来。

我想起华蔚林曾对我说："就叫我华科长好了。"

原来是这个意思。

两相对应，邢燕应该没有胡编。

我确实是那样叫华蔚林的。如果不那样叫呢？尽管我编发过他女儿的文章，而且发过三篇，而且每一篇都费了我很多心血修改——从情形看,邢燕不知道华蔚林女儿的名字,否则我就成了她的敌人了,尽管有没有敌人我并不在乎,但有个敌人总是不好——不那样叫,他恐怕也要记恨我吧?

想起来让人冒冷汗。

但邢燕的话也不全真。藏一截露一截,就不可能真实。奇怪的是,这样真真假假,才让人信得踏实,全假不行,全真同样不行。

他们说得闹热,我插不进嘴,加上小腹胀了,就起身去上厕所。进去才发现,李东平也在撒尿。他何时出去的,我完全没注意到,证明我也喝多了。我从李东平兔子样的眼睛里,看见了自己的眼睛。他撒尿时一点也不飘逸,两只手捉住,腰弓着。他就以那样的姿势对我说:"邢燕绝对没戏唱。"

这是什么意思?他进一步解释,声音放得很低,湿漉漉的嘴凑过来,喷着酒气说:邢燕刚解决了正科,想到文化局当副局长,但华蔚林也在争那个职位,十之八九,邢燕搞不赢华蔚林。

"兄弟你没下过乡,"李东平说,"我是当知青过来的,我晓得点麦子的时候,撒了麦种,要用夯板压,把地压实,实得可以跑马,也可以过车,这样生起来的麦苗才壮。华蔚林就是被压过的麦种。"

说罢,李东平打着尿噤,鼻孔里呜呜响。

他这样子让我感觉到一种寂寞。今天是为他饯行,主要客人却没提一句祝福他的话。他何以连科长也不当,要辞职下海,表象之外的原因也无从知晓。

我对东轩的厌倦就像慢性病,日积月累。说厌倦东轩也不对,应该是厌倦北城。自从调到报社,我把家也搬到了北城。搬家简单得很,两个提包就把家装走了。以前邮电局的房子,是单位分的,离开了单位,自然就不是你的房子。

这个星期天，我想去老单位看看。妻子说："想女同事啦？"我是到报社后才跟妻子认识的，她在北城肿瘤医院上班，恋爱期间，我就给她讲过邮局那个漂亮的女同事。我本来没那么想，她这样一问，我才意识到很可能是的，便连忙否认。这反而让妻子不开心，说：你余新啥时候也学会了不诚实？同事一场，你去看看她，我又不拦你。

这倒是真的。我妻子是那种放长线的女人，放长线不是为了钓大鱼，我也算不上大鱼，即使算，她也钓到手了；她放长线，是知道我的毛病，并且宽博地加以接纳。不过说实话，我虽然想到了女同事，却不是专门要去看她，这一点妻子也是十拿九稳的。但我确实不该那么快否认。我还处在要么真要么假的初级阶段。妻子作为医生，看惯了生死边界的人世间，在那边界上，一切都是真的，真得让人绝望，所以她对假有时抱着幻想，却又从根本上明白假的无意义。

无意义和绝望之间，各有各的选择，我妻子要的是后者，所以她在那医院里干得风生水起，年纪轻轻，就常常拿先进。

我很长时间没到过南城了。报社到南城邮局，其实也就三公里路，无非是中间隔着一座桥。恰恰是这座桥，让三公里在心理上超过了三十公里，甚至三百公里。桥是一种界线，人的本能之一，就是臣服于界线，因此世界上才有那么多国家，国家里才有那么多省市，省市里才有那么多城乡；哪怕同在一家单位，同在一个集团，也要分出若干派别。你、我、他这三个词，既可以放，也可以收，但放得再大，也有界线管着，甚至就是为了触摸界线。人没有共同的东方和西方，也没有共同的南方和北方，只有送进我妻子他们那种医院，挣扎一阵，活过来，又进入你我他，活不过来，就坠入茫茫万古——那才是共同的家园。

如此心境，哪里适合去看老同事？

更不适合去看女同事。

何况那女同事早嫁人了吧？当时她还没有男朋友，可对她而言，找个男朋友无非是点点头的事。

星期天上午，邮局也是要开门的，她当班还好，若不当班，难道我要找到她家里去？如果她依旧单身，我为什么去找她？为了以前的友谊？鬼才相信。我自己就不信。如果她已经成家，我该如何向她男人解释？如果她不仅成了家，还正大着肚子，我是看她的脸还是看她的肚子？

真没有意思。

那就不去算了。

想想就在两三年前，听说哪里有好吃的、好玩的、好看的，哪怕远在乡下，需跋山涉水，也呼朋唤友，兴致勃勃地奔了去，见了城里见不到的植物、昆虫和鸟兽，就觉得天地宽阔；要是跟某个好看的女子说了几句话，至少在一个月内，睡梦里也甜，而且每天很早就起床，哼着歌洗漱，精神焕发地看书、工作，眼里的一切都是新的，都充盈着喜悦……而今，没有那样的劲头了。

可我才刚满三十二岁。

三十二岁还年轻吗？不年轻了。不年轻的标志，是我既有了厌倦，也有了焦虑。焦虑出自欲望。欲望没有对错，但有高下，低级的欲望通过放纵就能获得，而要满足高级的欲望，却只能踏上克制这条路。问题在于，我分辨不清那些欲望的性质，也判断不了它们的成色。华蔚林又多次问我：你为什么不求上进？为什么不至少争取个中层干部？可是谁说我不求上进？难道我认认真真做我的本职工作，而且做得卓有成效，不叫求上进？现在的东轩晚报，订数增加了三分之一，零售翻了倍数，读者们说，他们终于能从东轩晚报上看到低处的生活，感受内心的冷暖——这些话，都是冲着副刊来的。

华蔚林又说：你不好开口，我去给你讲，但该你自己做的事，还要你自己去做。我立即拦了。我从他的话里，感觉到了深入骨髓的束缚和控制。我不要控制。男人的女人的，上面的下面的，自己的别人的，都不要。

妻子见我烦，说："你这样子，还不如再去谈场恋爱，不让我晓得就行了。"

可谈恋爱就不是控制吗？

其实我已有了方向。我要离开东轩。这可能是受了李东平的启发。李东平去省城后，不只没跟我联系过，也没跟东轩任何人联系过。

这真是干净。

当然我不能像李东平那样下海，我知道自己没那本事。我还是想编报纸，省城的《都花时报》正招人，我一联系，人家表现出了应有的热情。我这才跟妻子商量。她想了想，慎重地点了头。她比我小六岁，结婚时我们就说过，等我三十五岁再要孩子，趁这三年，正好蹦跶。然后我又去对领导说，领导非常惊讶，说你干得好好的为啥要走，我说干得不好人家那边就不要我了。领导说，据我所知，那家报社五分之四的员工都是招聘的，想调进去很难。我说没关系。

领导就说了这些。

我本以为我很重要，领导会多说几句的。

离开东轩的前一天，我请人吃饭。这倒不是受李东平启发，确实是我欠了人家。我不爱请客，也不爱赴宴，但推不过的时候，还是去吃过人家若干回。

客人刚好一席，除了华蔚林，还有我一个同事，另外是两个唱川剧的、两个写小说的、一个电台播音员、两个东轩一中的教师。我这才发现，自己在报社工作，跟报社的联系还不如跟外单位联系紧密。

饭局定在晚上六点半,结果小说家桂万青要接受电视台采访,需晚到二十分钟。这事他用BB机发给了另一个名叫侯文的小说家,请侯文代为致歉。他很守时,二十分钟后果然就到了。只差华蔚林了。"啊?华蔚林啊?"桂万青昂了下脖子,"那恐怕难等!"他下楼时碰到过华蔚林,华蔚林在等局里的车送他。"他当副局长了,今天上午才下文。"桂万青说。既然当了副局长,出行就该有车接送,即便不是专车,也需是公车。不巧的是,今天他们单位的车都跑县上了,什么时候回来,很难讲。"我当时还不晓得他也是到你这里呢,"桂万青很遗憾的样子,"不然我拖也要把他拖来,免得大家等。"

"没必要,"我说,"不等,吃。"

吃喝四十多分钟,还不见华蔚林来。

桂万青问我:"要不要问他看?我有他的BB号。"

我说你问吧。

回过来的话是:"车很快回来了。"

可又是半个钟头过去,还不见他来。

"真是名丑!"我同事愤愤地说。两个教师也直摇头。从华蔚林的家或者从他单位,到我订的"石锅鱼"餐馆,打车只要几分钟,走路不会超过二十分钟,他腿不方便,慢些,也不会超过半小时。

"人家也不容易,"桂万青接腔,"没那股子卑贱和韧劲,哪能当上名丑。"

到八点四十五,桂万青又收到华蔚林的信息:"坐上车了!"

这时候,我们刚好散席,各自回家。

很多年过去了。

有天我接到一个电话——这时候,BB机早已成为历史,连家庭座机也成了历史,所有人都用手机——这个号码是陌生的,但归属地是省城。

我接了,对方叫一声:"余老师!"

这声音从时间的深处升上来,带着旧时的水草,但是我抓不住了。在某些特别的时刻,我心里会突然一阵发热,回到青春时代,但最多半秒钟,它就飘走了。每个人都在不断死去。我那些逝去的或者说死去的青春,在茫茫万古里偶然路过,偶然与我相遇,仿佛认识我,但经过半秒钟的凝视,终究确定我只是个陌生人。我们既在不断死去,也在不断与自己陌生。对旁人,哪怕是最好的朋友,最亲的亲人,更是不断陌生的过程。

但这位叫我"余老师"的,却如此自信,根本不介绍自己,就叽里呱啦说他的近况。

听老半天,我才听出是华蔚林。

其实先就意识到了是华蔚林,只是许久也想不起他的名字。他,还有东轩市那些小说家的名字,自我到省城过后,特别是我到省城一年,成为都花时报社的正式员工,接着妻子也调到省城西区医院后,他们的名字,就像朝浩瀚的湖水里撒下的一勺盐了。

华蔚林已经退休。当然,这还用说。他退休过后,也搬到了省城居住。

"你是大名人,"他说,"我今后就靠你哟。"

这是什么话?我依然是个编报纸的。我没想过我会成为一辈子的报人。《都花时报》曾经十分红火,遍布整个西南,全国多地也有订阅,但这些年已明显走下坡路,不是我们办得不好,是报纸的寿命到了。就像再美的女人也会衰老和死亡。我这个总编辑,见她生出皱纹,长出黑斑,动不动就打盹,我经常想的一件事,许多时候也是唯一想着的事,是怎样体体面面地为她入殓。

还说什么大名人!还说什么靠不靠!

华蔚林又告诉我，他已多年不写小说，做了领导，行政工作太忙，剧本也写得少，退休以后，时间充裕了，他可以专心从事创作了。

实在的，他的声音一点也没老，口气一点也没变。

"你跟省文联江书记熟吗？"他问我。不等我回答，他又说："我知道你们是老朋友，就跟我俩一样，是多年的老朋友。最近我写了个本子，是部四十集电视连续剧，赶上省委拨了很大一笔款，要省文联牵头抓影视剧，我这个本子正好合适，想给江书记看看。"

他错了，我跟江书记认识，但说不上熟。我只知道他曾是某市市长，到省文联不满三个月。

华蔚林见我像是在推，说："先不说这事，我们聚一下要紧！"

两天过后，他又来电话，是订了聚餐地点，也定了聚餐人员。其中有文联江书记、作协袁书记、社科院邱院长，等等。这些人我大多见过，但都不是很熟，也没有见的欲望，是见也可不见也可那种。

但有一个人我想见：李东平。

华蔚林还请了李东平。

李东平到省城摸爬滚打一阵，进入房地产，没过几年即成大富，并成功蜕变，回归文化行业，开了个创意公司，名叫"蓝调"，可以说，全省稍稍像样的文创项目，即使不是"蓝调"直接介入，也留下了他们的指印。

我到省城后，从未与李东平联系过，更未谋面。曾有从东轩过来的人组织同乡会，但我一次也没参加。同乡会、同学会之类，我似乎有一种与生俱来的抵触。后来听说李东平也没参加，他也抵触。

但在私人聚会上见一见，我是很盼望的。

说起来也算老省城了，且华蔚林订的餐馆，离我家也不十分远，但我从没听说过。叫官邸。餐馆叫这么个名字，也是奇特。

去了才知,那不是餐馆,是华蔚林住的小区。

他在"官邸"门外接客人。每接到一个,就送上他家,然后他再下楼。他不仅声音和口气没老,人也不见老。他几乎完完整整保持了我记忆中的样子。我也弄不清是他壮年时就显老,还是老了也不老。

他家的客厅里,摆了张条桌,桌上纸笔伺候。凡进去的,得留墨宝。江书记很爽快,提笔就写。做过市长,现在又领导文联,定是练过的。可像我这种,对毛笔只见过,没摸过,无法写。不写不行,非写不可。我身上像钻进了万千蚂蚁。好在如我这般的占了多数,便你推我,我推你,都不写。华蔚林就一个一个往桌上拉。拉过去又缩回来,再拉,弄得他一身汗,我们也一身汗,就毛躁起来。这还不算,自从客人进屋,他老婆就举着个家用录像机,不漏下客人的一举一动。开始我还没注意到,我是去上厕所,见个黑乎乎的家伙对着我,才看清墙角坐了个人。那一刻,我毛骨悚然,忙从厕所边退了回来。

这是我第一次见他老婆。是那种让人记不住的长相。如此说来,他们女儿的两只眼睛,怎么会长到太阳穴上?而且我看过他们女儿的字,写出纤秀字迹的人,也不应该是那种长相。可惜他们女儿不在,或许并不住在省城。

都到了,只李东平没到。我问华蔚林,他说李东平等会儿直接去吃饭的地方。

时间不早了,马上七点了,但华蔚林还要拉人写字。有的被逼无奈写了,却拒不署名,而华蔚林认为,自己请的都是名人,要的就是名,不署名怎行?包括他老婆录像,也多半是觉得来者无白丁,是要录下来留着资料的。

不写字不行,写了不署名也不行,整个过程像是搏斗。江书记见不惯,也不知是见不惯华蔚林还是见不惯扭扭捏捏的我们,沉着脸,高声大气地问:"这饭还吃不吃啊?"

华蔚林见状,才说:"马上马上,合张影就走。"

客厅的一面墙上,挂了巨幅照片,进屋时没在意,现在才看清:那照片上竟有华蔚林。看不出是在什么地方,一群人被栏杆圈住,栏杆外面,首长进来了,于是大家鼓掌。别人都站得笔挺,唯华蔚林撅着屁股,上身伏在栏杆上,头尽力前倾,两只手虽已定格而且永远定格,却能感觉到呼呼有声的力度。

原来,这就是《春苇》获奖,他去北京参加颁奖会时拍下的。

这证明首长根本没和他握手,否则一定是挂握手的照片。

那么握手的事,是别人乱传还是他自己透露的风声?

恍惚间,那些已经消逝的岁月,仿佛又从坟墓里扒拉出来,遭受鞭打。

而华蔚林要我们合影,就是在这张照片前。

当然不能挡了首长和他自己,因此把我们分成两列,排成扇形。他虔诚地说:"虽然首长早不在任上了,但我们的敬意不减!"

吃饭就在"官邸"旁边,是家火锅店,非常大众。我们刚坐下,李东平也到了。他脸上皱皱巴巴的,老了,然而个子却像长高了。这当然是错觉。多半是因为老来瘦,更主要的是头上根毛不存,就感觉能与天相接。他一眼就认出我,过来和我拥抱,说:"我是听说你要来才来的。"但他的身体语言要比口头语言平淡很多。然后问我:"你是不是听说我要来才来?"当着众人,这话我怎么答呢?好在他不要我答,就看着江书记和袁书记:"江书记肯定是听说袁书记要来才来,袁书记肯定是听说江书记要来才来。"

原来他跟他们都认识。而且他竟然说对了。华蔚林就是这样请客的,对江书记说,袁书记要来,对袁书记说,江书记要来……这样互相绑架。

于是李东平又说:"华蔚林,你把人骗过来,总要找个稍微像样点的地方嘛，我们倒说是老同事，不跟你计较，可两位书记在，还有院长在，人家都是正厅级，你就整这么个苍蝇馆子打发？"

华蔚林脸红了。在家里要墨宝那么遭拒绝，他也没脸红。

幸好他老婆没跟来吃饭，否则一个女人家怎么听得。

没吃几口，江书记就要走。江书记提出走，袁书记也要走。接着邱院长也要走。都说有事。然后是你有事我有事，结果所有人都说有事。

只听见一阵凳子响，说撤就撤，撤得像逃跑。

身后的火锅，正腾腾地冒着热气。

华蔚林追出来，喊这个叫那个，但一个接一个地，都缩进车里去了。

听见喊"余老师"的时候，我在暗处朝他挥了挥手，走了。我看见他朝车奔跑过来。谁说他没老，他跑起来的动作，连那条右腿也没多少力气了。

他应该是有很多话要说的。

他不是有个剧本要跟江书记谈吗？

请我，包括请李东平，很可能他是觉得，他跟江书记谈的时候，我们作为老乡，又是老相识，能为他帮个腔。甚至不仅是我和李东平，还包括袁书记、邱院长等人，也能为他助力。江书记却没给他说话的时间。然而谁又说没给他时间？除了李东平，我们全都是按照他说的，六点前后赶到了"官邸"。

看来，他真正想借力的，并不是我们。

我感到一阵彻骨的悲凉。

为他，也为我自己。

以为这事就过去了，这辈子，我再不可能和华蔚林有任何牵扯了。

然而，一个多月后，我参加省委宣传部的一个会议，开会前碰到江书记，他竟一把抓住我，说你那个老乡啊，简直惹不起呀！

我说，哪个老乡？咋回事？

他说华蔚林啊！

原来，吃过那顿饭的次日，华蔚林就拎着他那部四十集电视连续剧的脚本打印稿，找到文联去了。江书记说，他有礼有节地接待了他，并且把稿子留下，请专家认真审阅，可三个专家看了，都觉得不行，不是一般的不行，是很不行，于是就退给了他。谁知半个月不到，文联就收到一份文件，"注意，不是通知，不是信函，是文件！"江书记强调说，这份文件是省上发下来的，要求文联"重视华蔚林同志的创作"，把华蔚林介绍了一大堆，并特别说到他的那个新剧本，认为是我省影视创作的重大收获，建议投资拍摄。

看来，华蔚林还是走的他那条路。他在东轩，官至市文化局副局长，再没能前进一步，但他依然相信"自上而下"的摧枯拉朽和如川归海。难怪他选小区，也要选"官邸"。像他这样的人，应该不在少数，"官邸"那地方，其实环境很差，出门就是大马路，绿化也不行，却卖得贵。华蔚林的房子很小，客厅摆张桌子，差不多就占满了，沙发只能卑屈地瑟缩一边，他那举着录像机的老婆，也只能蜷在一角。以前在东轩，我就隐约听说，华蔚林策划演出，是为了捞钱，看来并非事实。"官邸"再贵，真像他们说的那样，华蔚林也不至于买那么小的房子。他策划演出没捞钱，当官也没贪钱。他的兴趣不在那上面。

"那你们咋办呢？"我问江书记。

"还能咋办？"江书记摊摊手，"再等等看。"

事实上不必等，也不能等，宣传部的这次会上，又提到华蔚林的剧本，责成江书记请专家再审，同时把任务交给了作协的袁书记，说多找几个懂行的看看。大家都是道上混的，明白领导以这样的方式说话,表明他们已经充分认可,无非是需要走个程序。可麻烦的是,我竟也被领导点名,说:余总也是东轩过来的嘛,你应该对华蔚林更了解,你也看看那个本子。

会议开了一天。第二天上午,厚厚一沓打印稿就送到了我的办公桌上。

名叫《图谱风云》。

标题占一页,华蔚林的名字占一页,第三页是内容简介。

如下:

  林馨不说话,只画画。画笔就是她的嘴。她画原始森林,画成群的大象,画太阳神鸟,画人面蟹眼。林馨的丈夫张元坤,毕业于剑桥大学,学生时代即被西方称为考古奇才,但他抛下国外的优厚待遇,毅然回国,成为我国考古界新一代领军人物。他事业有成,家庭美满,要说美中不足,就是漂亮的妻子天生聋哑,而且完全不识字。林馨是他一个远房亲戚,自幼成为孤儿,寄养在张元坤家,张元坤娶她,是为她一生提供保障。他从不嫌弃妻子,稍有空闲,就带她出门散步。林馨却不愿去别的任何地方,只去四环路外的银桥村。每次出门,她都带着画具,到了银桥村三板坪,她就画森林,画大象。

  大开发如火如荼,银桥村的庄稼毁了,竹子砍了,树木挖走了,村民搬迁了……这时候,林馨不再像往常,要丈夫领她才出门,丈夫下班回来,她饭也不让吃,拉着丈夫就走。去的依然是三板坪,依然画她的森林和大象。而这里只有黄土和挖掘机,没挖开的地方长着杂草。张元坤似乎理解了妻子的心思,放眼望去,长声叹息。过度开发,已致千里沃野消失殆尽,森林和大象更是遥远的梦境。然而，这时代的车轮，连张飞再世也拉不住，你一个女人又能怎样呢？

天色晚了，只能怅然而归。

第二天又去。

第三天还去。

每一天都是重复。可到第七天夜里，张元坤做了个梦，梦中的景象，就是妻子画笔下的景象。他陡然惊醒，翻身而起，愣怔片刻，灵感突发。天刚放亮，他就打电话叫上同事，直扑三板坪。挖掘机已开始工作，张元坤联系上开发商，请求暂缓半天，哪怕两个钟头也行。他选定妻子平时蹲下画画的地方，插下洛阳铲。得到的信息让他内心震颤。接着再挖，满坑象牙破土而出。

这就是惊世骇俗的三板坪遗址，距今约三千五百年。

三板坪遗址的发现，成为张元坤最伟大的杰作。他和他妻子共同缔造的杰作。

当文物陆续出土，林馨竟然开口说话！她说的，别人都听不懂，她是看着文物上的图谱说话。那些图谱不是图，是字，她在读那些字。原来，林馨是三千五百年前的一缕幽魂，一直守护着那段文明；聚魂为人，是要把那段文明告知世人，告知当代，同时也成就她的恩人和丈夫。

这是一部歌颂祖国灿烂文化、呼唤低碳环保和构建生命共同体的史诗级巨著。作者华蔚林，以小说起家，以剧作鸣世，电影剧本《春苇》获国家级大奖，并受到党和国家领导人的亲切接见和深情勉励。歇手数年，震撼出山！

我丢下别的工作，三天内看完了剧本。正文反不如简介清晰，我只看到了一堆文件摘抄、无聊演义和东拉西扯。我曾以为，华蔚林有对伤痛的敏感,并据此认定他的成就高于李东平,但现在完全看不出来了。或许,我以前就是错的,只因为那时候跟华蔚林亲近,且抱着某种方向模糊的不平,就舍弃了内心的标准。

从这堆稿子,我照见了自己的影像。

江书记和袁书记都打电话来问意见,我如实说了。袁书记是个老实人,认真听,像还在记录,江书记却哈哈大笑,说:"意见我们已经报上去了,你的名字也附在意见上的,说确实是一部难得的好作品,应斥巨资投拍。我今天给你电话,主要不是说这个,是另一件事——林部长给你讲没有?"

我说没有,啥事?

"那我提前告诉你,"江书记说,"我们文联接了个任务,要带几个雕塑家,去东轩普光县大河镇,为那个叫许春苇的塑像。但塑像并不放在普光,是搬到省里来。林部长说了,许春苇那种自强不息的精神,是任何时代都需要的,现在尤其需要。还特别点到《都花时报》和几个新媒体,要求认真报道,全程报道。下星期一我们就要去普光采风,搜集素材。这种事你当然只需要派个手下跟去就行,但我考虑你是东轩人,如果想回老家看看,我就陪你走一趟。"

这话说得真好听,但我心里清楚,他之所以叫上我,是认为我毕竟在省城混,可能在东轩那边有些势力,能弄好酒招待他。华蔚林请客那天,拿出的酒是个黄瓶子,一个稀奇古怪的名字,总之不是名酒,江书记瞟了一眼,转头烫毛肚,说他从不喝酒,滴酒不沾。烫了两块毛肚,他就说走了。而那天宣传部开会,开到下午五点,并没安排晚饭,江书记有个做生意的朋友请客,把我和袁书记等人都喊上了,喝的是老茅台,江书记至少喝了八两。

尽管明了他这小心思,但去普光采访许春苇,我倒是十分乐意。那个奇女子,我还没见过呢。这么多年过去了,她也该老了,还能用脚料理一切吗?还能单脚走路吗?

去了才知：普光县大河镇，根本没有那么个人！

整个普光县，也没有那么个人！

华蔚林作为作家，有权利虚构，可我分明知道，东轩日报和晚报都大篇幅报道过许春苇。

从普光回到省城，我想，这事怪谁呢？怪报社吗？如果怪报社，那么我也将被钉到某根柱子上了：上面明令，不管有没有那个人，像照塑，消息照发。

想来想去，我似乎谁也怪不了，只好怪华蔚林。

都是他闹出来的。

我有种鲜明的感觉：自从认识了华蔚林，我就落入了他的掌心。

甚至还没认识他的时候，我就已经被他握住了。

接下来的几天，我托病没去单位，凡事都交给副手去打理。其实我没什么病，是心里懒了。反正报纸就那个样子，我搭进自己的命，也挽不回它的命，既然如此，干脆提前离职吧，离了职，把自己变成闲人，再去北京逛逛。像我这个年龄，不适合当北漂了，不过无所谓，我儿子在那边，收入还比较可观，如果我找不到事做，钱也不够花，就啃儿子吧。

然而这样想的时候，另一种预感同时升起：

即使我到了北京，华蔚林的手照样可以伸过来。

去了才知：普光县大河镇，根本没有那么个人！

整个普光县，也没有那么个人！

华蔚林作为作家，有权利虚构，可我分明知道，东轩日报和晚报都大篇幅报道过许春苇。

从普光回到省城，我想，这事怪谁呢？怪报社吗？如果怪报社，那么我也将被钉到某根柱子上了：上面明令，不管有没有那个人，像照塑，消息照发。

想来想去，我似乎谁也怪不了，只好怪华蔚林。

都是他闹出来的。

我有种鲜明的感觉：自从认识了华蔚林，我就落入了他的掌心。

甚至还没认识他的时候，我就已经被他握住了。

接下来的几天，我托病没去单位，凡事都交给副手去打理。其实我没什么病，是心里懒了。反正报纸就那个样子，我搭进自己的命，也挽不回它的命，既然如此，干脆提前离职吧，离了职，把自己变成闲人，再去北京逛逛。像我这个年龄，不适合当北漂了，不过无所谓，我儿子在那边，收入还比较可观，如果我找不到事做，钱也不够花，就啃儿子吧。

然而这样想的时候，另一种预感同时升起：

即使我到了北京，华蔚林的手照样可以伸过来。

图书在版编目（CIP）数据

镜城 / 罗伟章著． -- 北京：作家出版社，2024.7
ISBN 978-7-5212-2321-7

Ⅰ.①镜… Ⅱ.①罗… Ⅲ.①中篇小说 - 小说集 - 中国 - 当代 Ⅳ.①I247.5

中国国家版本馆CIP数据核字（2023）第090183号

### 镜城

| | |
|---|---|
| 作　　者： | 罗伟章 |
| 责任编辑： | 田小爽 |
| 装帧设计： | 李　一 |
| 出版发行： | 作家出版社有限公司 |
| 社　　址： | 北京农展馆南里10号　　邮　编：100125 |
| 电话传真： | 86-10-65067186（发行中心及邮购部） |
| | 86-10-65004079（总编室） |
| E-mail： | zuojia@zuojia.net.cn |
| http:// | www.zuojiachubanshe.com |
| 印　　刷： | 河北鹏润印刷有限公司 |
| 成品尺寸： | 142×210 |
| 字　　数： | 264千 |
| 印　　张： | 10.75 |
| 版　　次： | 2024年7月第1版 |
| 印　　次： | 2024年7月第1次印刷 |
| ISBN | 978-7-5212-2321-7 |
| 定　　价： | 68.00元 |

作家版图书，版权所有，侵权必究。
作家版图书，印装错误可随时退换。